Lella Luca ist das Pseudonym einer deutschen Autorin. Sie ist verheiratet und hat zwei Kinder. In ihren Romanen verbindet sie romantische Gefühle, Liebe und Lebensträume mit spannenden Geschichten. Sie liebt das Meer und pendelt jede freie Minute zwischen Ruhrgebiet und Nordsee.

LELLA LUCA

Neuanfang *auf* Catalina Island

Überarbeitete Neuausgabe April 2024

Copyright © 2024 dp Verlag, ein Imprint der
dp DIGITAL PUBLISHERS GmbH
Made in Stuttgart with ♥
Alle Rechte vorbehalten

Neuanfang auf Catalina Island

ISBN 978-3-98998-057-0
Hörbuch ISBN 978-3-98778-806-2
E-Book-ISBN 978-3-98778-761-4

Copyright © 2020, Forever
Dies ist eine überarbeitete Neuausgabe des bereits 2020 bei Forever
erschienenen Titels Sternschnuppen über Catalina Island (ISBN:
978-3-95818-578-4).

Covergestaltung: Anne Gebhardt
Umschlaggestaltung: ARTC.ore Design
Unter Verwendung von Abbildungen von
shutterstock.com: © Ken Wolter, © Breslavtsev Oleg,
© icemanphotos
Lektorat: Mareike Westphal
Satz: dp DIGITAL PUBLISHERS GmbH
Druck und Bindung: Books on Demand GmbH, Norderstedt

Kapitel 1

Schon wieder hatte er nicht durchgeschlafen. Ständig diese Albträume, die ihn meistens nach Anbruch der Morgendämmerung überfielen – an Schlaf war nicht mehr zu denken. Scott Blackwell hatte den Eindruck, dass seine Träume von Nacht zu Nacht düsterer wurden.

Schweißgebadet setzte er sich auf und rieb sich die müden Augen. Er nahm sein Handy vom Nachttisch und schaltete den Wecker aus, da er ihn wie so oft in letzter Zeit nicht benötigte. Er fühlte Bedauern: Eigentlich hätte er noch zwei Stunden schlafen können. Stunden, die sich spätestens am Nachmittag bemerkbar machen würden. Die bleierne Müdigkeit war zu einem ständigen Begleiter geworden.

Vor dem Schlafzimmerfenster erwachte der Tag. Am Horizont wurde der Himmel langsam heller, und zwischen den wenigen weißen Wolken warf die Sonne goldene Schatten auf das felsige Küstenparadies.

»Kannst du schon wieder nicht schlafen?«, murmelte eine Frauenstimme hinter seinem Rücken.

Scott wandte sich zu Virginia um, die noch im Bett lag und ihn mit zusammengekniffenen Augen schläfrig anblickte.

»Nein, ich ...« Er verstummte.

»Plagen dich erneut diese schrecklichen Träume?«, wollte sie wissen und betrachtete ihn mitfühlend. Ihr schönes Gesicht, beschienen vom Sonnenlicht des anbrechenden Tages, wirkte bleich und makellos.

»Es ist kein Traum, Virginia«, stellte Scott richtig und zog sich ein schwarzes Poloshirt über, das über dem Stuhl am Sekretär hing. »Es ist eine Erinnerung.«

»Du solltest mit jemandem darüber sprechen«, riet Virginia.

»Es gibt ja kaum noch eine Nacht, in der du durchschläfst.

Und ständig diese Tabletten ... Ich habe den Eindruck, die machen dich auf Dauer nur kränker. In Wahrheit helfen sie dir doch gar nicht.«

»Mach dir um mich keine Sorgen«, murmelte Scott abwehrend.

»Ich komme klar. Schlaf noch ein wenig.« Natürlich wusste er, dass er sich damit selbst etwas vormachte. Aber er hatte keine Lust, dieses Gespräch zu vertiefen.

Virginia zog die Bettdecke bis übers Kinn und vergrub sich im weichen Kissen. »Gut, dann bis gleich«, nuschelte sie und war auf der Stelle wieder eingeschlafen. Scott ahnte, dass sein gesundheitlicher Zustand Virginia im Grunde gleichgültig war. Auch er sah in ihr nicht mehr und nicht weniger als eine Bettgefährtin. Zudem bewunderte er ihren Fleiß und ihre hervorragende Arbeit für die Kanzlei – doch darüber hinaus hegten sie keine romantischen Gefühle füreinander, planten keine gemeinsame Zukunft. Es ging nur um Sex. Barfuß tapste Scott in sein Büro und zerrte die Schreibtischschublade heraus. Er griff nach der Tablettenpackung, ließ zwei Tabletten in seine Handfläche fallen und spülte sie in der Küche mit einem Glas Wasser hinunter. Wie immer würden sie kaum Wirkung zeigen.

Die sich stetig wiederholenden Bilder, die sich in seinen Verstand gebrannt hatten und ihm den erholsamen Schlaf raubten, ließen sich nicht verdrängen. Bestenfalls sorgte das Beruhigungsmittel dafür, seinen Erregungszustand so weit herabzusenken, dass er die nächsten Stunden seiner Arbeit nachgehen konnte. *Ich brauche etwas Stärkeres,* dachte Scott, während er eine Tasse unter die Kaffeemaschine stellte. Virginia hatte recht. So konnte es nicht weitergehen. Er nahm sich fest vor, in den nächsten Tagen doch mal einen Arzt aufzusuchen, sobald dies sein prall gefüllter Terminkalender zuließ, denn in der Kanzlei wartete jede Menge Arbeit auf ihn. Die letzten Urlaubstage mit seinem Sohn waren sehr schön und erholsam gewesen, doch nun galt es an diesem Montagmorgen, sich wieder in die Arbeit zu stürzen. Er hatte bereits das Bild unbearbeiteter Akten vor Augen, die sich zu einem hohen Berg auf seinem Schreibtisch türmten. Eigentlich hatte Scott es sich nicht leisten können, der Kanzlei auch nur einen Tag den Rücken zuzudrehen, geschweige denn es sich mit seinen finanzkräftigsten Mandanten zu verscherzen. Letztere waren zwar bereit, jede noch so hohe Summe für ihre Verteidigung zu zahlen, aber im Umkehrschluss verlangten sie dafür eine Vierundzwanzigstunden-Rundumbetreuung.

Er seufzte innerlich und griff nach der Tasse. Mit dem Kaffee in der Hand machte er sich auf den Weg zum Briefkasten. Dennoch bereute Scott nichts. Allein um seines Sohnes Willen hatte er die Auszeit vom stressigen Büroalltag dringend nötig gehabt. Rickie und er hatten die gemeinsame Zeit gebraucht, Zeit, um sich von Neuem näherzukommen und Momente der Ausgelassenheit zu erleben, die sie sich dann in Erinnerung rufen konnten, wenn das schwarze Tuch der Traurigkeit mal wieder seinen Schatten über sie ausbreitete. Es war ihnen gelungen, die Gegenwart für einen Moment zu vergessen. Bei gemeinsamen Tauchgängen oder einem Ritt auf dem Rücken eines Pferdes am tropischen Strand entlang hatten sie viel Spaß gehabt. Scott hatte seinen Sohn lange nicht so ausgelassen erlebt, und selbst ihm war es gelungen, die Sorgen, die er sich um seinen Sohn und ihre Zukunft machte, für einige Tage zu vergessen.

Er holte die Tageszeitung herein, setzte sich an den Tisch, überflog kurz den Börsenbericht und das politische Tagesgeschehen. Als er später auf die Uhr sah, waren fast eineinhalb Stunden vergangen. Hastig trank er den kalten Kaffee aus, bevor er unter die Dusche stieg und das eiskalte Wasser seinen Rücken hinunterperlen ließ. Ein Badetuch um den Körper gelegt, trat er zurück in die Küche, wo Virginia, eine dampfende Tasse Cappuccino in der Hand, bereits auf ihn wartete.

»Ich komme heute etwas später in die Kanzlei«, erklärte sie. »Ich habe vorher noch einen Termin bei Gericht.«

»Lass dir nicht zu viel Zeit«, entgegnete Scott und lachte verlegen. »Du weißt doch, ohne dich bin ich aufgeschmissen.« Er gab ihr einen Kuss aufs Haar.

»Das stimmt wohl«, erwiderte sie schmunzelnd. Sie trug einen blütenweißen Morgenmantel, ihr blondes Haar war verwuschelt wie das einer wunderschönen Waldfee.

In diesem Moment betrat ein schlaksiger Junge, dessen viel zu großer Schlafanzug an seinem Leib schlotterte, den Raum. Er fuhr sich mit der Hand durch seine zerzauste dunkle Mähne, während sein scharfsinniger Blick zwischen Virginia und seinem Vater hin und her huschte, ehe er schließlich ein verschlafenes »Morgen« murmelte.

»Guten Morgen, Rickie«, begrüßte Scott seinen Sohn und strich ihm zärtlich über das Haar. »Hast du gut geschlafen?«

»Geht so.«

»Magst du dich schnell anziehen, dann fahren wir rüber zu Mona?«

Rickie nickte und gähnte. »Ich freue mich schon auf Mona, schließlich habe ich sie zwei Wochen nicht gesehen.«

Scott lächelte. Mona, eine freundliche alte Dame, führte ein gemütliches Café an der Avalon Bay. Mona war für Rickie die Großmutter, die er nicht hatte, und eine wichtige Vertrauensperson in seinem Leben. Es war längst zu einem Ritual geworden, dass Mona jeden Morgen ein Frühstück für sie zubereitete, bevor Scott und Rickie in den Tag starteten.

»Ich gebe Mona telefonisch Bescheid, dass wir kommen«, versprach Scott und schenkte zwei Gläser Orangensaft ein, bevor er seinem Sohn auf die riesige Terrasse ihrer Villa folgte, von der man einen wundervollen Blick auf das weite Meer werfen konnte. Das subtropische milde Klima bescherte ihnen auch heute warme Temperaturen. Beide setzten sich zu Virginia an den Tisch. Ein leichter Wind wehte, der ihre Haare zum Flattern brachte.

»Freust du dich auf die Schule?«, erkundigte sich Scott, um ein Gespräch zu beginnen, und hoffte, dass sein Sohn heute Morgen etwas mitteilsamer war als sonst. Rickie redete nie besonders viel, hatte sich schon immer in sein Inneres verkrochen, machte vieles mit sich selbst aus. Er erinnerte ihn an eine rätselhafte, verschlossene Truhe, deren Inhalt niemand kannte. Doch im Laufe des vergangenen Jahres war er noch stiller geworden.

»Geht so«, erwiderte Rickie und blickte betreten auf seine Hände, die das Glas umfassten.

»Bis zum Schulwechsel im Sommer, bei dem du auf die Avalon Middle School wechselst, sind es ja nur noch ein paar Wochen«, tröstete Scott, der ganz genau wusste, dass sein Sohn sich auf der Elementary School nicht wohlfühlte, ja, sogar langweilte. Rickie war den anderen Mitschülern im Lernen des Stoffes weit voraus, gab sich aber dennoch keine Mühe, gute Noten zu schreiben. Aus diesem Grund hatte Scott einem Wechsel auf die höhere Schulform mitten in der Schulzeit nicht zugestimmt, obwohl die Klassenlehrerin eindringlich dazu geraten hatte. Scott wusste, dass der mangelnde Fleiß seines Sohnes nicht mit einem Schulwechsel allein zu lösen war. Die Probleme waren tieferer Natur. Scott war kein Psychologe, aber er glaubte zu wissen, welcher Kampf in Rickie tobte, und gerade deswegen baute er auf die Macht der Freundschaft. Aus eigener Erfahrung wusste Scott, wie wichtig es war, einen Freund an seiner Seite zu wissen. Wäre Ben, sein bester Freund und Partner in der Kanzlei, nicht gewesen, dann hätte es auch ihn früher oder später aus der Spur geworfen. Auch Rickie hatte einen besten Freund, Jimmy. Dieser würde nach den Sommerferien mit ihm auf die höhere Schule wechseln. Kontinuierliche Beziehungen, fand Scott, waren für Rickie im Moment wichtiger als Schulwissen zu speichern.

»Schreibt ihr nicht schon bald eine Mathearbeit?«, fragte er seinen Sohn.

Rickie schaute ihn misstrauisch an. Dann antwortete er: »Mach dir keine Sorgen, Dad. Ich schaff das schon.«

Scott ahnte, dass es ein schwieriges Unterfangen werden würde, an diesem Morgen mehr aus seinem Sohn herauszubekommen. Vielleicht war es vernünftiger, zu einem späteren Zeitpunkt noch einmal nachzuhaken. Ihn plagte das schlechte Gewissen. Er sollte einfach mehr Zeit für seinen Sohn aufbringen.

Virginia, die bislang schweigsam neben ihnen gesessen und die Sonnenstrahlen auf ihren Wangen genossen hatte, erhob sich. »Ich sollte mich langsam fertig machen, ich muss bald los.« Sie lächelte Scott an. »Ich habe dir alle wichtigen Unterlagen, die du heute zuerst durchsehen solltest, auf deinen Schreibtisch gelegt. Ab mittags bin ich dann auch in der Kanzlei, und Ben kommt gegen zwei. Für fünfzehn Uhr haben wir ein Meeting anberaumt, dann machen wir die Übergabe der wichtigen Termine für die nächsten Wochen.«

Scott nickte. »Gut, danke. Wir sehen uns dann später.«

»Bis dann.« Virginia schwebte an ihnen vorbei.

Rickie erhob sich ebenfalls. Scott folgte seinem Sohn in die Küche, drückte auf den Kaffeeautomaten, ließ sich einen weiteren Espresso einlaufen und betrachtete seinen Sohn, der mit gesenktem Haupt seinen Orangensaft ausschlürfte, bevor er das Glas in die Spüle stellte. Das dunkle Haar fiel ihm in die Augen, als wollte er sich hinter den Strähnen vor den Blicken seiner Mitmenschen verstecken.

»Ich mag Virginia nicht«, murmelte Rickie. »Sie ist nicht meine Mutter.«

»Ich weiß«, erwiderte Scott und sah seufzend auf die Uhr. »Zieh dich an, mein Junge. Wir sollten allmählich zu Mona aufbrechen. Nachher schmeiß ich dich dann an der Schule raus.« Scott lief um die Kücheninsel herum und legte seinem Sohn eine Hand auf die Schulter. »Keine Angst, ich werde Virginia nicht heiraten«, sagte er aufmunternd. Aber Scott wusste, dass das das geringste der Probleme war, um die Rickie sich Sorgen machte.

***

Kate hielt für einen Augenblick inne und genoss die warmen Sonnenstrahlen auf ihrem Gesicht, die ihre Wangen liebkosten wie sanfte Wellen. Es war ein wunderschöner, wolkenloser Morgen. Vom Strand in der Ferne drangen die Schreie spielender Kinder durch die salzige Luft, und am Pier entluden die Männer ihre Fischerboote. Nicht mehr lange und die Tische im Café, in dem sie seit fast einer Woche arbeitete, würden sich mit Touristen füllen. Aber auch viele Einheimische zählten zu den Gästen, die immer wieder gern einkehrten. Mona, die Besitzerin dieses wundervollen kleinen Inselcafés mit dem Namen *Lemon Pie*, war bei den Besuchern des Piers sehr beliebt, weshalb schon am Vormittag selten ein Tisch frei blieb. Ihre selbst gebackenen Apple Pies mit Karamell waren bis über die Insel hinaus bekannt.

»Ist dir nicht gut, Liebes?«, erklang hinter ihr Monas empathische Stimme. »Benötigst du eine Pause?«

»Alles bestens, Mona, keine Sorge«, versicherte Kate und wischte sich mit dem Handrücken den Schweiß von der Stirn, ehe sie tief durchatmete. »Mir ist bloß etwas schwindelig.«

»Macht die Hitze dir zu schaffen?«, fragte Mona beunruhigt.

»Nein, es ist … ich bin nur müde, das ist alles«, gestand Kate. Mit Schrecken erinnerte sie sich an die vergangene Nacht, in der sie schlaflos im Sessel gehockt und durch das Fenster aufs dunkle Meer hinausgestarrt hatte, aus Angst, die grauenhaften Erinnerungen an ihr bisheriges Leben würden sie heimsuchen, sobald sie sich ins Bett legte und einschlief. »Mach dir um mich keine Sorgen«, fügte Kate hinzu, bevor Mona sich nach einem Grund für ihre Schlaflosigkeit erkundigen konnte. »Es geht gleich wieder.«

»Trink einen Kaffee, dann wird es dir besser gehen«, schlug Mona vor und lief zurück ins Café, weil die Backofenuhr klingelte.

Kate schloss für einen Moment die Lider. Der Strand, die Menschen – alles flimmerte vor ihren Augen. Das Lachen der wenigen morgendlichen Gäste hallte wie durch einen dumpfen Schleier an ihre Ohren. Sie spürte Angstschweiß unter ihren Achseln. *Alles wird gut, alles wird gut,* murmelte sie in Gedanken. Dann öffnete sie ihre Lider, strich sich eine Haarsträhne aus dem Gesicht und folgte Mona hinein. Sie trat hinter die Theke, um einen Cappuccino vorzubereiten und einen von den leckeren Brownies aus der Thekenauslage zu fischen, den ein Gast bestellt hatte. Die Kaffeemaschine dröhnte, als sie die italienischen Espressobohnen zermahlte.

Derweil vernahm Kate das Klappern von Geschirr aus der Küche, wie immer, wenn Mona ihre Pies aus dem Ofen holte.

»Wo ist Mona?«, fragte eine kindliche Stimme.

Kate schrak zusammen und blinzelte. Verwirrt starrte sie in das Gesicht eines Jungen, der sie herausfordern ansah. Sie schätzte ihn auf neun, vielleicht zehn Jahre. Helle Sommersprossen sprenkelten sein blasses Gesicht, seine grünen Augen funkelten ungeduldig. Sie hatte ihn nicht kommen hören.

»Wo ist Mona?«, wiederholte der Junge seine Frage. Fordernd, fast schon ungehalten, als könnte er es nicht erwarten, Kates Chefin endlich gegenüberzutreten. »Wo ist sie? Wenn du etwas mit ihrem Verschwinden zu tun hast, bekommst du Ärger mit meinem Vater. Der ist Rechtsanwalt, dann hast du nichts zu lachen.«

»Sie ... äh ...«, stammelte Kate perplex über so viel Unverfrorenheit und starrte den Jungen mit großen Augen an. Dieser junge Mann würde es im Leben mal zu etwas bringen, so viel stand fest, dachte sie belustigt.

In diesem Augenblick gesellte sich ein großer, schlanker Mann zu dem Jungen. Er war tadellos gekleidet und trug einen tiefschwarzen eleganten Anzug und eine dunkelrote Krawatte mit einer silbern funkelnden Krawattennadel.

»Drängle bitte nicht so, Rickie«, mahnte der Mann mit dunkler Stimme und sagte an Kate gewandt: »Sie müssen meinen Sohn entschuldigen. Er hat Mona seit zwei Wochen nicht mehr gesehen, und das grenzt an eine mittelschwere Katastrophe, wenn ich das so ausdrücken darf.« Ein breites Lächeln erschien auf seinem Gesicht, und seine graublauen Augen blitzten sie freundlich an. Dann veränderte sich sein Gesichtsausdruck, und ihr stockte der Atem. » ... was machst du denn hier?« Seine Stimme war rau. Fassungslos sah er sie an.

Kates Blick zeigte nicht weniger Verwirrung, nur dass sie ihn mit offenem Mund anstarrte, während seiner verschlossen blieb.

Schweigen breitete sich zwischen ihnen aus. Schweigen, das Kate dazu nutzte, ihre Gedanken zu ordnen, die sich wie wild überschlugen. Und um ihre Stimme wiederzufinden, die sie hinterhältigerweise für wenige Sekunden schmählich im Stich ließ.

Das darf doch nicht wahr sein. Was zum Teufel macht Scott Blackwell hier? Der Mann, den sie nie in ihrem Leben wiedersehen wollte.

»Dasselbe könnte ich dich fragen«, entgegnete Kate, als sie sich wieder gefasst hatte, und versuchte sich an einem Lächeln, das ihr nicht richtig gelang. Sie ahnte, dass es eher so aussah, als hätte sie auf eine Zitrone gebissen, aber das war jetzt nicht wichtig. Sie musste die Situation irgendwie überstehen, egal welche Anmut sie dabei ausstrahlte. Sie ließ den Atem entweichen, nahm all ihren Mut zusammen und fügte hinzu: »Ich dachte du lebst in L.A.« Herausfordernder als sie sich fühlte, sah sie zu ihm hoch.

Sein Blick bohrte sich in ihren. »So, dachtest du das?« Seine Miene zeigte keine Regung. »Und jetzt bist du enttäuscht, dass es scheinbar nicht so ist.« Er lächelte provokant.

Kate wandte den Blick ab. Verzweifelt versuchte sie, Ruhe zu bewahren. Kaum, dass sie sich ein paar Sekunden gegenüberstanden, brachte dieser Mann sie schon wieder zur Weißglut. Wie früher. Er hatte nichts von seiner Arroganz eingebüßt. Leider auch nichts von seiner Attraktivität, wie sie feststellen musste. Verstohlen ließ sie den Blick über seinen Körper wandern. Widerwillig musste sie zugeben: Scott sah beunruhigend gut aus. Er hatte damals schon umwerfend ausgesehen und jeder Frau den Kopf verdreht. Die breiten Schultern, der durchtrainierte Körper, dieses markante Gesicht, der Dreitagebart, der ihm einen Hauch Erotik verlieh, waren geballte Männlichkeit, der man sich nur schwer entziehen konnte.

Ihre Blicke trafen erneut aufeinander, und Kate spürte, wie ihr die Röte ins Gesicht stieg.

»Mit dir hätte ich hier am wenigsten gerechnet«, rutschte es ihr raus und sie konnte nicht verhindern, dass sie vorwurfsvoll klang.

»Dann ist mir die Überraschung ja gelungen«, antwortete Scott, und diesmal stahl sich ein kleines Lächeln auf sein Gesicht.

»Allerdings, der Schock sitzt tief«, sagte Kate schnippischer als beabsichtigt. Sie hatte sich schließlich nicht die vielen Kilometer quer durch Kalifornien nach Catalina Island aufgemacht, um dann hier auf der Insel in die nächste Katastrophe zu schlittern. Innerlich stöhnte sie auf.

Zum Glück trat in diesem Moment Mona, ein Geschirrtuch in der Hand, aus der Küche und rettete die angespannte Situation. »Na, wen höre ich denn da haltlose Drohungen aussprechen? Wenn das nicht mein geliebter Rickie ist!«, rief sie.

Das Gesicht des Jungen strahlte, als er die korpulente alte Frau im Türrahmen erblickte.

»Mona!«, stieß er freudig aus, lief um den Tresen herum und schmiss sich in ihre zur Begrüßung ausgebreiteten Arme.

»Na, das nenn ich eine stürmische Wiedersehensfreude«, sagte Mona lachend und drückte den Jungen an ihre Brust. »Schön, dich wiederzusehen, Rickie. Ich habe dich vermisst.« Liebevoll zerzauste sie ihm das Haar, als sie sich voneinander lösten.

»Die beiden sind ein Herz und eine Seele«, klärte Scott Kate auf, wobei er es vermied, sie anzusehen. Dabei huschte ein warmherziges Lächeln in sein Gesicht, was zweifellos nur Mona und Rickie galt.

»Ja, das ist nicht zu übersehen«, entgegnete Kate. Und noch etwas hatte sie wahrgenommen. Rickie war seinem Vater wie aus dem Gesicht geschnitten.

Ihr Puls beschleunigte sich, als in ihrem Unterbewusstsein die Alarmglocken klingelten und ihr bewusst wurde, dass dieser Junge Scotts Sohn war. Der Grund, weswegen sie vor fünf Jahren in einer Nacht-und-Nebel-Aktion aus L.A. geflohen war. Die Erkenntnis traf sie wie ein Blitz und schmerzte tief in ihrem Herzen.

Sie beobachtete, wie Mona mit Rickie hinter der Theke hervorkam, um auch Scott herzlich zu begrüßen.

»Schön, euch beide wieder bei mir zu haben«, sagte Mona.

Scott lächelte und küsste sie auf die Wange. »Ja, das finde ich auch«, stimmte er ihr zu.

»Wie war es in der Karibik?«, wollte Mona wissen.

»Wunderschön und erholsam«, antwortete Scott. »Schade, dass du nicht mitkommen konntest. Es hätte dir dort bestimmt gefallen.«

»Ich bin zu alt für derlei Abenteuer«, wehrte Mona ab und schüttelte den Kopf. Dann nahm sie das Geschirrtuch, welches ihr um den Hals baumelte, und legte es auf den Tresen. »Außerdem muss ich hier die Stellung halten. Ein Café leitet sich schließlich nicht von allein.«

Scott nickte verständnisvoll und warf Kate einen düsteren Seitenblick zu. »Das stimmt wohl, aber wie ich sehe, bist du endlich meinem Rat gefolgt und hast dir jemanden für den Servicebereich gesucht, der dir unter die Arme greift«, bemerkte er und zwang sich zu einem lockeren Grinsen, doch Kate spürte, dass dahinter nicht Freude, sondern Ironie brodelte. Hasste er sie wirklich so sehr?

Unvermittelt klatschte Mona einmal kurz in die Hände. »Wie unhöflich von mir«, sagte sie und blinzelte erst Scott und dann Kate entschuldigend an. »Darf ich vorstellen.« Sie sah kurz zu Scott und zeigte dann auf Kate. »Das ist …«

»Kate Wellington«, beendete Scott den Satz für Mona und in seinen tiefblauen Augen blitzte etwas auf, das Kate nicht richtig deuten konnte.

»Oh«, sagte Mona gedehnt. Ihr Blick huschte fragend zwischen ihnen hin und her.

»Wir kennen uns von früher«, erklärte Scott. Er verzog kurz den Mund, »aber das ist lange her.« Dem Tonfall seiner Stimme war nicht zu entnehmen, ob er sich über diesen Umstand freute oder nicht.

Mona schaute ihn verblüfft an und man merkte, dass es hinter ihrer Stirn ratterte, aber sie überspielte das und plauderte munter weiter. »Dann ist die Wiedersehensfreude ja umso größer.« Sie lächelte die beiden nachsichtig an, schien zu spüren, dass zwischen ihnen Spannungen schwelten.

»Ja, ich kann mich kaum beherrschen«, murmelte Scott leise, aber Kate hatte ihn ganz genau gehört.

»Kate arbeitet erst seit einer Woche für mich«, verkündete Mona, »doch ich habe jetzt schon Angst vor dem Tag, an dem sie mir mitteilt, dass sie eine bessere Stelle finden wird.« Liebevoll zwinkerte sie Kate zu.

Scott kommentierte das nicht, stattdessen fischte er sich einen Muffin aus der Schale, die vor ihm auf dem Tresen stand, und biss herzhaft hinein.

»Wenn du Scott von früher kennst, dann weißt du ja sicher, dass er Anwalt und geschäftsführender Partner in einer großen Kanzlei hier auf der Insel ist. Wir haben uns bei der Nachlassregelung meines Mannes kennengelernt. Er war mir eine große Hilfe damals und wir sind Freunde geworden«, fügte Mona an Kate gewandt hinzu. Sie schlug Scott mit der flachen Hand auf die Finger. »Was aber nicht automatisch bedeutet, dass er mir meine Muffins unter der Nase wegfuttern darf«, sagte sie und blickte ihn gespielt entrüstet an. Dann nahm sie einen weiteren Muffin aus der Schale und reichte ihn Rickie. »Hier, was dein Vater darf, darfst du schon lange.« Sie grinste verschmitzt.

»Beeindruckend«, brachte Kate hervor, die den Bruchteil einer Sekunde Scotts Blick suchte. Wobei sie mehr den Mann meinte, dessen Wirkung immer noch dafür sorgte, dass ihr Herz ins Stolpern geriet, als dessen beruflichen Werdegang. Aber das behielt sie besser für sich. Mit einem Seufzen riss sie sich von seinem

Anblick los und biss ebenfalls in einen Muffin, um sich abzulenken.

»Na, na, übertreib mal nicht, Mona«, sagte Scott. »Stell mich nicht auf einen so hohen Sockel, sonst falle ich da ganz schnell runter.« Er lächelte Mona gütig an, dann wanderte sein Blick zu Kate und der Ausdruck in seinen Augen wurde wieder dunkler.

Kate schluckte nervös. Zum Glück ergriff in diesem Moment Rickie das Wort. Kate hätte nicht gewusst, wie lange sie Scotts durchdringendem Blick noch standhielt. Zu viele Gefühle, die sie für immer begraben geglaubt hatte, versuchten an die Oberfläche zu kommen. Sie stand kurz vor einem Ohnmachtsanfall.

»Darf ich heute Abend zu dir kommen?«, fragte Rickie hoffnungsvoll und sah bettelnd zu Mona. »Dad sagt, dass er heute lange in der Kanzlei arbeiten muss.«

»Das stimmt«, bestätigte Scott. »Im Büro gibt es eine Menge aufzuarbeiten.«

Mona nickte herzlich. »Natürlich kannst du vorbeikommen, Rickie«, sagte sie fröhlich, drückte ihn erneut an sich und flüsterte ihm leise ins Ohr: »Ich habe uns bereits selbst gemachtes Stracciatella-Eis ins Gefrierfach gelegt.«

»Das mit den großen Schokostücken drin?« Rickies Augen leuchteten, und er leckte sich mit der Zunge über die Lippen.

»Vielen Dank, du bist die Beste«, sagte Scott. Liebevoll strich er Mona über die Schulter. »Ich wüsste nicht, wie ich ohne dich zurechtkommen sollte.

»Das mache ich doch gern«, beteuerte Mona, bevor sie hinzufügte: »Willst du später nicht auch dazustoßen? Wir müssen doch unser Wiedersehen feiern. Ich koche uns etwas Leckeres, und ihr könnt mir von eurem Urlaub erzählen.«

»Ja, das wäre großartig, Dad«, jauchzte Rickie. »Wir müssen Mona doch auch noch die vielen Fotos zeigen, die wir gemacht haben.« Sein Blick war flehend. »Bitte, Dad.«

Scotts Blick wanderte einen Moment zu Kate und er sah sie auf diese ganz besondere Weise an, wie der junge Mann von damals, in dessen tiefblaue Augen sie sich hoffnungslos verliebt hatte. Wusste oder ahnte er, dass sie später auch dabei sein würde? Ihr stockte der Atem, und sie versuchte, sich ihren Gefühlsaufruhr nicht anmerken zu lassen.

Scott wandte sich wieder seinem Sohn zu. »Na schön, überredet.« Er lächelte sanft. »Ich versuche, mich aus der Kanzlei so schnell abzuseilen, wie ich kann«, versprach er.

Kate musterte Scott gedankenvoll. Trotz seiner Liebe, die er für seinen Sohn empfand und die man auf den ersten Blick in seinen Augen lesen konnte, überschattete etwas Dunkles, Schicksalhaftes, vielleicht auch Trauriges seine Gesichtszüge, und das hatte ganz sicher nichts mit ihrem Wiedersehen zu tun. *Er ist nicht glücklich*, dachte Kate und versuchte mit aller Macht, das Gefühl der Anziehungskraft zu unterdrücken, das dieser Mann erneut auf sie ausübte.

Scott sah auf seine Uhr. »So spät schon«, murmelte er. Er stibitzte einen weiteren Muffin, bevor er sich zum Gehen wandte. »Rickie, wir müssen uns beeilen, wenn du noch pünktlich zum Unterricht erscheinen willst.«

»Oh ... dann müsst ihr das Frühstück diesmal in der Pause essen«, meinte Mona, schnappte sich die vorbereiteten Sandwiches vom Teller und lief schnurstracks in die Küche, um sie in einer Dose zu verstauen.

Scott nickte Kate mit einem intensiven Blick zum Abschied kurz zu, bevor er seine Sonnenbrille aufsetzte.

Kate lief ein Schauer über den Rücken.

Kapitel 2

In der Kanzlei herrschte wie immer hektische Betriebsamkeit. Sekretärinnen schleppten Berge von Akten von Tisch zu Tisch, von Büro zu Büro, Anwälte eilten, das Handy ans Ohr gepresst, durch die langen Korridore. Dennoch begrüßten alle Kollegen Scott herzlich, kaum dass er den Eingangsbereich des zweistöckigen Gebäudes im Art-Déco-Stil betreten hatte, in dem die Kanzlei *Blackwell & Sunders* untergebracht war. Und tatsächlich kam in ihm Freude auf, wieder hier zu sein.

Scotts Büro befand sich im hinteren Flügel der Kanzlei – nahe den Konferenzräumen. Er öffnete die Tür, legte seine Laptoptasche auf den Schreibtisch und verharrte einen Moment vor dem bodentiefen Fenster. Dort atmete er tief durch und ließ das Panorama auf sich wirken. Ihm bot sich eine beeindruckende Sicht auf den Pazifischen Ozean, in dessen Wellen die Sonne tanzte. Ein weißes Segelboot glitt wie ein Schwan über das Gewässer. Der freie Blick auf den kleinen Hafen war traumhaft. Das Bild der vielen weißen Yachten und Boote auf dem tiefblauen, kristallklaren Wasser und der im Wind wogenden Palmen beruhigte ihn. Heute war das Wetter so schön, dass man am Horizont die Hochhäuser von L.A. erahnen konnte. Man war der Großstadt so nahe und doch so fern.

Er erinnerte sich noch genau an jenen Moment vor zwei Jahren, als Ben und er zusammen mit dem Immobilienmakler diese Räume das erste Mal betreten hatten. Der Blick auf den Pazifik und seine raue Küstenlandschaft hatten ihn sofort gefangen genommen. Sie hatten den richtigen Platz für den neuen Standort ihrer Kanzlei gefunden. Abseits des Alltagstrubels von Los Angeles und nahe bei seinem Sohn.

Unmittelbar nach seinem Abschluss in Harvard hatten Scott und sein bis heute bester Freund Ben Sunders das große Glück gehabt, in einer großen Kanzlei in L.A unterzukommen. Irgendwann hatten sie genug Praxiserfahrung gesammelt und den Schritt in die Selbstständigkeit gewagt.

Dennoch hatten sie in den Anfangsjahren ums nackte Überleben gekämpft. Kein Wunder. Sie waren jung, unerfahren und vielleicht sogar naiv gewesen. Hatten Mandanten vertreten, bei denen von Beginn an klar gewesen war, dass sie nie mehr als ein paar Dollar für ihre Tätigkeit abrechnen konnten. Dennoch hatten sie niemals aufgegeben. Letztendlich hatten sie es ihrem Ehrgeiz und ihrer Entschlossenheit zu verdanken, dass sie knapp fünf Jahre nach der Gründung belohnt worden waren, als es um das Mandat einer großen Sammelklage gegangen war. Der gewonnene Prozess brachte der Kanzlei Millionen ein. Fortan bauten sie die Kanzlei aus, stellten die besten Anwälte ein und investierten eine Menge Geld in Werbeanzeigen und Fernsehspots, um über die Grenzen Kaliforniens hinaus bekannt zu werden. Die Kanzleikassen klingelten und sie hatten sich an der Spitze etabliert.

Ja, sie hatten es geschafft, dachte Scott, aber glücklich fühlte er sich deswegen nicht. Fahrig fuhr er sich mit der Hand durch die Haare. Denn genau so, wie er sich jedes Detail aus den Anfängen ihrer Kanzleigründung in Erinnerung rufen konnte, erinnerte er sich noch an den Tag, an dem Kate ihn verlassen hatte.

Er versteifte sich. Der Schmerz saß immer noch tief. Es war seitdem kein Tag vergangen, an dem er nicht an Kate gedacht hatte. Und jetzt hatte sie plötzlich vor ihm gestanden – die große und einzige Liebe seines Lebens. Doch sie hatte ihn verlassen. Von heute auf morgen. Ohne ein Wort des Abschieds, hatte sie sich aus seinem Leben geschlichen, wie eine Diebin in der Nacht. Ihm nicht die geringste Chance gegeben, sich zu erklären. Kate hatte ihn zurückgelassen, mit den unausgesprochenen Worten, die tief in seinem Herzen für sie brodelten und die er ihr nie hatte anvertrauen können. Wie tief die Liebe war, die er für sie empfand, dass sie die Frau war, mit der er sein ganzes Leben verbringen wollte. Dass er nur mit ihr glücklich werden konnte. Sie hatte es nie erfahren.

Es war alles anders gekommen.

Bis er sich von dem Schmerz der Leere, die sie hinterlassen hatte, erholt hatte, waren Monate vergangen. Nur langsam hatte er sich an ein Leben ohne sie gewöhnt. Lara, die Mutter seines Sohnes hatte ihn getröstet. Sein Sohn hatte ihn getröstet. Aber tief in seinem Inneren hatte er Kate nicht vergessen können.

Und nun war Kate wieder da. Katapultierte all seinen Schmerz und die unstillbare Sehnsucht wieder hoch.

»Willkommen zurück, Mr Blackwell«, begrüßte ihn Scotts Sekretärin Brenda, die unerwartet im Türrahmen erschien und seine Gedanken unterbrach. »Hatten Sie einen erholsamen Urlaub?«

»In der Tat«, bestätigte Scott, fuhr sich erneut mit der Hand durchs Haar, sammelte sich kurz und lächelte Brenda an. »Bitte bringen Sie mich so schnell wie möglich auf den neuesten Stand«, bat er und sah kurz die Post durch, bevor er an seinem penibel aufgeräumten Schreibtisch Platz nahm, die Hände auf der Tischplatte abgestützt und gefaltet.

Seine Sekretärin reichte ihm einen Zettel. »Ich habe alle wichtigen Gesprächstermine für heute aufgeschrieben. Ihre Fälle und Mandanten hat während Ihrer Abwesenheit Mr Sunders übernommen. Soviel ich weiß, hat es keine Zwischenfälle oder gar Probleme gegeben.«

»Sehr erfreulich.« Scott atmete erleichtert aus.

Brenda überreichte ihm einen weiteren Zettel, auf dem einige Telefonnummern und die dazugehörigen Kurznotizen standen. »Ich empfehle Ihnen, diese Nummern zuerst zu kontaktieren. Einige Gespräche werden nicht länger warten können«, erläuterte sie.

»Gut. Ich werde mir die Notizen ansehen. Ich bitte darum, in den nächsten zwei Stunden nicht gestört zu werden.«

»Wie Sie wünschen, Mr Blackwell.«

»Sonst noch etwas Wichtiges?«, wollte Scott wissen.

Die Sekretärin nickte. »Mr Sunders bat darum, dass Sie schon mal einen Blick in diese Unterlagen werfen, bevor Sie zum Meeting erscheinen.« Sie deutete auf eine Akte, welche der Kanzleischriftzug zierte und die bereits auf Scotts Schreibtisch lag.

»Worum handelt es sich?«, erkundigte sich Scott, noch bevor er die erste Seite aufgeschlagen hatte.

»Mr Sunders' Einschätzung nach um eine äußerst profitable Sammelklage. Ein neues Medikament, das schon eine Weile auf dem Markt ist, verursacht offenbar Nebenwirkungen, die über die normalen Begleiterscheinungen hinausgehen. Bisher weiß kaum jemand davon, weshalb Sie schleunigst eine Entscheidung treffen sollten.«

»Ich werde mir das heute noch ansehen.« Scott nickte. Er griff nach dem Telefon, um die ersten frühmorgendlichen Telefonate zu führen. »Danke, Brenda«, sagte er an seine Sekretärin gewandt, die unter seinem Blick leicht errötete und dann mit grazilem Gang und einem ausfallenden Hüftschwung aus seinem Büro flanierte.

***

Jake drehte den Zündschlüssel und der Motor verstummte rasselnd. Bevor er ausstieg, leerte er die Bierdose bis auf den letzten Tropfen und tätschelte seine 38er, die neben ihm auf dem Beifahrersitz lag. Jake hasste Waffen. Und liebte sie zugleich. Sie machten ihm Angst, schließlich konnte eine Mündung jederzeit auch auf seinen eigenen Schädel gerichtet werden – auf der anderen Seite versprach ihre tödliche Intensität ihm Mut, verlieh ihm Kraft, die er an manchen Tagen dringend benötigte. An Tagen, an denen er sich schwach und unbedeutend fühlte, wie ein Häufchen Elend. An Tagen wie diesem.

Er versteckte die Pistole in seinem Handschuhfach, dann stieg er aus, blinzelte gegen das grelle Sonnenlicht an, das ihn augenblicklich blendete.

Er verabscheute die Sonne. Hell und störrisch war sie, genoss es, sein Fleisch zu brutzeln, seine Gedanken zu lähmen, ihm den Schweiß aus sämtlichen Poren zu treiben.

Jake spuckte aus, lief um das Auto herum zur Benzinzapfsäule und schraubte den Tankdeckel ab. Ständig vergaß er zu tanken, sodass seine kleine verbeulte Schrottkarre meist mit dem letzten Tropfen Treibstoff über den Highway jagte. Zum Glück war ihm aufgefallen, dass die Anzeigenadel fast am unteren Ende angelangt war, weshalb er es gerade noch rechtzeitig bis zur nächsten Tankstelle geschafft hatte. Eine, die *Cash* annahm und bei der man erst nach dem Tanken bezahlte und nicht den *Full Service,* wie es noch an manchen Tankstellen in L.A. üblich war. Er wollte schließlich unerkannt bleiben. Während der Tank gierig und dröhnend das Benzin aus dem Schlauch schluckte, tastete Jake in seiner Lederjacke nach seinem Portemonnaie. Verflucht! Er musste es schon wieder vergessen haben!

Egal, dachte er sich. Nur Idioten bezahlten eine überteuerte Spritrechnung. Sobald die überhaupt merkten, was los war, wäre er schon über alle Berge. Auf Nimmerwiedersehen!

Er grinste.

»Na, satt, du blöde Schrottkiste?«, nuschelte Jake, als das Dröhnen der Zapfsäule verstummte. Er zog den Schlauch aus dem Tank und hängte ihn zurück, lief um das Auto herum auf die Fahrerseite und öffnete die Tür. Jetzt schnell weg von hier.

In diesem Augenblick bemerkte er den pechschwarzen Pick-up, der hinter ihm zum Stehen kam. Die Scheiben waren verdunkelt, der Lack schlammbespritzt.

»Scheiße«, entfuhr es Jake in einem kläglichen Laut. Er erkannte das Fahrzeug. Wusste genau, welche Männer in dem Wagen saßen. Es war kein Zufall, dass sie ihn hier aufgespürt hatten. Waren sie ihm den ganzen Weg gefolgt? Vermutlich.

Hastig stieg Jake in sein Auto, zog die Tür hinter sich zu und versuchte den Zündschlüssel einzustecken. In der Aufregung glitt er ihm aus der Hand und landete im Fußbereich.

»Nicht so eilig«, dröhnte eine Stimme. Autotüren schlugen auf, Schritte näherten sich, und die Fahrertür an Jakes Auto wurde aufgerissen.

Jake schluckte wie ein Fisch auf dem Trockenen, als ihm direkt vor seinen Augen ein weiterer Pick-up den Weg versperrte.

»Verdammte Scheiße!«, fluchte Jake und schlug auf das Lenkrad.

In diesem Augenblick fiel ihm wieder der Revolver ein. Doch bevor er nach dem Handschuhfach tasten konnte, packte ihn eine raue, grobe Hand am Arm und zog Jake mit einem kräftigen Ruck aus dem Wagen.

Er schlug um sich, wehrte sich nach Leibeskräften, strampelte mit den Beinen.

»Jetzt halt endlich still, Bürschchen!«, sagte eine derbe Männerstimme, kratzig wie ein Reibeisen.

»Was wollt ihr von mir?«, kreischte Jake und bereute, die Pistole nicht an sich genommen zu haben.

Der Mann, der Jake gepackt hatte, presste ihn nun mit dem Rücken gegen den Kotflügel des Autos, so fest, dass es ihm die Luft zum Atmen raubte und er schon fürchtete, alle seine Knochen würden brechen.

Weitere Schritte näherten sich. Schwere, entschlossene Schritte. Wie viele Männer waren es? Fünf? Sechs?

Jake wagte nicht, darüber nachzudenken, was sie mit ihm anstellen würden.

Der Mann beugte sich über ihn und kam ganz dicht an sein rechtes Ohr. Jake spürte seinen Atem, der in seinem Trommelfell kitzelte und vibrierte. Ein fauliger Geruch nach ungeputzten Zähnen, Nikotin und Alkohol stieg ihm in die Nase – er hätte fast gewürgt, obwohl er selbst vermutlich kaum besser roch.

»Du schuldest uns etwas, Arschloch«, zischte der Mann und drückte Jake noch entschlossener gegen die Karosserie. Der Knopf seiner Jeans schabte am Lack – ein Kreischen erklang, als würde jemand mit den Fingernägeln über eine Kreidetafel kratzen.

»Hast du das etwa vergessen, Arschloch?«

»Nein«, wimmerte Jake, schloss für einen Moment die Augen und betete, heil aus der Sache rauszukommen.

***

Knapp drei Stunden später legte Scott erstmals den Hörer auf die Gabel, um zu verschnaufen. Die Akten, ordentlich sortiert, türmten sich zu allen Seiten. Er raufte sich das Haar. Die Arbeit stieg ihm zu Kopf, er erstickte an den unzähligen Unterlagen, die noch bearbeitet werden mussten. Früher hatte es ihm nie etwas ausgemacht, mehr als fünfzehn Stunden am Tag zu schuften. Er hatte sogar innerliche Befriedigung erlangt durch jeden Fall, den er erfolgreich zum Abschluss gebracht hatte – doch das hatte sich schlagartig verändert. Er hatte sich verändert. Nichts war mehr so, wie es mal gewesen war.

Mit einem Taschentuch wischte er sich den Schweiß aus dem Nacken, klappte die Akte mit der Sammelklage auf und überflog die Unterlagen. Drei Todesfälle waren zu betrauern. Drei Frauen, die das Medikament wegen eines grippalen Infektes verschrieben bekommen hatten, waren angeblich daran verstorben. Bei allen drei Frauen war es nach der Einnahme des Medikamentes zu plötzlich auftretenden inneren Blutungen und raschem Sinken der Sauerstoffsättigung gekommen. Die Laboranalysen der Blutproben sprachen für einen toxischen Befund.

Scott war kein Mediziner, aber er wusste, dass es schwierig werden würde – wenn nicht fast unmöglich – dem Pharmaunternehmen daraus einen Strick zu drehen. Die Aufgabe ihrer Kanzlei bestand darin, die Kläger, in diesem Falle die drei Ehemänner, davon zu überzeugen, das Vergleichsangebot des Pharmaunternehmens anzunehmen, auch wenn es ihnen den geliebten Menschen nicht mehr zurückbrachte.

Scott konnte ihre Trauer und Wut nachfühlen. Der Verlust eines geliebten Menschen war schwer zu bezwingen, und es tat gut, wenn man glaubte, einen Schuldigen gefunden zu haben, den man für den Kummer in seinem Leben verantwortlich machen konnte.

Wie jedes Mal traf ihn der Gedanke an seine eigene Schuld mitten ins Herz. Abermals tauchten die Bilder vor seinem geistigen Auge auf, die Bilder, welche ihm den Schlaf raubten, die ihn immer wieder unangekündigt heimsuchten wie ein ungebetener Gast. Egal wie oft er sie fortschickte, sie kamen ständig zurück und klopften an seine Tür. Und jetzt war auch noch Kate wiederaufgetaucht. Schlimmer hätte es nicht kommen können.

Scott schloss für einen Augenblick die Augen. Sein Leben war ein Scherbenhaufen, begriff er. Ein Kartenhaus, das in sich zusammengefallen war.

Kapitel 3

Nach Einbruch der Dunkelheit lag stets eine beruhigende Stille über der Avalon Bay. Tagsüber erfüllten Geschrei, Trubel und Hektik die salzige Luft, die nach Meer und Sand schmeckte. Doch kaum legte sich die Dämmerung über den Abend, kehrte eine fast friedvolle Ruhe ein, die Kate jedes Mal aufs Neue sehr genoss.

Möwen pickten Essenreste vom Boden – Pommes und Brotkrümel –, Liebespaare schlenderten Hand in Hand über die Stege, betrachteten den leuchtenden Himmel, an dem die Sterne wertvoll wie Juwelen blinkten – der Mond lächelte schief.

Während Kate sich in dem gemütlichen Korbsessel zurücklehnte, schloss sie für einen Moment die Augen, vernahm das Rauschen der Wellen und dachte einen Moment lang an gar nichts. Ihr Kopf war wie leergefegt. Scott war wieder in ihr Leben getreten, und der Schock über ihr unerwartetes Wiedersehen saß tief. Der Gedanke an ihn hatte sie den ganzen Tag nicht losgelassen. Zumal ihr keine Verschnaufpause blieb. Schon in wenigen Minuten würde sie ihn ein zweites Mal innerhalb von wenigen Stunden sehen. Sie hatte sich immer vor diesem Moment gefürchtet, diesem Mann wieder gegenüberzustehen, und ihn im Unterbewusstsein dennoch herbeigesehnt. Es hatte nur einen

Blickkontakt zwischen ihnen gebraucht, und die Gefühle für Scott, die nach wie vor in ihr schwelten, waren mit einem Schlag wieder entflammt, wollten nicht auf die Einwände ihres Unterbewusstseins hören, drohten sie zu ersticken, sie erneut zu berauschen.

Sie schluckte schwer. Warum musste dieser Mann gerade jetzt wieder in ihr Leben treten, da sie eigentlich ganz andere Probleme zu bewältigen hatte?

Das Poltern von Monas Schritten auf dem Holzboden holte sie aus ihrem Dämmerzustand zurück. Sie öffnete die Augen, als die alte Dame sich ihr näherte und sich neben sie auf einen freien Platz plumpsen ließ.

»Was für ein anstrengender Tag!«, sagte Mona erschöpft seufzend. »Ich habe das Gefühl, dass Jahr für Jahr immer mehr Touristen auf die Insel kommen.«

»Ja, heute war ganz schön viel los«, stimmte Kate ihr zu.

»Ich könnte verstehen, wenn du jetzt kündigen möchtest«, witzelte Mona.

»Mach dir keine Sorgen. So schnell wirst du mich nicht los. Ich bin froh, hier sein zu dürfen.« Kate winkte lachend ab. Dass sie nach der Begegnung mit Scott heute Morgen für einen Moment ernsthaft überlegt hatte, ihre Koffer zu packen und zu verschwinden, behielt sie besser für sich. Wo sollte sie auch hin? Sie war froh bei Mona eine vorläufige Unterkunft gefunden zu haben.

»Du leistest hervorragende Arbeit«, behauptete Mona.

»Danke.« Kate errötete über dieses Lob.

»Ehrlich gesagt ist es mir ein Rätsel, wie ich die Arbeit die ganzen letzten Monate ohne dich bewältigt habe. Ich bin allmählich wohl doch zu alt«, meinte Mona, die mit ihren über sechzig Jahren immer noch vor Energie strotzte. Ploppend öffnete sie den Korken einer Weinflasche, die sie zusammen mit zwei Gläsern aus der Küche mitgebracht hatte, und schenkte ihnen großzügig ein.

»Den haben wir uns verdient.« Sie schmunzelte und reichte Kate ein Glas.

Kate nahm einen Schluck. Der Alkohol lag angenehm und vollmundig auf ihrer Zunge. Es war, als könnte sie den Sommer schmecken, denn genau daran erinnerte sie das Aroma des Weines.

»Mein verstorbener Mann hat guten Wein geliebt«, erklärte Mona, während sie selbst an ihrem Glas nippte, dessen Flüssigkeit im Abendlicht hellrot schimmerte wie ein geschliffener Rubin. »Mein Schwiegervater hat einen eigenen Weinberg besessen.« Sie deutete auf die halb volle Flasche. »Dieser Wein stammt aus jener Zeit.«

»Er ist köstlich«, lobte Kate und nahm einen weiteren Schluck. Schließlich musste sie sich an den Gedanken gewöhnen, Scott gleich wieder gegenüberzustehen. Das konnte man im benebelten Zustand besser verkraften.

»Ja, das ist er in der Tat«, stimmte Mona ihr zu. »Manche Menschen verstehen ihr Handwerk.«

Mona hatte den Tisch für vier gedeckt. Rickie war bereits vor einer Stunde aus der Schule gekommen, hatte seine Hausaufgaben erledigt und war nun zum Parkplatz gelaufen, um seinen Vater abzuholen, der jeden Augenblick zu ihnen stoßen wollte.

Wiederholt schielte Kate den Weg zum Pier hinunter. Sie war nervös, hatte Herzklopfen und schweißnasse

Hände bei dem Gedanken, Scott in wenigen Minuten erneut in die Augen zu sehen.

»Wie lange kennt ihr euch schon, Scott und du?«, wollte Mona wissen, die Kates Nervosität offenbar bemerkt hatte.

Kate überlegte eine Weile, ob sie Mona die ganze Geschichte erzählen sollte. Entschied sich dann aber dagegen. Sie war einfach noch nicht bereit dazu, sich der Vergangenheit zu stellen.

Sie räusperte sich, bevor sie leise sagte: »Wir haben uns damals in L.A. auf einer Party kennengelernt. Scott war der beste Freund von Ben Sunders und ich eine Freundin einer Freundin von Ben.« Kate lächelte verlegen. »Wie das so ist auf den Studentenpartys«, fuhr sie fort. »Jeder bringt einen guten Bekannten mit und plötzlich trifft man auf viele nette Menschen, die sich ansonsten nie über den Weg gelaufen wären.« Sie bekam eine Gänsehaut, und der erneute Gedanke an Scott lähmte für eine Sekunde ihren Verstand. Eigentlich wollte sie nichts mehr, als sich wieder in seinen tiefblauen Augen zu verlieren und seine Küsse auf ihrem Körper zu spüren. Aber sie wusste, dass das nie wieder passieren würde. Sie hatte diesem Mann das Herz gebrochen. Das würde er ihr nie verzeihen.

»Oh! Demzufolge kennt ihr euch schon ein paar Jährchen.« Mona hob erstaunt die Augenbrauen und schien kurz nachzurechnen.

»Zehn Jahre«, nahm Kate ihr die Antwort vorweg. »Wir kennen uns seit zehn Jahren, wobei wir die letzten fünf davon so gut wie gar keinen Kontakt hatten.« *Aber jede einzelne Sekunde habe ich an Scott gedacht*, fügte sie in Gedanken hinzu. Ihr Blick wurde traurig.

Mona nickte. »Verstehe, dann hast du sicher auch Rickie und Lara kennengelernt?«, hakte sie nach.

»Nein!« Schneller als beabsichtigt schüttelte Kate den Kopf und lief rot an. »Was ich meine ... ich bin den beiden nur ganz kurz begegnet.« Sie schluckte, weil sie spürte, wie ihre Kehle eng wurde. »Sie traten in Scotts Leben, als ich gerade im Begriff war, L.A den Rücken zu kehren«, korrigierte sie sich. Sie zuckte mit den Schultern. »Ich habe sie nur einmal kurz gesehen. Ich hatte keine Gelegenheit mehr, sie kennenzulernen.« Sie seufzte und wandte den Blick ab. Die Erinnerungen an Scott und den Tag ihrer Trennung schmerzten sie. Mühsam schluckte sie die aufsteigenden Tränen hinunter.

»Verstehe.« Mona nickte und warf Kate einen verständnisvollen Blick zu. Man merkte, dass es hinter ihrer Stirn ratterte und die Informationen, die Kate ihr geliefert hatte, weitere Fragen aufwarfen. Es würde sicher nicht lange dauern, bis sie eins und eins zusammenzählte. Aber Kate hatte jetzt nicht die Nerven, um einem weiteren Verhör standzuhalten. Zum Glück war Mona empathisch genug nicht weiter nachzubohren.

»Rickie macht eine schwere Zeit durch«, sagte Mona stattdessen, und Kate war ihr dankbar dafür. »Ich glaube, er versucht herauszufinden, wer er eigentlich ist. Er hat seinen Platz in der Welt noch nicht gefunden. Ich helfe ihm dabei, so gut es geht. Er ist wirklich ein lieber Bursche, manchmal etwas stürmisch und frech, aber im Grunde hat der Junge einen weichen Kern und ein gutes Herz. Hast du Familie?«, wollte sie wissen.

Betreten sah Kate in das Glas in ihrer Hand, das sie hin und her schwenkte, sodass der Wein sich am Rand brach wie das Wasser an der Klippe. »Nein, auf mich wartet niemand«, antwortete sie nach einer Weile.

»So eine junge und kluge Frau geht ganz alleine durchs Leben?« Mona schien verwundert und Kate überlegte erneut, wie viel sie ihr erzählen konnte. Die beiden kannten sich schließlich nicht länger als eine Woche und noch konnte Kate keineswegs sicher sein, ob sie ihr vertrauen durfte.

Mona hatte keinen Augenblick gezögert, Kate einzustellen.

Sie hatte bis jetzt keine unangenehmen Fragen gestellt, wollte nicht wissen, woher sie kam, wohin sie wollte. War nur ihrem Bauchgefühl gefolgt und hatte ihr vertraut. Dennoch ahnte Kate, dass sie sich früher oder später erklären musste, aber momentan war sie noch nicht bereit dazu. »Ich brauchte eine Veränderung«, erklärte Kate schnell, denn sie spürte Verzweiflung in sich aufkeimen und hatte Angst, dass die sich in ihrer Miene widerspiegelte. »Manchmal sehnt man sich nach einem neuen Leben«, sagte sie deswegen bemüht lapidar.

»Das verstehe ich.«

»Wirklich?« Jetzt war Kate verwundert.

»Gewiss, Kate, gewiss. Du bist gerade mal neunundzwanzig Jahre, jung und schön. In deinem Alter möchte man sich ausprobieren, Wagnisse eingehen, den Kopf verlieren ... Ist es nicht so?« Monas Blick ging verträumt ins Leere, als würde sie über ihre eigene vergangene Jugendzeit nachdenken.

Dankbar für die Vorlage nickte sie. »Ja, genau so ist es.«

Kate, die dieses Gespräch über sich selbst nur ungern fortsetzen wollte, fiel ein Stein vom Herzen, als plötzlich zwei Gestalten aus der Dunkelheit vor ihnen auftauchten.

Eine von ihnen erkannte sie gleich als Scotts Sohn Rickie, die andere, eine junge, attraktive Blondine, deren High Heels über den Holzboden klackten, hatte Kate nie zuvor gesehen.

***

Jake wusste, wie man mit solchen Typen fertigwurde, aber sie hatten ihn überrumpelt – und sie waren in der Überzahl. »Glaubst du etwa, uns zum Narren halten zu können?«, schrie ihm der Mann ins Ohr.

»Ganz bestimmt nicht«, brachte Jake heraus und schnappte nach Luft. »Wirklich, ich ...«

»Ja, was denn?« Einer der Typen stieß ihm einen Ellbogen in die Rippen.

»Ich ... ich besorge euch die Kohle! Versprochen!«

»Soll das etwa heißen, du hast sie noch nicht?«

»Doch, aber ... ich ...« *Du verfluchter Narr,* tadelte Jake sich selbst. »Ich ... brauche mehr Zeit!« Er presste die Lippen aufeinander, seine Nasenflügel bebten.

»Du hattest nun wirklich genug Zeit, unsere Geduld ist am Ende.« Der Mann zog eine fiese Grimasse.

»Nur noch ein paar Tage«, flehte Jake.

»Willst du mich verarschen?«, fragte der Mann.

»Nein. Nein, natürlich nicht.« Jake schüttelte den Kopf.

»Wir verhandeln nicht, niemals!«, erklärte der Mann. »Schreib dir das gefälligst hinter die Ohren!«

Versehentlich biss Jake sich auf die Zunge. Der Geschmack von Metall füllte seinen Mund.

»Bitte ... noch zwei Tage, zwei ... zwei lächerliche Tage ...«, flehte er erneut, seine Stimme überschlug sich. Alles drehte sich. Er kniff die Augen zusammen, bemüht, der Benommenheit zu entkommen, die ihn überkam. Er schwitzte wie ein Schwein auf der Schlachtbank und hatte längst aufgehört, sich zu widersetzen.

»Du bist ein jämmerlicher Schlappschwanz«, entgegnete der Mann hinter ihm, und zu Jakes Verblüffung löste sich der Griff. Endlich konnte er wieder frei atmen, gierig sog er die frische Luft ein.

»Das ist deine letzte Chance«, zischte die Stimme hinter ihm. »Gnade dir Gott, wenn du die Kohle bis dahin nicht aufgetrieben hast.«

»Das werde ich ...«, stammelte Jake geistesabwesend. »Ganz bestimmt ...« Seine Beine gaben nach und er sank zu Boden. Der Asphalt war aufgeheizt, sodass er sich fast die Finger verbrannte. Er zuckte zusammen.

Die Männer entfernten sich. Türen knallten, als sie in ihre Wagen einstiegen, Motoren heulten auf.

Wimmernd sah Jake sich um. Passanten hatten sich zu ihm umgewendet. Sie hatten das Spektakel aus sicherer Entfernung beobachtet, ohne dass ihm jemand zu Hilfe gekommen war. Jake konnte es ihnen nicht verdenken. Er selbst hätte sich diesen Schlägern auch nicht entgegengestellt.

Angeekelt leckte er sich über die Lippen, schmeckte das Blut auf seiner Zunge. Noch immer schlug ihm das Herz bis zum Hals, nach wie vor spürte er den immensen Druck, mit dem er gegen den Kotflügel gepresst worden war. Dieses beängstigende Gefühl, keine Luft mehr zu bekommen.

»Scheiße, Scheiße, Scheiße«, schimpfte Jake, kam zitternd auf die Beine und kämpfte sich in den Wagen. Auf der Stelle griff er nach seiner Pistole im Handschuhfach, das kühle Metall half ihm, sich wieder zu fangen.

Ich werde dich nie wieder zurücklassen, Baby, versprach er, als er den Motor startete und mit quietschenden Reifen davonraste.

***

Mona erhob sich, als Rickie und die blonde Frau näher kamen, und nickte der Blondine zur Begrüßung verhalten zu.

»Ist Scott nicht hier?«, fragte die, Blondine ohne Kate eines Blickes zu würdigen.

»Nein, aber er müsste bald kommen. Möchtest du vielleicht hier auf ihn warten?«, schlug Mona vor. »Wir wollen zusammen Abendessen, du bist herzlich eingeladen.«

»Nein, danke«, sagte die Frau und schob ihr langes Haar mit einer Handbewegung zurück, nachdem sie einen geringschätzigen Blick über den Tisch geworfen hatte, auf dem bereits Suppenteller und Baguette bereitstanden. Offensichtlich war die Mahlzeit nicht nach ihrem Geschmack. »Ich habe noch eine Verabredung und sehe Scott ja dann später zu Hause. Bis später, Rickie«, sagte sie, ehe sie eilig wieder verschwand, als hätte sie Angst, doch noch an den Tisch gebeten zu werden.

Kate sah ihr mit gerunzelter Stirn hinterher. *Seltsamer Auftritt*, dachte sie.

»Ihr Name ist Virginia«, klärte Mona Kate auf, nachdem sie Rickie zum Händewaschen ins Café geschickt hatte.

»Scotts Freundin?«, erkundigte sie sich und hoffte, nicht allzu neugierig zu klingen.

Mona schüttelte den Kopf. »Virginia ist Anwältin und arbeitet in Scotts Kanzlei.« Sie zog die Stirn kraus und fügte hinzu: »Ich werde das Gefühl nicht los, dass sie ihn nur benutzt. Für ihre Karriere, für Geld und Ruhm. Ich weiß nicht, irgendwie konnte ich sie noch nie leiden. Sie ist sehr von sich selbst überzeugt und manchmal geradezu schnippisch.«

Kate nahm das unkommentiert zur Kenntnis. Sie wollte sich nicht einmischen. Sie kannte diese Frau nicht und verbat sich aus diesem Grund, sich ein voreingenommenes Urteil über sie zu bilden. Aber dass Virginia außergewöhnlich hübsch war, war Kates neugierigen Blicken nicht entgangen, und sie zwang sich, keinen Neid aufkommen zu lassen. Im Vergleich zu ihr fühlte sie sich unscheinbarer als ein Mauerblümchen. Ohne dass sie es wollte, keimte Eifersucht in ihr auf, auf die Frau, die offensichtlich mehr mit Scott verband, als es nach außen den Anschein hatte. Warum sollte die Blondine sonst zu Hause auf ihn warten?

Kate atmete einmal tief durch, als ihr bewusst wurde, dass sie sich mehr Gedanken um Scott und sein Leben machte, als ihr guttat. *Mach dich nicht lächerlich, Kate,* wies sie sich in Gedanken zurecht. Scott konnte schließlich zusammen sein, mit wem er wollte.

»Oh«, hörte sie Mona plötzlich rufen, als ein leises Zischen aus der Küche drang. »Ich glaube, da kocht was über.« Mona stützte sich an der Tischplatte ab, um aufzustehen, aber Kate kam ihr zuvor.

»Bleib sitzen!«, bat Kate und drückte sie sanft in den Sessel zurück. Stattdessen sprang sie auf. »Ich mach das schon.«

Sie lief in die Küche, kramte einen Kochhandschuh aus der Schublade und nahm die würzig duftende Tomatensuppe vom Herd. Anschließend trug sie den Topf nach draußen und wäre fast mit Scott zusammengestoßen, der in diesem Moment ihren Weg kreuzte.

Blitzschnell hielt er Kate mit beiden Händen an den Schultern fest, damit sie nicht nach vorne stolperte. Seiner schnellen Reaktion war es zu verdanken, dass sich der Inhalt des Topfes nicht über die gesamte Veranda ergoss.

Scotts Mundwinkel verzogen sich zu einem überheblichen Grinsen. »Da bin ich ja im richtigen Moment gekommen«, sagte er trocken und schaute ihr tief in die Augen.

Abrupt blieb Kate stehen und spürte Hitze, wo seine Finger sie berührt hatten. Er roch frisch geduscht. Ein würziger Duft von Moschus stieg ihr in die Nase. Für einen Moment vergaß sie, wo sie sich befand. Verdammt, dieser Mann brachte sie immer noch völlig aus dem Konzept!

»Entschuldigung«, stammelte sie, als sie sich wieder gefasst hatte, schenkte ihm ein flüchtiges Lächeln und konnte nicht verhindern, dass ihr die Röte ins Gesicht stieg.

»Darf ich?« Scott nahm ihr den Topf ab und stellte ihn auf den Tisch. Und sollte er überrascht sein, sie hier zu sehen, ließ er sich nichts anmerken. »Das riecht ja göttlich«, sagte er, beugte sich über den Topf und fächelte sich mit der Hand den aufsteigenden Duft unter die Nase, bevor er sich auf einen freien Stuhl zu ihnen an den Tisch setzte. Er zwinkerte Mona belustigt zu. »Mit der Suppe hast du dich mal wieder selbst übertroffen.« Dann glitt sein Blick zu Kate und seine tiefblauen Augen schienen sie zu durchbohren. Hastig senkte sie den Blick und griff nach dem Suppenlöffel.

Rickie kam aus der Küche geflitzt, nahm das abgebrochene Stück Baguette, welches Mona ihm entgegenstreckte, und setzte sich seinem Vater gegenüber. »Da bist du ja endlich, Dad«, sagte er vorwurfsvoll. »Ich musste mich schon mit Virginia rumquälen, als ich auf dem Parkplatz vergebens auf dich gewartet habe.«

»Virginia war hier?« Scott zog die Augenbrauen hoch.

Kate verteilte die Suppe auf die tiefen Teller und setzte sich anschließend auch an den Tisch. Der Geruch nach frischer Tomate war so intensiv, dass ihr das Wasser im Mund zusammenlief.

»Ja, vor ein paar Minuten erst. Du hättest ihr eigentlich noch begegnen müssen«, bestätigte Mona Rickies vorlaute Bemerkung, während sie eine Handvoll frischer Basilikumblätter verteilte, um die Suppe appetitlich anzurichten.

Scott schüttelte den Kopf. »Nein, ich habe sie nicht gesehen. Virginia hat wahrscheinlich den Weg zum Strand gewählt. Aber da sie sich nicht auf meinem Handy gemeldet hat, kann es so wichtig nicht gewesen sein«, vermutete er laut und goss sich ein Glas Wein ein.

»Virginia erzählt nie wichtige Dinge. Sie redet immer nur über Mode und ihre langweiligen Freundinnen«, bemerkte Rickie. Seine Stimme hatte einen bitteren Beiklang.

»Sei nicht so unhöflich«, sagte Scott und sah seinen Sohn tadelnd an. »Virginia ist eine gebildete und nette Frau. Sie tut dir nichts, und du hast keinen Grund, abwertend über sie zu reden.«

Rickie zog einen Schmollmund. Man sah, dass ihm eine Antwort auf der Zunge lag, aber er schien sich dazu entschieden zu haben, sie herunterzuschlucken. Stattdessen fing er an die Suppe zu schlürfen.

»Ja, lasst uns anfangen, die Suppe wird sonst kalt«, sagte Mona und zündete den Docht einer Kerze an, deren Flamme aufgeregt im Wind zuckte. »Lasst es euch schmecken.«

»Guten Appetit«, erwiderten Kate und Scott wie aus einem Mund. Sie sahen sich an und in Scotts Miene erschien ein Schmunzeln, das aber gleich wieder verschwand.

Erneut spürte Kate diese Unsicherheit, doch diesmal war sie ihr nicht unangenehm. Sie fühlte ein Kribbeln, das sich bis in den Bauch ausbreitete.

Kapitel 4

Begleitet von einem ohrenbetäubenden Hupkonzert überquerte Jake mit überhöhter Geschwindigkeit eine Kreuzung. Fassungslos schüttelte er den Kopf und fuhr sich mit der Handfläche durchs Gesicht. Wie hatten sie ihn bloß gefunden? Er war in eine Sackgasse geraten und wusste nur eins: Er musste erst mal untertauchen. Wenigstens so lange, bis Gras über die ganze Sache gewachsen war.

Wenig später trat er mit aller Kraft auf die Bremsen. Der Anschnallgurt schnitt ihm in die Schulter, als der Wagen abrupt zum Stehen kam. Rückwärts navigierte Jake das Auto in eine freie Parklücke und riss die Tür auf, kaum dass er den Zündschlüssel herausgerissen hatte. Es war eine heruntergekommene Gegend, in der man nachts nicht unbedingt auf der Straße sein sollte. Die Müllcontainer, die direkt neben den Hauseingängen standen, waren überfüllt und die Bürgersteige verunreinigt. Wer in diesem Bezirk wohnte, stand nicht auf der Sonnenseite des Lebens. Dafür waren die Wohnungen günstig. Was Besseres hätte Jake sich nie leisten können. Er war froh, überhaupt ein Dach über dem Kopf zu haben.

Ohne nach rechts und links zu schauen, hastete Jake über die Straße – ein fataler Fehler. Nur haarscharf brauste ein Kleinwagen an ihm vorbei, ein Range Rover ging kreischend in die Eisen. Hupen ertönte, erboste Rufe schallten durch die aufgeheizte Sommerluft.

»Pass doch auf, Idiot!«, schrie der Fahrer des Wagens, doch Jake beachtete ihn nicht, er lief einfach weiter. Auf der anderen Straßenseite drängelte er sich an einem Obdachlosen vorbei, der ihm kopfschüttelnd nachsah, und steuerte auf den verwahrlosten Eingangsbereich eines der maroden Häuser zu. Hier betätigte er mehrere Klingelknöpfe auf einmal, während er gleichzeitig die eine Hälfte des Körpers gegen die Eingangstür stemmte, bis endlich ein Surren ertönte und die Haustür nachgab. Ein bestialischer Gestank nach abgestandenem Bier und kaltem Rauch schlug ihm entgegen.

Mehrere Stufen auf einmal nehmend, hastete Jake die baufällige Treppe hinauf. Im vierten Stock angekommen, hämmerte er mit den Fäusten gegen die Tür.

Einmal, zweimal, dreimal – immer wieder. *Nun mach schon auf,* dachte er mit bebenden Lippen. Kurz hielt er, die Faust erhoben, inne und lauschte.

Keine Regung, keine Schritte – nichts.

Verdammt! Wo zum Teufel war Diego, sein mexikanischer Mitbewohner? Normalerweise verließ er nur selten die heimischen vier Wände.

Jakes Erregung stieg. Wieder hämmerte er gegen die Tür.

Vergebens suchte er in seinen Hosentaschen nach dem Haustürschlüssel. Hatte er ihn etwa schon wieder verlegt? Oder gar wieder einmal verloren? Was die alltäglichen Dinge anging, war Jake einfach zu fahrig, um auf seine Sachen aufzupassen. Dreimal hatten sie das Schloss bereits auswechseln müssen. Leise fluchte er vor sich hin. Wo war nur dieser dämliche Schlüssel? Erneut tastete er seine Klamotten ab.

Zu seiner Überraschung fand er den Schlüssel dann doch in der Brusttasche seines Hemdes. Mit zitternden Fingern steckte er ihn ins Schlüsselloch und stieß schon im nächsten Moment die Tür auf.

***

Eine Weile hörte man nur das Klappern der Löffel und das Rauschen der Wellen, die sich sanft an den Holzpfählen der Molen brachen.

»Rickie, bitte iss vernünftig«, mahnte Mona, als Rickie erneut lautstark schlürfend einen Löffel Suppe nahm.

Erstaunlicherweise gehorchte der Junge ihr aufs Wort. Scheinbar schien es ihm wichtig zu sein, dass Mona ein gutes Bild von ihm behielt. Vielleicht fürchtete er, sonst nicht mehr herkommen zu dürfen, wenn er sich unangepasst verhielt, überlegte Kate und warf einen verstohlenen Blick auf Vater und Sohn. Einen kurzen Moment wurde sie nachdenklich. Wo war Lara, Rickies Mutter? War Scott geschieden? Auch wenn Kate es nie offen zugeben würde, musste sie sich eingestehen, dass alles, was diesen Mann anging, sie immer noch brennend interessierte.

Unvermittelt wandte Rickie sich an Kate. »Bist du aus L.A.?« Mit kindlicher Neugier schaute er sie an, und auch Scott schenkte ihr plötzlich seine ganze Aufmerksamkeit.

Kate hielt den Kopf gesenkt und wand sich ein wenig unter seinem Blick. Obwohl seine tiefblauen Augen sie offen ansahen, hatte sie das Gefühl, als versuchten sie tief in ihre Seele einzudringen, um ein gut gehütetes Geheimnis zu lüften.

»Ja, genau ... ich bin aus L.A.«, antwortete sie kurz angebunden und lächelte Rickie an. Sie griff nach ihrem Weinglas und nahm einen Schluck, um den Kloß in ihrer trockenen Kehle runterzuspülen.

»Machst du Urlaub hier?«, hakte Rickie nach, während Scott sie weiterhin musterte.

»So etwas Ähnliches«, meinte Kate ausweichend. »Das ist eine lange Geschichte ...« Sie schluckte und lief rot an. Obwohl sie sich darauf vorbereitet hatte, dass man ihr früher oder später Fragen zu ihrer Person stellen würde, fühlte sie sich plötzlich doch überrumpelt. Und dass Scott mit am Tisch saß und jedes ihrer Worte in sich aufsog wie ein trockener Schwamm, machte die Sache nicht leichter.

Das Schweigen am Tisch war durchzogen von Anspannung und Kate fühlte sich immer weniger wohl in ihrer Haut.

»Sorry«, sagte Scott plötzlich, der ihre Unsicherheit wahrgenommen hatte. Er lächelte zwar nicht, aber seine Augen signalisierten echtes Verständnis. »Rickie wollte nicht indiskret sein.«

»Äh ... schon in Ordnung«, sagte Kate schnell. »Es ist nur ... ehrlich gesagt, weiß ich selbst noch nicht genau, was ich hier eigentlich will.« Sie lächelte unsicher in die Runde. »Für den Sommer habe ich mir eine Pause verordnet. Dann sehen wir weiter.«

»Hast du keinen Beruf?«, fragte Rickie argwöhnisch und zog die Nase kraus.

»Rickie«, mahnte Scott.

»Ist wirklich in Ordnung«, stellte Kate erneut fest, brach sich ein Stück Brot ab, tunkte damit den letzten Rest Suppe von ihrem Teller und wandte sich dann an den Jungen. »Doch, Rickie, ich habe einen Beruf. Eigentlich auch einen sehr schönen. Ich arbeite in einem Hospital. Aber die Schichtdienste und die vielen Überstunden haben an meinen Kräften gezehrt, und da habe ich mich entschlossen, mir eine Auszeit zu nehmen. Ich brauchte einfach mal einen Tapetenwechsel.« Kate lächelte nervös. Das war nicht mal gelogen, sie hatte einfach nur das wichtigste Motiv für ihre Entscheidung weggelassen.

»Cool«, meinte Rickie. »Ich hätte auch gern mal eine Pause von der Schule.« Er verzog das Gesicht.

Kate lachte. »Ja, das glaube ich dir sofort. Ich fand die Schule auch immer sehr anstrengend.«

»Und jetzt arbeitest du für Mona?«, bohrte Rickie weiter nach.

»Ja, das hat sich zufällig so ergeben.« Kate wandte sich Mona lächelnd zu. »Und bei ihr gefällt es mir wunderbar«, erklärte sie, dabei stand sie auf und stellte das benutzte Geschirr zusammen, um es in die Küche zu bringen. Fürs Erste hatte sie genug von sich preisgegeben.

Mona streckte ihre Hand aus und legte sie zärtlich auf Kates. »Kate ist ein Geschenk des Himmels. Ich bin so glücklich, dass sie in mein Leben geschneit ist. Sie ist mir eine große Hilfe, und ich weiß gar nicht mehr, was ich ohne sie anfangen sollte«, sagte sie an Rickie und Scott gewandt, bevor sie sich ebenfalls erhob, um Kate beim Abräumen des Tisches zu unterstützen.

»Ja, diese Frau kann einen bleibenden Eindruck hinterlassen«, murmelte Scott leise und seine Augen-

brauen zogen sich zusammen. In seinen Augen stand
ein leerer Ausdruck und für einen Moment schien er in
Erinnerungen zu versinken.

Verlegen sah Kate ihn an, senkte jedoch gleich darauf
den Blick. Sie wusste genau, dass er auf ihre geschei-
terte Beziehung anspielte. Eilig drehte sie sich um und
verschwand in die Küche.

***

»Aber ich kann dir doch im Café helfen«, empörte sich
Rickie, und seine Miene nahm einen beleidigten Ausdruck an, als er Mona ansah.

Mona ging um den Tisch herum und blieb hinter Rickie stehen. Dann beugte sie sich zu ihm runter und
legte den Arm um ihn. »Das weiß ich doch, und du hilfst
mir schon, wo du kannst. Aber mal ehrlich, junger
Mann. Willst du ab morgen täglich das schmutzige Geschirr wegräumen und zwanzigmal am Tag die Spülmaschine ausräumen?« Sie lachte ihn herausfordernd
an. »Ich glaube, wenn du die Wahl hättest, würdest du
dich lieber für deine Hausaufgaben entscheiden, als in
der Küche zu schuften.«

Ernst nickte Rickie. »Mhm … aber für das Auffüllen
der Getränkekästen bin nur ich zuständig«, stellte er
klar.

»Worauf du dich verlassen kannst«, versicherte
Mona. »Flaschenauffüllen ist reine Männersache. Keiner sortiert uns die leeren Flaschen so ordentlich in die
Kästen wie du. Diesen Job wirst du so schnell nicht los,
versprochen.« Sie lachte und strich ihm zärtlich über

53

das Haar, dann musterte sie Scott, der immer noch in seinen Erinnerungen festhing.

Rickie nickte glücklich. Er schien beruhigt.

Als Scott bemerkte, dass Mona ihn anstarrte, kehrte er in die Gegenwart zurück und reichte ihr seinen leeren Teller, den sie auf das Tablett zu dem restlichen Geschirr stellte.

Er räusperte sich. »Die Suppe war köstlich«, lobte er und lehnte sich in seinen Korbsessel zurück.

Mona seufzte und sah Scott durchdringend an. »Scott ... ich ... ich weiß nicht, was zwischen dir und Kate vorgefallen ist ...«, flüsterte sie, damit Kate sie nicht hören konnte, »... aber ich bin froh, dass Kate mir unter die Arme greift.«

»Ich weiß.« Scott nickte und biss die Zähne zusammen.

Mona lächelte gütig. »Dann ist ja alles geklärt«, murmelte sie, nahm das Tablett auf und folgte Kate in die Küche.

***

Dort holte sie eine Karaffe mit Eistee aus dem Kühlschrank und drückte sie Kate in die Hand, die gerade mit den Küchenarbeiten fertig war und ihre Schürze ablegte. »Magst du die schon mal rausbringen, ich komme sofort nach«, bat sie freundlich, und die Art, wie sie Kate dabei anblickte, machte ihr deutlich, dass Mona sich wünschte, dieser Abend möge einen guten Abschluss finden.

Kate schluckte. Eigentlich hatte sie nicht vorgehabt, Scott erneut unter die Augen zu treten, sondern sich klammheimlich aus dem Staub machen wollen. Scott jahrelang nicht zu begegnen und nun gleich zweimal am Tag, war mehr, als ihr Herz verkraften konnte.

Aber um Monas willen riss Kate sich zusammen. Seelisch wappnete sie sich, durchquerte die Küche und brachte die Karaffe zurück an den Tisch, wo sie jedem ein Glas eingoss. »Hier, Rickie, für dich«, sagte Kate freundlich und schob ihm ein Glas hin.

»Danke«, sagte Rickie, lächelte sie an und trank einen Schluck.

»Mona kann recht eigenwillig sein und nimmt ungern fremde Hilfe an. Wie hast du es geschafft, sie um den Finger zu wickeln?«, fragte Scott plötzlich und nippte an seinem Eistee, während er Kate misstrauisch ansah.

»Das mit dem eigenwillig habe ich gehört!«, rief Mona belustigt aus der Küche.

Kate zuckte mit den Schultern. »Ich habe gar nichts gemacht. Es ist einfach so passiert«, sagte sie und ihre Stimme klang gereizter als beabsichtigt. Sie schaute ihn zornig an. Was glaubte er? Dass sie gewusst hatte, dass er jetzt hier auf der Insel lebte, dass sie seinetwegen zurückgekehrt war und Mona bestochen hatte, um sie einzustellen?

Scott zog die Augenbrauen hoch. »Beruhige dich, Kate, es war nur eine ganz normale Frage.« Er musterte sie ernst.

Kate hielt seinem Blick einen Moment stand. Dann setzte sie sich mit klopfendem Herzen wieder zu ihnen an den Tisch und sah für einen langen Augenblick auf das dunkle Meer, ohne den wunderschönen Sonnenuntergang wirklich wahrzunehmen.

Ihr Magen zog sich zusammen. Scott hatte recht. Sie sollte sich auf der Stelle beruhigen. Sie interpretierte viel zu viel in seine Fragen hinein. Aber konnte man es ihr verdenken? Scott auf der Insel zu treffen, war wie ein Schlag ins Gesicht, und sie hatte das Gefühl, der Situation nicht gewachsen zu sein.

Zum Glück kam Mona aus der Küche zurück, in der Hand eine Dose mit Brownies. Sie stellte die Kekse auf den Tisch und durchbrach das angespannte Schweigen. »Hier, für dich Rickie, ein Vorrat für zu Hause, die isst du doch so gern.«

Während sie den Deckel der Dose öffnete, erklärte sie: »Ich war schon eine Weile auf der Suche nach einer Aushilfe. Ich hatte sogar mit dem Gedanken gespielt, eine Annonce aufzugeben, doch ich habe mich dann doch dagegen entschieden.« Sie zuckte die Achseln.

»Davon wusste ich ja gar nichts«, sagte Scott erstaunt und hob den Blick.

»Du kennst mich doch, ich lasse den Dingen gern ihren Lauf. Ich war überzeugt, dass nicht *ich* meine Angestellte finden würde, sondern andersherum. Und genau so kam es.« Sie lachte auf. »Plötzlich stand diese junge, wunderschöne Frau vor mir ...«, sie deutete auf Kate und lächelte sie an, »... und ich war mir vom ersten Augenblick an sicher, dass sie die Richtige ist.«

»Ja, wunderschön«, murmelte Scott leise in sich hinein. Er fuhr sich mit den Fingern durchs Haar, und diesmal schenkte er Kate ein aufmerksames Lächeln, das ihr Herz wild galoppieren ließ.

»Ich habe Kate einfach angesprochen, ob sie mir ein wenig zur Hand gehen kann, und sie hat sofort eingewilligt«, fuhr Mona fort, die nicht mitbekam, dass Kate unter Scotts intensivem Blick errötete. Sie schob Rickie die Dose mit den Brownies zu, nach denen er eilig griff. »Kate geht mir nicht nur im Café zur Hand, sondern auch im Haushalt. Bis sie eine passende Bleibe gefunden hat, schläft sie im ehemaligen Arbeitszimmer auf dem Sofa.«

Ein erneutes Lächeln überzog Scotts Gesicht und diesmal galt es Mona. »Ich freue mich für dich«, sagte er und es klang aufrichtig.

Mona nickte. »Es ist ein Segen, abends Gesellschaft zu haben. Seitdem mein Mann verstorben ist, komme ich mir manchmal sehr einsam vor.«

Scott nickte, und während er sprach, starrte er ins Leere. »Das verstehe ich gut.«

Mona schien um die trüben Gedanken zu wissen, die Scott in diesem Moment heimsuchten. Sie hob ihre Hand und berührte sanft seine Schulter. »Mach dir nicht so viele Gedanken.« Sie schenkte ihm ein aufmunterndes Lächeln. »Du siehst erholt aus, Scott«, bemerkte sie dann in einem lockeren Tonfall. »Die kurze Auszeit scheint dir gutgetan zu haben. Du solltest dir häufiger freinehmen.«

»Ich wünschte, das wäre so einfach.« Er seufzte erschöpft und sah seinen Sohn an. »Rickie, wir müssen jetzt los. Du hast morgen Schule.« Erneut wandte er sich an Mona. »Noch einmal danke für das leckere Essen, Mona.« Er erhob sich und schob Tisch und Stühle zusammen.

»Immer wieder gern«, antwortete Mona erfreut.

»Ich will aber noch ein bisschen bleiben«, protestierte Rickie und sah mit einem flehenden Blick zu Mona, aber sie lächelte ihn nur gütig an.

»Ich werde auch bald ins Bett gehen, Rickie. Ich bin total erledigt«, sagte sie an den Jungen gewandt, gähnte und streckte sich. »Du kommst doch morgen wieder und dann nehme ich mir ganz viel Zeit für dich, versprochen.« Sie lächelte ihn aufmunternd an.

»Na gut, dann bis morgen«, maulte Rickie, griff nach der Dose mit den Brownies und folgte seinem Vater mit hängendem Kopf.

Bevor Scott an der Seite seines Sohnes das Café verließ, richtete er ein letztes Mal sein Wort an Kate. Um seine Lippen spielte nicht die Andeutung eines Lächelns. »Scheint, als würden wir uns in Zukunft nun wieder häufiger begegnen.«

Durch den rauen Tonfall in seiner Stimme klang es wie eine Herausforderung, und Kate merkte, wie sie augenblicklich rot wurde.

»Schlaf gut.« Scotts tiefblaue Augen musterten sie intensiv.

Da war er wieder, dieser eindringliche Blick, der so viele widersprüchliche Gefühle in ihr auslöste. *Reiß dich zusammen, Kate.* Sie schluckte trocken. »Ja, danke, du auch«, erwiderte Kate höflich und lächelte zaghaft. Dann wandte sie ihre Aufmerksamkeit dem Jungen zu. »Und dir wünsche ich auch eine gute Nacht, Rickie.«

Kate und Mona sahen den beiden einen Moment hinterher und winkten ein letztes Mal.

»Scott ist ein sehr attraktiver Mann, findest du nicht?«,

fragte Mona unverbindlich, kaum dass Scott und Rickie außer Sichtweite waren.

Kate rief sich Scotts Erscheinungsbild in Erinnerung, sein widerspenstiges dunkles Haar, der schicksalhafte

Blick, die müden und gleichzeitig wachsamen Augen, sein geschäftsmäßiges und selbstbewusstes Auftreten ... dieser Mann war schlicht und ergreifend aufregend.

»Ja«, stimmte Kate ihr zu. Ein äußerst attraktiver Mann, um genau zu sein. *Der mir glatt wieder gefährlich werden könnte*, dachte sie im Stillen und löschte die Kerzen auf dem Tisch, während ihre Wangen erneut puterrot anliefen.

Das Klingeln des Telefons riss sie aus ihren Gedanken.

Mona sah auf die Uhr. »Wer kann das sein, um diese Zeit?«

»Ich geh schon«, rief Kate und eilte in den Laden. Rasch nahm sie den Hörer ab. »Café *Lemon Pie*, Sie sprechen mit Kate Wellington.«

Sekundenlang war es still in der Leitung, aber Kate konnte ganz deutlich jemanden atmen hören.

»Hallo, wer spricht denn da?«, fragte sie erneut, gleich darauf sah sie verständnislos auf den Hörer. »Aufgelegt.«

Mona, die ihr ins Café gefolgt war, stellte die restlichen leeren Brötchenkörbe auf den Tresen und zuckte mit den Schultern. »Wahrscheinlich verwählt, oder der Anrufer hat dann doch gemerkt, dass es bereits zu spät ist, um eine Bestellung aufzugeben. Wenn es wichtig ist, wird er sich wieder melden.« Sie lächelte Kate an. »Komm, lass uns Schluss machen für heute. Es war ein langer Tag, ich bin hundemüde«, sagte sie, ging zur Tür, schloss das Café von innen ab und löschte das Licht, bevor sie die Stufen zur kleinen Wohnung, die direkt über dem Café lag, nach oben stieg.

Die plötzliche Dunkelheit ersparte es Kate, Mona zu erklären, warum sie plötzlich weiß wie die Wand geworden war. »Ja, vielleicht nur verwählt«, murmelte Kate, die immer noch in Gedanken war. Sie warf einen letzten besorgten Blick auf das Telefon.

Ein ungutes Gefühl blieb.

***

Der Korridor und der Wohnbereich lagen im Dunkeln. Die Vorhänge waren teilweise zugezogen, sodass nur spärliches Licht in die Räume fiel.

Jake knipste das Deckenlicht an, das knisternd flackerte. Die Birne war schon lange kaputt. Doch niemand kümmerte sich darum.

Irgendwo musste ein Fenster offen stehen, denn Jake vernahm Verkehrslärm, der in die Wohnung drang, das Aufheulen von Motoren, Hupen und quietschenden Reifen. Er durchquerte den Flur zu seinem kleinen Zimmer, das rechts am Ende des Ganges lag. Das Bett war zerwühlt, die Schranktür stand offen. Auf seinem Schreibtisch stapelte sich Geschirr, vor allem benutzte Kaffeetassen, überfüllte Aschenbecher, leere Coladosen und Bierflaschen. Die Luft war abgestanden. Staub tanzte im grellen Licht, das durch die trüben Fensterscheiben flutete.

Angewidert verzog Jake das Gesicht und musste sich widerwillig eingestehen, dass selbst er sich vor dem Dreck in seinem Zimmer ekelte. *Scheißegal,* sagte er sich. Er hatte jetzt keine Zeit weitere Gedanken an mangelnde Hygiene zu verschwenden. Wenn er morgen die erste Fähre ab San Pedro erwischen wollte, musste er sich sputen. Er beugte sich runter zum Bett und kramte eine mittelgroße Tragetasche darunter hervor, bevor er flüchtig ein paar Kleidungsstücke aus seinem Kleiderschrank wühlte. T-Shirts, zwei Jeans, Unterwäsche, frische Socken, Schlafsack ...

Benötigte er außer Kleidung sonst noch etwas? Jake überlegte angestrengt – Geld natürlich. Er brauchte unbedingt noch Bargeld! Doch wie immer war er bis auf den letzten Dollar pleite.

»Du haust ab?«, hörte er plötzlich eine Stimme mit spanischem Akzent in seinem Rücken.

Jake wirbelte herum. Sein Herz klopfte wild. Nicht, weil er sich erschrocken hatte, sondern weil er vollgepumpt war mit Adrenalin. Es strömte durch seine Adern, berauschend wie eine Droge. Vor Stress bildeten sich rote Punkte auf seinen Wangen.

Sein Mitbewohner stand im Türrahmen. Seine Haare waren feucht. Von seinen dunklen Strähnen fielen Tropfen auf das türkise Handtuch, das er sich über die Schulter gelegt hatte. Er verströmte einen frischen, sommerlichen Geruch nach Zitrone. Offenbar kam er gerade aus der Dusche. Deshalb hatte er sein Klingeln nicht gehört.

Jake nickte.

»Wohin?«

Jake antwortete nicht. Es war besser, wenn niemand wusste, wohin er flüchtete. Sowohl zu seiner eigenen als auch zu Diegos Sicherheit. Zwar wussten die Typen, die Jake an der Tankstelle überrascht hatten, nicht, wo er wohnte, allerdings zweifelte er keine Sekunde daran, dass es ein Leichtes für sie wäre, das herauszufinden. Wenn er nicht als Wasserleiche im Pazifischen Ozean enden wollte, musste er untertauchen, und zwar so schnell wie möglich.

Diego sah ihm mit gerunzelter Stirn dabei zu, wie er weitere Kleidungsstücke in seine Tragetasche stopfte und schließlich den Reißverschluss schloss.

»Kannst du mir ein bisschen Kohle leihen?«, bat Jake und sah zu ihm auf.

»Schon wieder?«, entgegnete sein Mitbewohner genervt.

»Ich gebe es dir zurück. Versprochen.«

»Du schuldest mir bereits zweihundert Dollar«, erinnerte Diego ihn.

Jake schuldete so gut wie jedem, den er kannte, Geld. Er nickte. »Das habe ich nicht vergessen«, versicherte er.

Diego schien mit sich zu ringen. »Ich bin im Moment selbst etwas klamm«, meinte er.

»Bitte ... ohne dich bin ich aufgeschmissen«, bettelte Jake, der wusste, dass sein Freund jeden Monat eine kleine Summe Bargeld von seiner Mutter zugesteckt bekam, damit er nicht ganz verwahrloste. Außerdem ging er seit ein paar Wochen einem Minijob an der Tankstelle nach. Diego hatte sich tatsächlich in den Kopf gesetzt, irgendwann aus diesem Milieu auszubrechen, und Jake bewunderte ihn dafür.

Diego seufzte. »Wie viel brauchst du?«

Jake wiegte abschätzend den Kopf hin und her. »Dreihundert?«

Entgeistert starrte Diego ihn an. Dann hielt er entsetzt dagegen: »Dreihundert Dollar? Bist du wahnsinnig?«

»Ich zahle es dir so schnell wie möglich zurück«, versicherte Jake.

»Das hast du beim letzten Mal auch behauptet.«

»Du kannst mir vertrauen.«

»Kann ich das?«

»Ja. Wir sind doch alte Kumpel, oder etwa nicht?«

»Das sind wir.«

»Komm schon!«, drängte Jake. Der Schweiß stand ihm in kleinen Perlen auf der Stirn. »Lass mich nicht hängen.«

»Einhundertfünfzig, mehr habe ich nicht. Und nur dieses eine Mal noch«, sagte Diego mit Nachdruck, der scheinbar spürte, dass Jake mächtig unter Druck stand.

Jake atmete tief aus und fühlte sich unendlich erleichtert. »Danke, Mann.« Er boxte Diego spielerisch mit der geballten Faust gegen die Brust. »Du bist ein echter Freund.«

»Ich würde eher sagen, naiver Idiot.« Diego lachte und verschwand in seinem Zimmer, um das Geld zu holen.

Jake klaubte seine Tragetasche vom Boden und sah sich ein letztes Mal in seinen vertrauten vier Wänden um, die ihm in den letzten drei Jahren tatsächlich das Gefühl gegeben hatten, nicht nur einen Unterschlupf zu haben, sondern ein Zuhause. Ob er jemals hierher zurückkehren würde? Er wusste es nicht. Sein Herz zog sich schmerzhaft zusammen. Mit einem Mal kam ihm alles so eng vor, er bekam kaum Luft. Eilig verließ er den Raum.

An der Haustür steckte Diego ihm das Geld zu, das Jake sogleich in seiner Hosentasche verschwinden ließ.

»Du hilfst mir echt aus der Patsche. Danke.« Jake legte ihm freundschaftlich eine Hand auf die Schulter.

»Hast wohl mal wieder mächtig Ärger am Hals, was?«, vermutete Diego laut und grinste ihn wohlwissend an.

Mal wieder, wiederholte Jake im Geiste. *Du sagst es.* Er stieß einen schwerfälligen Seufzer aus. »Ja, diesmal sieht es echt eng für mich aus.«

»Verstehe. Pass auf dich auf.« Nachdenklich knabberte Diego auf seiner Unterlippe. Vielleicht ahnte er, dass es unwahrscheinlich war, Jake je wiederzusehen und sein Geld zurückzubekommen.

»Das werde ich.« Jake senkte den Blick. Er wagte nicht, seinen Freund weiter anzusehen. Er drehte Diego den Rücken zu und öffnete die Haustür, hielt einen Moment inne und lauschte.

Aus der Wohnung über ihnen drangen erboste Stimmen. Im Untergeschoss wurden Türen geknallt. Ein Hund bellte sich die Kehle aus dem Leib – alles wie immer.

Trotz aller Armut, die er hinter sich ließ, würde er das alles hier schmerzlich vermissen, er würde Diego vermissen, dachte Jake wehmütig und in ihm keimte so etwas wie Abschiedsschmerz auf. Er schluckte mehrmals gegen den Kloß in seinem Hals an. Jetzt bloß nicht heulen wie ein Waschweib. Den ersten Fuß schon auf der Treppenstufe, wandte er sich dann doch noch ein letztes Mal zu seinem treuen Freund und Mitbewohner um.

Noch immer klopfte Jakes Herz gegen seine Brust. »Falls jemand vorbeikommt und sich nach mir erkundigt ...«

Diego verstand. »Schon klar. Ich habe dich nie gekannt.«

Dann fiel die Tür ins Schloss.

Kapitel 5

Scott wirbelte nervös durch die Wohnung. Aus dem Schlafzimmer holte er seinen Laptop, nahm unterwegs den Aktenordner an sich, mit dessen Inhalt er sich die halbe Nacht um die Ohren geschlagen hatte, und suchte in der Küche nach seinem Handy, das er schließlich auf dem Tisch, neben der aufgeschlagenen Tageszeitung, fand. Er griff danach und ließ alles in seiner Laptoptasche verschwinden. Dann beugte er sich zum Küchentresen rüber, wo er mit der linken Hand den Espressoknopf an der Kaffeemaschine bediente, während die rechte nach dem Sportzeug hangelte, das neben seiner Laptoptasche lag. Dann drehte er sich zu seinem Sohn um, der bereits seinen Schulrucksack geschultert hatte und wartend vor ihm stand.

»Ich wünsche dir einen schönen Schultag.« Scott strich seinem Sohn zärtlich über den Kopf und reichte ihm seine Sporttasche.

»Du kommst nicht mit zu Mona?« Rickie sah seinen Vater überrascht an.

Scott schüttelte den Kopf, nahm den durchgelaufenen Espresso zu Hand, trank ihn hastig im Stehen aus und stellte die Tasse dann auf die Spüle zum anderen dreckigen Geschirr, das sich seit Tagen darauf stapelte, weil weder Virginia noch er bisher Zeit gefunden hatten, die Spülmaschine auszuräumen. Zum Glück kam

heute die Putzfrau, die zweimal die Woche für Sauber-
keit sorgte.

»Leider habe ich heute keine Zeit«, sagte Scott, als er
sich Rickie zuwandte. »Ich habe einen wichtigen Termin in der Kanzlei. Virginia bringt dich heute zu Mona
und danach zur Schule.«

»Ach nö«, quengelte Rickie und ließ die Schultern
hängen. In seinem Gesicht spiegelte sich große Enttäuschung.

»Tut mir leid, Rickie. Durch unseren Urlaub ist vieles
in der Kanzlei liegengeblieben und ich muss jetzt leider
ein paar Termine nacharbeiten.«

Er legte seinem Sohn einen Finger unters Kinn und
hob es an. »Das verstehst du doch.« Er sah ihm aufmerksam in die Augen. »Aber heute Abend gehen wir zusammen joggen. Wie abgemacht«, versprach er und lächelte aufmunternd.

Rickies Augen lachten nicht. Er kniff nur mürrisch
die Lippen zusammen, gab sich dann aber geschlagen
und murmelte: »Dann bis heute Abend.«

Virginia, die während des Gesprächs bereits an der
Tür wartete, die Klinke in der Hand, drehte sich zu
Scott um und runzelte die Stirn. »Hast du vergessen,
dass du mich heute Abend zum Essen ausführen wolltest?«, sagte sie in leicht gereiztem Ton.

Scott fuhr sich durch die Haare. Er hatte diese Einladung nicht vergessen, eher absichtlich verdrängt.
Wenn er ehrlich war, hatte er momentan nicht die Nerven, den Abend mit Virginia zu verbringen. Vor drei Tagen, als er die Einladung ausgesprochen hatte, hatte die
Sache noch anders ausgesehen, aber nun war Kate zurück und mit ihr der Schmerz und die Wut, die auch

nach all den Jahren immer noch in ihm schwelten. Dank dieser Gefühlsmischung war er zurzeit kein guter Gesellschafter.

Scott blickte Virginia an. »Entschuldige, aber das müssen wir leider verschieben. Du hast ja gehört, ich werde mit Rickie joggen gehen«, erklärte er knapp.

»Wie du meinst«, erwiderte Virginia beleidigt und straffte die Schultern. Einen Augenblick schien es, als wollte sie noch etwas hinzufügen, entschied sich aber dann doch dagegen. Und Scott war ihr dankbar dafür. Virginia kannte ihn mittlerweile gut und konnte einschätzen, wann er mit sich reden ließ und wann nicht.

»Wir sehen uns dann später in der Kanzlei?«, fragte Virginia und sah Scott nachdenklich an, als spürte sie genau, dass ihn etwas bedrückte, was er nicht preisgeben wollte. Sie lächelte ein letztes Mal gequält, bevor sie die Tür öffnete und nach draußen lief.

»Dann bis heute Abend. Tschüss, Dad.« Rickie nahm seine Tasche und stürmte Virginia hinterher.

Scott sah ihnen nach und seufzte innerlich, als ihm klar wurde, dass er sich wie ein Schuljunge benahm, der sich vor einer bevorstehenden Matheklausur drückte. Sein Magen verkrampfte sich vor Schuldgefühlen, denn der wahre Grund, weshalb er Rickie nicht zu Mona begleitete, war nicht die viele Arbeit in der Kanzlei. Es war Kate, die ihn in einen regelrechten Schockzustand versetzt, ihn eiskalt erwischt hatte.

Für heute war er froh gewesen, einen Termin in der Kanzlei vorschieben zu können. Er musste erst mal einen freien Kopf bekommen. Aber was war mit den nächsten Tagen?

Er konnte Kate nicht ewig aus dem Weg gehen.

Auf den Straßen von L.A. herrschte frühmorgens schon der übliche Berufsverkehr, sodass Jake für die letzten Meilen fast eine halbe Stunde benötigte. Er war die ganze Nacht durchgefahren und todmüde. Dann endlich kam der Fähranleger in Sicht, getaucht in das Licht der aufgehenden Sonne. Nicht mehr lange und sie würde über dem Meer leuchten wie ein strahlender Diamant. Jake hoffte, dass er bis dahin längst auf Catalina übergesetzt hatte.

Er parkte sein Auto etwas abseits vom Hafen in einer kleinen Seitenstraße, wo es geschützt war vor fremden Blicken, schnappte sich seine Tasche und lief das letzte Stück zu Fuß.

Mehrmals warf er einen Blick über die Schulter, spähte gehetzt zu allen Seiten, um sich zu vergewissern, dass ihm niemand gefolgt war. Er reihte sich in die Schlange der Menschen ein, die sich ein Ticket kaufen wollten, und betrat, geschützt im Gedränge, das Schiff.

Als wenig später die Fähre ablegte, atmete Jake das erste Mal an diesem Tag erleichtert auf. Er senkte den Blick und beobachtete die Wellen, die gegen die äußere Wand der Fähre schwappten. Er machte sich nichts vor. Er musste weiterhin vorsichtig sein. Allzeit aufmerksam. Noch war er nicht in Sicherheit.

Er hatte sich seine Baseballmütze tief ins Gesicht geschoben, stellte sich an die Reling und blickte auf den Ozean hinaus. So würde man sein Gesicht nicht sehen können, da er den übrigen Fahrgästen den Rücken zugewandt hatte. Eine Möwe flog kreischend über ihn hinweg. Eine Brise ließ ihn frösteln.

Auch auf Catalina Island wäre er nicht ewig vor seinen Verfolgern geschützt, das wusste Jake. Sie hatten ihn bis jetzt immer gefunden. Aber vorerst würde er auf der Insel in Sicherheit sein.

***

Mona hielt kurz in ihrer Arbeit inne, als die Türglocke klingelte und Rickie in Begleitung von Virginia das Café betrat.

»Dein Dad kommt heute nicht?«, fragte sie, nachdem sie einen Moment nach Scott Ausschau gehalten hatte, und zog die Augenbrauen hoch. Es überraschte sie, denn bis heute war es nicht ein einziges Mal vorgekommen, dass Scott seinen Sohn nicht zum Frühstücken begleitet hatte.

Rickie schüttelte nur den Kopf und setzte sich zu ihr an den Tresen, wo sein Teller bereitstand. Er fing an, seinen Kakao zu trinken und griff nach dem belegten Käsebrötchen.

Scott wird doch hoffentlich nicht krank sein, überlegte Mona, während sie Rickie erneut den Kakao auffüllte, verwarf diesen Gedanken aber gleich wieder. Nein, davon hätte Rickie sofort erzählt. Sie warf einen kurzen Blick zu Kate, die Rickie ebenfalls freudig begrüßte und ihm herzlich zulächelte. Irgendwie wurde Mona das Gefühl nicht los, dass es etwas mit ihr zu tun hatte. Kates Auftauchen hatte Scott regelrecht aufgewühlt.

Virginias missmutiger Miene war deutlich anzusehen, dass sie ebenfalls nicht glücklich darüber war, Rickie anstelle von Scott zu begleiten. »Beeil dich ein bisschen. Ich habe schließlich auch noch einen Job«, gängelte sie den Jungen. »Und wisch dir deinen Schokoladenbart ab. Das sieht ja widerlich aus.« Angeekelt verzog sie das Gesicht. Dann griff sie nach ihrem Mobiltelefon und überflog gelangweilt die Nachrichten.

»Möchtest du vielleicht auch ein kleines Frühstück?«, fragte Mona höflich an Virginia gewandt. Dabei ging es ihr weniger um ihr Wohlergehen, als um die Tatsache, dass Rickie in Ruhe frühstücken konnte.

»Ich? O Gott, nein«, wehrte Virginia entsetzt ab. »Ich kann mir eine unkontrollierte Kalorienaufnahme nicht erlauben.« Und obwohl sie ihren Blick nur einmal kurz über Monas etwas korpulenteren Körper wandern ließ, konnte man ihrer Miene entnehmen, dass sie abfällig über dicke Frauen dachte. »*Ich* muss auf meine Figur achten«, fügte sie betont zuckersüß hinzu und lächelte Mona gütig an, wie eine Mutter ihr Kind, wenn es etwas Dummes gesagt hatte.

Mona schluckte und versuchte sich nicht anmerken zu lassen, dass ihre Worte sie verletzt hatten. Sie betrachtete Virginia amüsiert und sagte dann: »Ja, die Konkurrenz ist groß, da muss man sehen, dass man mit einer Wespentaille punkten kann.«

Sie wartete Virginias Reaktion gar nicht erst ab, sondern sprach munter weiter, während sie Rickies Pausenbrotbox auf den Tresen legte. »Hat Scott dir eigentlich erzählt, dass eine alte Freundin von ihm aufgetaucht ist, die er noch aus Studententagen kennt?« Sie bemühte sich ihren Tonfall so belanglos wie möglich klingen zu lassen, als spräche sie über den wolkenlosen Himmel, der schon seit dem frühen Morgen über der Bucht lag und einen heißen, sonnigen Tag versprach.

Insgeheim tadelte Mona sich für ihre Retourkutsche. Aber Virginia hatte sie beleidigt und gereizt und da war es ihr einfach rausgerutscht. Außerdem gab es keine Regel, die besagte, dass es nur jungen Frauen vorbehalten war, Missgunst zu streuen. Sie war zwar um einiges älter, was aber noch lange nicht hieß, dass sie sich alles gefallen lassen musste.

Sie lächelte Virginia offen an, bevor sie sich kurz in Kates Richtung drehte und mit ihren Augen und einer stumm gemurmelten *Entschuldigung* um Verständnis für ihr loses Mundwerk bat.

»Wie meinst du das? Wer ist aufgetaucht?« Der entsetzte Blick, den Virginia Mona jetzt zuwarf, war geradezu gespenstisch.

Kate mischte sich plötzlich ein. »Vielleicht ein Glas Wasser, das hat keine Kalorien?«, fragte sie und lächelte übertrieben höflich. Der Kunde war schließlich König.

»Ja, danke, das wäre reizend.« Virginia lächelte Kate süffisant an, und Mona spürte, dass sie es als Anwältin gewohnt war, schnell wieder ihre Fassung zurückzugewinnen. Gekonnt professionell setzte sie die Konversation nun mit Kate fort, da Mona sich kurz abwandte, um einen Kunden zu bedienen. »Ihr Name war noch gleich?« Sie schenkte Kate einen fragenden Blick und musterte sie genauestens, als würde Kate ihr heute zum ersten Mal auffallen.

»Kate. Kate Wellington«, antwortete sie und stellte eine kleine Flasche Wasser und ein Glas auf den Tresen.

»Sind Sie eine Aushilfe für den Sommer?«, fragte Virginia scheinbar mehr aus Höflichkeit als aus wirklichem Interesse, denn sie warf bereits wieder einen Blick auf ihr Handy.

»Vorerst ja«, bestätigte Kate. Sie zögerte einen Moment, als wählte sie ihre Worte mit Bedacht. »Aber wir werden uns jetzt bestimmt öfter sehen. Ich bin die ehemalige Bekannte von Scott«, erwiderte sie geradeheraus.

Mona bemerkte, wie Kate bei diesen Worten rot anlief, aber um Virginia zu verunsichern, war es ihr das wohl wert. Und ein voller Erfolg, wie es schien. Denn Kates Worte ließen Virginia überrascht aufblicken. Bei ihr fielen alle Klappen, und wenn Mona sich nicht täuschte, wurde Virginia etwas blass um die Nasenspitze.

»Verstehe.« Sie schluckte trocken, hatte sich aber erneut schnell wieder unter Kontrolle. Unvermittelt schaute sie auf die Uhr und sagte dann im gleichen Atemzug: »Rickie, die Schule fängt gleich an.« Sie reichte ihm seine Pausenbox, verabschiedete sich von Kate, setzte ihre Sonnenbrille auf und schob Rickie vor sich her, der langsam wie eine Schnecke zum Ausgang bummelte.

Kate und Mona sahen ihnen hinterher, wie sie den Weg zum Pier überquerten. Als sie nicht mehr zu sehen waren, atmete Kate hörbar aus. Sie schien vor Anspannung eine Weile die Luft angehalten zu haben.

Mona sah Kate schuldbewusst an. »Ich muss mich bei dir entschuldigen, Kate.«

»Wofür?« Kate zog fragend die Augenbrauen hoch.

»Na, dass ich dich für meinen Rachefeldzug an Virginia benutzt und ihr erzählt habe, dass Scott und du euch von früher kennt«, erklärte Mona und seufzte laut auf. »Manchmal zweifle ich daran, dass ich schon auf die Siebzig zugehe. Besonders dann, wenn ich mich wie ein kleines trotziges Kind benehme. In meinem Alter sollte ich eigentlich vernünftiger sein.« Sie lachte auf und wischte sich den Schweiß von der Stirn.

»Das ist überhaupt nicht schlimm«, tröstete Kate und legte Mona eine Hand auf die Schulter. »Früher oder später hätte Virginia es sowieso erfahren. Wir leben auf einer Insel, da bleibt nichts verborgen.« Sie lächelte Mona liebevoll an, bevor sie hinzufügte: »Du hattest recht. Diese Frau ist äußerst unsympathisch. Und du konntest nicht zulassen, dass sie dich von oben herab abkanzelt, als wäre sie etwas Besseres. Das hast du nicht verdient. Und wenn ich dafür herhalten musste, um ihr einmal den Spiegel der Missgunst vorzuhalten, dann sollte es so sein.« Sie zuckte lächelnd mit den Schultern.

»Ja, wahrscheinlich.« Monas Augen funkelten erleichtert.

***

»Warum hast du mir nicht erzählt, dass Kate auf der Insel ist?« Bens Stimme klang ein bisschen vorwurfsvoll, aber er lächelte, als er mit schnellen Schritten das Büro von Scott durchquerte und sich vor seinem Schreibtisch aufbaute. »Deswegen bist du heute so durch den Wind. Ich habe es deinem Gesicht gleich angesehen, als du heute Morgen durch die Tür gekommen bist. Aber dass Kate diejenige ist, die für deinen bedauernswerten Gesichtsausdruck verantwortlich ist, darauf wäre ich in meinen kühnsten Träumen nicht gekommen.«

Das breite Lächeln, das über Bens Gesicht huschte, verschwand, als der zornige Blick von Scott ihn traf.

»Schon mal was von anklopfen gehört?«, wies Scott ihn zurecht und sah von seinen Unterlagen auf. Er seufzte tief, warf seinen Kugelschreiber aufs Papier und lehnte sich in seinem Sessel zurück. Für einen Moment starrte er Ben nur an. »Ja, Kate ist plötzlich wie aus dem Nichts aufgetaucht, und das hat nicht gerade Begeisterungsstürme bei mir ausgelöst«, knurrte er schließlich. »Und um deine nächste Frage zu beantworten, ja, ich habe sie bereits getroffen und kurz mit ihr gesprochen.«

»Und?« Bens Blick bohrte sich in Scotts. »Sieht sie immer noch so attraktiv aus? Was hat sie gesagt? Hat sie erklärt, warum sie dich damals plötzlich sitzengelassen hat, hat sie ...«

»Ben, es reicht«, wies Scott ihn zurecht und blinzelte. *Sie ist sogar sehr attraktiv*, dachte er im Stillen, aber das behielt er für sich. Er sah Ben tadelnd an. »Ist das dein Ernst? Glaubst du wirklich, wir haben über damals gesprochen? Das ist lange her. Diese Frau ist Geschichte. Ich bin darüber hinweg. Es interessiert mich nicht, was Kate hier will«, sagte er mit einem bitteren Unterton. Den schmerzhaften Stich, der seine Worte Lügen strafte, ignorierte er. Er wusste, dass er sich etwas vormachte. Allein der Gedanke an Kate löste diese bohrenden Gefühle in ihm aus, die er nie wieder hatte spüren wollen. Dass er sie vermisst hatte, all die Jahre ...

Deswegen konzentrierte er sich lieber auf seine Wut. Die war ihm zu einem vertrauten Begleiter geworden. Damit konnte er umgehen.

Ben schüttelte entrüstet den Kopf. »Ich glaub es einfach nicht. Da passiert endlich mal etwas Spannendes um unseren tristen Kanzleialltag herum und du lässt deinen besten Freund nichts davon wissen.« Gespielt vorwurfsvoll sah er Scott an.

Der verdrehte genervt die Augen. »Ich hätte es dir schon noch erzählt. Ich habe nur noch keine Zeit gefunden.«

»Keine Zeit gefunden, zu beschäftigt? Wahrscheinlich warst du gerade dabei, ihr Anklageplädoyer zu formulieren, welches in etwa so lautet: Kate Wellington, schuldig am Herzbruch ihres Liebhabers. In Anbetracht der Schwere ihrer Schuld wird eine lebenslängliche Missachtung der Mandantin als angemessene Strafe für sie angesehen.« Ben grinste schief, setzte sich auf den Sessel Scott gegenüber und schlug lässig ein Bein über das andere. Er sprach weiter, obwohl Scotts Gesicht einen missbilligenden Ausdruck annahm. »Ich könnte doch Kates Verteidigung übernehmen? Was meinst du?«, witzelte er und hob herausfordernd die Augenbrauen. »Denn, zugegeben, seit damals beschäftigt mich dieselbe Frage wie dich. Was hat die Angeklagte dazu bewogen, ihren bis dato alles geliebten Freund Scott Blackwell ohne ein Wort der Erklärung zu verlassen und bis heute wie vom Erdboden zu verschwinden? Mich würde wirklich brennend interessieren, was sie zu ihrer Verteidigung vorzubringen hat ...«

Scott fand das jedoch weniger witzig. Seine Augen wurden schmal. »Halt dich da raus, das geht nur mich etwas an«, unterbrach er Ben scharf und der Ausdruck in seinen Augen wurde noch eine Spur dunkler, als er ohnehin schon war.

Ben hob abwehrend die Hände. »Oh, oh ... da ist aber jemand ziemlich empfindlich.« Ein amüsiertes Lächeln umspielte seine Lippen.

Auch wenn Ben der Einzige war, mit dem Scott über persönliche Dinge redete und der die ganze Geschichte kannte, war er jetzt nicht in Stimmung, das Thema Kate näher zu vertiefen. »Von wem weißt du es?«, fragte er stattdessen.

»Gute Recherche gehört ebenso zu unserem Arbeitsalltag wie das Jonglieren mit Paragrafen«, erwiderte Ben feixend. »Das sollte dir als Spitzenanwalt nicht neu sein. Aber Spaß beiseite«, fügte er hinzu, als er merkte, dass Scott nicht zu Späßen aufgelegt war. »Virginia hat es mir erzählt und die hat es von Mona erfahren. Virginia ist sehr aufgewühlt deswegen und hat versucht, mich über dich und Kate auszuquetschen.«

Für einen Moment wurde Scotts Gesichtsausdruck angespannt. Aber er wusste, dass er Ben voll und ganz vertrauen konnte.

Ben legte seinen Kopf schief und sah ihn an. »Ich dachte, du und Virginia, ihr hättet nur eine rein platonische Beziehung?«

»Haben wir ja auch.«

»Na ja ... wie dem auch sei. Leider konnte ich ihr da nicht weiterhelfen«, ergänzte Ben und zuckte mit den Schultern. »Aber so wie ich Virginia kenne, wird sie nicht lockerlassen. Da kommt noch ein hartes Stück Arbeit auf dich zu. Zieh dich warm an.« Ben grinste erneut, dann sah er seinen Freund mitleidig an, doch dessen Blick ging ins Leere.

»Scott? Hörst du mir überhaupt zu?«, fragte Ben.

»Was … ja … ich habe dir zugehört.« Scott räusperte sich und fuhr sich durch die Haare. »Ich werde da wohl ein paar Dinge regeln müssen.« Und damit meinte er nicht nur die Auseinandersetzung mit Virginia.

Kapitel 6

Scott schlenderte den Strand entlang, einen Kaffeebecher in der Hand. Er hatte wieder mal nicht schlafen können und war schon vor dem Morgengrauen aufgestanden. Aber diesmal war es Kate, die ihm den Schlaf raubte und ihn nicht zur Ruhe kommen ließ. Er sah ihr Gesicht vor sich, das sich in sein Gedächtnis eingebrannt hatte wie ein Foto, das man vor sich sah, wenn man ein Album aufschlug. Ihre weichen, geschwungenen Lippen, die haselnussbraunen Augen. Sie sah schöner aus denn je. Aus dem jugendlichen Mädchen war eine attraktive Frau geworden, und bei dem Gedanken daran lief ihm ein kalter Schauer über den Rücken. Er schluckte, setzte sich nahe einer Felswand auf einen großen Stein und starrte auf das unruhige Meer. Seit der Uni waren sie unzertrennlich gewesen. Sie hatten stundenlang reden und lachen, sich stundenlang lieben können. Es hatte Tage gegeben, da hatten sie nur das Bett verlassen, um etwas zu essen. Nicht nur einmal hatte er wegen ihr ein wichtiges Seminar an der Uni sausen lassen ... bis zu dem Tag, als Lara aufgetaucht war. Lara war gekommen. Kate war gegangen.

Jetzt war es umgekehrt.

Lara war gegangen. Kate war aufgetaucht.

Er spürte, wie sein Magen sich zusammenzog, erhob sich und lockerte seine Muskeln, drehte seinen Kopf hin und her.

Noch war der Pier menschenleer. Ein paar Möwen flogen über dem Ozean ihre Kreise und eine Gruppe von Seglern machte sich auf den Weg zu ihren Booten.

Das Rad des Schicksals spielte ein seltsames Spiel mit ihm, dachte Scott, und je mehr er über sein Leben nachgrübelte, desto bewusster wurde ihm, dass es eine Zeit gegeben hatte, in der er Kate sogar als die Frau seines Lebens angesehen hatte. Die Frau, mit der er eine Familie gründen und mit der er zusammen alt werden wollte. Er biss die Zähne aufeinander. Nicht nur Kate, sondern auch er hatte einen großen Fehler gemacht. Und wieder stieg er in ihm auf, der Vorwurf, den er sich selbst jeden Tag gemacht hatte und immer noch machte, weil er damals nicht alle Hebel in Bewegung gesetzt hatte, um Kate aufzuhalten, sie zurückzuholen. Was er mit ihr verloren hatte, wusste er heute mehr denn je.

Plötzlich ärgerte er sich, dass Kate einfach hier auftauchte und sein Leben erneut durcheinanderwirbelte. Er wollte nicht wieder verletzt werden, dennoch hatte er womöglich ein ernsthaftes Problem.

***

Es wehte ein erfrischender, sommerlicher Wind über den Ozean, der Kate das Haar zerzauste, kaum dass sie auf die Terrasse getreten war, um die Tische vorzubereiten und die Sonnenschirme aufzuspannen. Währenddessen hörte sie Mona in der Küche werkeln und

Bleche aus dem Ofen ziehen. Der süße Duft von Blaubeer-Muffins und frischen Brötchen erfüllte die Luft und brachte Kates Magen zum Knurren. Sie konnte es kaum erwarten, später einen der Muffins zu probieren.

Kate blickte eine Weile schweigend über das schäumende Meer hinweg und beobachtete einige Möwen, die am Himmel ihre Kreise zogen. Plötzlich stutzte sie. Sie sah Rickie mit Virginia näherkommen. Irritiert schaute sie auf die Uhr. Erst sieben. Sie hatte noch nicht mit den beiden gerechnet. Virginia beabsichtigte hoffentlich nicht, die verbleibende Zeit bis zum Schulbeginn im Café rumzusitzen. Kate betete, dass es einen anderen Grund für ihr frühes Auftauchen gab. Diese Frau verunsicherte sie, und Kate war jedes Mal froh, wenn sie sich in der Küche nützlich machen konnte, anstatt Virginias bohrenden Blicken ausgesetzt zu sein. Seit diese Frau erfahren hatte, dass Scott und Kate sich von früher kannten, ließ sie keine Gelegenheit aus, sie in ein Gespräch zu verwickeln. Aber Kate hatte beschlossen, sich auf nichts einzulassen. Eher würde sie sich die Zunge abbeißen, bevor sie Virginia von ihrer Zeit an der Uni und ihrer Beziehung zu Scott erzählte, geschweige denn in alten Wunden bohrte. Die Erinnerungen gehörten ihr allein. Außerdem gehörte Kate nicht zu den Menschen, die ihr Herz ausschütteten. Ihre Lippen blieben versiegelt, und so hielt sich das Geplauder der beiden stets an der Oberfläche. Sollte Virginia doch Scott mit ihrer Neugier nerven. Vielleicht würde er nur zu bereitwillig darüber sprechen, dass sie es gewesen war, die ihn damals verlassen hatte, er sie dafür verachtete und es keinen Grund gab, auf Kate eifersüchtig zu sein. Schließlich hatte Scott keinen Hehl daraus gemacht, dass er nicht erfreut war sie wiederzusehen.

Kate atmete tief durch, hob die Hand zum Gruß, und gab dann Mona in der Küche Bescheid, schon mal die Frühstücksbox bereitzulegen. Unvermittelt machte ihr Herz einen kleinen Hüpfer, als sie sich wieder umwandte und Scott im Schatten der beiden auftauchen sah, der ebenfalls direkt auf das Café zueilte. Hektisch verteilte sie die letzten Blumensträußchen in die Vasen auf den Tischen und strich unterbewusst den Rock ihres Kleides glatt. Dann eilte sie hinein, stellte sich hinter den Tresen, um eine Distanz zwischen ihnen aufzubauen, und kümmerte sich übertrieben eifrig um das Auffüllen der Besteckkästen.

Kaum hatten alle drei das Café betreten, spürte Kate die Anspannung, die zwischen Virginia und Scott brodelte, wie kochendes Wasser in einem Kessel. Sie hatte diesen Mann schließlich mal geliebt und wusste genau, wann er innerlich aufgewühlt war. Und heute hatte er definitiv keine gute Laune.

Aber auch Virginia und Rickie tauschten kaum einen Blick und traten schweigend an die Theke.

»Guten Morgen«, begrüßte Kate sie betont heiter, um die angespannte Stimmung zu lockern, und lächelte Rickie fröhlich zu.

»Guten Morgen«, erwiderte Virginia. Ihr Lächeln wirkte gezwungen.

»Hallo, Kate.« Scotts Stimme klang leise und rau, aber auch schmerzhaft vertraut. Kate schlang die Arme um ihren Oberkörper, als müsste sie sich vor seinen Blicken schützen. Sie errötete, als Scott ihr einen Blick zuwarf, sich dann aber gleich an Mona wandte, die mit

der Frühstücksbox in der Hand aus der Küche ge-
rauscht kam.

»Ihr seid heute aber früh dran«, meinte sie, und ein
verwunderter Ausdruck huschte über ihr Gesicht, weil
sie sich offensichtlich fragte, was das zu bedeuten
hatte. »Ich habe eure Frühstücksteller noch gar nicht
fertig, aber setzt euch doch schon mal auf die Terrasse,
es dauert nicht lange.«

»Mach dir keine Umstände, wir müssen gleich weiter.
Ich wollte auch nur fragen, ob ich Rickie heute bei dir
lassen kann. Wir haben mehrere Termine vor Gericht
und müssen rüber nach L.A.«

Mona nickte. »Natürlich. Er kann nach der Schule ins
Café kommen.« Sie stutzte kurz. »Aber dafür hättest du
doch nicht extra herkommen müssen«, fügte sie hinzu
und betrachtete Scott nachdenklich. »Rickie ist immer
willkommen. Das weißt du doch.«

Scott schluckte. »Ja, aber auch über Nacht? Wir würden erst morgen Abend aus L.A zurückkommen.«

Mona überlegte keine Sekunde. Sie nickte. »Selbstverständlich. Rickie kann hier übernachten, wenn er will.«
Mona drehte sich zu dem Jungen um. »Wir drei werden
es uns schon gemütlich machen, was meinst du?«,
fragte sie und lächelte erst Kate, dann den Jungen an.

Rickie strahlte und zeigte auf seinen Rucksack. »Ich
habe ein paar Kartenspiele mitgebracht.«

»Dann wäre der Abend ja gerettet.« Mona lachte auf.
»Ich kann es kaum erwarten, dass du mich abzockst
wie ein echter Pokerspieler.«

»Danke«, sagte Scott. Er lächelte Mona an und schien
erleichtert, dass sie ihn nicht im Stich ließ.

Forschend blickte Mona Scott in die Augen. »Du hast dich diese Woche sehr rar gemacht«, sagte sie und machte sich nicht mal die Mühe ihren Vorwurf in der Stimme zu unterdrücken.

Täuschte Kate sich oder errötete Scott unter Monas Zurechtweisung?

»Ja ... ähm, wie gesagt, ich habe im Moment viel nachzuarbeiten.« Ernüchtert ließ Scott die Schultern sinken und sog tief die Luft ein. »Aber ich werde mich bessern«, versprach er und schenkte Mona ein entschuldigendes Lächeln. Dann wanderte sein Blick kurz zu Kate.

Er sah sie an, viel zu lange für ihr Empfinden, und ihr Herzschlag beschleunigte sich. Das verwirrte sie. Mit einem Mal fühlte sie sich ihm wieder so nahe, wünschte sich, die Spannungen zwischen ihnen beiden würden längst der Vergangenheit angehören. Sie hätten sich ausgesprochen und alles wäre wieder gut zwischen ihnen. Aber das würde wohl tatsächlich nur ein Wunschtraum bleiben, denn Scott hatte bereits wieder diesen unnahbaren, fast feindseligen Blick aufgesetzt, der es ihr unmöglich machte, nur einen Schritt auf ihn zuzugehen. Sie sollte sich besser mit dem Gedanken abfinden, dass man Fehler aus der Vergangenheit nicht ungeschehen machen konnte. Das war besser für ihren Gemütszustand und weniger schmerzhaft.

»Gut, dann wäre ja jetzt alles geklärt«, sagte Virginia und holte sie ins Hier und Jetzt zurück. Sie reckte das Kinn, nahm die Box entgegen, die Mona immer noch in der Hand hielt, und reichte sie Rickie, der sie kommentarlos in seinen Schulrucksack packte.

»Komm jetzt, Rickie«, wies Virginia den Jungen emotionslos an, als spräche sie zu einem Hund, den sie an der Leine führte.

»Wir sind doch noch viel zu früh dran«, widersprach Rickie und sah sie gereizt an.

Virginia schüttelte unwirsch den Kopf. »Du hast doch gehört, dein Vater und ich müssen die erste Fähre nach L.A. nehmen, vorher setzen wir dich noch an der Schule ab. Ich habe jetzt keine Lust, mich mit dir zu streiten. Also komm bitte«, forderte sie Rickie erneut auf.

»Mona kann mich doch zur Schule bringen«, maulte Rickie, und der bettelnde Hundeblick, den der Junge Mona dabei zuwarf, hätte jedes Herz erweichen können. Deswegen purzelten die Worte auch schneller aus Kate heraus, als sie denken konnte. »Ich kann Rickie später auch zur Schule begleiten«, hörte sie sich in einem Brustton der Überzeugung vorschlagen, der sie selbst überraschte. Unsicher lächelte sie Scott an, aber innerlich verdrehte sie die Augen. Hatte sie sich nicht eben noch vorgenommen, Distanz zu diesem Mann zu wahren? Doch schon im selben Atemzug rechtfertigte sie sich: *Es geht hier schließlich um Rickie und nicht um Scott.*

»Ich weiß nicht«, murmelte Scott. Er musterte Kate einen Moment lang, und fast schien es, als wollte er sich dagegen entscheiden.

»O ja, bitte, Dad.« Die Augen des Jungen leuchteten auf. »Dann kann ich noch in Ruhe frühstücken und Mona ein paar Fragen zu meinem Referat stellen. Vielleicht kann sie mir weiterhelfen.«

Scott schien immer noch nicht überzeugt, gab aber schließlich sein Einverständnis. »Also gut, Rickie, wenn du das so willst.« Er seufzte. Dann wandte er sich an Kate. »Danke, dass du das übernehmen willst«, sagte er, aber durch den eisigen Tonfall in seiner Stimme klang es nicht sehr freundlich. Als er Monas Gesicht sah, die ihn tadelnd anblickte, wurde ihm das offensichtlich klar, und er rang sich ein Lächeln ab, wenn auch ein gequältes.

»Das mache ich wirklich gern.« Kate lächelte zaghaft und hoffte, dass Scott ihr nicht ansah, wie froh sie darüber war, doch noch ein Lächeln von ihm geschenkt bekommen zu haben.

»Gut, ich hole Rickie dann morgen Abend wieder bei dir ab«, sagte Scott nun etwas sanftmütiger.

»Das ist das Beste, was ich in den letzten Tagen gehört habe«, mischte sich Virginia plötzlich in das Gespräch ein, die in der Zwischenzeit ihr Make-up aufgebessert hatte und nun noch roten Lippenstift nachzog. Anschließend packte sie ihre Puderdose in ihre Handtasche und sah Scott unbefangen an.

Auf seiner Stirn bildete sich eine strenge Falte. »Was willst du damit sagen, Virginia?« Sein Tonfall war bedrohlich ruhig, als er ihr diese Frage stellte.

»Ja ... ich ...« Verunsichert versteifte sich Virginia einen Moment. Sie hüstelte lächelnd und schielte in Kates und Monas Richtung. Anscheinend waren ihr die Worte nur rausgerutscht, und sie hatte nicht damit gerechnet, dass Scott näher darauf eingehen würde.

Entweder, weil sie sich in die Enge gedrängt fühlte, oder um sich keine Blöße vor den beiden Frauen zu geben, sprach sie dann doch aus, was ihr auf der Zunge lag. »Ich denke, du solltest mal wieder deinen Vaterpflichten nachkommen. Ich habe schließlich auch noch etwas anderes zu tun, als die Babysitterin zu spielen. Falls du dich erinnerst, bin ich es gewesen, die Rickie die letzten Tage morgens bei Mona abgeliefert hat und ...«

Mit einer harschen Handbewegung schnitt Scott ihr das Wort ab. »Und ich denke ...«, betonte er barsch und sah Virginia wütend an, »... diesen Punkt sollten wir nicht hier vor Rickie diskutieren.«

»Ja, entschuldige, da hast du natürlich recht«, lenkte Virginia ein, die den drohenden Unterton in seiner Zurechtweisung gespürt haben musste. Resigniert hängte sie sich ihre Handtasche über die Schulter und sah in die Runde. »Ich wünsche euch noch einen schönen Tag.« Damit verschwand sie aus dem Café und wartete draußen auf Scott, der ihr augenblicklich folgte, nachdem er sich ebenfalls von seinem Sohn und den beiden Frauen verabschiedet hatte.

»Na, zwischen den beiden herrscht aber dicke Luft«, murmelte Mona so leise, dass nur Kate sie hören konnte.

»Ja, offensichtlich«, stimmte Kate ihr zu, und erneut stellte sich ihr die Frage, warum Scott mit Virginia zusammen war und nicht mit Lara, der Mutter von Rickie. Mona würde wissen, wie es um sein Privatleben bestellt war, aber aus irgendeinem Grund, den sie sich selbst nicht erklären konnte, wagte Kate nicht, sie danach zu fragen.

»Gut, Rickie, während ich dir in der Küche ein leckeres Sandwich bereite, kannst du ja schon mal das Referat rausholen, bei dem du nicht weiterkommst«, schlug Mona indessen vor und eilte in die Küche.

»Ich habe noch gar nicht damit angefangen«, rief Rickie ihr hinterher. Er senkte den Kopf und zog ein resigniertes Gesicht.

»Und wieso nicht?«, wollte Kate wissen, die zu Rickie an den Tisch getreten war und ihn nun ebenfalls interessiert, aber herzlich anlächelte.

Er blickte auf und sah, dass Kate auf eine Antwort wartete. »Ich komme mit dem Thema nicht zurecht. Dabei muss ich es schon in drei Tagen halten. Ein Referat über die Fische hier auf Catalina Island, doch das Thema ist soooo langweilig ...« Er stöhnte und ließ mutlos die Schultern sinken.

»Das Thema finde ich überhaupt nicht langweilig«, widersprach Kate. »Im Gegenteil. Fische sind spannend, und besonders hier im Pazifischen Ozean tummeln sich unzählige besonders schöne Arten.«

»Findest du?« Rickie rümpfte die Nase, hörte aber aufmerksam zu und folgte ihrem Blick, als Kate mit dem Finger zum Strand runter zeigte.

»Unten am Pier, sozusagen direkt vor unsere Nase, startet doch jeden Tag das Glasbodenboot zu einer Touristik-Tour über das Riff. Da kannst du wunderbar die Meeresfische beobachten, die es hier auf der Insel gibt. Hast du denn noch nie so eine Tour mitgemacht?«, fragte sie erstaunt. Sie war davon ausgegangen, dass jeder, der hier auf der Insel lebte, dieses interessante Angebot bereits wahrgenommen hatte. Auch bei ihr stand dieser Ausflug in die Welt des Meeres bereits ganz oben auf der Wunschliste.

Rickie schüttelte den Kopf. »Nö, Dad hat doch nie Zeit für mich.« Er klang traurig und wich ihrem Blick aus.

Kate merkte, dass sie einen wunden Punkt getroffen hatte, und wieder einmal wurde deutlich, dass Scott und sein Sohn wenig gemeinsame Erlebnisse teilten. Sie überlegte einen Moment, dann hatte sie eine Idee. »Pass auf, Rickie, ich mach dir einen Vorschlag. Heute Nachmittag, wenn du aus der Schule kommst, machen wir zusammen eine Glasbodenbootstour. Wir hören uns an, was uns der Kapitän Interessantes über die einheimischen Fische erzählt, und schießen ein paar Fotos.« Kate war plötzlich selbst so begeistert von ihrer Idee, dass es nur so aus ihr heraussprudelte. »So kommen wir an genug Material, um ein kurzes Referat zusammenzustellen. Ich helfe dir dann später dabei, es auszuarbeiten«, bot sie an und lächelte Rickie aufmunternd zu. »Na, was hältst du davon?«

Offensichtlich hatte Kate den Jungen mit ihrer Begeisterung angesteckt, denn zu ihrer Überraschung nickte er. »Ja, das wäre toll.« Rickie schien ehrlich erfreut über diesen Vorschlag. Seine Miene hellte sich auf, als wären die grauen Gewitterwolken endlich davongezogen, die ihn in den letzten Tagen belastet hatten.

»Ich freue mich riesig!«, sagte Kate und meinte es auch so. »Ich werde mich dann später gleich darum kümmern, uns Plätze auf dem Boot zu buchen.« Sie schaute nach draußen auf die Terrasse. »Aber jetzt muss ich Mona zur Hand gehen, sonst schaffe ich meine Arbeit nicht und dann lässt sie mich nicht pünktlich Feierabend machen.« Sie lachte.

»Also ich finde, das ist eine fabelhafte Idee«, äußerte Mona freudig, die aus der Küche zurückgekommen war und Rickie ein Thunfischsandwich hinstellte.

»Kate ist ja wesentlich jünger als ich, ihre Schulzeit liegt erst ein paar Jahre zurück. Gewiss kann sie sich um ein Vielfaches schneller in das Thema einarbeiten.« Die Frauen wechselten einen Blick, bei dem Mona sich wortlos bei Kate für ihren Einsatz bedankte.

»Dein Referat wird der Hammer, Rickie«, erklärte Kate, um dem Jungen Mut zu machen. »Du wirst deine Mitschüler vom Hocker hauen, wetten? Iss in Ruhe dein Sandwich, und später bringe ich dich zur Schule.« Sie verschwand auf die Terrasse, wo die ersten Frühstücksgäste bereits Platz genommen hatten.

***

Der Two Harbors Campground lag nur knapp einen Kilometer vom Pier entfernt. Jake hatte den Wanderweg gewählt und sein Lager im Schutz hoher Bäume aufgeschlagen. Weit genug entfernt, um nicht von den Rangern des Campingplatzes entdeckt zu werden, aber doch noch nahe genug dran, dass er, wenn er aus dem Dickicht des Gebüsches heraustrat, die Annehmlichkeiten der sanitären Anlagen nutzen konnte, ohne dabei Gefahr zu laufen, von anderen Campern bemerkt zu werden.

Dicke Felsbrocken lagen um ihn herum, und er hatte einen guten Blick auf das Treiben unten am Wasser. Entspannt saß er an einen Felsen gelehnt, rauchte und beobachtete ein Eichhörnchen, das genau in dem Moment blitzschnell im Unterholz verschwand, als auch Jake eine Bewegung in seinem Rücken vernahm. Gleich darauf folgte ein Wimmern.

Er riskierte einen Blick über die Schulter. Ein Mädchen, höchstens sechs Jahre alt, hockte nur wenige Meter von ihm entfernt auf dem Boden, Hände und Knie rot und aufgeschürft, während ihr dicke Tränen über die Wangen liefen. Daneben stand ein Junge, schätzungsweise im selben Alter, und sah Jake erschrocken und hilflos an. Dann machte er plötzlich kehrt und lief dahin zurück, wo er hergekommen war.

Vermutlich hatten sie Fangen gespielt, wobei das Mädchen über die Steine geklettert und auf den Felsen ausgerutscht war.

Bei dem Versuch sich aufzurappeln, verlor das Mädchen die Balance und fiel abermals hin.

Jake sah sich um. Keiner der Erwachsenen, die weiter unten am Strand zusammenstanden, nahm Notiz von dem weinenden Mädchen. Das hatte ihm gerade noch gefehlt.

Er holte tief Luft und fuhr sich mit der Hand durchs Haar. Das Mädchen musste schleunigst verschwinden, bevor noch jemand von den Rangern auf ihn aufmerksam wurde, schließlich war das Übernachten nur an den ausgewiesenen Plätzen erlaubt. Momentan musste er sich jeglichen Ärger vom Hals halten.

Widerstrebend lief Jake auf das Mädchen zu und reichte ihm die Hand. »Warte, ich helfe dir auf«, sagte er in bemüht freundlichem Tonfall.

Mit großen, wässrigen Augen blickte das Mädchen zu ihm auf. Zögernd ergriff es die dargebotene Hand.

Jake bemerkte, dass das Kind blutete. Ein schmaler roter Faden lief das rechte Knie hinab. Das Mädchen schniefte und sah ihn ängstlich an.

Jake zog ein halbwegs sauberes Taschentuch aus seiner Hosentasche, kniete sich hin und tupfte behutsam den Bereich um die Wunde herum ab.

Das Mädchen presste die Lippen aufeinander, hörte jedoch auf zu weinen.

»Tut's sehr weh?«, fragte er mitfühlend.

Sie schüttelte den Kopf.

»Tapferes Mädchen«, sagte er anerkennend und schenkte ihr ein aufmunterndes Lächeln.

In diesem Moment fiel ein Schatten auf sie.

»Mia, komm weg da.« Jemand griff nach der Hand des Mädchens und zog sie von Jake fort.

Irritiert blinzelte er gegen das schwächer werdende Sonnenlicht an und musterte die korpulente Frau, die sich vor ihm aufbaute, ein gewaltiger Schatten. Allem Anschein nach handelte es sich um die Mutter des Mädchens.

»Sie ist hingefallen«, klärte er sie auf.

»Das sehe ich.« Sie sah Jake vorwurfsvoll an.

»Ich wollte nur helfen.« Seine Augen wurden schmal.

»Nun ... das ist ja sehr nett, aber ...«, stammelte sie, beendete den Satz jedoch nicht. Abschätzend wanderte ihr kühler Blick über den fremden Mann, der sich als Einziger ihrer Tochter angenommen hatte.

Jake zog die Augenbrauen hoch. Er ahnte, was sie in ihm sah. Einen heruntergekommenen jungen Mann, einen Nichtsnutz, einen Versager, vielleicht auch einen Kriminellen. Immerhin war seine Kleidung ausgewaschen und knittrig, sein Haar verstrubbelt, sein Kinn unrasiert. Seine Ausstrahlung war düster und grau. Er erweckte keineswegs einen gepflegten Eindruck, dessen war er sich bewusst. Womöglich sah die Mutter in ihm eine Bedrohung. Hegte sie etwa die Befürchtung, er habe ihrer Tochter etwas antun wollen? Jedenfalls traute sie ihm nicht, so viel stand fest.

Jake war Situationen wie diese gewöhnt. Es war nicht das erste Mal, dass ihn jemand voreilig nach seinem Äußeren beurteilte. Die Menschen schenkten ihm bloß einen flüchtigen Blick und beurteilten ihn danach, was sie für seinen gesellschaftlichen Staus hielten. Mit manchem hatten sie recht. Immerhin war er ein Schmarotzer, der sich mit dem Geld anderer durchs Leben hangelte und Schulden anhäufte.

Aber in einem irrten sie gewaltig. Er war kein schlechter Mensch, und er würde niemals grundlos einem Menschen Schaden zufügen. Bei seiner Ehre. Das jedoch sah man ihm wohl nicht an.

Jake erwiderte einen Moment lang den kühlen Blick der Frau und merkte, wie deren Wangen zu glühen begannen.

»Komm, Mia«, sagte die Mutter und senkte den Blick. Schützend schob sie gleich darauf das Mädchen hinter ihren Rücken.

Jake fühlte Wut in sich aufsteigen. Wut über die Voreingenommenheit der Mutter, ihre Fehleinschätzung bezüglich seiner Person, ihre nicht vorhandene Dankbarkeit.

Dieser Zorn war lebendig, er konnte ihn spüren; er breitete sich stetig weiter in ihm aus wie eine kleine Flamme, die sich, beginnend in der Mitte eines Papiers, gierig nach außen fraß.

Irgendwie gelang es Jake, seinen Zorn zu bändigen. Er durfte hier keinen Aufstand machen. Musste unauffällig bleiben. Und so schluckte er seine Erregung hinunter wie ein zähes Kaugummi, das jeden Geschmack verloren hatte.

Das Mädchen suchte Jakes Blick, fand ihn allerdings nicht. Er hatte sich bereits abgewandt. Ohne sich noch einmal umzudrehen, ging er zu seinem Schlafplatz und klaubte seine Sachen zusammen.

»Jetzt siehst du, was passiert, wenn du dich zu weit von uns entfernst. Dieser Mann war sehr unheimlich. Du hast großes Glück gehabt, dass ich sofort gekommen bin«, hörte er die Frau mit ihrer Tochter schimpfen, bevor sich ihre Schritte entfernten.

Es war nur eine Frage von Minuten, bis die Frau die Campingleitung davon in Kenntnis gesetzt hatte, dass sich in den Wäldern ein unheimlicher Mann herumtrieb, und die Ranger bei ihm auftauchten. Er schnappte sich seine Tasche und starrte ein letztes Mal gedankenverloren in die Ferne, wo das verblassende Sonnenlicht auf den grauen Felsen tanzte.

Das blutige Taschentuch, mit dem er das Knie des Kindes betupft hatte und das er immer noch in der Hand hielt, warf er ins Gebüsch und beobachtete, wie es, tanzend wie eine Vogelfeder im Wind, von einer Brise getragen langsam auf den Boden segelte.

Er wollte sich tiefer in den Wald hineinschlagen und wählte den Weg die Felsen hinauf. Er hoffte, dort einen neuen Unterschlupf zu finden und die nächsten Stunden ohne Zwischenfälle zu überstehen.

Während der gesamten Wanderung mahlte Jake mit dem Kiefer.

Kapitel 7

Das Wochenende stand vor der Tür und Kate blickte überrascht von ihrer Arbeit auf, als Rickie bereits gegen Mittag ins *Lemon Pie* stürmte.

»Hi, was machst du denn schon so früh hier?«, wollte sie wissen.

»Die letzten beiden Unterrichtsstunden sind ausgefallen, und da bin ich gleich hierher. Ich habe nämlich heute mein Referat gehalten!«, rief er aufgeregt und hüpfte von einem Bein auf das andere. Dann stellte er sich auf Zehenspitzen ganz nahe vor den Tresen und hob den Deckel der Glasglocke an, der die frisch gebackenen Erdbeertörtchen vor Fliegen schützte. Er schnappte sich ein besonders großes und ließ es mit nur drei Bissen in seinem kleinen Mund verschwinden.

Kate grinste und ließ den kindlichen Übermut unkommentiert. Sie sah ihn erwartungsvoll an. »Und?«

»Mein Lehrer war begeistert! Und auch die Mitschüler haben geklatscht, und das ... obwohl ich mich dreimal vor Aufregung versprochen habe«, erzählte er schmatzend und strahlte über das ganze Gesicht. Dann wischte er sich mit dem Handrücken über den Mund und sah Kate mit großen Augen an. »Ich habe Durst«, sagte er.

»Das ist ja wunderbar!«, sagte Kate erfreut. »Ich habe auch nichts anderes erwartet. Ich bin stolz auf dich.«

Sie reichte ihm eine kleine Flasche Wasser über den Tresen.

Rickie bekam rote Wangen, dann drehte er die Wasserflasche auf, setzte sie an die Lippen und trank einen großen Schluck. »Ohne deine Hilfe hätte ich es nie rechtzeitig geschafft«, bedankte er sich, nachdem er hinter vorgehaltener Hand von der Kohlensäure gerülpst hatte und sie grinsend anschaute.

Kate lächelte ebenfalls. Es erfüllte ihr Herz, den Jungen so fröhlich zu sehen, auch wenn seine Manieren etwas zu wünschen übrig ließen.

Sie schmunzelte. »Keine Ursache, es hat mir Spaß gemacht, mit dir an dem Referat zu arbeiten« Sie hielt kurz inne, weil aus der Kaffeemaschine dröhnend feiner Dampf zischte. Kate wischte ihre Hand an der Schürze ab. »Ich stehe bereits in den Startlöchern für unser nächstes gemeinsames Referat«, sagte sie und meinte es ehrlich. In den letzten Tagen war es ihr gelungen, Rickies Vertrauen zu gewinnen. Er akzeptierte sie, das spürte Kate. Und vielleicht mochte er sie inzwischen sogar. Er jedenfalls hatte ihr Herz im Sturm erobert, und das machte sie irgendwie glücklich.

»Wo ist Mona?«, erkundigte sich Rickie just in dem Augenblick, in dem die alte Frau ächzend das Café betrat.

»Rickie, mein Junge!«, rief sie ihm herzlich zu. »Du kommst gerade richtig. Vor wenigen Minuten ist die Lieferung meiner Lebensmittelbestellung gekommen. Du kannst mir beim Auspacken helfen.«

Rickie nickte. Er eilte in Monas Büro, pfefferte seinen Schulrucksack in die Ecke hinter der Tür und folgte der alten Frau danach beschwingt nach draußen.

An diesem Freitagnachmittag wirkte Rickie geradezu lebenslustig und strotzte vor guter Laune. Und während Kate sich insgeheim fragte, ob das nur auf seine Freude über das gelungene Referat zurückzuführen war, bekam sie die Antwort frei Haus geliefert, als er kurze Zeit später mit einem riesigen Karton in der Hand zurückkehrte. »Dad und ich machen heute einen Ausflug«, hörte sie aus der Unterhaltung heraus, die er mit Mona führte, und das Leuchten in seinen Augen wurde noch stärker.

»Das wurde auch Zeit«, antwortete Mona und wuchtete eine Schachtel mit Würfelzuckerpäckchen unter die Theke.

»Er hat mir versprochen, heute früher Schluss zu machen, damit wir etwas unternehmen können«, sprudelte es aus Rickie heraus.

»Na, das klingt doch mal nach einem richtig guten Plan«, fand Mona. »Ihr werdet bestimmt eine Menge Spaß haben, wenn ihr gemeinsam die Stadt unsicher macht. Wo soll's denn hingehen?«

»Ins Kino«, antwortete Rickie begeistert.

»Eine wunderbare Idee. Was läuft denn?«, wollte Kate wissen, die auch sehr gern ins Kino ging. Es war Ewigkeiten her, dass sie einen guten Film angeschaut hatte.

»Der neue Star Wars natürlich.« Rickie sah Kate mit hochgezogenen Augenbrauen an und betonte das mit einem Unterton in der Stimme, der ihr eindeutig zu verstehen gab, dass sie wohl nicht ganz auf dem Laufenden war, was angesagte Kinofilme anging.

Kate schmunzelte. »Natürlich, wie konnte ich das vergessen«, sagte sie und schlug sich gespielt mahnend mit der Handfläche vor die Stirn. »Das ist mir jetzt wirklich peinlich. Zumal ich ein großer Star Wars Fan bin und diesen neuen Teil auch unbedingt noch sehen will.« Sie lächele erneut und stellte den durchgelaufenen Espresso auf ein silbernes Tablett, auf dem schon zwei Waffeln und ein Cappuccino bereitstanden. Dann bat sie Mona, die Rollen zu tauschen. Sie löste sie ab, da die großen Kartons viel zu schwer für die alte Frau waren, und hievte sie mit Hilfe von Rickie auf einen Bollerwagen, den sie dann gemeinsam ins Café schoben.

Der Rest des Nachmittags verging wie im Flug, es herrschte Hochbetrieb, denn der köstliche Duft von frisch gebackenen Waffeln mit Eis und Schlagsahne lockte trotz heißem Wetter viele Gäste ins Café. Auch Rickie ließ sich eine große Waffel mit einer extra Portion Erdbeeren schmecken. Er und Kate hatten es sich etwas abseits von den anderen an einem kleinen Tisch bequem gemacht, weil Mona ihnen befohlen hatte, eine Pause einzulegen, nachdem sie die komplette Lebensmittellieferung in den Vorratsraum geschleppt, ausgepackt und verstaut hatten.

Kate, die gerade in eine Unterhaltung mit Rickie über die Meerestiere vertieft war, die sie bei ihrer Bootfahrt entdeckt hatten, erschrak plötzlich, als Scott an ihrem Tisch auftauchte. Sie hatte ihn gar nicht kommen gehört, und ihr Herz setzte einen Schlag aus.

Er blickte sie mit einem seltsamen Gesichtsausdruck an, als würde er überlegen, wie er sich ihr gegenüber verhalten sollte, dann lächelte er schief. »Hallo, Kate«, sagte er mit rauer Stimme. »Wie ich sehe, seid ihr in einer hitzigen Unterhaltung verstrickt.«

Kate, die soeben ihre Tasse zum Mund geführt hatte, verschluckte sich an ihrem Kaffee und wurde rot.

Wieder einmal hatte er sie überrumpelt, dennoch freute sie sich, ihn zu sehen. Sie starrte ihn an, bis Scott als Erster den Blick abwandte und seinen Sohn anlächelte.

»Na, mein Junge«, sagte er und zerzauste Rickie zur Begrüßung das Haar, das er sich murrend wieder glatt strich.

»Dad ...« Rickie schaute ebenfalls völlig perplex zu seinem Vater hoch. Offensichtlich hatte er nicht erwartet, dass Scott heute ausnahmsweise einmal pünktlich zur verabredeten Zeit erscheinen würde. Umso mehr strahlte er nun über das ganze Gesicht. Hastig schob er das letzte Stück Waffel in den Mund. »Ich bin sofort fertig.« Zwischen zwei Bissen berichtete er seinem Vater voller Stolz von seinem gelungenen Referat. »Mrs Taylor hat mir tatsächlich eine Eins gegeben«, murmelte Rickie und schüttelte den Kopf, als könnte er es immer noch nicht fassen.

Scotts Blick wurde weich. Er legte seine Hand auf Rickies Schulter. »Das hast du super gemacht, Rickie. Du kannst stolz auf dich sein, und ich bin es auch«, lobte Scott ihn aufrichtig für diese Leistung und sprach auch Kate seinen Dank aus, die an diesem Triumph schließlich nicht ganz unbeteiligt war. »Danke, dass du Rickie dabei geholfen hast.« In seinen Augen blitzte für einen Sekundenbruchteil etwas Warmes auf, das Kate nicht richtig deuten konnte.

War es Wohlwollen? Ein Anflug von Herzlichkeit ihr gegenüber? Sie schluckte bemüht. Vielleicht bestand ja doch die Hoffnung, dass sie wenigstens wieder Freunde wurden. Bei diesem Gedanken spürte sie ein wildes Flattern in der Magengegend. *Zu schön, um wahr zu sein*, dachte sie und rief sich im gleichen Moment zur Vernunft. *Reiß dich zusammen. Interpretiere da nicht so viel hinein.*

Sie räusperte sich. »Ach, das ... das ist nicht der Rede wert, das habe ich wirklich gern gemacht«, hörte sie sich selbst antworten und spürte, wie ihr erneut die Röte in die Wangen schoss. Nervös spielte sie mit einer Haarsträhne und gab sich Mühe, sich nichts von ihrer Unsicherheit anmerken zu lassen. *Verdammt*, dachte sie, als ihr schmerzhaft bewusst wurde, dass sich in all den Jahren nichts an ihren Gefühlen für diesen Mann geändert hatte. Scheinbar hatte Scott noch schnell geduscht und sich umgezogen. Sein schwarzes Haar war noch feucht und glänzte in der Sonne fast bläulich. Verstohlen wanderte ihr Blick über seinen Körper. In den enganliegenden schwarzen Jeans und einem schwarzen T-Shirt, das seinen muskulösen Oberkörper zur Geltung brachte, sah er einfach umwerfend aus. Und wie Kate unvermittelt feststellen musste, stand sie mit dieser Meinung nicht allein da. Sie registrierte, wie viele der weiblichen Gäste Scott verstohlene Blicke zuwarfen.

Weil sie die Situation hier mit ihm nicht länger aushalten konnte, griff sie nach dem Tablett und stellte die Teller zusammen, mit der Absicht, sich schnellstmöglich aus dem Staub zu machen.

»Ich bin so weit.« Rickie sprang von seinem Stuhl auf. »Ich muss nur noch mal zum Klo.« Er flitze davon und hätte fast Mona umgerannt, die in diesem Moment auf die Terrasse trat. »Tschuldigung«, murmelte er und sah Mona schuldbewusst an, bevor er weiterlief.

Mona strauchelte einen Moment, fing sich aber gleich wieder. Kopfschüttelnd, aber lächelnd sah sie Rickie hinterher, und nachdem sie ihr Gleichgewicht wiedererlangt hatte, drehte sie sich zu Scott um. »Scott ... wie schön, dass du es tatsächlich geschafft hast, mal eher Schluss zu machen«, sagte sie beeindruckt. »Wie ich gehört habe, wollt ihr euch heute einen schönen Männerabend machen.«

Scott nickte, ging Mona entgegen und umarmte sie herzlich. »Ja, und ich habe mir fest vorgenommen, an diesem Wochenende nicht ein einziges Mal an die Arbeit zu denken und die Zeit mit Rickie zu genießen.«

Dankbar, dass Kate nicht mehr im Mittelpunkt des Interesses stand, hatte sie sich das Tablett mit dem dreckigen Geschirr geschnappt und war aufgestanden.

Am Nebentisch erhoben sich ebenfalls die Gäste, und sie schloss sich ihnen an, um im allgemeinen Aufbruchstaumel in die Küche zu verschwinden.

Aber da hatte sie nicht mit Rickie gerechnet, der in diesem Moment von der Toilette zurückkam und vor seinem Vater stehen blieb. »Was ist, Dad, kommst du?« Dann wandte der Junge sich plötzlich Kate zu und rief ihr hinterher: »Kate, willst du vielleicht mit ins Kino kommen? Du hast den neuen Teil von Star Wars doch auch noch nicht gesehen.«

Kate blieb abrupt stehen und drehte sich um.

Fragend sah Rickie zuerst Kate und dann seinen Vater an. »Das wäre doch eine super Idee, was meinst du, Dad?«

Erstaunt blickte Scott zu Rickie. Sein Gesicht blieb völlig regungslos. Er schien überfordert mit dieser Frage, dann runzelte er die Stirn.

Kate war ebenso überrascht wie Scott über diese Einladung. Sie schluckte trocken und war außerstande, eine Antwort zu formulieren, weil sie plötzlich merkte, dass sie wie hypnotisiert an Scotts Lippen hing, in Erwartung dessen, was er darauf antwortete. Würde er sie ebenfalls einladen mitzukommen?

Scott musterte sie eindringlich, schien mit sich zu ringen. »Ähm ...« Er zuckte mit den Schultern. »Ja ... ähm, wenn Kate möchte«, murmelte er schließlich, aber es klang nicht begeistert. Er seufzte vernehmlich und schaute einen Moment zum Himmel, als bereute er bereits, diese Worte ausgesprochen zu haben. Dann schaute er wieder zu Kate und ihr tief in die Augen.

»Prima«, rief Rickie fröhlich. »Dann kommst du also mit, Kate?«

Sie verharrte einige Sekunden regungslos, weil ihre Gedanken noch damit beschäftigt waren, herauszufinden, was sie eigentlich wollte. Schließlich hatte sie Scotts Zögern wahrgenommen und konnte in seinen Augen lesen, dass er nur Rickie zuliebe zugestimmt hatte. Trotzdem traf sie diese Geste mitten ins Herz. Zeigte es doch, dass der Graben zwischen ihnen zwar tief, aber nicht so unüberwindbar war wie angenommen. Erneut schöpfte Kate Hoffnung, während ihre Gefühle durcheinanderwirbelten. Einerseits fühlte sie sich auffällig zu Scott hingezogen, auf der anderen Seite wusste sie, dass es nie wieder so werden würde wie früher. Sie senkte den Blick. Scott zu verlassen war der größte Fehler ihres Lebens gewesen, das wusste sie jetzt. Ihr Magen zog sich zusammen. Der Schmerz von damals kroch wieder nach oben, sie schluckte den Kloß in ihrer Kehle herunter.

Dann schaute Kate auf und Rickie an, der mit vor Aufregung roten Wangen auf eine Antwort von ihr wartete. Sie einzuladen, war wirklich süß von dem Jungen, aber in der momentanen Situation nicht die beste Idee. Sie war viel zu aufgewühlt, um jetzt mit Scott zusammen im Kino zu sitzen, womöglich noch neben ihm. Es war noch zu früh, sich der Vergangenheit zu stellen, zu viel war noch nicht aufgearbeitet. Sie brauchte noch Zeit.

Als Kate endlich wieder einen klaren Gedanken fassen konnte, versuchte sie zu lächeln und gab sich Mühe, die Absage so nett wie möglich zu formulieren. »Danke Rickie, das ist unheimlich lieb von dir, aber ich kann hier unmöglich weg. Ich muss Mona helfen. Du siehst doch, was hier heute los ist.« Ihr Blick wanderte über die Terrasse, auf der das Stimmengewirr summte wie in einem Bienenschwarm. Kein Platz war mehr unbesetzt. Auch an dem Tisch, der gerade frei geworden war, hatte sich bereits eine Familie niedergelassen und wartete darauf, dass Kate ihre Bestellung aufnahm. Was sie wiederum daran erinnerte, ihrer Arbeit nachzugehen. Sie atmete tief durch, bevor sie Rickie erneut ein aufrichtiges Lächeln schenkte und ermutigend hinzufügte: »Ein anderes Mal sehr gern, versprochen.«

Nachdem Kate die Worte ausgesprochen hatte, sackte Scott mit einem erleichterten Seufzer in sich zusammen.

»Richtig, unsere Gäste wollen bedient werden. Das ist das Stichwort.« Mona, die dem Gespräch die ganze Zeit stillschweigend gelauscht hatte, nickte zustimmend, zog ihren Bestellungsblock aus der Rocktasche und setzte sich in Bewegung. »Ich wünsche euch viel Spaß bei eurem Männerabend«, rief sie den beiden noch zu, hatte sich aber bereits den neuen Gästen am Nebentisch zugewandt.

»Okay«, sagte Rickie gedehnt und nickte nur. »Dann eben ein anderes Mal.« Zu Kates Erleichterung drängte er nicht weiter, sondern war schon im nächsten Augenblick die Stufen der Veranda runtergelaufen. Er sah über die Schulter, winkte ungeduldig mit der Hand und rief: »Komm, Dad, schnell, ich will einen Platz ganz weit hinten.«

»Ich komme sofort«, murmelte Scott, dann schaute er ein letztes Mal zu Kate.

Sie hielt den Atem an, weil es dieser dunkle, grimmige Blick war, der sie schon damals eiskalt erwischt hatte, wenn er wütend auf sie gewesen war. Und er konnte ziemlich wütend, geradezu herrisch werden, das wusste sie noch aus der Zeit, als sie mit ihm zusammen gewesen war. Damals hatte sie sich nie davon einschüchtern lassen, sich seinen Launen immer entgegengestellt, mutig dagegengehalten. Vielleicht weil sie sich seiner Liebe immer sicher gewesen war. Bis auf den einen Tag, der alles verändert hatte. Doch heute waren ihre Abwehrmechanismen schwach. Anspannung packte ihren Körper.

»Ich dachte, ich müsste dich nie wiedersehen«, sagte Scott grimmig und sein Blick war jetzt kalt.

Kate schluckte getroffen, das waren harte Worte. Doch als sie sein gequältes Gesicht sah, meldete sich sofort ihr schlechtes Gewissen. Er hatte ihr immer noch nicht verziehen und würde es wahrscheinlich auch nie. Dennoch stieg Wut in ihr hoch. Schließlich gehörten zu einer gescheiterten Beziehung immer zwei. Wie konnte er es wagen, sie ständig in die Rolle der Schuldigen zu drängen. Das schmerzte sie, mehr als sie sich eingestehen wollte. Aber sie versuchte sich nichts anmerken zu lassen, schließlich wollte sie vor seinen Augen nicht in Tränen ausbrechen. Sie hielt seiner eindringlichen Betrachtung stand, bis sie etwas fühlte, das sie sich wiederum ebenfalls nicht eingestehen wollte. Hitze breitete sich in ihr aus. Sie hatte längst erneut ihr Herz an diesen Mann verschenkt, und das machte sie verwundbar.

Kate wurde die Kehle eng, und sie schluckte. »Und ich dachte, du wolltest mit deinem Sohn ins Kino. Also, was hält dich noch hier?«, fragte sie ihn schließlich. Sie setzte ein falsches Lächeln auf, um ihren Schmerz zu überspielen. Inständig hoffte sie, dass ihr jetzt keine Tränen die Wangen herunterrollten.

Scotts Augen wurden schmal. »Ja, entschuldige mich, ich mache mich jetzt wohl besser auf den Weg. Wir sehen uns«, knurrte er, und es klang wie eine Herausforderung.

»Na dann, viel Vergnügen«, wünschte Kate mit fester Stimme und wandte den Blick ab.

Warum musste nur alles so kompliziert sein. Sie sah ihm hinterher und ärgerte sich plötzlich über ihren aufkeimenden Wunsch, die beiden doch zu begleiten.

Kapitel 8

Gegen einundzwanzig Uhr hatten auch die letzten Gäste das Café verlassen. Kate band sich erleichtert ihre Schürze ab, löste die Klammern aus ihren Haaren und schüttelte sie auf, bis sie ihr in sanften Locken über die Schulter fielen. Tagsüber band sie ihre langen Haare immer zu einer lockeren Hochsteckfrisur zusammen, damit ihr die einzelnen Strähnen nicht im Gesicht baumelten und sie bei der Arbeit behinderten.

Während Mona immer noch wie ein energiegeladener Wirbelwind in der Küche herumwuselte und den Brötchenteig, den sie bereits für den nächsten Morgen zubereitet hatte, in die Kühlkammer schleppte, nahm Kate das Geld aus der Kasse und verstaute die Tageseinnahmen in dem Safe, den sie danach gut verschloss. Dann schnappte sie sich zwei Weingläser und brachte sie auf die Terrasse. »Komm, Mona, Schluss für heute!«, rief sie aus, weil sie völlig erledigt war.

»Ich bin gleich so weit«, rief Mona, und man hörte die schwere Tür der Kühlkammer zuschlagen. »Lass uns heute auf der rechten Seite der Terrasse sitzen. Es ist so ein schöner Sonnenuntergang, und wenn wir Glück haben, können wir ein paar Sternschnuppen sehen«, schlug sie vor und hatte sich schon im gleichen Augenblick neben Kate gesellt.

Kate nickte und pustete sich eine Haarsträhne aus dem Gesicht. Ihr war es egal, wo sie saßen. Hauptsache, sie konnte endlich sitzen. Heute taten ihr nicht nur die Beine weh, sondern auch der Rücken. Sie war wirklich nichts mehr gewohnt und ließ sich ächzend in den Stuhl sinken, um gleich darauf schmerzhaft das Gesicht zu verziehen. »Autsch!« Auf ihrem Sitzplatz spürte sie plötzlich etwas Unförmiges, das sich in ihren Hintern bohrte. Sie griff unter ihren Po und zog einen Gegenstand hervor, der sich bei genauerer Betrachtung als Steinschleuder entpuppte.

»Die gehört Rickie«, sagte Mona laut lachend, zog sich einen Stuhl heran und nahm Platz. »Dieser Bengel lässt ständig seine Sachen liegen.« Sie hatte eine Karaffe mit Rotwein mitgebracht, deren Inhalt sie nun großzügig in die Gläser einschenkte. Für musikalische Untermalung hatte sie ebenfalls gesorgt. Leise Klänge von Vivaldis *Vier Jahreszeiten* drangen aus den Lautsprechern.

»Rickie ist wirklich ein netter Junge«, meinte Kate zu Mona, während sie nachdenklich über das Meer schaute. Der Sonnenuntergang zauberte ein orangefarbenes Panorama am Horizont. »Ich glaube, er mag mich ein bisschen.« Sie schloss für einen Moment die Augen und streckte ihr Gesicht dem Himmel entgegen. Sie ertappte sich bei dem Gedanken, dass es schön wäre, wenn Rickie und Scott jetzt mit ihnen hier am Tisch sitzen würden. Gleich darauf schüttelte sie innerlich den Kopf und öffnete ihre Augen wieder. *Dieser Mann will nichts mehr von dir wissen. Find dich endlich damit ab.*

»Ja, den Eindruck habe ich auch«, stimmte Mona ihr zu. »Und das freut mich wirklich sehr. Weißt du ...« Sie hielt einen Moment inne und nippte an ihrem Wein, bevor sie weitersprach. »Rickies Leben verlief in den letzten Jahren nicht ganz einfach. Er kann neue Freunde gut gebrauchen. Das lenkt ihn von seinen trüben Gedanken ab.« Sie nippte erneut an ihrem Wein.

»Von seinen trüben Gedanken?«, hakte Kate nach und spürte bereits im selben Augenblick, dass die Antwort ihr nicht gefallen würde.

Mona ließ sich Zeit, ihr Blick schweifte ebenfalls zum Horizont und für einen Moment legte sich ein Schatten über ihre Miene. Dann entspannten sich ihre Züge wieder. Sie griff nach der Weinflasche und schenkte ihnen nach, obwohl die Gläser noch gefüllt waren. »Rickies Mutter starb bei einem Autounfall. Es ist gerade mal zwei Jahre her.«

Kate schlug das Herz bis zum Hals. »Wie ... wie furchtbar!«, stammelte sie bestürzt und wünschte sich, sie hätte lieber nicht gefragt. Lara war tot? Die Mutter von Rickie lebte nicht mehr? Diese Nachricht traf sie völlig unvorbereitet. Mit großen Augen sah sie Mona an.

»Verständlicherweise ist der Junge noch immer nicht darüber hinweg«, fügte Mona hinzu. »Scott ebenso wenig, was das Ganze natürlich umso verzwickter macht. Der Junge braucht Sicherheit, Halt, den ich ihm zu geben versuche, denn sein Vater ist derzeit nicht in der Lage dazu – die Trauer nagt ja selbst an ihm wie ein gefräßiges, dunkles Tier.«

»Das ... wusste ich nicht«, brachte Kate schockiert heraus. »Das tut mir so leid.« Und das meinte sie auch so. Ihre Gedanken überschlugen sich und schweiften zu Rickie und weiter zu Scott. Sie empfand unbeschreibliches Mitgefühl für die beiden, es traf sie mitten ins Herz.

»Ich bin für Rickie die Familie, die er so dringend benötigt«, sagte Mona mit gesenkter Stimme. »Eine Art Ersatzmutter, weil er seine auf solch tragische Art und Weise verloren hat.«

»Kanntest du Lara, bevor das passiert ist?«

»Allerdings.« Mona nickte, beugte sich vor und zündete eine Kerze an. »Ich kannte Scotts Frau. Sie erinnerte mich an Schneewittchen: Groß, schlank, langes schwarzes Haar, bleiche und reine Haut, dunkle Augen. Eine unbeschreiblich nette und charismatische Frau. Ich kann nach wie vor einfach nicht glauben, dass dieser schreckliche Autounfall wirklich passiert ist.« Sie schüttelte fassungslos den Kopf. »Da unten hat sie oft gestanden, wenn sie und Rickie auf Scott gewartet haben. Manchmal habe ich das Gefühl, als weilte sie noch immer unter uns, als stünde sie dort und blickte hinauf aufs Meer, in dem sich der Nachthimmel spiegelt.«

Kate folgte ihrem ausgestreckten Finger. Demnach hatte Scott Lara tatsächlich geheiratet, schoss es ihr durch den Kopf, und diese Erkenntnis traf sie wie ein Faustschlag ins Gesicht. Sie biss sich auf die Unterlippe, damit sie nicht auf der Stelle in Tränen ausbrach. Mehrmals schluckte sie, um den Kloß, der sich erbarmungslos einen Weg nach oben bahnte, wieder herunterzuschlucken.

Tief in ihrem Inneren hatte Kate immer gewusst, dass Scott sich für Lara und das Kind entscheiden würde. Nichts anderes hatte sie von ihm erwartet, als diese Frau plötzlich wie aus dem Nichts aufgetaucht war und ihm ein fünfjähriges Kind präsentiert hatte, von dessen

Existenz Scott bis dahin nichts gewusst hatte. Die Folge eines One-Night-Stands, zwei Jahre bevor Kate und er ein Paar geworden waren. Scott war ein Mann mit Charakter. Dafür liebte sie ihn. Und dafür hasste sie ihn. Deswegen hatte sie ihn verlassen.

Trotzdem tat es weh, dass er Kate gegen eine andere ausgetauscht hatte, kaum dass sie den Platz geräumt hatte. Dass er einfach noch mal von vorn angefangen und alles, was sie beide miteinander bis dahin verband, anscheinend an Bedeutung verloren hatte. Sie schluckte erneut die aufsteigenden Tränen hinunter.

Ein kleiner Trost blieb ihr. Da Scott sich für die Mutter seines Kindes entschieden hatte, gab es keinen Grund mehr, dass sie sich schuldig fühlte, ihn verlassen zu haben. Trotzdem fühlte Kate nicht die Erleichterung, die sie sich erhofft hatte. Im Gegenteil, dass Lara nicht mehr lebte und Rickie keine Mutter mehr hatte, war ein großes Unglück, das sie sich so nicht gewünscht hatte. Und es tat ihr in der Seele weh.

»Ganz schrecklich«, hauchte Kate.

»Ich versuche ganz einfach, den Blackwells zu helfen, so gut ich eben kann«, fuhr Mona fort, die offenbar nicht mitbekommen hatte, welcher Kampf in Kate tobte.

»Das ist furchtbar nett von dir«, murmelte Kate leise, der immer noch der Kloß im Hals steckte.

»Du würdest das Gleiche tun, wärst du in meiner Situation«, war Mona überzeugt. Die Kerze malte Schatten in ihr Gesicht.

Kate wollte etwas entgegnen, doch die Traurigkeit, welche sie angesichts Monas Erzählung überkommen hatte, schnürte ihr die Kehle zu.

»Und was ist mit dir?«, wollte Mona wissen. »Wie lange kennt ihr euch eigentlich schon, Scott und du?«

»Wir ... ähm.« Kate schluckte und sah sie mit großen Augen an. Sie hatte sich schon gefragt, wann Mona sie auf ihre ehemalige Freundschaft zu Scott ansprechen würde. Eigentlich war das etwas, was Kate gern noch eine Weile für sich behalten hätte, aber sie wusste auch, dass sie Mona eine Antwort schuldig war.

»Wir kennen uns von der Uni. Seit genau neun Jahren.« Kates Stimme klang krächzend. »Wir haben uns aber dann aus den Augen verloren, weil ich damals von L.A nach Barbados umgezogen bin. Das ist mittlerweile auch schon wieder fünf Jahre her«, erklärte sie und hoffte, dass Mona sich mit dieser Antwort zufriedengab.

Mona nickte wissend. »Dann bist du diejenige welche ...«, vermutete sie laut, sprach jedoch nicht weiter aus, was sie genau damit meinte, und sah plötzlich nachdenklich aufs Meer.

Kate runzelte die Stirn. Was wollte Mona damit andeuten? Hatte Scott von ihr erzählt? Und wenn ja, was hatte er über sie berichtet? Obwohl sie darauf brannte, mehr darüber zu erfahren, bohrte sie nicht weiter nach. Es kam ihr irgendwie unpassend vor, jetzt über sich zu sprechen, wo sie soeben die traurige Nachricht von Laras Tod erfahren hatte.

»Ihr wart damals ein Paar, nicht wahr?«, fragte Mona, als hätte sie ihre Gedanken gelesen und sähe ein aktuelles Gespräch über Kates Beziehungsstatus zu diesem Zeitpunkt anders.

Kate senkte den Blick. Sie nickte verhalten. »Ja, wir waren fast fünf Jahre zusammen ...«, sie stockte, »... aber das ist lange her.« Ihr Herz war mit einem Mal ganz schwer. Die Worte kamen nur mühsam über ihre Lippen.

Mona drehte ihren Kopf in Kates Richtung und sah sie besorgt an. »Und du liebst diesen Mann immer noch.« Es war keine Frage, sondern eine Feststellung.

Kate rang mit sich. Sie war verlegen und wich Monas Blick aus. Sie hatte heute viel Trauriges erfahren, da blieb nicht mehr die Kraft, ein vernünftiges Gespräch zu führen. »Er ist die Liebe meines Lebens«, murmelte sie schließlich leise. Es war mehr ein Flüstern, aber als sie wieder aufblickte und Mona sie voller Wärme anlächelte, wusste Kate, dass sie ihre Worte genau verstanden hatte.

Jetzt war es raus. Kate schluckte schwer und blinzelte die aufsteigenden Tränen weg. Sie richtete sich auf, um sich zu sammeln, und atmete tief durch.

Mona nahm Kates Hand in ihre, als sie gerade nach ihrem Weinglas greifen wollte, und umschloss sie sanft. »Glaub mir, Liebes, das Glück wird dich finden.« Das war alles, was sie dazu sagte. Dann blickte sie zurück aufs Meer, auf dessen Wasseroberfläche sich das Mondlicht nun in einem satten Orange spiegelte.

Es war lange her, dass Kate jemandem ihre tiefen Gefühle anvertraut hatte, was diesen Mann betraf. Aber statt sich danach leer und allein zu fühlen, wie sie befürchtet hatte, gaben Monas Worte ihr Kraft und Zuversicht.

Schweigend saßen sie noch eine Weile zusammen und nippten an ihrem Wein. Jeder hing seinen Gedanken nach. Mona hielt immer noch Kates Hand umschlossen und sie genoss die tröstliche Wärme, die durch ihren Körper flutete.

Mona, Rickie, Scott und sie. Das *Lemon Pie* hatte ihre Schicksale zusammengeführt und Kate fragte sich, ob es nur einem Zufall geschuldet war, dass sie hier auf der Insel gestrandet war.

Scott tauchte vor ihrem inneren Auge auf. Seine blauen Augen, der getrübte Blick, die Schatten, die sich manchmal auf seine Gesichtszüge legten. Sein Bild ging ihr einfach nicht mehr aus dem Kopf. Ebenso wenig wie seine traurige Geschichte, die Mona ihr anvertraut hatte, die sie tief berührte und heute Nacht um den Schlaf bringen würde.

Kapitel 9

Kate schluckte aufgeregt und überflog die Kleinanzeige ein zweites Mal. »Das hier könnte infrage kommen«, rief sie aus und scrollte die Liste auf ihrem Laptop zum Anfang zurück. Ihr Blick huschte erneut über die Zeilen, die ihr sofort ins Auge gesprungen waren. Diesmal las sie laut vor, damit Mona mithören konnte. »Charming Appartement – kleine Wohnung im Herzen Avalons mit Blick auf die Bucht. Teilmöbliert, kleine Einbauküche und großzügige Terrasse. Fünfhundertfünfzig Dollar inklusive Nebenkosten, da kann man wirklich nicht meckern.«

Sie klickte sich durch die dazugehörige Serie der Minifotos und nickte begeistert. Dann schaute sie auf und zu Mona, die dabei war, die ersten Tassen mit duftendem Kaffee zu füllen.

»Das ist genau das, was ich suche. Klein aber fein«, murmelte Kate mehr zu sich selbst. Das kleine Zimmer, welches Mona ihr netterweise zur Verfügung gestellt hatte, war zwar sehr schön, stellte aber nur eine vorübergehende Lösung für sie dar. Kate lächelte und dachte zurück an jenen Vormittag, als sie sich panikartig entschlossen hatte, die Fähre von Long Beach rüber zur Insel zu nehmen, und durch Zufall, heute würde sie Fügung sagen, direkt in Monas Café geführt worden war, weil sie dort bei einer Tasse Kaffee den Faltplan der Insel studieren wollte. Die beiden Frauen waren ins Gespräch gekommen und bereits nach einer Stunde hatte festgestanden, dass Kate von nun an Monas neue Aushilfskraft sein würde.

Großherzig, wie Mona war, hatte sie noch am selben Abend das ehemalige Arbeitszimmer ihres verstorbenen Mannes für Kate geräumt. Bis auf einen alten Schreibtisch, dem Ledersofa, das ihr im Augenblick als Schlafplatz diente, und ein paar Büchern hatten sie alles auf den Dachboden verfrachtet, damit Kate einen Raum hatte, in dem sie sich wohlfühlte und in den sie sich zurückziehen konnte, wann immer sie wollte.

Auch im übrigen Teil des Hauses durfte Kate sich frei bewegen. Dennoch fühlte sie sich nach wie vor nur als Gast in Monas Haus. Zunehmend merkte sie, wie sie sich nach den eigenen vier Wänden sehnte, den immer stärker werdenden Wunsch verspürte, einfach die Tür hinter sich zu schließen, wenn die Vergangenheit sie wieder einmal einholte. Wie so häufig in den letzten Tagen. Und jetzt, da auch noch Scott wieder in ihrem Leben aufgetaucht war, wuchs die Sehnsucht nach einem Rückzugsort mit jedem Tag. Scott und Mona waren beste Freunde. Es war fast unmöglich, sich aus dem Weg zu gehen.

Kates Gedanken schweiften wieder zurück zur Annonce. Der geforderte Preis von fünfhundertfünfzig Dollar schien fair, dennoch würde es ihr momentan zur Verfügung stehendes Budget enorm belasten. Doch zusammen mit ihren Rücklagen und dem Bisschen, was sie bei Mona verdiente, würde sie sich eine Weile über Wasser halten können. Sie atmete tief durch. Dieses

Wohnungsangebot versprach, für den Anfang genau das Richtige zu sein.

Sie zog das Telefon vom Tresen. »Ich werde da gleich mal anrufen.«

»Davon würde ich abraten«, sagte eine raue Männerstimme hinter ihr. »Das ist nur wieder eines dieser Lockangebote von Hank Carter. Carter ist ein Immobilienhai und Halsabschneider. Ihm gehört hier fast die ganze Insel. Er wird Ihnen das Geld aus der Tasche ziehen, ehe Sie richtig eingezogen sind. Umsonst gibt's bei dem gar nichts.«

Überrascht drehte Kate sich nach der Stimme um und erkannte in ihr den alten Mann, der sich jeden Morgen im Café einfand, kaum dass das *Lemon Pie* seine Türen geöffnet hatte. Obwohl bei herrlichstem Sonnenschein auf der Terrasse noch fast alle Plätze frei waren, saß der Mann nie draußen.

Er wählte stets denselben Platz am Fenster, mit freiem Blick auf die Seebrücke, bevor er einen Kaffee und ein Frühstückssandwich bestellte. Dann schlug er seine mitgebrachte Tageszeitung auf und versank in den Schlagzeilen des Tages. Kurz bevor die ersten Touristen die Kaffeestube füllten, verschwand er wieder.

Ihre Blicke trafen sich, und der Mann schenkte Kate ein warmes Lächeln, faltete seine Zeitung zusammen, zog sich seinen Kaffee ran, schüttete ein Tütchen Zucker in die Tasse und rührte seinen Kaffee um.

Kate musterte ihn aufmerksam. Nicht argwöhnisch, aber mit einer gewissen Scheu, als würde sie ihn heute zum ersten Mal ansehen. Der alte Mann hatte leicht ergrautes Haar, ein markantes Gesicht und trug einen hellgrauen Leinenanzug. Trotz seines gepflegten Aussehens und seiner strahlend grau-blauen Augen schätzte Kate ihn bereits auf Anfang siebzig. In seiner Miene war nichts zu lesen außer einem offenen Blick, dessen Interesse zweifelsohne momentan nur Kate galt.

Der alte Mann legte den Löffel hin. »Verstehen Sie mich nicht falsch, ich will mich nicht in Ihre Angelegenheiten einmischen«, begann er, »aber zufällig habe ich Ihr Gespräch mitbekommen und gehört, dass Sie eine Bleibe suchen.« Er machte eine bedächtige Pause, hob leicht den Kopf. Falten bildeten sich auf seiner Stirn. Er schien angestrengt zu überlegen, bevor er sich erneut an Kate wandte. »Darf ich Ihnen einen Vorschlag machen?«

Kate nickte. »Ja, sicher.«

»Ich kann Ihnen *mein* Ferienhaus anbieten. Es liegt etwas abseits, in einer kleinen Bucht kurz vor Two Harbors. Sie haben dort einen fantastischen Blick auf das Meer und einen eigenen Strandabschnitt mit Anleger, an den sich selten Touristen verirren. Mit dem Boot sind Sie in fünf Minuten hier an der Seebrücke, zu Fuß oder mit dem Golfcart ein paar Minuten länger unterwegs. Zurzeit steht das Häuschen leer.« Erneut lächelte der alte Mann Kate an und fuhr fort. »Sie können dort mietfrei wohnen, bis Sie etwas anderes gefunden haben.« Er nahm einen Schluck Kaffee, während er Kate erwartungsvoll anblickte.

»Wie bitte?« Kate sah ihn ungläubig an. Sie war ein wenig verwirrt. Wieso unterbreitete der alte Mann ihr so ein großzügiges Angebot? Er hatte da bestimmt etwas missverstanden. Wahrscheinlich verwechselte er da etwas. Besser, sie stellte das Augenblicklich klar. Sie räusperte sich umständlich. »Danke, das ist sehr freundlich von Ihnen, aber das kann ich nicht annehmen, ich ...«

»Ich weiß, das klingt alles sehr eigenartig«, unterbrach der alte Mann sie, als könnte er ihre Gedanken lesen. Er lächelte Kate aufmunternd an. »Sie kennen mich schließlich überhaupt nicht, und vermutlich überlegen Sie gerade: Was will der alte Kauz von mir? Dieses vielversprechende Angebot muss doch einen Haken haben ...«, fuhr er fort. »Aber ich versichere Ihnen, junge Frau, ich hege keine unehrenhaften Absichten. Alles, was Sie dafür tun müssen, ist, das kleine Stück Garten drum herum in Ordnung zu halten, die Blumen zu gießen und dem Häuschen wieder Leben einzuhauchen. Das ist alles.« Der alte Mann zuckte mit den Schultern.

Kate wusste nicht, wie sie auf den Vorschlag reagieren sollte. Das Angebot klang sowohl Misstrauen erregend als auch verlockend. Es bot eine einmalige Chance. Zwar durchforstete sie noch nicht lange das Internet, aber eines hatte sich bereits eindeutig herauskristallisiert: Kleinere Wohnungen für wenig Geld waren so gut wie gar nicht verfügbar. Urlaub auf der Insel zu machen, war sehr beliebt, die meisten freien Wohnungen waren in Privatbesitz oder wurden an Touristen vermietet. Das war rentabler als eine monatliche Miete zu kassieren.

Kate zögerte. »Ich weiß nicht ...« Hilfe suchend sah sie zu Mona hinüber, die nickte ihr aufmunternd zu und widmete sich dann wieder den ersten Bestellungen.

»Überlegen Sie es sich in Ruhe. Sie können sich das Haus unverbindlich anschauen. Hier steht die Adresse drauf und meine Telefonnummer«, sagte der alte Mann, stand auf und legte ein kleines Kärtchen neben seine Tasse auf den Tisch. Danach nahm er seine Zeitung auf und wandte sich an die beiden Frauen. »Ich wünsche Ihnen noch einen schönen Tag.«

Kate sah ihm hinterher, als er das Café verließ. Ihr fiel auf, dass er sehr groß war. Ein stattlicher, schlanker Mann mit stolzem Auftreten.

Kaum, dass er außer Hörweite war, drehte Kate sich zu Mona um, die den hoffnungsvollen Schimmer in ihren Augen bemerkte.

»Du hast Blut geleckt«, stellte Mona fest und lächelte. Sie stellte einen Teller mit selbst gebackenem Lemon Pie auf die Theke, den ein Gast bestellt hatte. »Kein Wunder, so ein Angebot bekommt man nicht jeden Tag unterbreitet. Auch wenn die ganze Situation äußerst skurril ist. Wirst du dir das Haus ansehen?«, fragte sie.

Kates Wangen liefen rot an. »Ich bin mir noch nicht sicher«, murmelte sie. Aber als sie an die Möglichkeit dachte, vielleicht bald in die eigenen vier Wände zu ziehen, schlug ihr Herz schneller. »Kennst du diesen Mann?«, wollte Kate wissen, schnappte sich den Korb mit den sauberen Tassen und stapelte sie umgedreht übereinander neben den Kaffeeautomaten. Danach griff sie nach einem leeren Tablett.

Mona schüttelte den Kopf. »Nicht wirklich. Er kommt erst seit ein paar Wochen regelmäßig ins Café. Vorher habe ich ihn hier noch nie gesehen.«

Kate ging zu dem Tisch hinüber, an dem der alte Mann gesessen hatte, und räumte das Geschirr ab. Sie nahm das Kärtchen in die Hand und las die Anschrift und den Namen. »Richard Clayton«, murmelte Kate.

»Seltsam«, sagte Mona, die hinter Kate getreten war und ihr über die Schulter guckte. »Wenn ich es mir richtig überlege, würde ich sogar behaupten, dieser Mann besucht dieses Café erst, seitdem du bei mir arbeitest. Vielleicht ein heimlicher Verehrer?«, witzelte Mona.

Die Kaffeestube füllte sich mit den ersten Ausflüglern, die mit der ersten Fähre eingetroffen waren. Wie viele andere auch, wollten sie sich mit einem Kaffee zum Mitnehmen oder leckeren Gebäckstücken eindecken, bevor sie die Insel erkundeten. Es war im Nu zu viel los, um näher auf Monas Bemerkung einzugehen. Die war bereits hinter den Tresen geeilt und kümmerte sich darum, dass alle versorgt wurden.

Versonnen betrachtete Kate erneut für einen Augenblick die Karte, bevor sie diese in ihrer Rocktasche verschwinden ließ.

Es war nur ein Gefühl, eine innere Stimme, die ihr riet, sich dieses Haus auf jeden Fall früher oder später anzusehen.

***

Scott starrte nun schon eine geraume Weile auf die Unterlagen, die ihm seine Sekretärin zum Unterschreiben auf den Schreibtisch gelegt hatte, ohne wirklich zu erfassen, was auf den Papieren stand. Obwohl er das Wochenende tatsächlich mal keine Aktenordner für die Kanzlei gewälzt und stattdessen, wie er es versprochen hatte, viel Zeit nur mit seinem Sohn verbrachte hatte, fühlte er sich völlig erschöpft. Als wäre er einen Marathon gelaufen.

Nach wie vor kreisten seine Gedanken um das plötzliche Auftauchen von Kate. Die Erinnerungen an die Vergangenheit mit ihr, die unangenehmen Gefühle, die sie in ihm weckte, schmerzten noch immer. Obwohl er eigentlich wütend auf sie sein wollte, spürte er eine Anziehungskraft zwischen ihnen, der er sich kaum entziehen konnte. Wenn er ehrlich zu sich selbst war, konnte er nicht leugnen, dass er immer noch fasziniert von Kate war, und so sehr er es hasste, es zuzugeben, fühlte er sich mehr denn je zu dieser Frau hingezogen.

Scott seufzte laut. Hatte er nicht bereits genug Probleme? Er fragte sich, ob das eine gute Entwicklung war. Rickie hatte seine Mutter verloren, da musste er nicht auch noch eine neue Freundin wieder verlieren. Denn dass Kate nicht für immer auf der Insel bleiben würde, sagte ihm sein Bauchgefühl. Sie hatte sich kaum verändert, und er kannte sie gut genug, um zu wissen, dass sie Probleme umtrieben.

»Wie ich sehe, bist du konzentriert in die Unterlagen vertieft«, frotzelte Ben, der im Türrahmen stand und ihn schon eine Weile beobachtet haben musste.

Scott blinzelte mit Mühe seine Gedanken weg und versuchte sich zu orientieren. Dann hob er den Kopf und warf seinem Freund einen spöttelnden Blick zu. »Wie lange stehst du schon da und spannst?«, wollte er wissen.

»Lange genug, um mitanzusehen, dass du weit entfernt davon bist, produktive Arbeit zu leisten«, erwiderte Ben ungerührt. Er lächelte seinen Freund munter an. »Außerdem stand die Tür sperrangelweit offen. Jeder, der zufällig vorbeikommt, hätte sehen können, dass du dich in Tagträumen verlierst, anstatt Dokumente zu wälzen«, fügte er breit grinsend hinzu und betrat das Büro. Vor dem Schreibtisch seines Freundes blieb er stehen und sah ihm tief in die Augen. »Kate«, vermutete er laut und grinste Scott an.

Obwohl Scott es ungern zugab, nickte er.

»Verstehe.« Ben lächelte verständnisvoll. »Und ich störe dich deshalb auch wirklich ungern ...« Er deutete auf die Unterlagen und lächelte entschuldigend. »... aber die Dokumente müssen heute noch raus«, sagte er gespielt geschäftsmäßig.

Scott nickte erneut, setzte sich aufrecht in seinem Stuhl hin und nahm den Kugelschreiber zur Hand. »Gib mir fünf Minuten.«

***

Am frühen Nachmittag stieß Rickie zu den beiden Frauen. Nach einer Begrüßung, die für Rickies Verhältnisse auffällig kurz ausfiel, setzte er sich etwas abseits draußen an den letzten freien Tisch, zog sein Handy hervor und durchforstete seine Nachrichten. Seine Gesichtszüge waren angespannt. Etwas schien seinen Unmut zu erregen.

Nachdem Mona sich Rickies Schweigsamkeit eine Weile angesehen hatte, gab sie Kate ein Handzeichen, sich bitte einen Moment allein um die Gäste zu kümmern, und trat raus auf die Veranda. Sie zog einen Stuhl heran und setzte sich zu Rickie. Seine geöffnete Schultasche lag achtlos auf dem Boden und Mona bemerkte die Frühstücksdose, deren Inhalt er nicht angerührt hatte.

Sie lächelte ihn an. »Hast du Hunger? In der Küche stehen noch zwei Pancakes mit Apfel und Zimt. Die magst du doch so gern.«

Er schüttelte den Kopf. »Hab keinen Hunger.«

Monas Alarmglocken schrillten. Ein Zustand, der bei dem Jungen ausgesprochen selten vorkam. Normalerweise ließ Rickie nicht einen Krümel auf dem Teller übrig, wenn es seine Lieblingspfannkuchen gab. Geschweige denn, dass er das Frühstück, das Mona ihm jeden Morgen zubereitete, unberührt ließ. Sie schaute ihn nachdenklich an. Rickie wirkte bedrückt. Hatte er Probleme in der Schule? War das Wochenende mit seinem Dad doch nicht so gelaufen, wie er es sich vorgestellt hatte?

»Und wie war euer Männerwochenende? Hattet ihr Spaß im Kino?«, bohrte sie sanft nach und hoffte, dass Rickie nicht gleich abblockte.

»War okay.«

»Na, das nenne ich mal eine ausführliche Auskunft«, sagte Mona scherzhaft und schmunzelte. Aber Rickie hatte nicht einmal von seinem Handy aufgeschaut. Womöglich gab es ein Problem mit Mathe. Das war ein sensibles Thema, da er in dem Fach auf der Kippe stand. Umgehend startete sie einen neuen Versuch, den Jungen aus der Reserve zu locken.

»Dein Dad hat mir erzählt, dass demnächst die erste Mathearbeit ansteht. So kurz nach den Ferien fällt es sicher schwer, sich wieder auf die Schule zu konzentrieren.«

»Mh ...«, stimmte Rickie ihr zu. Wieder starrte er nur auf sein Handy.

»Wie läuft es denn so? Brauchst du vielleicht Hilfe in Mathe, oder in einem anderen Fach?«

»Nur in Mathe«, erwiderte Rickie wortkarg.

»Soll ich mich mal nach einer Nachhilfe umhören?«, bot Mona an.

Der Junge schien nicht über die Schule sprechen zu wollen, nickte aber nach einer Weile.

»Vielleicht könnte ich dir ja helfen, Rickie«, bot Kate an, die von Tisch zu Tisch gegangen war, um die Gäste zu bedienen und nun an ihrem zum Stehen kam. Sie hatte offenbar die letzten Worte aufgeschnappt und lächelte Rickie aufmunternd an, während sie den beiden eine Karaffe mit eisgekühltem Zitronentee und Gläsern auf den Tisch stellte.

»Du kannst Mathe?«, wollte Mona wissen, sah zu Kate auf und zog verwundert die Augenbrauen hoch.

»Ja, seltsamerweise ist das immer mein Lieblingsfach gewesen«, erklärte Kate und grinste. »Ich habe natürlich viel vergessen, aber für die vierte Klasse wird es schon noch reichen.« Sie wandte sich an Rickie. »Wenn du magst, sehe ich mir deine Aufgaben mal an.«

»Na, wer sagt's denn«, rief Mona freudig. Ihr Blick suchte den des Jungen. »Siehst du, Rickie, möglicherweise haben wir bereits eine Lösung für dein Problem gefunden. Kate wird dir bei deinen Aufgaben helfen.«

»Das mache ich sehr gern«, versicherte Kate und lächelte Rickie an.

Doch der Junge schien wenig begeistert von diesem Vorschlag. Seine Gesichtszüge blieben unbeweglich, das Interesse weiterhin auf sein Handy gerichtet.

»Natürlich musst du meine Hilfe nicht annehmen, nur wenn du möchtest«, meinte Kate vorsichtig. »Es ist nur ein Angebot. Wir sind doch bereits ein eingespieltes Team«, erinnerte sie ihn.

Rickie antwortete nicht sofort. »Ich überleg es mir«, sagte er schließlich und zuckte mit den Schultern.

Kate nickte. »Prima, sag einfach Bescheid, wenn du mit den Hausaufgaben anfängst, ich komme dann dazu.« Sie blieb noch einen Moment am Tisch stehen, schüttete den mitgebrachten Eistee in die Gläser und nahm die leere Karaffe wieder mit, bevor sie zurück hinter die Theke verschwand.

Mona wandte sich erneut an Rickie und stupste ihn sanft gegen den Arm. »Komm, lass uns eine Runde Karten spielen«, schlug sie vor und legte ein Päckchen Spielkarten auf den Tisch. Übertrieben freudig rieb sie sich die Hände. »Meine Hände kribbeln, und ich glaube, ich könnte es heute schaffen, gegen dich zu gewinnen«, sagte sie lockend, denn sie wusste, welchen Ehrgeiz Rickie entwickeln konnte, wenn es darum ging, Kräfte zu messen und seine Gegner zu besiegen, sei es auch nur bei einem lächerlichen Kartenspiel.

Rickie sah das erste Mal, seit Mona sich zu ihm an den Tisch gesetzt hatte, von seinem Handy auf und schaute sie skeptisch an. »Hast du denn Zeit dafür?«

Monas Blick wanderte umher. Die kleine Terrasse direkt am Wasser war bis auf den letzten Stuhl besetzt, und auch im Inneren des Cafés sah es nicht anders aus. Kate stand hinter der Theke und war damit beschäftigt, Bestellungen abzuarbeiten und Kaffee aufzubrühen.

Mona schüttelte belustigt den Kopf. »Nö, eigentlich nicht. Wie du siehst, ist das Café proppenvoll.« Sie lehnte sich entspannt in den Korbsessel zurück und lächelte Rickie verschmitzt an. »Aber ich hatte dir ja versprochen: Jetzt, da ich Kate habe, kann ich mich mehr um dich kümmern. Sie schafft das schon allein.«

Ein glückliches Lächeln legte sich auf Rickies Gesicht. Er schob sein Handy beiseite und rückte näher an den Tisch. Sofort fing er an die Karten zu mischen. Danach teilte er sie zwischen den beiden auf und eröffnete das Spiel, indem er die erste Karte aufdeckte.

Mona atmete erleichtert auf, froh, dass der Junge offensichtlich wieder zu einem gemeinsamen Miteinander bereit war. Er redete zwar immer noch kein Wort mit ihr, aber immerhin schien er sich wirklich auf das Spiel zu freuen. Das war mehr, als Mona nach den letzten wortkargen Minuten erwartet hatte.

Kapitel 10

Am nächsten Tag hatte Kate Mühe, sich auf die Arbeit zu konzentrieren. Den ganzen Vormittag ging ihr das Angebot des alten Mannes nicht aus dem Kopf. Ein kleines Häuschen direkt am Wasser, die Natur ...

Unwillkürlich wurde ihr bewusst, wie sehr sie sich ein Zuhause wünschte. Und je mehr sie darüber nachdachte, umso größer wurde die Verlockung, dieser Wunsch könnte schon bald in Erfüllung gehen.

Noch vor zwei Monaten hätte Kate sich nicht vorstellen können, überhaupt je wieder Spaß an irgendetwas zu haben, und jetzt gestatte sie sich sogar, über eine neue Bleibe ... vielleicht sogar über ein neues Leben nachzudenken, ohne die Beklommenheit, die sie seit zwei Monaten nicht mehr ruhig schlafen ließ. Augenblicklich schnürte es ihr die Kehle zu, und sie atmete tief durch.

Gedankenverloren stellte sie eine Tasse unter die Kaffeemaschine und drückte auf den Knopf für einen Espresso. Sie merkte erst hinterher, dass der Kunde an der Theke einen Milchkaffee bestellt hatte.

»Also gut, wir machen heute etwas früher Schluss und du schaust dir das Häuschen später in Ruhe an«, entschied Mona und riss sie damit aus ihren Gedanken. »Aber bis dahin wird ordentlich gearbeitet«, erklärte sie gespielt streng und machte sich daran, vier Teller mit frischen Bagels auf die Theke zu stellen.

Kate blickte auf und lächelte Mona entschuldigend an. »Verzeih, ich bin mit meinen Gedanken ganz woanders.«

Mona nickte. »Das ist nicht zu übersehen.« Sie lächelte Kate nachsichtig an und tätschelte aufmunternd ihre Schulter. Dann nahm sie einen Plastikbecher zur Hand und reichte ihn ihr. »Der Kunde möchte einen Cappuccino.« Anschließend zeigte sie auf ein Tablett, das auf der Theke stand. »Und die vier Teller gehen an die Gästegruppe, die draußen auf der linken Seite der Terrasse sitzt.«

»Wird sofort erledigt«, sagte Kate schuldbewusst, aber fröhlich, während sie rasch nach dem leeren Becher griff, ihn unter die Kaffeemaschine stellte und erneut einen Knopf drückte. Diesmal den richtigen.

»Zucker und Milch stehen hier«, sagte Kate dann zu dem Kunden und zeigte mit dem Finger auf eine weiße Zuckerdose und ein Milchkännchen, als sie ihm den dampfenden Becher mit Kaffee reichte.

»Nein, danke, ich trinke schwarz«, antwortete der, schenkte ihr ein Lächeln und steckte das Wechselgeld ein, das Kate ihm hinhielt.

Als Nächstes ließ Kate drei Espressi durchlaufen, stellte sie zu den Bagels aufs Tablett und wartete auf den Kaffee, der die Bestellung ergänzte. Seufzend ließ sie den Blick durchs Café wandern und entdeckte einige bekannte Gesichter. Richard Clayton war nicht unter ihnen.

»Er ist heute nicht gekommen«, flüsterte Kate leise und fügte gedanklich hinzu: *Was, wenn der alte Mann seine spontane Hilfsbereitschaft bereits bereut oder sich nun doch dazu entschlossen hat, das Haus anderweitig zu vermieten?*

Mona, die sofort wusste, wen Kate gemeint hatte, nickte. »Ist mir auch schon aufgefallen«, bestätigte sie und mobilisierte alle Kräfte für ein Lächeln. »Das hat aber sicher nichts zu bedeuten, Liebes«, erklärte sie, offenbar um Kate zu beruhigen.

»Meinst du wirklich?«

»Er ist ein alter Mann, er kann schon mal indisponiert sein. Umso wichtiger ist es für dich, dir heute noch das Häuschen anzusehen«, drängte Mona. »Ansonsten grübelst du noch die nächsten Wochen darüber nach.«

»Ja das stimmt. Ich bin gerade total verunsichert.«

»Du kannst mein kleines Motorboot nehmen. Es liegt unten am Kai.«

»Okay.« Kate nickte und seufzte tief. Monas Worte hatten sie überzeugt. Sie würde dieses Haus besichtigen. Nur so konnte sie eine Entscheidung fällen.

***

Am frühen Abend legte Kate mit dem Boot am Steg von Two Harbours an. Nachdem eine Inselbewohnerin ihr netterweise den Weg beschrieben hatte, wie sie am schnellsten zum Haus von Richard Clayton gelangte, war sie dem schmalen Trampelpfad gefolgt, der vom Ortskern wegführte. Hinter den Felsen wand sich der Weg hinunter zum Wasser, und als sie hinter einer kleinen Kurve hervortrat, lagen die Bucht und das Häuschen plötzlich direkt vor ihr.

Kate traute ihren Augen kaum. »Das kann nur ein Traum sein«, murmelte sie ungläubig. Sie ertappte sich bei dem Wunsch, die Zeit möge stehen bleiben, damit sie diesen Anblick fortdauernd genießen konnte.

In der Ferne rauschten Wellen, die gegen die Klippen krachten. Der Strand war menschenleer.

Als Kate näherkam, spürte sie kleine Tropfen Gischt auf ihren Wangen und schmeckte einen salzigen Geschmack auf den Lippen, den sie mit der Zunge aufleckte.

Wie eine zerwühlte Bettdecke erstreckte sich der Ozean vor ihren Augen, auf dem sich die untergehende Sonne spiegelte.

Das Häuschen, das Richard Clayton als ihre neue Unterkunft anbot, lag in einer kleinen Bucht, umgeben von feinem Sand, der aus der Ferne an unberührten Schnee erinnerte.

Friedlich lag es da, eingetaucht in einen beruhigenden, atemberaubenden Zauber, der Kate sogleich in den Bann zog. Die hölzerne Fassade war ziegelrot, die Veranda, die um das gesamte Haus herum verlief, strahlend weiß.

Obwohl weit und breit kein Tourist zu sehen war, lag das Haus nicht einsam. In einigen Metern Abstand erblickte Kate noch drei weitere Häuser, jeweils in einem anderen Farbton gestrichen. Grün, blau und gelb – eine charmante bunte Mischung.

Übermütig zog Kate ihre Schuhe aus, steckte ihre Zehen in den Sand, der noch aufgeheizt von der Hitze des Tages war.

Barfuß lief sie auf das kleine Haus zu. Hin und wieder piksten Muscheln unter ihren Füßen.

Ein Glücksgefühl breitete sich in ihr aus. Einen Ort wie diesen gab es nirgendwo sonst auf der Welt!

Kurz kam ihr der Gedanke, dass es vielleicht doch die richtige Entscheidung gewesen war, nach Santa Catalina Island zu kommen. Selbst wenn sie sich den Geistern ihrer Vergangenheit stellen musste.

Kate erreichte das Haus und stieg die wenigen Holzstufen, die übergangslos in den weichen Sand mündeten, hinauf auf die Veranda. Jeder ihrer Schritte verursachte ein dezentes Knarzen. Sie blickte sich um. Ihr Blick schweifte über den hölzernen Schaukelstuhl, die Blumentöpfe auf den Fensterbänken und der Veranda, deren Pflanzen dringend Pflege und Wasser bedurften, ehe sie vortrat und durch die Scheiben ins Innere des Hauses spähte. Bedauerlicherweise konnte sie nicht viel erkennen, da das Glas zu sehr spiegelte.

Daraufhin trat sie zurück, drehte sich zum Meer und seufzte innerlich voll Wohlgefühl, genoss die anhaltende Wärme und die verbliebenen Sonnenstrahlen auf ihrem Gesicht.

Das alles konnte sie haben, begriff sie sehnsüchtig. Sie brauchte nichts weiter zu tun, als das Angebot des alten Mannes anzunehmen.

Richard Clayton machte auf sie den Eindruck eines Menschen, der sein Wort hielt. Dennoch suchte sie nach wie vor nach dem Haken, den es zweifelsfrei geben musste. Immerhin verlangte er für dieses kleine, aber feine Traumhaus nicht einmal Miete. Das war nun wirklich zu schön, um wahr zu sein, befürchtete Kate. So viel Wohlwollen besaß doch niemand! Oder?

Sie schloss für einen Moment die Augen und lauschte dem unaufdringlichen Rauschen der Wellen, während ihre Gedanken sich dem schillernden Tagtraum hingaben, wie es wäre, in diesem Haus zu wohnen. Dem Wind zu strotzen, die salzige Gischt zu schmecken, aufs Meer zu blicken, tief verbunden mit der Natur …

Erst als sich Schritte näherten und in ihr Bewusstsein drangen, fanden ihre Schwärmereien ein jähes Ende.

Gleichzeitig verstummten auch die Schritte.

Es mochte merkwürdig klingen, aber seltsamerweise wusste Kate auf Anhieb, dass *er* es war, der ihr in diesem Moment auf der Veranda Gesellschaft leistete.

Es war kein Zufall, ihn hier zu treffen. Dies war schließlich sein Haus. Kein Wunder also, wenn er des Öfteren vorbeikam, um nach dem Rechten zu sehen.

Sie öffnete die Augen. »Gefällt es Ihnen?«, fragte Richard Clayton. Seine Stimme war ein wenig rau, was ihr bei ihrer ersten Begegnung gar nicht aufgefallen war. Dennoch strahlte er Souveränität und Stattlichkeit aus.

»Allerdings«, gestand sie.

»Es ist traumhaft hier, nicht wahr?«

»Das ist es.« Kates Mund war trocken.

Richard Clayton lächelte dünn. Er trug ein blütenweißes Hemd. Sein Jackett hatte er ausgezogen und trug es lässig über dem rechten Arm. »Es ist nicht sehr groß, wie Sie sehen«, meinte er beinahe entschuldigend. »Aber für ein bis zwei Personen ist es mehr als ausreichend.«

Kate war derselben Auffassung.

»Möchten Sie es sich einmal von innen ansehen?«, bot er zuvorkommend an und kramte einen Schlüsselbund aus der Innentasche seines Jacketts. Nacheinander überprüfte er die verschiedenen Schlüssel, bis er den richtigen, einen viereckigen, gefunden hatte. Er trennte ihn vom Bund und reichte ihn ihr. »Bitte, nach Ihnen.«

Zögernd griff Kate danach. »Gern«, hauchte sie, rührte sich allerdings nicht vom Fleck. Erst als Richard Clayton sie erneut freundlich aufforderte, sich einen Ruck zu geben, und ihr ein aufmunterndes Lächeln schenkte, befreite sie sich aus ihrer Erstarrung, schloss die Tür auf und setzte ihren Fuß über die Schwelle.

Der alte Mann folgte ihr.

Im Innern roch es nach eingesperrter Hitze, die den Sauerstoff gefressen hatte.

Der Boden bestand aus Holzdielen und war an einigen Stellen leicht mattiert. Doch Kate war überzeugt, dass er mit Bohnerwachs wieder glänzen würde wie ein polierter Spiegel.

Die Möblierung war gemütlich, wenn auch schlicht. Es fehlte lediglich an Dekoration, um etwas Charme in die Räume zu zaubern, aber dafür würde Kate schon sorgen, sollte sie das Angebot von Richard Clayton annehmen.

Durch die kleinen Sprossenfenster fiel Licht in den Raum, das genug Helligkeit schaffte.

Eine schmale Wendeltreppe führte hinauf in die zweite Etage. »Unten befinden sich Aufenthaltsraum und Küche, oben Schlaf- und Badezimmer sowie ein kleines Büro«, erklärte Richard Clayton.

Kate stieg die Stufen hinauf, obwohl sie instinktiv wusste, dass ihr auch der Rest des Hauses gefallen würde. Und so war es dann auch. Der Gesamteindruck war einfach wunderschön. Eine Bleibe wie diese hatte sie sich immer gewünscht – wer tat das nicht?

Wären da doch bloß nicht diese Bedenken in ihrem Innern, die sie davon abhielten, das Angebot auf der Stelle anzunehmen.

Als sie wieder im Erdgeschoss war, warf sie dem alten Mann einen unauffälligen Blick zu. Wie er so dastand, mit leuchtenden, wachsamen Augen, leicht gebeugt, die Mundwinkel erhoben, fiel es ihr schwer, ihn als einen skrupellosen Geschäftsmann mit böswilligen Hintergedanken einzuschätzen. Sie mochte ihn. Dennoch musste sie auf der Hut bleiben und durfte ihn nicht voreilig als harmlos abtun. Sie kannte ihn ja kaum. Sie war schon einmal zutiefst enttäuscht worden, das würde ihr nicht wieder passieren.

Was sie jetzt brauchte, war Bedenkzeit. Sie musste sich das alles noch einmal durch den Kopf gehen lassen, sodass sie am Ende eine abgewogene Entscheidung treffen konnte.

Richard Clayton schien ihre Gedanken zu erraten. »Mein Angebot steht so lange, bis Sie es annehmen oder ablehnen«, erklärte er. »Schlafen Sie in Ruhe darüber. Den Schlüssel dürfen Sie bis dahin gern behalten. Sollten Sie sich dazu entschließen, das Haus zu bewohnen, steht es Ihnen frei, jederzeit einzuziehen. Falls nicht, geben Sie mir den Schlüssel einfach zurück, wenn ich das nächste Mal zu Ihnen ins Café komme. Wie hört sich das an?«

»Das ist sehr nett.« Sie suchte den Kontakt mit seinen Augen, die heute grau leuchteten wie ein Gewitterhimmel. »Danke.«

»Keine Ursache«, erwiderte er gelassen.

Sie traten hinaus auf die Veranda. Dort erkundigte der alte Mann sich zum ersten Mal nach ihrem Namen.

»Wellington. Kate Wellington«, erwiderte sie, ehe sie den Mut fasste, ihm die Frage zu stellen, die ihr schon die ganze Zeit auf den Lippen lag. »Wieso tun Sie das, Mr Clayton?«

Er sah sie verständnislos an. Offenbar war er sich der Großzügigkeit seines Angebots gar nicht bewusst. Kate begriff, dass sie ihre Frage präziser formulieren musste.

»Das ist wirklich furchtbar nett von Ihnen, dass Sie mir das Haus zur Verfügung stellen möchten. Es ist wunderschön!«, schwärmte sie. »Allerdings ...«

»Sie fragen sich nach meinem Motiv«, erwiderte er.

»Könnte man so sagen. Ich kann mich nicht daran erinnern, wann mir das letzte Mal jemand einen solch gütigen Vorschlag unterbreitet hat.« Sie lächelte ihn an.

»Verstehe«, hauchte Richard Clayton. Unversehens zückte er ein Etui aus der Tasche seines Jacketts und öffnete es. Eine hölzerne Pfeife kam zum Vorschein. Zusätzlich zauberte er eine Packung mit Tabak hervor und begann, in aller Ruhe seine Pfeife zu stopfen. Nachdem er die erste Schicht mit dem Daumen heruntergedrückt hatte, erzählte er: »Das Haus steht schon seit Längerem leer. Meine verstorbene Frau hat immer ihren Sommer hier verbracht. Und mein Sohn ... seitdem er ...«, er hielt kurz inne, bevor er weitersprach. »Das Haus braucht einfach einen Besitzer, verstehen Sie? Jemanden, der sich um die Pflanzen kümmert. Jemanden, der den verlassenen Räumen Leben einhaucht.« Er lockerte den Tabak in der Packung etwas, ehe er eine weitere Prise herausnahm und in den Pfeifenkopf stopfte. Diesmal presste er sie mit dem Zeigefinger hinunter.

»Wieso vermieten Sie es nicht?«, wollte Kate wissen.

»Darüber habe ich lange nachgedacht. Ja, ich könnte es vermieten, womöglich sogar an Touristen. Doch …«, erwiderte er und schüttelte den Kopf. »Ich gehe davon aus, dass Sie nicht ewig darin wohnen werden, nicht wahr? Sie sind jung, Sie sind sehr hübsch – früher oder später werden Sie heiraten, Kinder kriegen … und werden mehr Platz benötigen. Dann kann ich es immer noch vermieten.«

Kate errötete. Er hielt sie für hübsch. Das Kompliment schmeichelte ihr. Womöglich, weil der Altersunterschied zwischen ihnen auffallend groß war.

Nachdem Richard Clayton auch die dritte Tabakschicht in den Pfeifenkopf gestopft hatte, nahm er sie in den Mund, und gab Feuer, bis die gesamte Tabakfläche in Glut geriet. »Sie fragen mich nach dem Grund für meine Geneigtheit?« Er nahm den Faden wieder auf und zupfte ein paar Tabakflusen von der Oberlippe. »Die Wahrheit ist, ich kenne ihn selbst nicht.«

Kate musterte ihn prüfend. Sie wusste nicht, ob sie ihm das abkaufen sollte. Richard Clayton machte auf sie nicht den Eindruck eines Menschen, der leichtfertige Entscheidungen traf.

Der alte Mann paffte ein paar Züge. »Ich habe in meinem Leben genügend Geld verdient«, erklärte er ihr, als hätte er erneut ihre Gedanken erraten. »Ich besitze zahlreiche Immobilien hier auf der Insel, einige auch in L.A., die laufend Gewinne abwerfen. Für meinen Lebensabend habe ich ausgesorgt. Und für meinen einzigen Sohn …«, wieder hielt Richard Clayton einen Moment inne, bevor er weitersprach, »… für ihn bleibt noch genügend von seinem Erbe übrig.« Er räusperte sich kurz und Kate glaubte, einen Anflug von

Enttäuschung in seinen Augen zu lesen. »Es spricht also nichts dagegen, weshalb ich mich nicht von einer dieser Immobilien trennen sollte, um einer jungen Frau wie Ihnen einen Gefallen zu tun. Es ist ein schönes Gefühl, anderen eine Freude zu bereiten, das habe ich endlich begriffen. Viel beglückender als ein prall gefüllter Geldbeutel.« Jetzt schmunzelte er, was ihn um mindestens zehn Jahre jünger erscheinen ließ.

Kate strich sich eine Haarsträhne aus dem Gesicht und musterte Richard Clayton aufmerksam. Sie wusste nicht, was sie sagen sollte. Wenn sie ehrlich war, hatte sie das Gefühl, dass er ihr nicht die ganze Wahrheit erzählt hatte, dennoch gab es keinen ersichtlichen Grund, weshalb sie dem, was er bis jetzt preisgegeben hatte, nicht glauben sollte, so ungewöhnlich seine Beweggründe auch klingen mochten.

Ihr Blick schweifte jetzt zum Meer. Unwillkürlich stellte sie sich die Frage, was Scott ihr wohl raten würde, aber tief in ihrem Inneren wusste sie, dass sie diese Entscheidung allein fällen musste.

Richard Clayton nahm einen tiefen Zug und blies den Rauch in Kringeln aus, bis eine Brise, die vom Ozean wehte, sie wegpustete. Schweigend rauchte er einen Moment lang, den Blick in die Ferne gerichtet, genau wie Kate.

Gemeinsam sahen sie aufs Meer hinaus, hingen ihren Gedanken nach.

Als die Sonne längst im Meer versunken war und am dunklen Himmel ein strahlender Mond hing, blendend gelb und voll wie eine saftige Frucht, standen sie noch immer dort auf der Veranda, Seite an Seite.

Das nächtliche Firmament spiegelte sich auf dem Wasser.

Hier, schoss es Kate bei diesem Anblick durch den Kopf, *hier an diesem wunderschönen Ort gibt es nicht nur einen Nachthimmel, sondern zwei.*

Kapitel 11

Scott verließ die Kanzlei an diesem Abend als Letzter. Die Büroräume lagen bereits dunkel und verlassen da, als er zu den Fahrstühlen schlenderte. Auf dem Flur begegnete er einer Raumpflegerin, die ihm mit ihrem Putzwagen entgegenkam. Er nickte ihr grüßend zu und drückte den Knopf, um den Fahrstuhl anzufordern.

Während er wartete, rieb er sich die Schläfen. Seine Augen brannten vor Müdigkeit. Er fühlte sich ausgebrannt und so erschöpft wie lange nicht. Noch immer hatte er die Akten, die sich während seines Urlaubs angehäuft hatten, nicht abgearbeitet, obwohl er sich kaum Pausen gönnte. Ohnehin hatte er das Gefühl, dass der Alltag in der Kanzlei von Jahr zu Jahr stressiger wurde.

Ursprünglich hatte er gehofft, sobald die Kanzlei erst florierte, einen Gang runterschalten zu können, um mehr Zeit für die Erziehung seines Sohnes aufzubringen. Stattdessen erstickte er förmlich in Arbeit, keine Verschnaufpause war in Sicht. Anscheinend war dies die Kehrseite des Erfolgs.

Das Auftauchen des Fahrstuhls holte Scott aus seinen Gedanken. Die Türen schwangen auf, er stieg ein und betätigte eine Taste. Kurz darauf glitt der Fahrstuhl nach unten. Im Erdgeschoss angekommen, verließ er das Kanzleigebäude. Seine Schritte klackerten auf den Bodenfliesen aus Sandstein.

Draußen herrschte eine wundersame Abendstimmung. Scott ließ den Blick zum Horizont schweifen. Kein Wölkchen war zu sehen, das warme Licht der untergehenden Sonne färbte die Küsteninsel rötlich.

Scott inhalierte die milde Luft, labte sich an dem salzigen Duft des Meeres und dem blühenden Lavendel, der in angelegten Beeten den Eingangsbereich säumte. Der frische Sauerstoff strömte durch seinen Kopf und befreite seinen Geist von der Schwere, die ihn niedergedrückt hatte.

Er spürte das Bedürfnis sich ein bisschen zu bewegen und entschied, zu Fuß zum Café zu laufen, um seinen Sohn abzuholen, statt ein Golfcart zu nutzen. Auf der Insel waren Autos nur begrenzt zugelassen. Man benötigte eine Lizenz für die Nutzung. Zwar besaß Scott dergleichen, doch er gebrauchte sie nur selten, da man auch mit dem Golfcart schnell ans Ziel gelangte.

Der Spaziergang entlang der Uferpromenade würde ihm heute guttun, nachdem er den ganzen Tag am Schreibtisch verbracht hatte. Gemächlich wandte er sich in die Richtung. Die untergehende Sonne spendete warmes Licht und malte seinen Schatten auf den steinigen Boden. Zu seinen Seiten rauschten die Palmen im seichten Abendwind.

Scott liebte die Abende auf Catalina Island, genoss die Ruhe und den Frieden, den die Insel ausstrahlte, kaum eine Bootsstunde entfernt vom hektischen Stadtleben in L.A. und doch so fern.

Auf diesem Weg kamen ihm nur wenige Ausflügler entgegen, da er abseits der Strandpromenade lag. Die meisten von ihnen saßen um diese Zeit in den zahlreichen Restaurants entlang der Bucht oder in den Nachtcafés entlang der Crescent Avenue, wo das Nachtleben tobte.

Eine weißhaarige ältere Frau mit einem Labrador kreuzte seinen Weg. Sie führte ihren Hund zu einem kleinen Sommerhaus, dessen Rosengarten im Licht des Sonnenuntergangs in bunten Farben schillerte.

Als er sich auf halber Strecke zu Monas Café befand, tauchte eine Silhouette, knapp zehn Meter von ihm entfernt, im Dämmerlicht auf. Sie hatte feminine Konturen, war schlank und hatte es augenscheinlich eilig.

Scotts Herzschlag beschleunigte sich. Er hatte sie sofort am Gang erkannt, flink, leichtfüßig, genauso bewegte sie sich im Café durch die Tischreihen, um die Gäste zu bedienen.

Ohne jeden Zweifel. Es war Kate. Er war überrascht, dass er gleichzeitig von einer seltsamen Mischung aus Fluchtreflex und einem plötzlichen Kribbeln am ganzen Körper erfasst wurde. Was passierte mit ihm? Wohl oder übel musste er sich eingestehen, dass er sich freute, sie zu sehen, was seinen Fluchtreflex allerdings verstärkte.

Während Scott noch überlegte, sich einfach umzudrehen und den Weg über die Dünen einzuschlagen, geschah etwas Seltsames. Es war, als hätte Kate seine Gegenwart in ihrem Rücken gespürt. Unvermittelt blieb sie stehen und wandte sich in einer fließenden Bewegung langsam zu ihm um.

Unmerklich zuckte Scott mit den Schultern, als ihm klar wurde, dass er die Karten für einen eleganten

Rückzug eindeutig verspielt hatte, und so ergab er sich seinem Schicksal.

Als er näher kam, erkannte er ein zaghaftes Lächeln auf Kates Gesicht, und so konnte er gar nicht anders, als es, wenn auch nur flüchtig, zu erwidern. Die letzten Meter beschleunigte er seine Schritte und eilte auf sie zu.

***

»Scott.« Überrascht murmelte Kate seinen Namen, konnte nicht fassen, dass er ihr hier über den Weg lief. Der kurze Blickkontakt zu ihm reichte aus, um ihr Herz zum Flattern zu bringen. Sie wartete, bis Scott sie eingeholt hatte, dann setzten sie ihren Weg gemeinsam fort.

»So sieht man sich wieder«, ergriff Kate zuerst das Wort, bemüht die zufällige Begegnung locker anzugehen, obwohl sie das Gegenteil von Entspannung verspürte. In Scotts Gegenwart zitterten ihre Knie und ihre Wangen liefen rot an. Innerlich ärgerte sie sich maßlos darüber.

»Du bist sicher auf dem Weg zu Mona, nicht wahr?«, fügte sie deshalb schnell hinzu und lächelte Scott an. Sie hoffte, dass sie ihn mit der Frage überrumpelt hatte, denn sie bemerkte sehr wohl, dass sein Blick dabei war, sich zu verdunkeln, kaum dass er neben ihr stand und sie fixierte. Ihr wurde unbehaglich zumute, und sie versuchte seinen abweisenden Blick zu ignorieren.

Scott nickte. »Stimmt, ich will Rickie abholen, aber vorher wollte ich mir noch die Beine vertreten und frische Luft schnappen. Immer nur im Büro sitzen, macht auf Dauer müde und träge«, erklärte er, und seine Stimme wurde tiefer, als er ihr einen seiner kühlen Blicke zuwarf. »Aber wie ich meinen Sohn kenne, macht es ihm nichts aus, dass ich etwas später komme. Wie immer wird er es in vollen Zügen genießen, von Mona verwöhnt zu werden«, fügte er hinzu und lachte kurz auf. Sein Seitenblick verweilte einen weiteren Moment auf Kate, doch diesmal war sein Ausdruck sanfter.

Kate ertappte sich dabei, dass sie ebenfalls einen Blick riskierte, der über seinen Körper wanderte, was sie nur noch nervöser werden ließ, als sie sowieso schon war. Er wirkte erschöpft. Die dunklen Ringe unter seinen blauen Augen waren nicht zu übersehen, schmälerten seine Attraktivität jedoch kein bisschen. Scott sah wie immer fabelhaft aus. Er trug eine hellblaue Leinenhose, ein weißes eng anliegendes Hemd, das seine breiten Schultern betonte, und sein dunkles Haar war auf betörende Weise verwuschelt.

»Harten Arbeitstag gehabt?«, fragte sie so unbefangen wie möglich, um ihre Nervosität zu überspielen, die sie erneut erfasste, als sie zu ihm aufblickte und sich den Gedanken verbot, dass er ziemlich heiß aussah.

»Allerdings.« Er seufzte.

»Stress in der Kanzlei?«, hakte sie nach und zwang sich zu einem Lächeln.

Scott zuckte mit den Achseln. »Es gibt immer eine Menge zu tun, das ist alles. Aber ich beschwere mich nicht. Unserer Kanzlei ging es nie besser, wir haben in den letzten Jahren etliche namhafte Klienten und zahlreiche neue Fälle an Land gezogen«, sagte er. »Es geht stetig aufwärts. Ein schönes Gefühl. Dass damit gleichzeitig eine Menge Arbeit einhergeht, ist leider nicht zu verhindern.«

»Dann hast du deinen Traum tatsächlich wahr gemacht und mit Ben eine Kanzlei gegründet«, sagte Kate beindruckt und war es auch. Gleichzeitig biss sie sich auf die Unterlippe. Sie wusste, dass sie mit dieser Bemerkung alte Wunden aufriss, schließlich sprach sie von der Zeit, als er gerade angefangen hatte Jura zu studieren und sie noch ein Paar gewesen waren. Sie erinnerte sich, dass sie sich in Scott unter anderem deswegen verliebt hatte, weil er so konsequent seine Ziele formulierte und verfolgte. Schon als junger Mann hatte Scott mit Gewissheit gewusst, dass er mal Anwalt werden wollte. Der Beruf hatte ihn immer schon fasziniert, weil er ihm sinnvoll erschien. Er hatte immer den Wunsch gehegt, sich im Leben nützlich zu machen, denen zu helfen, die sich keinen guten Anwalt leisten konnten.

Scott zog die Augenbrauen hoch, bevor er mit kalter, leiser Stimme antwortete: »Ja, Kate … ich habe meinen Traum wahr gemacht, und wie du dich sicherlich erinnern kannst, gab es für mich keine Alternative. Trotz der schwierigen Umstände, die mich damals fast ein Semester zurückwarfen, habe ich das Studium ohne Kompromisse durchgezogen.« Sein Blick war kalt und anklagend, als er sie erneut ansah.

Kates Wangen wurden rot, und sie wich seinem Blick aus. Sie hatte den unterschwelligen Vorwurf in seiner Stimme sehr wohl wahrgenommen und wusste, dass er mit den schwierigen Umständen auf ihre Trennung anspielte.

»Und um die Antwort auf deine nächste Frage gleich vorwegzunehmen«, fügte Scott hinzu, als könnte er ihre Gedanken lesen, »an meiner Haltung hat sich bis heute nichts geändert. Ich übernehme nach wie vor auch Mandate, die mich überzeugen und nicht viel Geld versprechen.«

Kate nickte, sie hatte nichts anderes erwartet. »Ja, ich weiß. Schon damals hat ein Idealist in dir gesteckt«, sagte sie und schenkte ihm ein schüchternes Lächeln. Mehr als früher wirkte Scott auf sie wie ein Mann, der wusste, was er wollte. Diese Charaktereigenschaft schätzte sie nach wie vor an ihm. Sie hatte schon damals gewusst, dass er es im Leben mal weit bringen würde, auch wenn er vieles dafür hatte opfern müssen. Er war wirklich ein außergewöhnlich sympathischer Mann, hatte Manieren, Charisma und ... Sex-Appeal. Ihr Magen zog sich schmerzlich zusammen. Sie warf ihm einen Blick aus den Augenwinkeln zu und lief rot an, weil sie sich eingestehen musste, dass es ein riesiger Fehler gewesen war, diesen Mann kampflos aufzugeben.

»Und bei dir?«, wollte Scott plötzlich wissen. Er war stehen geblieben und hatte sich zu Kate umgedreht. »Wie ist dein Leben verlaufen? Bist du glücklich? Hat sich die Trennung von mir für dich wenigstens gelohnt? Ist es die richtige Entscheidung gewesen, in einer Nacht-und-Nebel-Aktion zu verschwinden, ohne dich von mir zu verabschieden?« Scotts kalter Blick fixierte sie und wurde noch eisiger.

Kate, die ebenfalls abrupt stehen geblieben war, schaute ihn geschockt an. »Das meinst du nicht ernst ...« Sie stockte und schluckte die aufsteigenden Tränen hinunter. In ihrem Kopf wirbelte alles durcheinander. Einen Moment lang fühlte sie sich, als hätte Scott ihr eine Ohrfeige verpasst. Der Mensch, den sie immer noch mehr als jeden anderen auf der Welt liebte, konnte doch nicht allen Ernstes ausschließlich ihr die Schuld für das Zerbrechen ihrer Liebe zuschieben. Sie spürte Wut in sich aufsteigen. Wut, der sie augenblicklich Luft machen musste.

Sie funkelte ihn an. »Du fragst mich allen Ernstes, ob es mir leichtgefallen ist, mich von dir zu trennen?« Fassungslos schüttelte sie den Kopf. »Ich glaube es einfach nicht.« Das Blut rauschte ihr in den Ohren.

»Ja, Kate, genau das frage ich dich.« Mit ausdruckloser Miene musterte Scott ihr Gesicht. Seine Stimme klang sachlich und emotionslos. »Angeblich war ich ja die Liebe deines Lebens.« Er lachte bitter auf. »Aber mir wurde erst später klar, dass das nur eine Floskel gewesen ist.«

Seine Worte trafen Kate mitten ins Herz, ließen es in tausend Stücke zerspringen. Entsetzt sah sie ihn an. Erneut sammelten sich Tränen in ihren Augen, doch diesmal versuchte Kate nicht, sie hinunterzuschlucken. Sie war viel zu sehr damit beschäftigt, einen klaren Gedanken zu fassen. Der Schmerz lähmte ihren Verstand. Zitternd taumelte sie einen Schritt zurück und holte tief Luft, um sich wieder unter Kontrolle zu bekommen. *Er hat nichts begriffen. Er glaubt tatsächlich, ich habe ihn verlassen, weil ich ihn nicht geliebt habe.* Diese Erkenntnis bestürzte sie und ernüchterte sie zugleich. Sie schloss für einen Moment die Augen und schüttelte den Kopf, dann nahm sie all ihre Kraft zusammen und schaute ihn gefasst an.

»Scott, ich habe dich nicht aus einer Laune heraus verlassen«, begann sie bemüht ruhig zu erklären, was angesichts des schmerzhaften Kloßes in ihrem Hals nicht einfach war. »Und auch nicht, weil ich ein neues Leben beginnen wollte oder weil ich dich nicht mehr geliebt habe.« Ihre Stimme wurde leiser, dennoch hielt sie ihren Blick weiterhin auf ihn gerichtet. »Ich habe dich verlassen, weil plötzlich eine Ex von dir aufgetaucht ist, mit einem Kind an der Hand. Deinem Kind, Scott. Du bist über Nacht Vater geworden.« Sie sah ihn mit großen Augen an und wischte sich eine Träne weg, die ihr übers Gesicht lief.

»Kate ...« Ungläubig musterte Scott sie, und diesmal war sein Blick nicht mehr so eisig. Er kam einen Schritt auf sie zu, hob leicht seine Hand, als wollte er ihr die Tränen aus dem Gesicht wischen, schien es sich im letzten Moment aber anders zu überlegen. Stattdessen fuhr er sich seufzend durch die Haare. »Das Ganze hatte doch nichts mit dir zu tun.« Er lächelte sie resigniert an.

»Doch, Scott, das hatte sehr viel mit mir, mit uns, mit unserer Beziehung zu tun«, widersprach Kate. »Kannst du dir vorstellen, wie ich mich gefühlt habe, als Lara bei dir aufgetaucht ist und dir mitgeteilt hat, dass du der Vater von Rickie bist? Du hattest plötzlich die Verantwortung für ein Kind, verstehst du. Ein Kind, das seinen Vater braucht ...« Die Worte purzelten jetzt nur so aus ihr heraus. »Ein Kind, das Mutter und Vater braucht, das beide Eltern braucht«, betonte sie. »Jedes Kind hat es verdient, ein behütetes Zuhause zu haben, die Chance zu bekommen, in geordneten Verhältnissen aufzuwachsen ...« Sie hielt kurz inne und schluckte hart, bevor sie durch ihren Tränenschleier hindurch flüsterte: »Ich wollte euch nicht im Weg stehen ...« Ihr brach die Stimme und ihre Augen füllten sich erneut mit Tränen.

Jetzt war es an Scott, Kate geschockt anzusehen. Er sog scharf die Luft ein. »Du bist gegangen, weil ich ein Kind habe?« Fassungslos, als könnte er nicht glauben, was Kate da eben gesagt hatte, schüttelte er den Kopf. »Aber die Beziehung zu Lara war lange vorbei, es war lange vor unserer Zeit, eine kurze Affäre. Das hatte nie was zu bedeuten«, fügte er aufgebracht hinzu. Enttäuschung machte sich auf seinem Gesicht breit.

»Ja, das mag wohl sein.« Kate nickte. »Aber dennoch war ich verletzt und fühlte mich betrogen. Ich fühlte mich um unsere Liebe betrogen, verstehst du? Ich hatte auch meine Träume, wollte eine Familie mit dir gründen. Dir ein Kind schenken. Unser Kind, Scott. Und plötzlich hattest du ein Kind von einer anderen.« Erneut drohte ihr die Stimme zu versagen, denn sich die Geschehnisse von damals ins Gedächtnis zu rufen, schmerzte fast noch genauso wie früher. Weitere Tränen liefen ihre Wangen herunter. Sie ließ es geschehen, sah Scott mit verschleiertem Blick an.

Fieberhaft ließ Scott seinen Blick über Kates Gesicht wandern. »Verdammt, Kate, warum hast du denn nichts gesagt, nicht mit mir gesprochen ... Du hast mir ... du hast uns keine Chance gegeben. Ich hätte eine Lösung gefunden, aber du bist einfach abgehauen«, betonte er vorwurfsvoll, und der Schmerz darüber war in seinem Blick zu lesen.

Kate senkte betroffen den Blick. »Ja, das war ein Fehler. Das weiß ich heute. Aber damals war ich zu unerfahren, um das zu erkennen, zu verletzt. Das war alles zu viel für mich. Ich wollte nur noch weg«, erklärte sie und zuckte mit den Schultern. »Ich habe die falsche Entscheidung getroffen und bereue es bis heute, aber damals ... damals hatte ich nicht die Kraft, ein fremdes Kind großzuziehen.« Ein Schluchzen brach aus ihr heraus. Unaufhaltsam liefen ihr nun Tränen übers Gesicht und verstärkten den Schmerz in ihrem Herzen.

Der Wunsch, sich Scott augenblicklich in die Arme zu werfen, überkam Kate plötzlich, doch sie hatte nicht den Mut, es zu tun. »Ich habe dich geliebt, Scott ... und tue es noch immer.« Ihre Stimme war jetzt mehr ein Flüstern, sie traute sich nicht, ihm in die Augen zu sehen.

»Kate, ich ...« Scotts Stimme klang belegt. Erneut fuhr er sich mit den Fingern durch die Haare. Für den Bruchteil einer Sekunde schien er mit sich zu ringen, dann zog er Kate in seine Arme und umarmte sie so fest, als könnte sie erneut entwischen.

»Oh, Kate«, hauchte er und vergrub sein Gesicht in ihrem weichen, seidigen Haar, sog den süßlichen Duft von Pfirsich in sich auf, bedeckte ihren Kopf mit Küssen.

Diese Wärme war so vertraut, dass Kate vor Anspannung das Atmen vergaß. Sie spürte, wie ihr Blutdruck stieg, ein Kribbeln ihren Körper erfasste.

Plötzlich legte Scott seine Hand in ihren Nacken und drehte Kates Kopf zu sich, sodass sie ihn ansehen musste. »Wie habe ich dich vermisst, mich nach diesem Moment gesehnt.« Seine Stimme war rau und zitterte, sein Blick wurde weich, als er ihr tief in die Augen blickte. Er sah sie so begierig an.

Eine Windbö fegte über sie hinweg, kitzelte ihre Wange. Dann endlich beugte Scott sich vor und seine Lippen eroberten ihren Mund, er bedeckte sie mit Küssen, leckte die salzigen Tränen von ihrem Gesicht. Besitzergreifend legte er die Hände um ihre Taille, zog sie an seine Brust.

Kate keuchte erregt auf, öffnete den Mund und kostete die verbotene Frucht seiner Gier, obwohl sie genau wusste, dass sie es bestimmt schon morgen bereuen würde.

Kapitel 12

Eine gefühlte Ewigkeit später, lösten sich ihre Lippen endlich voneinander. Im selben Augenblick ging ein Spaziergänger an ihnen vorbei und schenkte ihnen ein schmunzelndes Lächeln, dabei starrte er unverhohlen auf Kates lange, nackte Beine.

Kates Wangen färbten sich rot. Hastig streifte sie den Saum ihres Kleides glatt, der bei der stürmischen Umarmung etwas nach oben gerutscht war und ihre Oberschenkel freigab. Sie senkte kurz den Blick, weil sie wieder dieses heiße Kribbeln spürte, als sie sich erinnerte, wie Scotts Hand noch vor wenigen Sekunden dort hinaufgewandert war und sie beinahe laut aufgestöhnt hätte vor Lust. Erneut wurde sie rot und fühlte sich wie ein Teenager, der das erste Mal beim Küssen erwischt worden war. Nervös ordnete sie ihre vom Wind zerzausten Haare und versuchte ihre Verlegenheit einfach wegzublinzeln, indem sie nach unten auf den Boden schaute, demonstrativ an ihrem Auge rieb und es wild auf und zu klimpern ließ.

»Ist dir etwas ins Auge geflogen?«, fragte Scott besorgt.

Kate räusperte sich. Sie hatte gar nicht gemerkt, dass er sie die ganze Zeit angeschaut hatte. Erst als er plötzlich sanft ihr Kinn anhob und sie mit seinen blauen

Augen unverwandt ansah, wurde sie zurück in die Gegenwart katapultiert.

»Wie ... äh ... nein«, stammelte sie.

»Du bist süß, wenn du so verlegen bist.« Kate zwang sich, ihre Aufmerksamkeit von seinen geschwungenen Lippen zu lösen, die heißes Begehren in ihr entfachten. Sie holte tief Luft.

Scotts Handy piepte. Er zog es aus seiner Hosentasche hervor, schaute aufs Display und las die Nachricht. Ein dunkler Schatten huschte kurz über sein Gesicht, doch dann entspannten sich seine Züge wieder.

Kate schwirrte der Kopf und sie nutzte diesen Augenblick, um ihre Gedanken zu ordnen. Sie richtete ihre Haare und atmete tief durch. So sehr ihr Körper sich auch nach weiteren Berührungen von diesem Mann sehnte, signalisierte Kates Verstand ihr, dass sie erst mal Abstand brauchte, um in Ruhe über alles nachzudenken.

Verdammt! Sie konnte es nicht fassen. Sie hatten sich so stürmisch geküsst, als würde es kein Morgen geben, und sie hatte nicht die geringste Ahnung, wie es nun weitergehen sollte. Wie sollte sie sich Scott gegenüber nun verhalten? Innerlich war sie noch nicht bereit, sich wieder auf jemanden einzulassen. Auch nicht auf ihn ...

Noch während sie darüber nachdachte, hatte Scott sein Handy weggepackt und wandte sich ihr wieder zu.

»Kate, ich ...« Er hielt inne und warf ihr einen nachdenklichen Blick zu, als wollte er erst die richtigen Worte wählen. Dann entspannte er sich jedoch und erklärte nur: »Ich will nicht drängen, aber ich muss Rickie abholen. Es ist schon spät und er muss morgen früh raus.« Er lächelte schief.

»Ja, natürlich.« Kate nickte und setzte sich augenblicklich in Bewegung. »Mona wartet sicher auch schon auf mich. Wir wollen ja nicht, dass die beiden eine Vermisstenanzeige aufgeben«, rief sie ihm lächelnd über die Schulter zu.

Scott schloss zu ihr auf. Der Weg führte um eine Biegung und sie näherten sich der Bucht, von der aus man einen guten Ausblick über den gesamten Hafen und den angrenzenden Pier hatte. In der Ferne leuchteten die Lampions an Monas Café wie eine Lichterkette mit bunten Diamanten im Schein der untergehenden Sonne. Die gesamte Szenerie sah aus wie ein wunderschönes Bild auf einer Postkarte. Gleichzeitig blieben beide stehen und genossen einen Moment den schönen Anblick. Kate hielt Ausschau nach einer Sternschnuppe, denn sie wusste genau, was sie sich diesmal wünschen würde. Doch es war noch zu hell, um eine zu erkennen.

»Wie war eigentlich dein Bootsausflug?«, fragte Scott plötzlich und grinste sie wissend an.

»Woher weißt du, dass ich mit dem Boot unterwegs gewesen bin?« Kate warf ihm einen verwunderten Blick zu.

»Der Weg, auf dem wir aufeinandergetroffen sind, führt an der Anlegestelle vorbei, wo Mona ihr Boot vertäut hat«, sagte er und grinste schief. »Ich habe nur eins und eins zusammengezählt.«

»Ja, du hast recht.« Kate lachte. »Ich war drüben in Two Harbours und habe dort ein Strandhaus besichtigt«, erzählte sie weiter.

»Du hast ein Strandhaus besichtigt?«, erkundigte sich Scott überrascht und runzelte die Stirn. »Dann hast du die Absicht, länger auf der Insel zu bleiben?«

Kate blinzelte und sah ihn aus den Augenwinkeln an. Wenn sie nicht alles täuschte, schwang in seiner Frage nicht nur Erstaunen, sondern auch Hoffnung mit. Würde dieser Mann sich womöglich ernsthaft darüber freuen, wenn sie noch eine Weile bliebe? Kates Herz klopfte plötzlich schneller.

Darum nickte sie und begann, Scott von Richard Clayton zu erzählen, der sie unverhofft im Café angesprochen und sich als zuvorkommender Immobilieninhaber entpuppt hatte. »Er will nicht einen Dollar Miete für das Objekt. Ehrlich gesagt weiß ich nicht, was ich davon halten soll ...«, teilte sie Scott ihre Bedenken mit und machte eine bedächtige Pause, bevor sie fortfuhr. »Das Haus ist einfach wunderschön, die Aussicht aufs Meer atemberaubend und Richard Clayton ... er scheint mir ein anständiger älterer Herr zu ein. Er ist sehr sympathisch. Ich mag ihn. Und dennoch ...« Sie schüttelte den Kopf. »Glaubst du, ich mache mir zu viele Gedanken? Sollte ich nicht einfach in das Haus einziehen, gleich morgen früh, und mich darüber freuen, dass mir dieses Glück widerfahren ist?« Sie drehte sich zu Scott.

»Tja«, meinte der und zuckte mit den Schultern. »Ich kann verstehen, dass du skeptisch bist. Menschen, die es einfach nur gut mit einem meinen, ohne eine Gegenleistung dafür einzufordern, trifft man selten. Und man kann sicher nicht vorsichtig genug sein. Zwielichtige Leute treiben überall ihr Unwesen, auch hier auf Catalina Island. Aber ich kann dich beruhigen, in diesem Fall brauchst du nicht mit dem Schlimmsten rechnen.

Ich kenne Richard Clayton, er ist schon seit Jahren ein Mandant von uns.«

»Echt ... du kennst diesen Mann?« Kates Stimme überschlug sich vor Aufregung. »Und das sagst du mir erst jetzt?« Sie setzte eine spielerisch vorwurfsvolle Miene auf und boxte Scott mit einer Faust leicht gegen den Oberarm.

»Autsch!«, rief er grinsend und machte einen Schritt zur Seite. »Immer noch ganz schön gefährlich die Frau.« Er lachte und sein Blick wurde dunkel. »Du hast mich nicht zu Wort kommen lassen.« Entschuldigend zuckte er mit den Schultern und rieb sich den Arm.

Kate schnitt eine Grimasse und lief rot an. »Ja, zugegeben, ich bin aufgeregt wie ein kleines Kind. Dann rede ich immer so viel. Entschuldigung.«

»Du brauchst dich nicht zu entschuldigen. Diese emotionale Begeisterung habe ich schon immer an dir geliebt.« Er hielt seinen Blick noch einen Moment auf sie gerichtet, und Kate spürte erneut ein nervöses Kribbeln.

Sie senkte verlegen den Blick und beschleunigte ihren Schritt. »Demnach ist Richard Clayton also vertrauenswürdig?«, fragte sie.

Scott lief ebenfalls schneller, um sich ihrem Schritttempo anzupassen. »Ich darf natürlich nicht mein Mandantengeheimnis verletzen ...«, er dachte einen Moment nach und wiegte dann den Kopf, »... aber so viel kann ich sagen: Ich schätze Richard Clayton als einen ehrlichen Menschen ein. Er hat einen guten Ruf, und soviel ich weiß, hat er sich nie etwas zu Schulden kommen lassen.« Er hatte wieder zu ihr aufgeschlossen und fragte jetzt: »Was sagt dir denn dein Bauchgefühl?«

Kate horchte einen Moment in sich hinein. »Dass ich mich glücklich schätzen und mich freuen sollte«, meinte sie. Sie nickte. »Ja, genau das rät mir meine innere Stimme.«

»Na siehst du!« Scott schmunzelte sie an. »Dann vertraue darauf. Und im Ernstfall«, er zwinkerte ihr zu, »kannst du auf mich zählen, Kate. Ich bin schließlich Anwalt. Sollte sich Richard Clayton wider Erwarten als Halsabschneider entlarven, werde ich ihm das Leben zur Hölle machen.«

Das brachte Kate zum Lachen. »Jetzt fühle ich mich schon viel sicherer«, scherzte sie, wurde aber gleich wieder ernst. »Vermutlich hast du recht, ich sollte nicht überall nur Intrigen vermuten.« Sie seufzte hörbar. *Warum sollte ich nicht auch einmal Glück haben*, schoss es ihr durch den Kopf. Das vergangene Jahr war so schrecklich für sie gewesen, dass sie nach jedem Strohhalm greifen sollte, der ihr wieder ein bisschen Lebensfreude versprach. In dieses Häuschen einzuziehen war der erste Schritt in eine neue Zukunft. Ganz kurz blitzte ein Gedanke in ihrem Kopf auf. Vielleicht war ja sogar eine Versöhnung mit Scott möglich? Erneut legte sich ein Hauch von Hoffnung um ihre Brust.

»Gut.« Kate nickte zustimmend. »Gleich morgen früh werde ich Richard Clayton anrufen und den Mietvertrag unterschreiben.«

»Gute Entscheidung«, bekräftigte Scott. »Und fürs Renovieren kannst du mich und Rickie natürlich jederzeit einplanen«, meinte er großzügig. »Wie du weißt, habe ich zwar zwei linke Hände, was das handwerkliche Geschick angeht, aber ein bisschen Farbe an die Wände zu klatschen, werde ich wohl noch hinkriegen.« Er grinste kaum merklich.

»Dann haben wir schon vier linke Hände.« Kate lachte laut und strahlte ihn an. »Ich bin nämlich auch nicht die geborene Handwerkerin.«

»Ich glaube, wir werden sehr viel Spaß haben«, sagte er und sein Blick ruhte auf ihren Lippen. Er war jetzt näher an sie herangerückt. Fast berührten seine Schulter ihre. Sie konnte seine Körperwärme spüren, sein würziges Aftershave riechen. Kates Kehle war plötzlich wie ausgetrocknet. Sie schluckte mehrmals und war froh, dass sich in diesem Moment der Strand vor ihnen auftat. Monas Café lag nicht weit von hier. In der Ferne waren bereits die Silhouetten der Tische, Stühle und eingeklappten Sonnenschirme auszumachen. Mona und Rickie saßen draußen.

Ihr Lachen hallte durch die Luft. Als Scott und Kate näher kamen, winkten ihnen die beiden gleichzeitig zu.

»Hallo, ihr zwei«, begrüßte Mona die beiden herzlich, als sie zu ihnen an den Tisch traten. An Scott gewandt fügte sie hinzu: »Wir haben uns allmählich schon Sorgen gemacht.«

»Tut mir leid, dass es so spät geworden ist. Es gab heute einfach so viel zu tun ... und dann hatte ich das Bedürfnis nach frischer Luft und bin zu Fuß gegangen.« Scott lächelte entschuldigend.

»Du arbeitest einfach zu viel«, meinte Mona und schüttelte mahnend den Kopf.

»Heißt das, du bist ohne Wagen hier?«, stieß Rickie ungläubig hervor und verzog missmutig das Gesicht.

»Ja, mein Großer, das heißt, dass wir heute Abend noch unsere Wadenmuskulatur trainieren.«

»Och nö«, maulte Rickie und ließ demonstrativ seinen Oberkörper auf die Tischplatte sinken.

Scott stellte sich hinter seinen Sohn und legte ihm eine Hand auf den Rücken. »Komm schon, Großer, es war ein langer Tag.« Der unterschwellige Befehlston, der in seiner Stimme mitschwang, war zwar nicht unfreundlich, machte aber deutlich, dass er jetzt kein Theater wünschte.

Rickie verdrehte die Augen und seufzte genervt, gab sich dann aber geschlagen und richtete sich wieder auf. Anscheinend wusste er, dass es besser war, seinen Vater nicht weiter zu reizen.

»Brauchst du noch irgendetwas? Schulrucksack? Jacke?«, fragte Scott, aber Rickie war bereits aufgesprungen, ins Café gelaufen und hinter einer Tür verschwunden, die mit der Aufschrift ›Privat‹ beschriftet war. Kurz darauf kam er mit seiner Schultasche zurück.

»Auf geht's!«, sagte Scott und bedankte sich ein weiteres Mal bei Mona für ihre Fürsorge.

»Bis morgen«, rief Rickie den beiden Frauen zu und eilte voraus, ohne auf seinen Vater zu warten.

Mona lächelte dem Jungen hinterher und nickte Scott zum Abschied kurz zu, dann eilte sie ins Café, weil ihr offenbar etwas eingefallen war. Anschließend hörte man das Klappern von Backblechen.

Kate wandte sich Scott zu und setzte zu einer Verabschiedung an, bevor er die Stufen zur Veranda hinunterstieg. Aber da hatte er schon nach ihrem Handgelenk gegriffen und umklammerte es leicht.

»Kate, ich ...« Er hielt sie kurz am Arm fest. »Ich freue mich, wenn du auf der Insel bleibst«, sagte er leise, und sein Blick bohrte sich in ihren.

Kate spürte, wie ihr die Röte ins Gesicht stieg. »Ja, ich auch«, hauchte sie und hoffte, dass Scott nicht merkte, wie ihr Herz wummerte und die Schmetterlinge in ihrem Bauch erwachten.

Dann war er am Fuße der Treppe verschwunden, und mit sehnsuchtsvollem Blick schaute sie Scott hinterher, wie er mit der Sommernacht verschmolz.

***

Als Kate Mona in die Küche folgte, hob diese sofort den Kopf und schaute sie neugierig an. »Und, nimmst du das Haus?«, wollte sie wissen.

Kate nickte. »Ich denke schon. Es ist wunderschön, und Scott hat mir auch dazu geraten.«

Mona lächelte. »Das hört sich gut an.« Sie klappte die Spülmaschine auf und hob den Besteckkorb heraus.

»Komm, hilf mir schnell, die Spülmaschine auszuräumen, und dann setzen wir uns noch auf ein Glas Wein zusammen«, schlug sie vor. »Ich sterbe vor Neugierde. Du musst mir unbedingt alles erzählen.«

Einige Minuten später unterhielten sich die beiden Frauen draußen auf der Terrasse über Kates neues Domizil und entwarfen einen Dienstplan für die nächsten Tage, damit sie sich auf ihren Umzug konzentrieren konnte.

Solange noch Hauptsaison war, konnte Mona Kate kaum entbehren, aber sie einigten sich darauf, dass Kate die Frühschicht ab sofort allein übernahm, damit Mona ausschlafen konnte, während Mona die Nachmittagstouristen betreute, da nach dem Eintreffen der letzten Fähre sowieso kein großer Ansturm mehr zu erwarten war. So bliebe Kate am frühen Abend noch genügend Zeit, sich in ihrem neuen Zuhause einzurichten.

»Ich freu mich schon so«, sagte Kate und hob ihr Weinglas an. »Lass uns auf meine neue Zukunft anstoßen.« Sie strahlte breit.

»Ja, und darauf, dass du in diesem Haus endlich wieder glücklich wirst.« Mona hob ebenfalls ihr Glas, prostete Kate zu und nahm einen kräftigen Schluck.

Kate schluckte trocken. Die rosarote Wolke, auf der sie eben noch geschwebt hatte, zerplatzte wie eine Seifenblase. Ihre Miene verfinsterte sich. Bilder tauchten vor ihr auf, wie sie fast fluchtartig ihren Koffer gepackt hatte, in den Zug gestiegen war und schließlich die Fähre nach Catalina Island genommen hatte. Der Kloß der Angst in ihrem Hals, den sie lange nicht gespürt hatte, war plötzlich wieder da. Rasch nahm sie einen großen Schluck von dem Wein, um ihn runterzuspülen.

»O nein, entschuldige, Liebes.« Mona beugte sich vor und streckte einen Arm nach Kate aus, um ihre Hand zu umschließen. Sie drückte sie zärtlich. »Ich wollte dir nicht die Stimmung verderben«, stieß sie schuldbewusst hervor.

Kate schüttelte den Kopf. »Ist schon gut, du hast ja recht«, versicherte sie. Sie versuchte sich an einem Lächeln. »Sieht man mir meinen Kummer denn so deutlich an?«

Mona ließ Kate los und betrachtete sie aufmerksam. »Man braucht kein Hellseher zu sein, um zu sehen, dass du erst in den letzten Tagen aufgeblüht bist. Ich erinnere mich noch, wie ich dir das erste Mal ins Gesicht

gesehen habe. Du bist zur Tür reingekommen und dein
Blick ist durchs Café geschweift, als wüsstest du nicht,
wo du bist und was du hier willst. *Du meine Güte*, habe
ich gedacht, *dieses Mädchen hat eine Miene wie drei
Tage Regenwetter.* Dabei schien die Sonne vom strahlend blauen Himmel.« Sie lachte laut auf. »Deswegen
habe ich dich damals angesprochen.«

»Ja, ich erinnere mich vage«, erwiderte Kate, der die
ganze Sache ein wenig peinlich war, dennoch konnte
sie sich ein Grinsen nur schwer verkneifen. »Ich bin
wirklich völlig neben der Spur gewesen. Und du hast es
gleich gespürt.« Sie seufzte und errötete.

Mona lächelte Kate aufmunternd an. »Kopf hoch,
Kindchen, nun scheint es dir ja besser zu gehen, und die
Vergangenheit interessiert uns heute nicht. Wir
schauen in die Zukunft, stoßen auf dein neues Zuhause
an«, sagte sie mit fester Stimme. Sie hob erneut ihr Glas
und stieß mit Kate an. »Und dass ich morgen bestimmt
rasende Kopfschmerzen vom Alkohol haben werde, interessiert uns heute auch nicht«, fügte sie feixend hinzu
und nahm einen großen Schluck. »Ich bin schließlich
nicht mehr die Jüngste.«

»Ich bin genauso wenig trinkfest«, räumte Kate ein.
»Und das, obwohl ich jünger bin.«

Kapitel 13

»Einen Kaffee mit Milch und einen Blaubeermuffin, bitte.«

»Kommt sofort!« Kate notierte sich die Bestellung.

Bevor sie sich dem nächsten Tisch zuwandte, ließ sie ihren Blick nachdenklich über das türkisblaue Meer gleiten und war erneut gebannt von dem spektakulären Ausblick, der sich ihr bot. Der Himmel zeigte sich heute in einem strahlenden Blau, aber ein erfrischender Ostwind sorgte dafür, dass die Sonne nicht brannte. Was für ein herrliches Fleckchen Erde das hier war, dachte sie schwärmerisch.

Kate streckte ihren Rücken durch und atmete tief ein und aus. Ihre Glieder schmerzten. Sie hatte am ganzen Körper Muskelkater. Obwohl sie sich fest vorgenommen hatte, erst einmal nur in das Strandhäuschen einzuziehen und die Räume auf sich wirken zu lassen, hatte sie bereits nach der ersten Nacht mit den Renovierungsarbeiten begonnen. Es war wie ein Sog gewesen. Ungeachtet der Tatsache, dass ihre Schlafzimmereinrichtung bis jetzt nur aus einer alten Weichholzkommode und einem alten Holzbett mit durchgelegener Matratze bestand, hatte sie seit Langem das erste Mal wie ein Murmeltier durchgeschlafen. Trotz der vielen Arbeit, die in den nächsten Tagen auf sie zukommen würde, fühlte sie sich ausgeruht, was nicht zuletzt dem Umstand geschuldet war, dass sie nun in ihren eigenen vier Wänden schlief.

Seit sie Richard Claytons Angebot angenommen hatte, träumte sie von nichts anderem mehr, als dieses kleine Häuschen zu ihrem neuen Zuhause zu erklären, sich mit Kreativität in die neue Aufgabe zu stürzen, der Immobilie ihren eigenen Charme zu verleihen.

Unvermittelt musste sie an Scott denken und daran, dass er angeboten hatte, ihr beim Renovieren zu helfen. Das Bild von Tapetenresten, Farbeimern, überfüllten Müllsäcken, und Scott mittendrin, erschien vor ihrem geistigen Auge und entlockte ihr nicht nur ein Schmunzeln, sondern erweckte ein prickelndes Gefühl, das ihren ganzen Körper erfasste.

Die lauten Stimmen spielender Kinder auf dem Pier unterbrachen ihre Gedanken, und Kate versuchte sich wieder auf ihre Arbeit im Café zu konzentrieren.

Die nächsten Stunden hastete sie unermüdlich hin und her, und erst als sie spürte, wie trocken ihr Hals plötzlich war, gönnte sie sich eine kleine Pause, um etwas zu trinken.

»Ganz schön heiß heute«, kommentierte ein Gast, als er sich mit seinem Eiskaffee an den Tresen stellte, weil er woanders keinen freien Platz gefunden hatte.

Kate nickte nur, nahm ein leeres Glas, schüttete sich Eistee ein und trank es in einem Zug leer. Gerade als sie wieder hinaus auf die Terrasse trat, klingelte das Telefon. Auf der Stelle blickte Kate sich nach Mona um, die die Anrufe für gewöhnlich entgegennahm.

»Geh du ran, Kate, ich kann gerade nicht!«, rief die Stimme ihrer Freundin aus der Küche. Geschirr klimperte und es folgte ein angestrengtes Stöhnen.

Kate hastete zurück und nahm den Anruf entgegen.

»Guten Tag«, meldete sich eine selbstbewusste Stimme am anderen Ende der Leitung. »Spreche ich mit Mona Pearson?«

»Nein, mein Name ist Kate Wellington, aber ich arbeite für Mona. Wie kann ich Ihnen helfen? Möchten Sie einen Tisch reservieren?«

»Nein, danke, eigentlich geht es um Rickie Blackwell. Ich bin die Schulleiterin.«

Es geht um Rickie, dachte Kate irritiert. Was hatte das zu bedeuten?

»Ich kann seinen Vater, Mr Blackwell, nicht erreichen«, fuhr die Anruferin fort. »Seine Sekretärin im Büro teilte mir mit, dass er derzeit an einem Meeting teilnimmt. Daher half sie mir mit dieser Nummer aus.«

»Mona ist eine gute Freundin von Mr Blackwell«, bestätigte Kate. Ich werde sie ans Telefon holen.«

»Vielen Dank.«

Das Telefon in der Hand lief sie in die Küche, wo Mona, eine Schürze um die Taille gebunden, einen Stapel Teller mit beiden Händen umklammert zum Waschbecken führte.

»Die Spülmaschine ist kaputt«, schimpfte sie, »die pumpt das Wasser nicht ab. Ich muss dringend einen Handwerker herbestellen.«

Kate hielt ihr das Telefon hin. »Die Schulleiterin. Es ist wegen Rickie«, sagte sie.

Seufzend stellte Mona die Teller ins Waschbecken, wischte sich die nassen Hände an der Schürze ab und griff nach dem Hörer. »Mona Pearson am Apparat«, meldete sie sich und strich sich eine graue Locke aus dem Gesicht.

Während Kate sich abwandte, vernahm sie Monas ungläubiges Gemurmel: »Ach du meine Güte«, sagte sie. »Das … das tut mir leid … natürlich … und Sie können seinen Vater nicht erreichen … selbstverständlich, ich komme vorbei …«

Kate hatte schon einen Schritt über die Schwelle getan, als Mona sie zurückrief: »Kate, Liebes, ich fürchte, ich benötige deine Hilfe.«

Aufgeregt wandte Kate sich ihr zu. »Was ist passiert?«

Monas Wangen hatten sich purpurn verfärbt, der Stress und die Anstrengung des Tages waren ihr deutlich anzusehen. Ihr Blick sprach Bände. »Er hat sich in der Mittagspause geprügelt. Heiliger Strohsack, auch das noch!«, stieß sie genervt aus und verdrehte theatralisch die Augen, bevor sie fortfuhr. »Die Direktorin tobt wie ein ungezügelter Drache!« Sie deutete auf das Chaos in der Küche. Der Boden schimmerte nass, schmutzige Teller und Tassen stapelten sich zu allen Seiten. »Ich kann hier nicht weg, Kate. Auf gar keinen Fall kann *ich* den Jungen jetzt von der Schule abholen«, sagte sie kopfschüttelnd. »Die Spülmaschine muss schnellstens repariert werden. Ich muss ein paar Telefonate führen, und als Einheimische weiß ich am besten, wen ich aus dem Mittagsschlaf klingeln kann.« Sie lachte.

»Klar, das verstehe ich.« Kate nickte. »Ich kann das gern übernehmen. Ich fahre zur Schule und hole Rickie ab, wenn du magst?«, schlug sie vor.

»Das wäre super.« Erleichtert atmete Mona aus.

Kates Blick streifte durchs Café. Der größte Ansturm war vorüber. Alle Gäste waren versorgt. Sie sah auf die

Uhr. Die nächste Fähre würde erst am frühen Nachmittag eintreffen. Bis dahin wäre sie längst wieder hier.

»Meinst du wirklich, ich kann dich mit dem Chaos allein lassen?«, erkundigte sich Kate dennoch besorgt, denn eine kaputte Spülmaschine war eine zusätzliche Arbeitsbelastung für Mona.

»Das geht schon.« Mona winkte ab. »Ein paar saubere Teller und Tassen stehen noch im Schrank, und ansonsten greife ich auf das Plastikgeschirr zurück.« Auf ihrem Gesicht erschien ein unsicheres Lächeln. »Ich hoffe, ich verlange nicht zu viel von dir?«

»Kein Problem, Mona, das mache ich doch gern.«

»Wirklich?«

Kate schenkte Mona ein aufmunterndes Lächeln. »Ich halte dir den Rücken frei, dafür bin ich ja hier.«

»Großartig. Du bist ein Schatz!« Sie begleitete Kate zur Theke und reichte ihr den Autoschlüssel. »Den Weg kennst du ja bereits. Du kannst mein Golfcart benutzen. Rickie sitzt im Büro der Direktorin. Das befindet sich im linken Flügel am Ende des Ganges«, klärte sie Kate auf, die sich fragte, woher Mona das so genau wusste – ob derlei Vorfälle bereits häufiger vorgekommen waren? Hatte Mona Rickie schon öfter von der Schule abholen müssen?

»Ich beeile mich«, versprach Kate, nahm den Autoschlüssel an sich, ehe sie sich mit einer flüchtigen Umarmung von Mona verabschiedete und schnellen Schrittes das Café verließ.

Auf dem Pier herrschte fröhliches Getümmel. Kate musste sich an den schwitzenden Menschen vorbei zu den Parkplätzen drängeln, auf dem Monas rotes Golfcart parkte.

Sie stieg ein, klappte den Sonnenschutz runter und gab Gas.

***

Rickies Schulleiterin war eine hagere Person mit dünnen Armen und ergrautem Haar. Die schwarze Hornbrille bis auf die Nasenspitze geschoben, erhob sie sich hinter ihrem Schreibtisch, als Kate in ihr Büro trat. Die Direktorin reichte ihr kaum bis zur Schulter, ihre faltige Haut umrahmte die grauen, giftig blitzenden Augen.

»Miss Pearson?«, vergewisserte sie sich.

»Nein, mein Name ist Kate Wellington, wir haben zuvor telefoniert.«

»Ach ja, richtig, guten Tag. Darf ich fragen, in welcher Beziehung Sie zu den Blackwells stehen?«

»Ich ... ähm ... ich bin die Kinderfrau«, log Kate, weil sie befürchtete, dass sie sonst kein Sterbenswörtchen aus der Schulleiterin herausbekommen würde.

»Ach, davon weiß ich ja noch gar nichts«, sagte die Schulleiterin und runzelte für einen Moment die Stirn, dann nickte sie. »Gut, dann nehmen Sie bitte Platz.« Sie bot ihr einen freien Stuhl vor ihrem Schreibtisch an.

Kate nickte verhalten und setzte sich. Jetzt erst bemerkte sie Rickie, der ebenfalls im Büro der Schulleiterin saß. Er hatte auf einem grauen Stoffsessel in der Ecke Platz genommen und saß da mit gesenktem Kopf, ohne sich zu rühren.

»Rickie, wieso holst du nicht deine Schulsachen, während ich mich mit deiner Kinderfrau unterhalte?«, fragte die Direktorin den nachdenklich drein-

166

blickenden Jungen, der sich mit eingezogenen Schultern erhob und schlurfend, ohne Kate eines Blickes zu würdigen, aus dem Büro schlenderte.

Kaum dass die Direktorin Rickie hinausgeschickt hatte, brach sie ihr Schweigen. »Ich will ganz offen sprechen. So geht das beim besten Willen nicht weiter, Miss Wellington.« Ihre Gesichtszüge verzerrten sich zu einer erregten Fratze. »Es ist inzwischen das dritte Mal, dass Rickie gegen seine Mitschüler Gewalt angewandt hat. Ich werde das selbstverständlich auch noch einmal mit seinem Vater besprechen, aber Sie können Mr Blackwell bitte ausrichten, dass ich ein derartiges Verhalten nicht länger dulden werde«, versicherte sie streng. »Sollte es erneut zu so einem Zwischenfall kommen, sehe ich mich gezwungen, den Jungen von der Schule zu verweisen!«

Kate bemühte sich, Ruhe zu bewahren. »Was ist denn überhaupt vorgefallen?«, erkundigte sie sich.

Die Miene der Direktorin wurde ernst. »In der Mittagspause hat Rickie plötzlich auf einen seiner Mitschüler eingeschlagen. Niemand weiß, warum. Zum Glück stieß Mrs Lindley, seine Klassenlehrerin, im rechten Moment dazu und brachte die beiden Streithähne auseinander. Rickie tobte.« Sie seufzte. »Wäre Mrs Lindley nicht dazwischengegangen, so hätte er seinen Mitschüler bestimmt blutig geschlagen! Die herumstehenden Schüler waren entsetzt, wie Sie sich gewiss denken können.«

»Sie meinen, Rickie wäre *grundlos* auf seinen Mitschüler losgegangen?« Überrascht hob Kate die Augenbrauen.

»Das habe ich nicht gesagt«, erwiderte die Direktorin brüskiert. »Rickie berichtete mir, der Mitschüler habe ihn beleidigt. Wie genau, wollte er mir nicht verraten. Dennoch kann das keine Entschuldigung sein. Rickie muss endlich begreifen, dass man Konflikte nicht mit der Faust löst«, mahnte sie. »Der Junge ist aggressiv und schnell reizbar, müssen Sie wissen. Er muss lernen, seine Emotionen in den Griff zu bekommen.«

»So wie ich Rickie kenne, bereut er sicher längst, was er getan hat«, sagte Kate und fragte sich, ob die Schulleiterin tatsächlich kein Gespür dafür hatte, welcher Kampf in einem Kind wie Rickie tobte, der seine Mutter verloren hatte, oder ob es hier wie immer nur darum ging, dass Kinder in einem Schulsystem gefälligst zu funktionieren und sich an bestehende Regeln zu halten hatten. Sie sprach sie jedoch nicht darauf an. Sie hielt es für das Beste, sich nicht einzumischen.

»Reden Sie mit dem Jungen, reden Sie ihm ins Gewissen«, sagte die Direktorin und hob die Brille von der Nase, um die Gläser an ihrer Bluse zu säubern. »Machen Sie ihm den Ernst der Lage bewusst. Wie gesagt, so kann das nicht weitergehen. Früher oder später verletzt er einen seiner Mitschüler, und dann haben wir ein noch viel größeres Problem. Auf keinen Fall werde ich es so weit kommen lassen, eher werde ich den Jungen von der Schule verweisen!«

»Ich bin überzeugt, dass sich eine Lösung finden lässt.« Kate versuchte sich an einem zuversichtlichen Lächeln, welches ihr nur mäßig gelang, weil sie die Schulleiterin unsympathisch fand.

»Das hoffe ich. Rickie kann ein kluger Junge sein, wenn er sich etwas anstrengt. Er könnte durchaus bessere Noten erzielen, über die nötige Intelligenz verfügt er allemal.«

Kate nickte. *Ja, Rickie ist sehr intelligent, und deswegen hat er sicher nicht ohne Grund einen Streit angefangen.*

»Außerdem könnte es nicht schaden, wenn er sich seinen Mitschülern gegenüber ein wenig aufgeschlossener zeigen würde. Vielleicht würde er dann im Handumdrehen viele neue Freunde finden, anstatt in den Pausen immer nur mit seinem Freund Jimmy herumzuhängen. Da haben sich zwei gesucht und gefunden.« Ihre spitze Bemerkung machte deutlich, dass sie von Jimmy ebenfalls keine gute Meinung hatte.

»Ich spreche mit ihm darüber«, entgegnete Kate.

»Wäre es wohl möglich, dass ich mich in den nächsten Tagen mit seinem Vater unterhalten könnte?«

Kate bemerkte den Befehlston in ihrer Stimme. »Ich denke, das lässt sich einrichten«, antwortete sie. »Ich werde Mr Blackwell ausrichten, dass er sich mit Ihnen in Verbindung setzen soll.«

»Das würde ich sehr begrüßen«, sagte die Schulleiterin, während sie Kate zur Tür hinausbegleitete und sich von ihr verabschiedete.

Im Gang wartete Rickie bereits auf Kate, einen Rucksack über die rechte Schulter gehängt, ein Englischbuch unter den Arm geklemmt.

»Komm, Rickie, ich bringe dich zu Mona«, sagte Kate freundlich und berührte ihn liebevoll an der Schulter.

Seite an Seite verließen sie das Schulgebäude und steuerten auf Monas Golfcart zu, das Rickie offenbar schon aus der Ferne wiedererkannte. Er stopfte seinen

Rucksack auf den Rücksitz, stieg auf der Beifahrerseite ein und ließ seinen Kopf gegen die Seitenstange sinken.

»Erzählst du Dad davon?«, fragte Rickie kleinlaut, während Kate den Zündschlüssel drehte. »Ich wette, er wird ausrasten, wenn er davon erfährt.«

»Leider können wir ihm die Sache nicht vorenthalten. Aber so wie ich deinen Vater einschätze, wird er dir nicht gleich den Kopf abreißen, meinst du nicht?«, erwiderte Kate tröstend und navigierte den Kleinwagen aus der Parklücke.

Rickie nickte mit zusammengekniffenen Lippen, schien aber wenig überzeugt.

»Was ist denn überhaupt passiert?«, wollte Kate wissen. Sie bremste kurz ab, weil ein Golfcart vor ihr rückwärts in eine Parklücke wollte, und bedachte Rickie mit einem ermutigenden Blick. »Hat der andere Junge dich provoziert?«

»Du hast die Direktorin angelogen«, sagte Rickie, statt auf ihre Frage einzugehen. »Du bist nicht meine Kinderfrau.«

»Ja, ich gebe zu, ich habe gelogen«, bestätigte Kate und nickte. »Aber weißt du, Rickie, in wichtigen Ausnahmefällen darf mal schon mal eine Notlüge verwenden. Wichtig ist, dass man niemandem damit schadet. Und das war ein Notfall. Ich hätte sonst nichts von der Direktorin erfahren. Und das muss ich doch, wenn ich mit deinem Vater reden soll, um ihn vorab etwas zu beruhigen.« Sie zwinkerte Rickie verschwörerisch zu.

Er sah Kate ausdruckslos an. »Das würdest du für mich tun?«, fragte er unsicher.

»Ja, das tue ich sehr gern für dich«, erwiderte sie und lächelte ihn an. »Anders als deine Direktorin bin ich nämlich der Meinung, dass du ein sehr netter Junge bist und sicher einen triftigen Grund gehabt hast, dich mit dem anderen Jungen zu prügeln, oder?«

Rickie erwiderte nichts, kaute auf seiner Unterlippe herum und tat so, als wäre er tief in Gedanken versunken.

»Wie wäre es, wenn du mir erzählst, was wirklich zwischen dir und dem Jungen vorgefallen ist? Vielleicht kann ich dir ja helfen«, startete Kate einen weiteren Versuch, aus Rickie etwas rauszubekommen. »Womöglich hat der Junge Streit angefangen, und du hast dich nur verteidigt?«

»Nein. Ich habe angefangen«, murmelte Rickie kleinlaut. Betreten blickte er aus dem Fenster.

»Wieso hast du das getan?« Kate schaute Rickie erwartungsvoll an. Würde sie sein Vertrauen gewinnen?

»Er hat gemeine Sachen gesagt, bösartige Lügen herumerzählt«, erklärte er kurz angebunden.

»Und weil er Lügen über dich herumerzählt, hast du ihn dir vorgeknöpft?«

»Nicht *über mich*«, stellte Rickie klar. »Er erzählt Lügen über Dad.« Seine Augen verengten sich zu wütenden Schlitzen.

»Lügen über deinen Vater?«, fragte Kate verwundert.

Rickie schwieg.

»Magst du mir erzählen, um welche Lügen es sich handelt, die dein Mitschüler rumerzählt?«, hakte Kate vorsichtig nach und hoffte, Rickie würde sich ihr anvertrauen.

Er zögerte. »Der Blödmann hat behauptet, dass alles Dads Schuld sei!« Zornig presste er die Lippen zusammen.

Hinter ihnen ertönte ein Hupen.

»Oh, Mist!«, stieß Kate aus, denn sie hatte nicht bemerkt, dass sie wieder freie Fahrt hatte. Hastig gab sie Gas und schaltete ruckelnd in den nächsten Gang.

»Entschuldige, was hast du gesagt?«, fragte sie Rickie, der jedoch nicht den Eindruck machte, als wollte er noch etwas hinzufügen. »Woran hat er deinem Vater die Schuld gegeben?«

»Er meinte, dass Dad betrunken gewesen wäre. Bis zum Rand voll, so hat er es ausgedrückt … nur deswegen sei Mom gestorben! Er wäre schuld, dass Mom tot ist.« Die letzten Worte hatte er zwischen zusammengepressten Lippen zornig rausgepresst.

Er spricht von dem Unfall, erfasste Kate erschrocken und sah Rickie mitleidig an. Der Junge hatte jetzt Tränen in den Augen und sein Blick glitt ins Leere.

Wahrscheinlich stiegen gerade Erinnerungen an seine geliebte Mutter in ihm hoch, vermutete Kate, denn der Schmerz in seinen Gesichtszügen war nicht zu übersehen.

»Das sind allerdings böse Anschuldigungen, da wäre ich auch wütend geworden«, sagte Kate, um dem Jungen zu signalisieren, dass sie auf seiner Seite stand. »Ehrlich Rickie, ich mache dir keine Vorwürfe wegen des Vorfalls heute. In gewisser Weise kann ich es sogar nachvollziehen. Kein Mensch hat das Recht, gemeine Lügen über jemanden in die Welt zu setzten. Aber Gewalt ist auch keine Lösung. Das weißt du schon, oder?« Sie dachte an Scott. Offensichtlich machten abenteuerliche Gerüchte über den Tod seiner Frau die Runde. Kate konnte nicht glauben, dass Scott tatsächlich etwas damit zu tun hatte, und fragte sich, ob er mit Rickie jemals über den Unfallhergang gesprochen hatte.

»Diesen Unsinn glaubst du doch hoffentlich nicht?«, fragte Kate besorgt und sah Rickie zweifelnd an. »Dein Mitschüler will sich nur wichtig machen, das ist alles.«

Rickie reagierte nicht auf ihre Worte, als habe er sie gar nicht vernommen. Stattdessen fragte er leise: »Schmeißen die mich jetzt von der Schule?« Er klang fast ängstlich.

»Niemals!«, versicherte Kate. »Glaube mir, das werden weder ich noch Mona oder dein Vater zulassen!«

»Die blöde Kuh konnte mich noch nie leiden!«, brauste Rickie zornig auf.

»Du meinst deine Schulleiterin? Mach dir keinen Kopf. Solche Lehrerinnen kenne ich nur zu gut aus meiner eigenen Schulzeit. Die darf man nicht zu ernst nehmen.«

»Sie hasst mich, das weiß ich!«, sagte Rickie.

»Ja, sie ist eine Hexe«, pflichtete Kate ihm bei.

Zum ersten Mal an diesem Tag stahl sich ein kaum merkliches Lächeln auf Rickies Lippen, welches er zwar zu verbergen versuchte, doch den aufmerksamen Augen von Kate nicht entging und an ihr Inneres rührte. Es machte sie glücklich, den Jungen schmunzeln zu sehen.

Kapitel 14

Mehrere Akten unter den Arm geklemmt verließ Scott den Konferenzraum und marschierte hinüber zu seinem Büro. Er pfefferte die Dokumente auf seinen Schreibtisch und schenkte sich ein Glas Wasser ein, um ein Aspirin hinunterzuspülen. Er hasste diese stundenlangen Meetings. Sie zerrten an seinen Nerven, machten ihn müde, laugten ihn aus. In seinem Kopf herrschte gähnende Leere wie in einem ausgehöhlten Kürbis.

Er ließ sich auf seinen Ledersessel sinken und blätterte seinen Terminkalender durch. Gleich darauf stieß er einen ungläubigen Fluch aus – dieser Arbeitstag war noch längst nicht überstanden. Zwei wichtige Mandantengespräche standen heute Abend noch auf dem Plan, und darüber hinaus musste er unbedingt noch ein paar klärende Worte mit Ben wechseln. Bei der Sammelklage, die die Kanzlei anstrebte, waren längst nicht alle Fakten geklärt, wie sein Partner ihm hatte weismachen wollen.

Seufzend lehnte er sich in seinem Schreibtischstuhl zurück, drehte sich zu den bodentiefen Panoramafenstern herum, verschränkte die Arme vor der Brust und schaute nach draußen.

Am Himmel dämmerte es, und hinter den blassgrauen Wolken glaubte Scott, den Mond zu erkennen, der sich schüchtern erhob.

»Wo hast du denn so lange gesteckt?« Virginia fegte durch die Tür herein. »Ich habe überall nach dir gesucht.«

Überrascht drehte Scott sich nach ihr um. »Ich hatte ein Meeting, schon vergessen?«

Sie stutzte. »Nein, davon wusste ich nichts.«

»Dann weißt du es jetzt. Ich nehme an, du hast einen triftigen Grund, ohne anzuklopfen in mein Büro zu stürmen?«, fragte er gereizt.

Mit hochrotem Kopf kam sie vor seinem Schreibtisch zum Stehen, stützte ihre Hände auf seiner Schreibtischplatte ab und beugte sich zu ihm über den Tisch. Ihr Blick durchbohrte ihn förmlich.

Bevor ein Wort ihre Lippen verließ, hob Scott beschwichtigend die Hände. »Ganz ruhig, Virginia, komm erst einmal runter. Du bist ja ganz aufgewühlt!«

»Gut erkannt«, gab sie schnippisch zurück. »Ich habe gerade mit Mona telefoniert, denn du warst ja seit Stunden nicht erreichbar.«

»Mona hat in der Kanzlei angerufen?«, fragte er erstaunt und kniff die Augen zusammen.

»Bestimmt vier- oder fünfmal ...« Sie reckte ihr Kinn in die Höhe.

Scott runzelte die Stirn. Täuschte er sich oder lag da ein unterschwelliger Vorwurf in ihrer Stimme? »Ich werde sie gleich zurückrufen«, knurrte er.

»Nicht nötig. Es ist besser, wenn du persönlich bei ihr vorbeifährst.«

»Ist etwas vorgefallen?« Scott zog die Augenbrauen hoch.

»Allerdings.«

»Probleme mit dem Café?«, fragte er.

»Nein, mit deinem Sohn!«

»Mit Rickie?« Scotts Gesichtsausdruck veränderte sich schlagartig.

»Mit wem sonst? Soviel ich weiß, hast du nur einen Sohn, nicht wahr?« Sie kniff die Lippen zusammen.

»Jetzt beruhige dich, Virginia, und sag mir, was mit Rickie ist«, mahnte er eisern. Er war nicht in der Stimmung, ihr jedes Wort aus der Nase zu ziehen.

Virginia gab ein entnervtes Stöhnen von sich, fuhr sich demonstrativ mit der Hand durch ihre blonden Locken, bevor sie sich vor Scotts Schreibtisch auf einem Ledersessel niederließ und ihre Beine übereinanderschlug. Dann musterte sie ihn, ohne dass er ihren Blick zu deuten vermochte.

»Der Junge hat sich geprügelt«, rückte sie schließlich mit der Sprache heraus.

»Schon wieder?« Scott stöhnte auf und ließ sich in seinem Schreibtischsessel zurückfallen.

»Ja ... schon wieder!«, bestätige sie genervt.

»Heilige Scheiße.« Scott atmete tief durch.

»Das kannst du laut sagen.« Virginia rutschte auf ihrem Sessel herum.

»Wie geht es ihm? Ist ihm etwas geschehen?« Scott schluckte schwer.

»Nein, ich denke nicht.«

»Wo ist er jetzt? Bei Mona?«

»Ja. Inzwischen schon den ganzen Tag, falls es dich interessiert. Sie musste ihn mal wieder aus der Schule abholen.«

»Verdammt«, murmelte Scott und fuhr sich hektisch über seinen Dreitagebart.

»Wenn du einen guten Rat hören willst ...«, begann Virginia zu erklären. »Du kennst Mona, sie liebt den Jungen und es macht ihr nichts aus, für ihn zu sorgen – sie tut das gern. Dennoch fürchte ich, dass du der alten Frau zu viel Verantwortung aufbürdest. Immerhin hat sie auch noch ein Café zu leiten. *Du* bist sein Vater. *Du* solltest dich um ihn kümmern. Du darfst dich nicht ständig aus der Affäre ziehen«, warf Virginia Scott vor und musterte ihn eindringlich.

Er fluchte innerlich. Normalerweise ließ er auf diese Weise nicht mit sich reden – doch Virginia hatte recht. Als Vater hatte er auf der ganzen Linie versagt.

»So kann das nicht weitergehen, Scott«, ergänzte Virginia. »Wie oft wurde Rickie bereits dem Unterricht verwiesen und nach Hause geschickt, weil er sich in irgendwelche Prügeleien verwickelt hatte? In diesem Jahr, soweit ich mich entsinne, ist es das dritte Mal«, gab sie sich selbst die Antwort. »Du musst dringend etwas unternehmen, Scott.«

Scott strich sich das widerspenstige dunkle Haar zurück. »Und welche Maßnahmen, Virginia, sollten das deiner Meinung nach sein?«, fragte er gereizt. »Der Junge hat seine Mutter verloren. Da können einem Kind schon mal die Nerven durchgehen.« Noch während er die Worte aussprach, wusste er, dass dies zwar eine Erklärung für das Fehlverhalten seines Sohnes war, doch keineswegs eine Entschuldigung. Bei jedem

Rechtsstreit würde er so eine Begründung in der Luft zerfetzen. Er schüttelte den Kopf. »Ich bin ratlos«, gestand er. »Lara wusste immer, was zu tun ist, sie war eine großartige Mutter, doch ich ...« Er stieß einen tiefen Seufzer aus. »Ich bin ein miserabler Vater, oder?« Er sah Virginia an und biss die Zähne aufeinander.

Sie wich seiner Frage aus. »Schick den Jungen auf ein Internat!«

»Was?«, stieß Scott entsetzt aus.

»Er braucht eine gute Erziehung, jemanden, der für ihn da ist. Scott, denk doch mal nach. Du arbeitest von früh bis spät in der Kanzlei, Mona ist ebenfalls mit ihrem Café beschäftigt und auf mich hört der Junge erst recht nicht. Er kann mich nicht ausstehen, das spüre ich.«

»Ich werde meinen Sohn ganz gewiss nicht auf ein Internat schicken«, erwiderte Scott entschieden. Sein Blick wurde düster. »Das hätte meine Frau niemals zugelassen.«

»Du hast keine Wahl«, meinte Virginia brüsk.

»Doch, die habe ich!«, widersprach Scott.

»Mona hat erzählt, dass die Direktorin damit drohe, Rickie von der Schule zu verweisen, sollte er sich künftig nicht zu beherrschen wissen.«

»Das werde ich nicht zulassen.« Er strafte sie mit einem kalten Blick. »Rickie würde sich abgeschoben fühlen.«

»Es *wird* sich wiederholen, Scott«, prophezeite Virginia. »Früher oder später, vielleicht nicht unbedingt in den nächsten Tagen, aber irgendwann wird Rickie erneut seinen Frust an jemandem auslassen. Es ist seine

Art der Trauerbewältigung, und du kannst nichts dagegen unternehmen.«

»Dieses Gespräch ist beendet«, entschied Scott unnachgiebig, erhob sich und ließ seinen Laptop und verschiede Unterlagen in seiner Aktentasche verschwinden.

»Denk darüber nach«, versuchte Virginia ein letztes Mal zu intervenieren. »Hoffentlich maßregelst du Rickie angemessen. Du bist immer viel zu verständnisvoll mit ihm.«

Scott sah sie noch immer mit finsterer Miene an. »Misch dich nicht in meine Erziehung ein!«, entgegnete er scharf.

Gekränkt senkte Virginia den Blick. »Ich meine ja nur ...«, sagte sie kleinlaut und betrachtete ihre perfekt manikürten Fingernägel.

Scott atmete tief durch, um sich wieder zu beruhigen. »Halte hier die Stellung, solange ich weg bin, und sag bitte alle ausstehenden Termine für heute ab.«

Virginia murmelte ein nicht wirklich überzeugendes »Jaja«, ehe Scott den Raum verließ und auf den Fahrstuhl zueilte.

Während sich die Kabine quälend langsam nach unten bewegte, kam Scott ein Gedanke, und er hasste sich selbst dafür, dass er ihn überhaupt zuließ.

Hat Virginia am Ende recht? Wäre Rickie auf einem Internat besser aufgehoben?

Als sich die Fahrstuhltüren, in der Tiefgarage angekommen, endlich öffneten, wusste er noch keine Antwort auf diese Frage.

Kapitel 15

Allmählich leerte sich der Strand, als Scott mit quietschenden Reifen in einer Parkbucht zum Stehen kam, ausstieg und zum Café eilte. Die Sommerwärme des Tages lag in der Abendluft und die untergehende Sonne am Horizont tauchte das Meer in einen rotgoldenen Schein.

Zu seiner Verwunderung waren die meisten Tische auf Monas Terrasse noch besetzt, Kerzen brannten und ein angenehmer Geruch nach gerösteten Kaffeebohnen und Vanille wehte zu Scott herüber, als er sich näherte.

Schon aus der Ferne erkannte er Kate, die sich, grazil wie eine Gazelle, zwischen den Tischreihen hindurchschlängelte, ein silbernes Tablett auf der Handfläche balancierend. Trotz der Sorge um Rickie, die ihn momentan umtrieb, spürte Scott ein Kribbeln im Nacken und musste sich eingestehen, dass er sich zwar freute, Kate zu sehen, sich gleichzeitig aber noch keine Gedanken gemacht hatte, wie sie weiterhin miteinander umgehen sollten. Denn auch wenn er sich erneut zu dieser Frau hingezogen fühlte, waren die Wunden der vergangenen fünf Jahre noch nicht verheilt. In der Zwischenzeit war viel passiert, und er musste seinen Gefühlen für Kate erst wieder auf die Spur kommen.

Als Kate ihn auf sich zukommen sah, wandte sie sich mit großen, leuchtenden Augen in seine Richtung und schenkte ihm ein willkommenes Lächeln.

»Guten Abend, Scott«, begrüßte sie ihn freudig, als er die Stufen der Veranda erklomm. Sie stellte das Tablett auf einen freien Tisch ab und kam ihm entgegen. »Du willst bestimmt Rickie abholen«, vermutete sie und deutete hinauf zu Monas Wohnung über dem Café. »Er hat vor einer halben Stunde seine Schularbeiten beendet, nun sieht er ein wenig fern.«

»Wie geht es ihm?« Scott suchte ihren Blick.

»Es geht ihm gut und die ganze Sache tut ihm schrecklich leid«, versicherte Kate und lächelte ihn beruhigend an.

Scott nickte verhalten.

»Komm, lass uns ein Stück am Strand spazieren gehen, dann erzähle ich dir schnell, was in der Schule vorgefallen ist, bevor du mit Rickie redest«, schlug Kate vor. Sie gab Mona ein Zeichen, dass sie kurz etwas mit Scott besprechen wollte.

Obwohl seine Sinne angespannt waren, nickte Scott und folgte ihr die Stufen runter zum Strand.

»Es tut mir leid, dass ich dir und Mona solche Umstände bereitet habe«, sagte er und blickte auf das sanft gekräuselte Wasser.

»Nicht der Rede wert«, gab Kate zurück.

»Es ist nur ... Ich fühle mich schrecklich. Es lag in meiner Verantwortung als Vater, ihn von der Schule abzuholen und mit ihm über den Vorfall zu sprechen. Stattdessen musste Mona meinen Part übernehmen.« Er setzte eine betrübte Miene auf.

»Ich habe das für Mona übernommen und Rickie abgeholt«, stellte Kate richtig und suchte Scotts Blick. »Es
hat mir nichts ausgemacht. Ich habe es gern getan.
Wirklich, ich mag Rickie. Er ist ein aufgeweckter
Junge«, versicherte sie. »Leider ist die Direktorin da
ganz anderer Meinung ...« Am Wasser angekommen
blieb Kate stehen, zog ihre Schuhe aus und beobachtete, wie eine schaumige Welle ihre Füße umspielte
und über dem Sand ausrollte.

Scott, der ihr gefolgt war, stellte sich neben sie, tat es
ihr gleich und hörte aufmerksam zu, was Kate von ihrem Gespräch in der Schule ergänzend berichtete. Dabei erwischte er sich, wie sein Seitenblick auf ihren
sinnlichen Lippen ruhte, und er musste sich bemühen,
sie nicht weiter anzustarren.

»Danke«, sagte Scott mit belegter Stimme, nachdem
Kate ihn über die Anmerkungen der Schulleiterin in
Kenntnis gesetzt hatte. »Danke, dass du dich um Rickie
gekümmert hast.«

Er betrachtete Kate einen Moment lang, dachte über
das nach, was sie ihm erzählt hatte, dann glitt sein Blick
über das türkisblaue Wasser. Dieser Anblick beruhigte
ihn. Er atmete tief durch, bevor er schließlich sagte:
»Ich sollte jetzt nach meinem Sohn schauen.« Er
schenkte Kate ein Lächeln und wandte sich zum Gehen.

»Sei bitte nicht so streng mit ihm. Er ... macht das
nicht mit Absicht, das passiert unbewusst«, sagte Kate
und legte ihm die Hand auf den Arm, zwang ihn damit,
stehen zu bleiben und sie anzusehen.

Stirnrunzelnd wandte Scott sich zu ihr um. »Wie
meinst du das?«

»Rickie ... trauert um seine Mutter«, sagte sie leise.

»Du weißt von dem Unfall?« Scott zog die Augenbrauen zusammen. Sein Blick wurde dunkel.

Kate nickte. »Mona hat es mir erzählt.«

Er nahm ihre Worte schweigend zur Kenntnis.

Zögernd machte Kate einen Schritt auf ihn zu. »Mein aufrichtiges Beileid, Scott.« Ihre Stimme klang sanft. »Es tut mir leid wegen Lara, ehrlich ... es bricht mir das Herz.« Sie stockte und verknotete nervös die Hände ineinander. »Es muss schrecklich sein, einen geliebten Menschen so früh zu verlieren. Und was es für Rickie bedeutet, seine Mutter zu beerdigen ...« Sie geriet erneut ins Stocken. »Er ist noch so jung.« Sie zeigte eine bedauernde Miene. »Rickie ist wütend, wahrscheinlich ist das seine Art, diesen Schicksalsschlag zu verarbeiten. Er braucht ein Ventil.«

Kates Worte stimmten Scott nachdenklich. Er vernahm das Gemurmel der Gäste, die auf der Terrasse saßen, das sich mit dem Rauschen der Wellen vermischte. Zu seiner eigenen Verwunderung spürte er einen Kloß im Hals aufsteigen, als ihm bewusst wurde, dass auch er diese Wut in sich spürte. Er wusste manchmal ebenso wenig, wohin mit seinen Emotionen, seiner Trauer, wenn sich die Verzweiflung mal wieder nicht abschütteln ließ, wie eine lästige Fliege.

»Danke für deine Anteilnahme und dein Verständnis Rickie gegenüber«, entgegnete Scott schließlich, »aber Trauer ist noch lange keine Begründung dafür, grundlos auf seine Mitschüler einzuprügeln.« Er war wieder ein paar Schritte gegangen, setzte sich nun auf einen großen Stein und begann seine Füße vom nassen Sand zu befreien.

»Er hat sich nicht grundlos geprügelt«, stellte Kate richtig. Sie hatte sich vor ihm aufgebaut und sah ihn aufmerksam an. »Er hat dich verteidigt.«

»Mich verteidigt?« Scott sah mit großen Augen zu Kate auf.

Kate nickte. »Der andere Junge hat behauptet, du wärest schuld am Tod deiner Frau. Und da hat Rickie rotgesehen und einfach zugeschlagen.«

Scotts Miene verschloss sich. Er wollte jetzt nicht an den Tag erinnert werden, an dem der Unfall geschehen war, und schon gar nicht darüber nachdenken, ob er es hätte verhindern können, dass seine Frau nicht mehr lebte. Diese Frage stellte er sich selbst jeden verfluchten Tag. Die Schuld nistete in seinem Inneren wie ein gefräßiges Tier.

»Du solltest mit deinem Sohn reden, ihm signalisieren, dass du ihm nicht böse bist«, versuchte Kate zu ihm vorzudringen, die bemerkt hatte, dass Scott sich in seinen Gedanken verlor.

»Ich weiß.« Er seufzte frustriert und senkte die Schultern. Sein schlechtes Gewissen meldete sich erneut. Er hatte seinen Sohn mit seiner Trauer allein gelassen. Das wurde ihm nun schmerzhaft bewusst.

Er hob den Kopf und knirschte mit den Zähnen. »Ja, ich denke, du hast recht. Ich werde wohl nicht drum herumkommen, ein klärendes Gespräch mit meinem Sohn zu führen, sozusagen von Mann zu Mann«, gab er offen zu, verzog gequält das Gesicht und erhob sich wieder.

»Sei einfach für ihn da«, riet Kate, griff nach seiner Hand und hielt sie fest. Dabei sah sie ihm tief in die

Augen und bedachte ihn mit einem aufmunternden Lächeln.

Scott atmete hörbar aus. Die Berührung sandte einen Schauer durch seinen Körper. »Glaubst du nicht, dass ich ihm als Vater dennoch den Ernst der Lage begreiflich machen sollte?«

Kate schüttelte den Kopf. »Nein, Scott, lass gut sein. Gib Rickie nur zu verstehen, dass du auf seiner Seite stehst, egal was er auch ausfrisst. Er braucht dich, Scott. Viele Kinder geraten auf die schiefe Bahn, wenn die Eltern ihnen nicht die Richtung weisen, sie keinen Halt im Elternhaus erfahren. Kinder brauchen die bedingungslose Liebe ihrer Eltern. Dann gehen sie gestärkt ins Leben hinaus. Noch ist es nicht zu spät«, meinte sie.

»Womöglich hast du recht.« Er schloss für einen Moment die Lider und seufzte vernehmlich. Nach ein paar Sekunden öffnete er die Augen wieder und betrachtete Kate, als würde er sie heute zum ersten Mal sehen. Ihre strahlenden Augen – die so tiefblau wie ein Ozean waren und gleichzeitig so leuchtend wie ein sternenklarer Nachthimmel. Und noch etwas anderes lag in ihrem Blick: ehrliche Besorgnis und ... Zuneigung?

»In Ordnung«, sagte er schließlich. »Ich werde die Sache vorerst auf sich beruhen lassen. Dennoch werden Rickie und ich früher oder später über den heutigen Tag sprechen müssen. Gewalt ist keine Lösung, das muss er begreifen.«

»Das hört sich nach einem guten Plan an.« Kate lächelte ihn an.

Scott erwiderte ihr Lachen, ohne den Blick von ihr abzuwenden. Zugegeben, das Gespräch mit Kate hatte ihm gutgetan. Es sprach für sie, dass sie sich ernsthafte

Gedanken um seinen Sohn machte, ehrliche Anteilnahme zeigte. Nach wie vor hatte Kate etwas Unverbrauchtes, Kindliches und Aufregendes an sich – Eigenschaften, die den meisten Frauen fehlten, die er nach ihrem Verschwinden kennengelernt hatte. Es schmerzte ihn, daran zurückzudenken, dass es diese Gründe gewesen waren, warum er sich vom Fleck weg sofort in Kate verliebt hatte, und sie immer noch liebte, wie er sich jetzt eingestehen musste. Eine Brise wehte durch Kates Haare und ihr durchdringender Blick rief Gefühle, ja, sogar Begehren in ihm wach, welches er lange nicht gespürt hatte. Scott ertappte sich dabei, sich vorzustellen, wie es wäre, Kate erneut zu küssen und spürte, wie sich wohlige Wärme in ihm ausbreitete. Er fühlte sich magisch zu ihr hingezogen. Unwillkürlich beschleunigte sich seine Atmung. Bevor ihm bewusst wurde, was er tat, hatte er sich schon über Kate gebeugt, senkte seinen Mund auf ihren und drückte sie fest an sich. Dann küsste er sie so leidenschaftlich, dass seine Lippen brannten wie zündelndes Feuer.

***

»Ich dachte schon, ihr küsst euch nie«, riss Monas Stimme sie aus ihrer innigen Umarmung. Sie winkte ihnen von der Terrasse des Cafés freudig zu.

Wie zwei Kinder, die bei etwas Verbotenem ertappt worden waren, lösten Kate und Scott sich voneinander, dann winkten sie zurück.

Beide blickten sich verwundert an, als wäre ihnen eben erst bewusst geworden, dass sie sich erneut geküsst hatten. Betretenes Schweigen breitete sich zwischen ihnen aus.

Scott fand zuerst die Fassung wieder, fuhr sich mit der Hand durchs Haar und lächelte schief. »Entschuldige«, murmelte er. »Ich wollte dich nicht überrumpeln.« Er wirkte erschöpft und Kate kam es so vor, als würden seine Augen bestürzt blitzen. Bereute er etwa, dass sie sich geküsst hatten?

Kate spürte, wie ihr das Blut in die Wangen schoss. Ja, vielleicht war es wirklich keine gute Idee, sich wieder aufeinander einzulassen.

Eigentlich war sie nach Catalina Island gekommen, um über das hinwegzukommen, was ihr ganzes Leben zu einem Albtraum hatte werden lassen. Und nun war sie dabei, erneut eine Dummheit zu begehen: sich Hals über Kopf in den Mann zu verlieben, der ihr schon einmal das Herz gebrochen hatte und bei dem sie sich geschworen hatte, ihn nie wieder so nahe an sich ranzulassen. *Kann mein Leben nicht normal verlaufen, wie bei anderen Menschen auch?*, fragte sich Kate, in der ein wahrer Sturm an widersprüchlichen Gefühlen tobte.

»Ich ...«, setzte sie zu einer Antwort an, aber wie es der Zufall wollte, gesellte sich in diesem Moment Rickie zu Mona auf die Veranda, und so schluckte sie ihre Worte ungesagt hinunter. Vielleicht war es besser so. Sie hatte sowieso nicht gewusst, ob es ratsam war, mehr als nötig in diesen leidenschaftlichen Kuss hineinzuinterpretieren. Kate strich sich die Falten aus dem Rock und zwang sich daran zu denken, weswegen sie eigentlich hier war: Mona im Café unter die Arme zu greifen.

»Ich sollte dann mal mit der Arbeit fortfahren«, murmelte sie und lächelte zu Scott auf, bevor sie sich in Bewegung setzte.

Scott senkte den Blick. »Äh, ja, und ich sollte mich jetzt besser um meinen hitzköpfigen Sohn kümmern«, sagte er und winkte Rickie zu, während er Kate folgte.

***

»Hi, Dad«, sagte Rickie zaghaft, als er die Anwesenheit seines Vaters wahrnahm, der schlendernd auf ihn zukam. Seine Miene war angespannt und verriet, dass er sich auf ein großes Donnerwetter gefasst machte.

»Na, mein Großer«, begrüßte ihn Scott, ging langsam auf ihn zu und legte einen Arm um seine Schulter. Seine Gedanken kreisten um Kates Worte. Sie hatte recht. Er durfte seinem Jungen nicht böse sein. Die Trauer, die nach wie vor über Rickie schwebte wie eine dunkle Gewitterwolke, war ihm noch deutlich anzusehen. Eine tiefe, zerreißende und verzehrende Trauer, die Scott nach wie vor auch in sich selbst spürte und ihm die Träume stahl, jede Nacht aufs Neue.

Nun, da er darüber nachdachte, empfand er Mitleid für seinen Jungen, wünschte sich, ihn trösten zu können, aber wie? Welche Worte konnten jene Nacht ungeschehen machen? Welche Worte konnten Rickie aufmuntern und sein Leben wieder erhellen wie ein hoffnungsvoller Sonnenstrahl, der durch die graue Wolkendecke bricht? Eine Antwort auf diese Frage fiel ihm nicht ein.

Rickie vermochte nichts zu sagen. Anscheinend hatte ihm die plötzliche liebevolle Umarmung seines Vaters

188

den Atem geraubt. Tränen standen ihm in den Augen, aber er wirkte erleichtert und lächelte zaghaft. Gemeinsam starrten sie aufs Meer hinaus.

Erneut drückte Scott seinen Sohn an sich und räusperte sich, bevor er zu ihm sagte: »Es tut mir leid, dass ich dich in letzter Zeit mit deinem Kummer allein gelassen habe.«

Rickie wagte einen Blick zu seinem Vater auf und murmelte leise: »Mir tut es auch leid.«

Scotts Herz zog sich bei den Worten seines Sohnes schmerzhaft zusammen, und er nahm sich vor, sich von nun an mehr um ihn zu kümmern. »Wir schaffen das schon«, erklärte Scott ernst und hoffte, dass sein Sohn spürte, dass er jedes Wort genau so meinte, wie er es sagte.

Nach einer Weile des Schweigens löste er die Umarmung und sah seinen Sohn aufmunternd an. »Lass uns für heute nach Hause fahren, Rickie«, befand er.

Rickie nickte stumm.

Scott trat vor und wandte sich den beiden Frauen zu. »Es war ein langer, aufregender Tag. Wir werden uns jetzt von euch verabschieden.« Er trat noch einen Schritt näher zu Kate, lächelte und küsste sie vor den Augen von Mona und Rickie erneut zart auf die Wange. »Bis morgen.«

***

Kate sah den beiden aufgewühlt hinterher.

Mona musterte sie eindringlich, lächelte wissend, schluckte aber jeglichen Kommentar, der ihr augenscheinlich auf der Zunge lag, hinunter.

Kate war ihr sehr dankbar dafür und folgte der alten Frau ins Café, um die letzten Gäste an diesem Abend zu bewirten, allerdings konnte sie sich nur schwer auf ihre Arbeit konzentrieren. Ihre Gedanken kreisten ständig um Scott und wie gut es sich anfühlte, wieder von dem Mann umworben zu werden, den sie mehr liebte als sich selbst. Doch gleichzeitig stiegen Zweifel in ihr auf, ob man eine längst verflossene Liebe wieder zum Leben erwecken konnte, oder es nicht nur der unbewusste Wunsch danach war, für den Moment wieder das zu spüren, was man glaubte verloren zu haben. Obwohl man tief im Inneren genau wusste, dass es nie wieder wie vorher sein konnte. Wie bei einem Liebesfilm, den man sich wieder und wieder ansah und der jedes Mal aufs Neue die gleichen Glücksgefühle hervorrief, bevor man danach wieder in sein nicht erfülltes Leben eintauchte und sich einredete, ebenfalls glücklich zu sein.

Sie seufzte wehmütig und erinnerte sich daran, dass sie sich vorgenommen hatte, ihr Herz nie wieder zu verlieren. Bereits einmal hatte sie den verhängnisvollsten Fehler ihres Lebens begangen. Sie hatte sich in Scott verliebt und war enttäuscht worden. Und nun war er wieder in ihr Leben getreten und setzte all ihre Prinzipien außer Kraft.

Kapitel 16

Auf der Rückfahrt wechselten Vater und Sohn kaum ein Wort miteinander. Keiner von ihnen schien erpicht darauf zu sein, einen Streit zu provozieren. Immerhin waren sie beide todmüde und ihre Nerven zum Zerreißen gespannt.

Früher oder später, dessen war Scott sich bewusst, würde er gezwungen sein, mit Rickie über das zu sprechen, was heute in der Schule geschehen war. So konnte es nicht weitergehen. Dennoch schloss er sich Kates Argumenten an. Es war ratsamer, ein ausführliches Gespräch mit Rickie auf einen späteren Zeitpunkt zu vertagen. Eine Atempause bot allen Beteiligten die Möglichkeit, ihre hitzigen Gemüter zu beruhigen. Irgendwann würde sich schon die passende Möglichkeit ergeben, dann konnte er den Sachverhalt immer noch mit seinem Jungen klären.

Zu Hause angekommen brachte Scott seinen Sohn, dem während der Fahrt bereits ständig die Augen zugefallen waren, unverzüglich ins Bett.

Nachdem Rickie sich die Zähne geputzt und in seinen Pyjama geschlüpft war, deckte Scott ihn mit der Bettdecke zu, strich ihm sanft das Haar aus dem Gesicht und hauchte ihm einen Kuss auf die Stirn. »Schlaf gut«, sagte er, ehe er das Nachttischlicht löschte und den Raum verließ.

Leise schloss Scott die Tür hinter sich. Draußen im Flur lehnte er sich erschöpft an die Wand und sog die beruhigende Stille in sich auf. Was für ein Tag. Er lockerte seinen Schlips, atmete tief ein und schloss für einen Moment die Augen. Die Müdigkeit pulsierte hinter seinen Schläfen, seine Lider waren schwer wie Blei. Dennoch fürchtete Scott, dass er nicht in den Schlaf finden würde, wenn er sich jetzt schon ins Bett legte.

Daher beschloss er, sich noch einen Drink zu genehmigen, lief ins Wohnzimmer und schenkte sich an der Bar einen großzügigen Schluck Whisky ein. Die Flasche nahm er mit und stellte sie vor sich auf den kleinen Tisch, bevor er sich, einen ermatteten Seufzer ausstoßend, auf das schwarze Ledersofa fallen ließ.

Mit nachdenklicher Miene sah er sich im Raum um. Sein Blick wanderte hinüber zum Fenster, durch das die Nacht hereindrängte, während seine Gedanken immer weiter abschweiften.

Obwohl er sich dagegen wehrte, flackerten die altbekannten düsteren Bilder vor seinem inneren Auge auf; Bilder, die er nur zu gut kannte, die sich nicht verdrängen ließen und die nicht einmal der brennende Alkohol, der durch seine Kehle rann, ertränken konnte.

Er sah das Splittern von Glas, als die Frontscheibe seines Autos barst, und vernahm gleichzeitig einen spitzen, jäh ausgestoßenen Schrei, dessen Echo in seinem Kopf widerhallte. Blut. Es war überall. Eine Endlosschleife des Grauens.

Scott hatte immer gehofft, dass die Zeit den Schmerz lindern würde, die schrecklichen Erinnerungen an den Autounfall wie Farbflecken in der Sonne verblassen würden.

Aber Trauer hatte ihren eigenen Rhythmus. Und bisher trug er die Eindrücke jener verhängnisvollen Nacht, in dem Lara zu Tode gekommen war, unauslöschlich im Gedächtnis. »Ich hätte sterben müssen, nicht sie«, stieß er anklagend zwischen zusammengekniffen Zähnen aus und schüttete sich einen weiteren Schluck Whisky nach.

Rickies Mitschüler hatten recht, wenn sie behaupteten, Scott wäre schuld am Tod von Rickies Mutter. Er trug die Schuld ... und war dazu verdammt, für immer damit zu leben.

Plötzlich vernahm er das Rasseln des Haustürschlüssels im Schloss. Die Tür schwang auf und klackernde Schritte ertönten auf dem steinernen Boden.

»Scott?«, erklang Virginias Stimme.

»Ich bin hier«, rief er. Er trank seinen Whisky in einem Zug aus, knallte das Glas auf den Tisch und schenkte abermals nach. Im selben Augenblick tauchte Virginia, die Handtasche in der Hand, im Türrahmen auf.

Scott richtete sich auf, sah in ihre Richtung – ihre Blicke trafen aufeinander. Das Licht im Flur beschien ihr blondes Haar, das sie zu einem lockeren Dutt aufgesteckt hatte. Ihr Kleid betonte ihre bezaubernde Figur und die beneidenswert langen Beine.

Sie kam auf ihn zu. In der Düsternis des Raumes war Virginia kaum mehr als ein schlanker Schatten.

»Wieso hockst du hier im Dunkeln?«, wollte sie wissen.

»Ich musste über einiges nachdenken«, murmelte Scott.

Virginia knipste die Stehlampe an, die rechts neben dem Sofa stand und lautlos aufflackerte.

Scott kniff leicht die Augen zusammen, als der grelle Schein in seine Pupillen drang.

Virginia betrachtete ihn eine Weile. »Du siehst erschöpft aus«, bemerkte sie.

»Das bin ich auch. Wir sind gerade erst zurückgekommen.«

»Wo ist Rickie?«, wollte sie wissen.

»Er schläft.«

»Ich hoffe, du hast ihm eine angemessene Standpauke gehalten«. Sie zog nachdrücklich die Augenbrauen zusammen.

»Lass das mal meine Sorge sein.« Scotts Augen wurden schmal.

»Ich meine ja nur, dass ...«

Sein Gesicht verfinsterte sich noch mehr. »Virginia, es ist spät und ich bin müde, also wieso bist du hier, du wolltest doch heute in deiner Wohnung übernachten?«

»Ich habe mir Sorgen gemacht, nachdem du so überstürzt die Kanzlei verlassen hast. Ich wollte nach dir und Rickie sehen, das ist alles.«

»Das ist wirklich sehr aufmerksam von dir«, meinte Scott, um einen ruhigen Tonfall bemüht, dennoch klang seine Stimme gereizt, »aber deshalb hättest du nicht extra herkommen müssen. Du hilfst mir mehr, wenn wenigstens du morgen ausgeschlafen in der Kanzlei erscheinst, um mir etwas unter die Arme zu greifen – in letzter Zeit ersticke ich nämlich in Arbeit.«

»Und außerdem«, fügte Virginia hinzu, ohne auf seine Bemerkung einzugehen, »hatte ich gehofft, dich auf andere Gedanken bringen zu können. Ich weiß doch, dass du dazu neigst, dich in Grübeleien zu verlieren, wenn du allein bist. Und wir wissen beide: Das tut dir nicht gut. Du bist dann tagelang nicht bei der Sache. Das hatten wir doch schon. Und die Kanzlei braucht dich mehr denn je.«

Scott lehnte sich zurück und legte einen Arm auf die Seitenlehne des Sofas. »Ja, ich weiß.«

»Du darfst dich nicht in Schwermut verlieren.«

»Das habe ich auch nicht vor. Möchtest du einen Drink?«, fragte Scott sie. Er hatte kein Interesse an ihren Vorwürfen, war jedoch zu müde, um sie in die Schranken zu weisen. Manchmal fragte er sich ernsthaft, wieso er Virginia immer noch bei sich übernachten ließ. War es ihre Gesellschaft, die er nicht missen wollte? Wollte er an Tagen, die mit Dunkelheit überschattet waren, nicht allein sein? Oder war es die Tatsache, dass er sich in der Kanzlei jederzeit auf sie verlassen konnte?

»Nein, danke.« Sie schüttelte den Kopf.

Er hingegen nahm einen großen Schluck. Der Whisky schmeckte derb und würzig. Fast ein Viertel der Flasche hatte er bereits geleert.

»Wenn du mich fragst, hat es aber den Anschein, als ob du bereits wieder mitten in einer Depression steckst.«

»Ich frag dich aber nicht.« Scott stieß einen langen, genervten Seufzer aus und erhob sich. »Glaube mir, ich komme klar«, versicherte er. Er fuhr sich mit der Hand durchs Haar, schnappte sein Glas und lief anschließend an Virginia vorbei, den langen Korridor entlang zu seinem Büro. Sie folgte ihm wie ein Schatten, als er sich an den Schreibtisch setzte, das Glas knallend abstellte und die Schubladen aufriss.

»Wo sind meine Tabletten?«, fragte er, nachdem er einen Blick hineingeworfen und die Packung nicht gefunden hatte. Er hob seinen Blick und hatte sofort Virginia im Verdacht. Er sah sie streng an.

»Ich habe sie versteckt.«

»Wieso tust du so etwas?« Er klang wütend, sein Blick wurde zornig. Was fiel ihr eigentlich ein?

»Ich sorge mich eben um dich, Scott. Ich sehe doch, wie die Tabletten dich immer abhängiger machen.«

»Sie helfen mir beim Vergessen. Misch dich nicht ein!«

»Scott, sei vernünftig ...«

»Gib sie mir. Auf der Stelle!« Sein Ton war schneidend.

»Sie sind nicht gut für dich ...«

»Es steht dir nicht zu, das zu beurteilen, Virginia«, unterbrach er sie nachdrücklich. Erschöpft lehnte er sich zurück, der Stuhl knarzte unter seinem Gewicht. Nach einer Weile sagte er: »Ich bin zu entkräftet, um zu streiten. Gib mir einfach meine Tabletten.«

Offensichtlich sah Virginia ein, dass sie heute Abend hier keinen Schritt weiterkommen würde. Sie nickte. »Gut, lassen wir das Thema vorerst ruhen«, sagte sie. Für den Bruchteil einer Sekunde schien ihr Blick weicher zu werden. Sie öffnete ihre Handtasche, zog eine Tablettenschachtel hervor und legte sie vor ihm auf den Tisch.

Scott drückte zwei Tabletten aus dem Blister und spülte sie mit Whisky runter.

Sie befreite einen Sessel von diversen Aktenordnern und legte sie daneben auf den Boden, bevor sie sich

Scott gegenübersetzte und ihn mit einem fast mitleidigen Blick bedachte.

Er hasste es, wenn sie ihn so ansah.

»Hast du dir den Vorschlag von vorhin, über das Internat, noch einmal durch den Kopf gehen lassen?«, fragte sie und knüpfte damit an das Gespräch im Büro an.

Scott nickte schläfrig.

»Und zu welchem Entschluss bist du gelangt?«, wollte sie wissen.

»Demselben wie zuvor. Rickie bleibt hier bei mir – das ist mein letztes Wort.«

»Du machst einen Fehler«, stieß sie fassungslos hervor. »Denke doch nur an Rickies Zukunft ...«

»Es wird das Beste für den Jungen sein, wenn er bei seinem Vater bleibt.«

»Bei seinem Vater, der nie zu Hause ist, wenn er ihn braucht?«

Ihre Worte versetzten Scott einen Stich. Nicht zuletzt deswegen, weil es die ungeschminkte Wahrheit war. Im tiefsten Inneren wusste er, dass Virginia recht hatte. Er brachte zu wenig Zeit für Rickies Erziehung auf. Zwar kümmerte sich Mona geradezu mütterlich um den Jungen, doch wie lange noch? Würde sie auch mit zunehmendem Alter über die erforderliche Kraft verfügen, für Rickie zu sorgen? Bald kam er in die Pubertät. Gott allein wusste, welche Flausen ihm dann erst durch den Kopf gingen – er war ja jetzt schon kaum unter Kontrolle zu halten.

Nachdenklich drehte er sein Glas in der Hand. »Lass uns ein andermal darüber sprechen, ich bin zu erledigt«, bat Scott, doch Virginia war noch nicht fertig.

»Der strukturierte Tagesablauf auf dem Internat, neue Freunde und interessante Freizeitmöglichkeiten, das alles sind gute Bedingungen, um ihn von seinem Kummer abzulenken«, fuhr sie unbeirrt fort. »Es wird ihm guttun, Scott. Glaub mir, es ist das Beste für den Jungen«, beharrte sie. »Sprich mit ihm darüber.«

Scott gab ein entnervtes Stöhnen von sich und biss die Zähne zusammen, konnte aber nicht verhindern, dass Zorn in ihm aufkeimte. Wie unsensibel konnte man sein? Diese Frau hatte einfach kein Gespür dafür, dass er heute nicht mehr in der Lage war, ein derartiges Gespräch zu führen. Mit geschlossenen Augen betete er darum, jetzt nicht die Fassung zu verlieren. Er blickte auf und sah ihr fest in die Augen. »Virginia ... du solltest jetzt gehen.«

Sie riss die Augen auf. »Möchtest du mich etwa loswerden?« Ihre Schultern sackten nach unten und Scott sah die Überraschung in ihrem Gesicht.

»Es war ein langer Tag«, erwiderte er, sah kurz auf die Uhr und erhob sich. »Ich muss mir über alles klar werden und benötige Zeit und Ruhe zum Nachdenken.«

»Ja, das verstehe ich, doch ... etwas Schlaf wird uns beiden guttun«, gab Virginia sich plötzlich sanftmütig und rang sich ein schwaches Lächeln ab.

Scott nickte nur und ging an ihr vorbei zur Tür. »Es ist spät geworden. Du kannst im Gästezimmer schlafen, wenn du möchtest«, rief er ihr über die Schulter zu.

Virginia nickte. Ihrer ausdrucklosen Miene war anzusehen, dass ihr in diesem Moment klar geworden war, wie Scott ihre Beziehung sah.

Als er die Tür zur Diele öffnete, die nur angelehnt gewesen war, vernahm er die tippelnden Schritte, die sich stürmisch über das Treppenhaus entfernten. Leise und flink wie eine Katze.

»Was ist denn los?«, wollte Virginia wissen, die ihm gefolgt war und Scotts bebende Schultern bemerkte, der mit einer Hand auf der Türklinke abrupt stocksteif innehielt.

»Rickie«, hauchte er atemlos und wurde blass. »Er hat uns belauscht.«

Erschrocken riss er die Tür auf und wollte seinem Sohn hinterherrufen, dass er sich keine Sorgen zu machen brauchte, dass alles gut werden würde.

Doch Rickie war längst auf sein Zimmer verschwunden.

***

Mit geballten Fäusten stapfte Rickie zurück in sein Zimmer und schmiss die Tür hinter sich zu. Dann warf er sich aufs Bett, krabbelte unter die Bettdecke und schmiegte seinen Kopf ins Kissen. Sein Herzschlag pochte wild und schnell. Seine Haut glühte, als hätte er Fieber.

Eigentlich hatte er nur kurz auf die Toilette gemusst, doch auf dem Weg zum Badezimmer hatte er die Stimmen aus dem Wohnzimmer vernommen.

Unter normalen Umständen hätte Rickie dem keine weitere Bedeutung beigemessen – immerhin kam Virginia ständig zu Besuch, auch nachts –, und er hätte das Gespräch der beiden zu ignorieren gewusst. Doch als er geglaubt hatte, das Wort Internat herausgehört zu haben, war er hellhörig geworden. Eigentlich fand er es blöd zu lauschen, aber diese drei Silben hatten ihn augenblicklich in Alarmbereitschaft versetzt. Offensichtlich sprachen sie über ihn. Und weil Rickie unbedingt wissen musste, welche Gemeinheiten die Erwachsenen im Schilde führten, war er die Treppe runtergeschlichen, hatte an der Tür gelauscht und war in seiner Vermutung bestätigt worden. Sie hatten tatsächlich über ihn gesprochen.

Für den Bruchteil einer Sekunde hatte er sogar mit dem Gedanken gespielt, die Tür aufzustoßen und sich einzumischen, zu protestieren. Letztendlich hatte er sich dagegen entschieden. Er hätte eh nichts ausrichten können. Virginia, diese falsche Schlange, hatte seinen Vater fest um den Finger gewickelt, betörte ihn mit ihrer Schönheit und Grazie; es würde ihr leichtfallen, jeden von Rickies Einwänden im Keim zu ersticken. In ihrem Schatten war er nur ein kleiner Junge, den man loswerden musste. Sein Wort hatte kein Gewicht – jedenfalls gelang es Virginia stets aufs Neue, ihm diesen Eindruck zu vermitteln, sodass Rickie sich anschließend klein und machtlos, unbedeutend fühlte. Er hasste sie – und *wie* er sie hasste! Mit jeder Faser seines Körpers! Er wünschte sich, sie würde endlich verschwinden, ihn und seinen Vater in Ruhe lassen, und niemals wiederkommen.

Jetzt noch spürte er die Wut in seinem Bauch. Er war so traurig und enttäuscht. Wie unverblümt sie hinter seinem Rücken über seine Zukunft diskutiert hatten, schoss es ihm durch den Kopf. Panik erfüllte ihn, seine Hände wurden feucht. Nein, er wollte nicht aufs Internat, unter keinen Umständen wollte er das! Er wollte nicht weg von Catalina Island, fort aufs Festland, weit, weit weg von Mona, seinem Zimmer, seinem Vater …

das war doch alles, was er noch hatte. Und doch wollten Virginia und sein Vater ihn fortschicken? Er konnte es nicht fassen. In diesem Augenblick war sein Hass auf die beiden bodenlos. Vor Zorn presste er die Lippen aufeinander.

Er wusste nicht, wie lange er so auf der Matratze ausharrte, die Augen geöffnet, die Finger ins Laken gekrallt, als plötzlich die Tür aufschwang und ein langer Schatten ins Zimmer fiel. Der Holzboden knarrte, als sich zögernd leise Schritte seinem Bett näherten.

»Rickie?«, flüsterte sein Vater. »Bist du noch wach?«

Schnell schlug Rickie die Lider zu und stellte sich schlafend.

***

Das Bett gab einen protestierenden, quietschenden Laut von sich, als Scott sich am Fußende niederließ.

Eine Weile saß er einfach dort und schwieg. Dann sagte er: »Du bist wach, Rickie, nicht wahr? Du kannst mich hören.«

Rickie erwiderte nichts. Aber Scott ahnte, dass sein Sohn nur vortäuschte zu schlafen.

Er seufzte. »Rickie, mein Junge«, begann er mit müder Stimme, »egal, was du eben gehört hast, glaube mir, dass ich niemals zulassen würde, dass du auf ein Internat kommst«, versprach er. »Das habe ich auch Virginia klargemacht, wie du vielleicht mitbekommen hast. Du bleibst hier bei mir, Rickie, ganz gleich, was auch geschieht.«

Rickie fuhr hoch, riss die Augen auf und entgegnete erregt: »Das ist nicht wahr!« Mit funkelnden Augen, in denen Wut und Frustration wie kleine Lichter bebten, blitzte er seinen Vater an. »Du wirst deine Meinung ändern!«

Benommen erwiderte Scott: »Wie kommst du auf diesen Gedanken?«

»Was, wenn ich von der Schule geschmissen werde? Du weißt, dass das früher oder später geschehen wird, nicht wahr?«, gab Rickie zu bedenken.

»Rickie, ich …«

»Spätestens dann wirst du mich fortschicken«, brüllte Rickie. »Du wirst es tun, ich weiß es!«

Scott schwieg – und wusste, dass dieses Schweigen einem Schuldeingeständnis gleichkam. Rickie hatte ins Schwarze getroffen, und Scott musste sich eingestehen, dass sein Sohn recht hatte. Wenn Rickie einen Schulverweis erhielt, würde er tatsächlich gezwungen sein, seinen Sohn auf ein Internat in L.A., oder sogar noch weiter weg, zu schicken – es gab schließlich keine anderen Alternativen.

»Rickie«, setzte Scott an zu erklären, doch sein Sohn unterbrach ihn.

»Ich bin müde, Dad«, sagte er. Mit diesen Worten zog Rickie seine Bettdecke bis zum Kinn, drehte sich dem Fenster zu und sagte nichts mehr. Durch die durchsichtigen Vorhänge drängte bleiches Mondlicht und malte schwarze Schatten auf sein Gesicht.

Scott nickte stumm. Morgen war auch noch ein Tag. »Gute Nacht«, murmelte er und strich seinem Sohn zärtlich über den Kopf. Er blieb noch eine Weile zu Rickies Füßen sitzen, überlegte, wie es ihm gelingen könnte, zu seinem Sohn durchzudringen, ahnte gleichzeitig jedoch, dass es zwecklos war. Rickie hatte sich entschlossen, wütend auf ihn zu sein, und egal, was er nun auch sagte, sein Sohn würde ihm kein Gehör schenken, sich gegen jedes seiner Worte verschließen.

Scott fühlte sich kläglich und hilflos. Als Anwalt nahm er es mit skrupellosen Firmenbossen und einflussreichen Politikern auf – Scott war verdammt gut, wenn nicht sogar einer der Besten in seinem Job. Doch als Vater versagte er jedes Mal aufs Neue.

Einmal mehr wünschte er sich, Lara wäre noch am Leben. Sie hatte in solchen Situationen stets einen kühlen Kopf bewahrt und genau gewusst, was zu tun war. Rickie hatte jedem ihrer Worte vertraut, so wie er Mona vertraute, doch sobald Scott mit ihm sprach, suchte er in seinem Gesicht ständig nach der Wahrheit, als fürchtete er, sein Vater versuchte, ihn auszutricksen.

Der Krater zwischen ihnen vergrößerte sich mit jedem Konflikt – inzwischen war er so groß, dass Scott seinen Sohn auf der anderen Seite kaum noch erkennen konnte.

»Gute Nacht, Rickie«, wiederholte Scott, als er sich erhob. »Träum was Schönes.« Niedergeschlagen schlurfte er zur Tür und verließ das Zimmer.

***

Nachdem die Tür sich geschlossen hatte, setzte Rickie sich in seinem Bett auf.

Nachdenklich starrte er in die Düsternis seines Zimmers, während in seinem Innern ein Gedanke heranreifte wie eine Frucht an einem Baum.

Kapitel 17

Jake fuhr aus dem Schlaf hoch. Wo war er? Fahles Mondlicht blendete ihn, als er die Augen aufschlug. Hatte es da im Gebüsch neben ihm geraschelt? Adrenalin peitschte durch seine Adern. Blitzschnell griff Jake unter seinen Schlafsack, wo er seine Waffe versteckt hatte. Gott sei Dank, sie war noch da. Er zog sie hervor und öffnete sie. Drei Kugeln.

Wieder raschelte es. Er setzte sich auf, spitzte seine Ohren. Er brauchte einen Moment, bis seine Augen sich an die Dunkelheit gewöhnt hatten. Dann sah er, wie etwas Braunes aus dem Gebüsch stob und wie der Blitz gegenüber im Unterholz verschwand.

Erleichtert atmete er aus. Ein dummes Eichhörnchen hatte ihn erschreckt. Er war wirklich mit den Nerven am Ende. Er wischte sich den Schweiß von der Stirn, blieb noch einen Augenblick lang sitzen, hörte seinen Herzschlag pochen.

Blätter bewegten sich rauschend in der plötzlich aufkommenden Brise. Das tat gut. Wenn auch nur für Sekunden. Die Sommerhitze hatte ihren Höhepunkt erreicht und brachte selbst in der Nacht keine Abkühlung von den heißen Temperaturen des Tages.

Sein graues ausgewaschenes T-Shirt, das er auf dem nackten Oberkörper trug, war längst triefend nass von seinem Schweiß. Vermutlich stank er schlimmer als ein Obdachloser, der seit Wochen nicht geduscht hatte. Er sah auf die Uhr. Gerade mal eins durch. Er konnte sich getrost noch für ein paar Stunden aufs Ohr legen. Vor Anbruch des Sonnenaufgangs würde sich kein Ranger hier oben herumtreiben.

Er nahm seine Trinkflasche zur Hand, trank einen Schluck und spuckte ihn postwendend wieder aus. Das Wasser war pisswarm und schmeckte abgestanden. Er musste unbedingt neue Vorräte besorgen. Was würde er jetzt für ein eisgekühltes Bier geben! Frustriert goss er das Wasser neben sich auf den Boden und suchte in seinem Rucksack nach etwas Essbarem. Die Ausbeute war dürftig. Ein schrumpeliger Apfel, nicht mehr ganz frisch, aber die Feuchtigkeit würde den ersten Durst mildern. Begierig biss er hinein. Doch der Bissen blieb ihm sprichwörtlich vor Schreck im Hals stecken, als plötzlich Äste knackten.

Neben dem Zelt hatte sich etwas bewegt. Und diesmal war Jake sich sicher: Irgendetwas oder jemand schlich hier umher. Ihm standen die Nackenhaare zu Berge. Mit blankem Entsetzen starrte er in die Richtung, aus der das Knacken gekommen war. Doch er konnte nur die dunklen Schatten der Felswände ausmachen, die sich meilenweit erstreckten. Bizarre Formationen im Mondschein, wie dunkle Wächter in der Nacht.

Angestrengt lauschte Jake in die Dunkelheit. Totenstille. Dann schüttelte er den Kopf. Nein, da war nichts. *Du bildest dir die Gefahr nur ein*, redete er sich beruhigend zu und wischte mit der Hand über seine müden Augen. Er würde sich besser fühlen, wenn er ausgeschlafen war, und beschloss, sich noch eine Mütze voll Schlaf zu gönnen.

Während er weiter an seinem Apfel kaute, schüttelte er mit der freien Hand seine Jacke auf, die er als Kissen benutzte. Bevor er sich hinlegte, holte er aus, schmiss das Apfelkerngehäuse weit von sich und sah zu, wie es von der Dunkelheit verschluckt wurde.

Wenn der Mond nicht in diesem Moment hinter einer ziehenden Wolke aufgetaucht wäre, hätte er die Person glatt übersehen.

Eine schmächtige, kleine Gestalt hockte zwischen den Bäumen, und als Jake plötzlich in zwei leuchtende Augen starrte, erschrak nicht nur er.

Sein Brustkorb wummerte. Kein Zweifel: Sie hatten ihn gefunden. Panik überfiel ihn. Blitzschnell zog er seine Pistole, entriegelte sie und richtete sie auf den Schatten des menschlichen Körpers. Seine Stimme durchschnitt die Luft wie eine rostige Säge. »Einen Schritt weiter und ich schieße dich über den Haufen.«

***

So also fühlte es sich an, wenn man einfach nur etwas Gutes getan hatte. Richard Clayton konnte sich nicht daran erinnern, wann er zuletzt so ein tiefes Glücksgefühl gespürt hatte.

Er stand auf einem der Felssteine, die sich überall auf den Hängen befanden und eine natürliche Begrenzung der Bucht bildeten. Verborgen im Schutz der Bäume konnte er von hier aus mit dem Fernglas alles überblicken, ohne selbst gesehen zu werden. Der Strand lag verlassen da, nur das Rauschen der Wellen, die sich am Ufer der Felsen brachen, war zu hören.

Er zoomte das Gesicht von Kate näher zu sich heran und betrachtete es im Schein der untergehenden Sonne. Sie war gerade dabei, die Blumen im Garten zu gießen, so wie er es von ihr verlangt hatte. Wie liebreizend sie war. Wie unfassbar ähnlich sie seiner verstorbenen Frau in jungen Jahren sah. Diese Ähnlichkeit war magisch.

Es hatte ihm für einen Moment fast den Boden unter den Füßen weggerissen, als er Kate das erste Mal im *Lemon Pie* erblickt hatte. Er hatte wahrhaftig gedacht, seine Frau im Alter von fünfundzwanzig Jahren würde vor ihm stehen und ihm zulächeln. Seitdem war er jeden Morgen ins Café gekommen, nur um sich an Kates Anblick zu ergötzen. Und als er dann mitbekommen hatte, dass sie eine Wohnung suchte, hatte er nicht lange überlegen müssen und ihr das leer stehende Ferienhaus seiner verstorbenen Frau überlassen, die viel zu jung gestorben war. Seine über alles geliebte Alice würde nichts dagegen haben und seine Entscheidung befürworten, dessen war Richard Clayton sich sicher.

Dass er sich wie ein Stalker benahm, störte ihn nicht. Er hegte schließlich keine üblen Hintergedanken. Er wollte einfach nur am Glück der anderen teilhaben und sich vergewissern, dass es der jungen Frau gut ging. Es gab ihm einen neuen Sinn im Leben. Was sollte daran verkehrt sein?

Für diese Frau etwas Gutes zu tun, spendete ihm Trost und lenkte ihn davon ab, dass in seinem Leben so viel falsch gelaufen war.

Erst mit dem Tod seines Geschäftspartners und Freundes hatte er begriffen, wie selbstgefällig er sein Leben die letzten Jahre geführt hatte, aber da war es bereits zu spät gewesen. Fortwährend hatte er nur das Wachstum der Firma im Blick gehabt, hatte selten an seinen einzigen Sohn gedacht – sich nicht für dessen Leben interessiert.

Das Herz wurde ihm schwer. Erinnerungen an die letzten Jahre flackerten in ihm auf. Nach dem viel zu frühen Tod seiner Frau hatte er sich in die Arbeit gestürzt und seinen Sohn auf ein Internat nach L.A geschickt. Sich eingeredet, dass es ihm dort besser ging, nie darüber nachgedacht, dass dieser Junge vielleicht einen Vater gebraucht hätte. Immer seltener waren die Wochenenden geworden, an denen sein Sohn zu Besuch gekommen war, immer weniger die Telefonate, die sie miteinander geführt hatten. Bis sein Sohn überhaupt nicht mehr kam. Auch nicht über die Weihnachtsfeiertage oder in den Ferien.

Mit einem Mal war aus seinem Sohn ein junger Mann geworden. Ein junger Mann, der ihm entglitten war, an dessen Leben er nicht teilgehabt hatte, den er überhaupt nicht richtig kannte und – wie er sich nun vierzig Jahre später schweren Herzens eingestehen musste – von dem er nicht mal wusste, was aus ihm geworden war. Wo lebte er? Was arbeitete er? Hatte sein Sohn Familie, Kinder? Hatte er, Richard Clayton, vielleicht sogar Enkelkinder?

Richard Clayton seufzte schwer. Er könnte sich ohrfeigen. Er bereute so viel. Besonders, dass er sich die ganzen Jahre nie bei seinem Sohn gemeldet hatte, sich eingeredet hatte, dass es besser war, die Beziehung ruhen zu lassen. Jeder lebte schließlich sein eigenes Leben. Aber jetzt, da er ein alter Mann war, ging es auch um das Erbe. Er hatte einen Erben, aber der wollte nichts von ihm wissen.

Jedes Mal, wenn er die Nummer gewählt hatte, die ihm als einziger Anhaltspunkt geblieben war, um mit seinem Sohn Kontakt aufzunehmen, war aufgelegt worden, sobald er sich als Richard Clayton zu erkennen gegeben hatte. Und seit einigen Jahren schon war die Nummer nicht mehr vergeben. Als Vater hatte er auf ganzer Linie versagt, gestand er sich ein, und erneut verkrampfte sich sein Herz.

Richard Clayton schüttelte die traurigen Gedanken ab und machte sich auf den Heimweg. Was würde er dafür geben, seinen Sohn noch einmal in die Arme zu schließen und ihn um Verzeihung zu bitten, für all die Entbehrungen, die er hatte erleiden müssen.

Plötzlich wurde ihm klar, dass dieses Kapitel noch lange nicht abgeschlossen war, und in ihm reifte eine Idee heran.

Er nahm sich vor, den verlorenen Sohn zu finden, der von ihm bisher nie etwas hatte wissen wollen.

***

»Verdammt noch mal, was machst du hier?«, brüllte Jake wütend. Mit einem ausladenden Schritt trat er nach vorne, packte das Bündel Mensch fest am Kragen und zog es aus seinem Versteck hervor. Äste knackten, als er es vor sich hinstellte.

»Autsch!«, schrie eine kindliche Stimme kläglich auf.

Ungläubig starrte Jake auf ihn herab. Im Mondlicht vor ihm stand ein kleiner Junge, dessen Knie vor Angst schlotterten. Panik war in seinen Augen zu lesen.

»Bitte tun Sie mir nichts«, wimmerte der Junge. »Nicht schießen.« Keuchend, die hellblauen Augen vor Angst weit aufgerissen, starrte er Jake an, als erwartete er, jeden Moment einen Schuss zu hören und tot umzufallen.

Jake konnte es kaum glauben. Ein Kind! Vor ihm stand ein Kind. Er warf einen Blick auf die Pistole in seiner Hand und hielt die Luft an, weil er in diesem Moment begriff, dass er fast auf ein lebendiges Ziel geschossen, beinahe ein Kind getötet hätte. Mit der freien Hand fuhr er sich durchs Haar, dann ließ er seinen Arm langsam sinken und verstaute die Pistole hinter seinem Rücken im Gürtel. Er spürte einen Anflug von Sorge. »Keine Angst«, wandte er sich nun an den Jungen. »Ich werde dir nichts tun.«

Doch seine Sorge wich dem Ärger. Er unterdrückte einen Fluch. Das hatte ihm gerade noch gefehlt! Ein kleiner Junge hier im Reservat. Da konnten die Eltern nicht weit sein. Gehetzt sah er sich um, versuchte auf Rufe oder Schritte zu lauschen, ließ den Jungen dabei nicht aus den Augen. »Wo sind deine Eltern? Wer läuft außer dir noch hier rum?«

»Ich bin allein«, beteuerte der Junge, der mitbekam, dass Jake die Umgebung nach weiteren Personen absuchte.

»Und was machst du hier im Reservat, mitten in der Nacht?« Jakes Blick wurde stahlhart.

»Ich bin von zu Hause abgehauen, und als es dunkel geworden ist, habe ich mich verlaufen.« Die Stimme des Jungen klang ängstlich, er schniefte. Tränen standen ihm in den Augen.

Einen langen Augenblick sah Jake ihn nur an, wägte ab, ob er dem Jungen glauben konnte. »Wie alt bist du?«

»Bald elf«, sagte er, nun schon etwas gefasster.

»Raus mit der Sprache. Was hast du Schlimmes angestellt? Wieso bist du abgehauen?«

»Ich habe gar nichts gemacht. Mein Vater ist der Übeltäter. Er will mich aufs Internat abschieben, damit er freie Bahn für seine Geliebte hat. Aber da mache ich nicht mit.« Er zog einen Schmollmund.

»Wo ist deine Mutter?«

»Die ist gestorben.« Die Stimme des Jungen wurde weinerlich. Seine Augen füllten sich mit Tränen.

»Das tut mir leid.« Jake holte tief Luft und sah ihn mitleidig an. »Und jetzt willst du deinem Vater eins auswischen, was?«

Der Junge nickte und presste die Lippen aufeinander, bevor er trotzig murmelte: »Genau ... Dad soll sich ruhig Sorgen um mich machen. Dann merkt er mal, wie das ist, wenn man blöd behandelt wird.«

Jake nickte. Das klang glaubwürdig. Er selbst war mehrmals von zu Hause abgehauen. Bis er mit vierzehn gar nicht mehr zurückgekehrt war. »Wie heißt du?«

»Rickie.«

»Okay, ich bin Jake.«

Jetzt lächelte der Junge. »Kann ich heute Nacht bei dir bleiben?«, fragte er schließlich und sah ihn mit großen Augen an.

Jake runzelte die Stirn. »Das ist keine gute Idee.« Seine Gedanken kreisten. Der Junge musste verschwinden. Und er gleich mit. Das musste er dem Kind dringend einbläuen, bevor ein Suchtrupp hier auftauchte. Der Vater würde bestimmt alles tun, was in seiner Macht stand, um den Jungen zu finden. Bei Tagesanbruch würde es hier nur so von Polizei wimmeln.

Rickie schien sein Zögern bemerkt zu haben, denn schnell schob er hinterher: »Ganz sicher hat noch niemand bemerkt, dass ich weg bin. Die schlafen noch. Dad guckt nie vor sieben Uhr in mein Zimmer.«

Ungläubig sah Jake den Jungen an. Konnte er Gedanken lesen? Langsam wurde dieser Rickie ihm unheimlich. Clever war er auf jeden Fall.

Einen Augenblick überlegte Jake. Dann wandte er sich dem Jungen zu. »Okay, hör zu, Rickie! Hier kannst du nicht bleiben. Ich kann Ärger nicht gebrauchen. Ich habe zu viel am Hals, als dass ich mich auch noch um einen entlaufenen Jungen kümmern könnte. Wir warten bis Tagesanbruch, dann ist der Wanderweg besser zu sehen. Ich bringe dich zum Ausgang des Reservates. Dann findest du allein weiter.« Er lächelte den Jungen aufmunternd an.

Rickie verschränkte die Arme vor der Brust und schüttelte den Kopf. »Ich gehe aber nicht nach Hause zurück«, sagte er trotzig. »Ich will zu Kate. Kannst du mir nicht helfen, sie zu finden?«

Jake stöhnte innerlich auf. Dieser Junge raubte ihm den letzten Nerv. »Wo wohnt sie denn?«

»Sie bewohnt ein kleines Häuschen ihn Two Harbours. Wo genau, weiß ich aber nicht.«

Jake seufzte auf. »Abgemacht. Bei Tagesanbruch bringe ich dich zu ihr. Wir werden das Haus schon finden«, sagte er zuversichtlicher als er sich fühlte und richtete den Strahl seiner Taschenlampe Richtung Zelt. »Leg dich da drin eine Weile aufs Ohr. Wir brechen sehr früh auf.« Vermutlich war es wirklich besser, den

Jungen zu dieser Frau zu begleiten und von hier zu verschwinden, überlegte Jake. Vielleicht konnte er dadurch ein Aufgebot der Polizei verhindern.

Kapitel 18

Als Scott am nächsten Morgen erwachte und seine Hand ausstreckte, war die andere Seite des Bettes kalt und unberührt. Er war es gewöhnt, an Virginias Seite aufzuwachen, ihren warmen Körper neben sich zu wissen, wenn er die Augen aufschlug. Doch dann erinnerte er sich an ihr Streitgespräch am gestrigen Abend und dass er ihr vorgeschlagen hatte, im Gästezimmer zu schlafen.

Schläfrig blinzelte Scott in das warme Sonnenlicht des neuen Tages und sah dann auf die Uhr. Zu seiner Verwunderung hatte er heute eine Stunde länger geschlafen als üblich.

Erstmals seit Wochen hatten die Albträume ihn in Frieden gelassen, wenigstens diese eine Nacht über. Allem Anschein nach hatten die letzten Ereignisse ihn so sehr erschöpft, dass er erdrückt vor Müdigkeit in einen traumlosen Schlaf gefallen war, der die düsteren Bilder fernhielt, die ihn ansonsten in seinen Träumen heimsuchten.

Doch der vermeintliche Seelenfrieden hielt nicht lange an. Als Scott sich im Bett aufsetzte, überwältigten ihn augenblicklich die Erinnerungen an den vergangenen Tag. Sein Unvermögen, zu Rickie durchzudringen, quälte ihn und führte ihm einmal mehr vor Augen, dass er als Vater versagt hatte.

Er fühlte sich schrecklich, zweifelte an sich selbst. Was sollte er nur tun? Wie konnte er Rickie beweisen, dass er zu ihm hielt, egal, was auch geschah? Er wusste es nicht. Sein Sohn hatte kein Vertrauen zu ihm. Das war das große Problem. Rickie glaubte ihm einfach nicht, wenn er ihm versicherte, dass er ihn nicht auf ein Internat schicken würde. Und offen gestanden wusste er selbst ja auch nicht, was das Richtige für Rickie war.

Scott stand auf, warf den Morgenmantel über und tappte barfuß durch die stillen Korridore des großen Hauses. Aus der Küche vernahm er das Klirren von Glas, anschließend wurde der Kühlschrank geöffnet und Sekunden später wieder geschlossen.

In der Küche traf er auf Virginia, ebenfalls im Morgenmantel, ein Glas Milch in der Hand. Sie war ungekämmt und ungeschminkt, wodurch sie jedoch nicht weniger attraktiv aussah.

»Morgen«, murmelte sie kurz angebunden, als sie ihn bemerkte.

Erwartungsgemäß fiel ihre Begrüßung nicht euphorisch aus, aber es überraschte Scott nicht. Virginia nahm ihm übel, dass er sie ins Gästezimmer ausquartiert hatte.

Er erwiderte den Gruß und versuchte sich an einem freundlichen Lächeln. »Hast du gut geschlafen?«

»Das fragst du nicht ernsthaft?« Sie sah ihn vorwurfsvoll an. »Glaubst du, ich schlafe wie ein Murmeltier, nachdem du mich ins Gästezimmer abgeschoben und mir damit deutlich gemacht hast, dass du mich nicht hier haben willst – und das, obwohl ich extra deinetwegen hergekommen bin?« Virginia klang verletzt.

»Es tut mir wirklich leid, Virginia«, sagte Scott, »aber wie du gestern sicher mitbekommen hast, war ich nicht gerade in bester Verfassung.«

»Ach, wirklich?«, entgegnete sie schnippisch. »Ist mir gar nicht aufgefallen!«

Scott ging nicht auf sie ein. Stattdessen fragte er: »Ist Rickie noch nicht wach?«

Virginia schüttelte den Kopf. »Nein.« Sie lachte spitz. »Und nachdem er uns gestern belauscht hat, bezweifele ich, dass er uns freiwillig unter die Augen treten wird. Du bist doch noch mal zu ihm rein. Hast du ihm ins Gewissen geredet?«, wollte sie wissen.

»So etwas Ähnliches«, erwiderte Scott und stieß einen lang gezogenen Seufzer aus. »Aber ich glaube, das war keine gute Idee. Es wäre besser gewesen, ihn eine Nacht drüber schlafen zu lassen, damit seine Wut und Empörung abklingen. Womöglich hätte ich dann eher einen Zugang zu ihm gefunden. So ist jedes meiner Worte nur auf taube Ohren gestoßen.«

»Was schnüffelt der Junge auch nachts im Haus herum«, räumte Virginia ein. Sie nahm einen Schluck Milch. Ein schmaler weißer Bart blieb über ihrer Oberlippe zurück, den sie mit spitzer Zunge ableckte.

»Das war ein Zufall«, erwiderte Scott und nahm seinen Sohn in Schutz. »Ich glaube nicht, dass er uns absichtlich belauscht hat.«

Virginia war anzusehen, dass sie eher vom Gegenteil überzeugt war, aber sie beließ es dabei.

»Wie dem auch sei«, meinte er und warf einen Blick auf seine Armbanduhr, »ich sollte ihn allmählich wecken – bin gespannt, in welcher Verfassung er heute Morgen ist. Mit etwas Glück ist er mir gegenüber ja jetzt etwas wohlgestimmter und uns gelingt eine konstruktive Aussprache.«

»Und falls nicht?« Virginia verzog das Gesicht.

»Diesmal werde ich ihn nicht bedrängen, sondern ihn vorerst in Ruhe lassen. Er kann nicht ewig sauer auf mich sein. Früher oder später wird sich schon alles wieder einrenken«, eröffnete Scott ihr mit Überzeugung in der Stimme, obwohl er innerlich so seine Zweifel daran hegte. Es fiel ihm schwer, seinen Sohn einzuschätzen.

»Wie du meinst.« Virginia stellte ihr leeres Glas in die Spüle und verkündete, in der Zwischenzeit unter die Dusche zu springen.

Scott nickte kurz und machte sich auf den Weg zum Zimmer seines Sohnes. Die Hand auf der Klinke zögerte er einen Moment, dann öffnete er.

»Rickie«, flüsterte er und machte einen großen Schritt in den Raum hinein. »Zeit zum Aufstehen, du musst zur Schule!«

***

Als der Morgen zu dämmern begann, erwachte Kate aus ihrem Traum, dessen Inhalt sie bereits vergessen hatte, kaum dass sie die Lider aufschlug.

Durch das Zimmerfenster fiel goldrotes Sonnenlicht, das den Schatten der Möbel auf den Holzboden malte. Sie warf einen Blick auf die Digitaluhr auf ihrem Nachttisch. Es war gerade einmal halb sechs Uhr in der Früh. Sie wälzte sich auf die andere Seite und wollte noch einmal in den Schlaf sinken, als ihr bewusst wurde, dass sie gar nicht mehr müde war. Ihr Kopf war heute Morgen ungewöhnlich klar. Die Müdigkeit, die sich gestern Abend nach dem anstrengenden und ereignisreichen Tag wie eine bleierne Decke über sie gelegt und ihr Denken lahmgelegt hatte, war wie weggeblasen.

Kate setzte sich auf, rieb sich die Augen und fuhr sich mit den Fingern durch ihr langes Haar, um gleich darauf ihren Oberkörper ausgiebig zu strecken. Sie hatte nie besser geschlafen! Das musste an der Seeluft liegen. Die gesunde joderfüllte Luft und das Rauschen des Meeres, das durch die geöffneten Fenster drang, hatten ihre Lebensgeister geweckt. Sie fühlte sich frisch und putzmunter.

Sie schwang sich aus dem Bett, tapste barfuß über den kühlen Boden zur Tür und trat hinaus auf den Gang.

Im Haus war es still. Hin und wieder schlug eine kräftige Windböe gegen die Fassade, sodass die Dachbalken zitterten, doch ansonsten füllte eine wohltuende Geruhsamkeit die Zimmer aus. Eine Geruhsamkeit, die man nur an einem Ort wie diesem – einem abgelegenen Strand einer kleinen Insel – fand.

Sie brühte sich in der Küche eine Tasse Kaffee auf. Die Bohnen hatte Mona ihr mitgegeben, zusammen mit einem großen Korb, prall gefüllt mit unterschiedlichen Lebensmitteln. Mona meinte es wirklich gut mit ihr, sie bemutterte sie förmlich, war mehr als nur eine Freundin. Die alte Frau war binnen weniger Wochen zu einer echten Bezugsperson geworden, die Kate tatkräftig bei der Neuausrichtung ihres Lebens unterstützte. Für den heutigen Tag hatte sie ihr sogar frei gegeben, sodass Kate genügend Zeit hatte, weiter zu werkeln, um es sich in ihrem neuen Haus gemütlich und heimisch zu machen.

Während sie auf den Kaffee wartete, schritt sie ehrfürchtig durch die Räume. Vorerst würde sie einiges behelfsmäßig umdekorieren. Die Anordnung der wenigen Möbel gefiel ihr nicht, außerdem fehlte es an Pflanzen, Dekoartikeln und an Farbe. Sie machte sich nichts vor: Auf sie wartete eine Menge Arbeit, auch an einer kompletten Renovierung führte über kurz oder lang kein Weg vorbei. Aber sie freute sich auf die bevorstehende Aufgabe; es würde sich lohnen. Immerhin würde sie, wenn alles gut lief, die nächsten Monate hier verbringen. Der Charme des kleinen Hauses berührte sie, und ihr Herz machte einen Hüpfer. Für einen Augenblick spürte sie so etwas wie Frieden, und sie glaubte tatsächlich, dass alles gut werden würde.

Nachdem der Kaffee durchgelaufen war, griff Kate nach der dampfenden Tasse, aus der ein aromatischer Duft nach frischen Bohnen aufstieg. Sie ging hinaus auf die Veranda, den Blick aufs Meer gerichtet, das sich in der Ferne verlor, mit dem Horizont verschmolz, dessen Rot der aufgehenden Sonne so blass war wie ein ausgewaschenes Kleid.

Auch eine ihrer Nachbarinnen – eine korpulente, freundlich aussehende Dame, deren Strandhaus in einiger Entfernung lag – war schon auf den Beinen und hängte Bettwäsche an einen Ständer. Als sie Kate bemerkte, hob sie die Hand und winkte. Kate erwiderte den Gruß, ehe sie sich über das Geländer der Veranda beugte.

Während sie ihren Kaffee in winzigen Schlucken schlürfte, spielte der Wind mit ihrem Haar, sanfte, winzige Finger, die nach ihren Strähnen griffen, und sie spürte, wie der Frieden und die Ruhe, die dieser Ort ausstrahlte, förmlich in sie hineinflossen, in ihre Seele strömten und sie ausfüllten wie ein inneres Licht.

Sie überlegte, welche Dekoration und neue Möbel sie im Laufe der nächsten Wochen einkaufen würde und ob ihr Erspartes dafür überhaupt reichte. Dann schweiften ihre Gedanken zu Rickie. Sie ließ die Geschehnisse des vergangenen Tages im Geiste Revue passieren, ging aber nicht weiter darauf ein, denn schon drängte sich ein anderes Bild in den Vordergrund. Wenn sie an Rickie dachte, kam sie an Scott nicht vorbei. Dieser Mann ging ihr nicht mehr aus dem Kopf, wohl auch deswegen, weil er nicht nur angenehme Gefühle in ihr weckte, sondern das Wissen und den damit verbundenen Schmerz wieder hervorbrachte, was sie mit der Trennung von ihm verloren hatte. Mit ihm hätte sie glücklich werden können. Daran hatte sie damals nie gezweifelt und daran glaubte sie auch heute noch.

Kate atmete tief durch. Ja, sie liebte diesen Mann immer noch mit jeder Faser ihres Herzens, und nein, sie wehrte sich nicht mehr dagegen. Inzwischen hatte sie eingesehen, dass es sinnlos war sich gegen die begehrlichen Gefühle, die er in ihr auslöste, anzukämpfen. Aber damit fingen die Probleme erst richtig an.

Er hatte sie geküsst. Bedeutete das etwa, dass er ebenso Gefühle für sie hegte, oder war es nur ein kurzes Aufbäumen alter Leidenschaft gewesen? Das machte die Sache nicht einfacher. Und sie war sich unsicher, wie sie sich Scott gegenüber verhalten sollte.

Kate wurde aus diesem Mann einfach nicht schlau. Ihr Herz stolperte. Warum musste das mit der Liebe immer so kompliziert sein?

Eigentlich glaubte sie nicht an Schicksal, dennoch musste es einen tieferen Grund geben, warum ihr ausgerechnet hier auf der Insel der Mann begegnete, den sie für immer aus ihrem Leben gestrichen hatte. Leider hatte sich dieser Grund für sie bis jetzt nicht erschlossen. Und so dachte sie unversehens auch an ihre frühere Vergangenheit, die sie zu verdrängen versuchte, seit sie auf Catalina Island angekommen war. Auch diesmal gelang es ihr, jene bedrückenden Geistesregungen beiseitezuschieben, die aus den Tiefen ihres Bewusstseins zu ihr aufstiegen – es war ein so wunderschöner Morgen, den wollte sie sich von nichts und niemandem verderben lassen.

***

Durch die weißen Vorhänge drängte gedämpftes Morgenlicht ins Zimmer und fiel wie ein heller Schatten auf Rickies Bett. Einer Eingebung folgend beschleunigten sich Scotts Schritte.

Obwohl die Bettdecke so drapiert war, dass man auf den ersten Blick jemanden darunter vermuten konnte, wusste Scott noch bevor er die Decke wegzog, dass sein Sohn nicht in diesem Bett lag.

Leider bestätigte sich seine Vermutung. Das Bett war leer und kalt. Einen Augenblick starrte er ungläubig auf das leere Laken, um schon im nächsten Moment in die Hocke zu gehen und einen Blick unter das Bettgestell zu werfen, in der Hoffnung, Rickie hätte sich darunter versteckt.

»Verdammt, wo bist du?«, murmelte Scott. Suchend sah er sich im Zimmer um. Vielleicht auf der Toilette? Doch im nächsten Moment entdeckte Scott den ausgekippten Inhalt aus Rickies Schulrucksack unter dem Schreibtisch. Auf dem Boden türmten sich diverse Schulbücher, Hefte, ein Zeichenblock und Rickies heiß geliebte Sammelbox mit Dinokarten. Der Rucksack selbst war nirgendwo zu sehen.

In Scott keimte ein Verdacht auf, der ihm augenblicklich den Schweiß aus den Poren trieb. Panisch lief er zurück zum Bett, zog die Decke herunter, schüttelte das Kissen auf und hob die Matratze an, in der Hoffnung, den kleinen Dinosaurier zu finden – Rickies Lieblingskuscheltier, das ihm seine Mutter zum zweiten Geburtstag geschenkt hatte und das er hütete wie einen Schatz. Niemals würde Rickie für längere Zeit das Haus ohne diesen Dino verlassen, den er Jupiter getauft hatte. Er gehörte zu seinen Reiseutensilien wie die Zahnbürste und der Pyjama.

Doch Jupiter war verschwunden, sein Sohn war verschwunden. Was das zu bedeuten hatte, wollte Scott sich nicht ausmalen. Verdammter Mist! Ein flaues Gefühl breitete sich in seinem Magen aus.

Ein weiterer Blick in den Kleiderschrank bestätigte Scotts Verdacht. Neben Rickies Regenjacke war die gesamte Abenteuerausrüstung wie Taschenlampe, Feuerzeug, Taschenmesser und der Schlafsack verschwunden, die er immer mitnahm, wenn Scott und er eine Übernachtung am Strand planten, um die Sternschnuppen über dem Meer zu zählen. Gequält schloss er für einen Moment die Augen und fuhr sich nervös über den Nacken. Verflixt. Das durfte doch alles nicht wahr sein. Was hatte Rickie sich nur dabei gedacht?

»Rickie, verdammt«, sagte Scott vor sich hin. »Das ist nicht lustig.«

Wie von der Tarantel gestochen eilte er in den Flur hinaus, wo er auf Virginia traf, ein zusammengefaltetes Badetuch und frische Kleidung auf dem Arm. »Was ist los?«, erkundigte sie sich. Sie war auf dem Weg ins Badezimmer und öffnete die Tür.

»Rickie ist weg.«

»Was heißt ›weg‹?«

»Na, er ist nicht in seinem Zimmer.«

Verwunderung spiegelte sich in Virginias Miene. »Aber wo ist er dann?«

»Wenn ich das wüsste!« Schnell warf Scott einen Blick ins Badezimmer, obwohl er längst wusste, dass er seinen Sohn auch hier nicht finden würde. Er seufzte tief. Rickie hatte sich aus dem Staub gemacht, dessen war er sich nun sicher. Aber wohin? Was hatte der Junge vor?

»Jetzt mach dir mal keinen Kopf«, sprach Virginia ihm Mut zu. »Rickie ist hier sicher irgendwo. Vielleicht sitzt er ja im Wohnzimmer und schaut fern. Er will dir bestimmt nur einen Streich spielen.«

»Am frühen Morgen?«

»Sieh im Wohnzimmer nach«, wiederholte Virginia nur.

Scott kam ihrem Vorschlag nach, obwohl er bezweifelte, dass Rickie so durchtrieben war und seinen Rucksack mit den Sachen packte, nur um seinem Vater einen Schreck einzujagen und den Anschein zu erwecken, er wäre ausgebüxt.

Zwei Treppenstufen auf einmal nehmend stürmte er ins Erdgeschoss und hetzte ins Wohnzimmer. Der Fernseher war ausgeschaltet; eine Wanduhr tickte.

Von oben vernahm er das Rauschen der Duschbrause. Typisch, schoss es Scott in den Sinn, dass Virginia in aller Seelenruhe erst einmal eine heiße Dusche nahm, anstatt ihm bei der Suche nach seinem Sohn zu helfen. Egal, er musste ihn aufspüren, wobei ihn zunehmend die Gewissheit beschlich, dass Rickie sich nicht mehr im Haus aufhielt.

Okay, wo konnte er sein? Scott war darum bemüht, einen klaren Kopf zu bewahren. Er durfte jetzt nicht in Panik ausbrechen.

Rickie kannte sich auf der Insel zwar gut aus, dennoch war er so gut wie nie allein unterwegs. Scott versuchte, sich in Rickies Lage zu versetzen, die Situation mit dessen kindlichen Augen zu erfassen. Wo versteckte man sich, wenn man kopflos aus dem Haus rannte und nur wegwollte?

»Mona!«, stieß Scott aus. Vielleicht hatte sie etwas von Rickie gehört.

Telefon, dachte er aufgeregt. Wo war das verflixte Handy?! Egal. Er hastete in sein Büro und entschied sich für das Festnetzt. Er scrollte nach Monas Nummer, drückte auf die Schnellwähltaste und schaltete auf laut.

Dann ballte er die rechte Hand zur Faust und schlug sich mehrmals in die linke Handfläche, während er darauf wartete, dass Mona endlich abnahm.

Endlich meldete sich ihre Stimme am Ende der Leitung: »Ja, hallo?«

»Hi, Mona, ich bin's, Scott. Ist Rickie bei dir?«

Kapitel 19

Das Geräusch kam unten aus dem Wohnzimmer, und gleich darauf hörte sie Schritte, die sich von der Haustür in den Flur bewegten.

Kate, die nur schnell eine Runde im Meer geschwommen war und nun geduscht hatte, trocknete sich die Haare ab und schlüpfte in ihr gelbes Sommerkleid. Dann eilte sie in den Flur und beugte sich über das Geländer. »Hallo, ist da jemand?«, fragte sie und lauschte.

Sie hörte erneut, wie sich Schritte näherten, und kurz darauf trat Rickie in den Flur. Er schaute zu ihr hoch.

»Ich bin es, Kate«, rief er.

»Rickie?«, fragte sie erstaunt. Sie eilte die Treppe nach unten. Als sie dort ankam, wäre sie fast gestolpert, weil sie die letzte Stufe übersehen hatte. Doch eine kräftige Hand, die sie blitzschnell am Oberarm packte, bewahrte sie vor einem Sturz.

Jetzt erst sah sie den jungen Mann mit dem blonden Haar, der hinter Rickie aus dem Wohnzimmer getreten war und sie freundlich anlächelte. »Hoppla, das ist ja gerade noch mal gut gegangen«, sagte er und ließ ihren Arm wieder los.

»Danke«, entgegnete Kate, rieb sich den Oberarm und schaute die beiden erst überrascht, dann argwöhnisch an. »Rickie ... was machst du hier und wer ist der Mann bei dir? Ist was passiert?«

Rickie nickte. »Na ja …«, druckste er und wand sich unter Kates Blick. »Ich bin von zu Hause abgehauen.«

»Du bist was?« Kate zuckte zusammen.

»Dad will mich auf ein Internat schicken, ich habe das gestern Abend zufällig mitbekommen, als er sich mit Virginia unterhalten hat. Das haben die beiden sich fein ausgedacht«, sprudelte es aus Rickie heraus. Er seufzte, und Kate nahm wahr, dass der Junge nur schwer die Tränen zurückhalten konnte. »Aber ich mache da nicht mit«, fügte er trotzig hinzu, verschränkte die Arme vor der Brust und zog einen Schmollmund. »Und nach Hause gehe ich auch nicht mehr zurück. So, jetzt weißt du es.«

»Aha …«, erwiderte Kate, die sich auf die ganze Sache noch keinen Reim machen konnte. Sie wandte sich an den Mann. »Und wer sind Sie, wenn ich fragen darf?«, wollte sie wissen und betrachtete Jake prüfend.

»Entschuldigung, dass ich mich noch nicht vorgestellt habe. Ich bin Jake«, sagte er und streckte Kate die Hand entgegen. Sein Händedruck war kräftig, seine Stimme tief, sein Blick durchdringend. Dennoch hatte Kate nicht das Gefühl, dass von ihm eine Bedrohung ausging. »Ich habe diesen Ausreißer heute Nacht im Reservat aufgegriffen und ihn sicherheitshalber in meinem Zelt übernachten lassen.«

Kates entsetzter Bick glitt zu Rickie. »Du meine Güte, Rickie, was machst du denn nachts im Reservat?«, rief sie aus. »Ich will mir lieber nicht vorstellen, was da alles hätte passieren können. Wenn das dein Vater erfährt, wird er nicht begeistert sein.« Fassungslos schüttelte sie den Kopf.

»Genau das habe ich ihm auch gesagt«, mischte sich Jake in das Gespräch ein. »Ich habe ihm zu verstehen gegeben, dass das keine Gegend für kleine Kinder ist.« Er zwinkerte dem Jungen aufmunternd zu. »Wenigstens hat Rickie mich dann überreden können, dass ich ihn heute früh zu Ihnen bringe. Er wollte unbedingt hierhin.«

Kate nickte und atmete erleichtert aus. »Ja, danke, Jake, Sie haben alles richtig gemacht.«

Rickie, der plötzlich das Gefühl hatte, sich verteidigen zu müssen, rief erbost: »Dad ist selbst schuld, dass ich abgehauen bin. Wenn er mich nicht mehr will, dann gehe ich eben. Basta.« Er stampfte trotzig mit dem Fuß auf. »Ich gehe auf keinen Fall zurück nach Hause.« Erneut verschränkte er die Arme vor der Brust.

»Ach, Dummerchen, was sagst du denn da«, begann Kate, während sie ein paar Schritte auf Rickie zumachte. Dicht vor ihm blieb sie stehen und sah ihm in die Augen. Liebevoll strich sie ihm über die Haare. »Dein Vater liebt dich über alles, Rickie, das kannst du mir ruhig glauben.«

Er blickte betreten zu Boden. »Davon merke ich aber nichts«, murmelte er leise, hob dann seinen Kopf und blickte Kate hoffnungsvoll an. »Kann ich ein paar Tage bei dir bleiben? Bitte?«

»Rickie ... ich weiß nicht ... puh ... so einfach ist das alles nicht, ich muss das erst mit deinem Vater besprechen«, sagte Kate und hielt kurz inne. Hinter ihrer Stirn ratterte es. Dann traf sie eine Entscheidung und lächelte den Jungen an. »Gut, Rickie, du kannst bleiben, vorausgesetzt dein Vater hat nichts dagegen.« Sie strich sich mit der Hand ein paar Haare aus der Stirn und atmete tief aus, während sie darüber nachgrübelte, wie sie diese Entscheidung Scott beibringen sollte. Bei dem Gedanken an Scott fiel ihr siedend heiß ein, dass er umgehend über den Aufenthaltsort seines Sohnes informiert werden musste.

»Danke«, sagte Rickie leise, und sie sah ihm die Erleichterung regelrecht an. Ein Lächeln kehrte auf sein Gesicht zurück.

Dass der Junge wieder lächelte, zauberte ein warmes Gefühl in Kates Bauch. Sie fragte sich, ob es stimmte, dass Rickie auf ein Internat abgeschoben werden sollte.

Sie nickte. »Schon gut, aber nun müssen wir schnell deinen Vater informieren.«

»Och nö«, protestierte Rickie. »Der soll ruhig noch ein wenig zappeln.« Er zog eine Schnute.

»Doch Rickie, das müssen wir«, sagte Kate streng. »Dein Vater kommt bestimmt schon um vor Sorge.« Dann wurde ihr Gesichtsausdruck sanft und sie fügte hinzu: »Dein Vater wird froh sein, dich in Sicherheit zu wissen, glaub mir.«

Rickie lächelte gequält und gab sich geschlagen. »Gut, wenn du meinst.«

Kate zeigte mit dem Finger hinter sich. »Geht doch solange in die Küche, da steht frischer Kaffee und im Kühlschrank müsste auch noch eine Flasche Milch sein«, bot sie an, »oder frisches Wasser aus der Karaffe, wenn ihr wollt. Ich rufe in der Zwischenzeit bei deinem Vater an.«

***

Das Golfcart kam mit quietschenden Reifen oberhalb der Two Harbours Bucht zum Stehen, und Scott sprang aus dem Wagen. Die Sonne strahlte vom azurblauen, wolkenlosen Himmel und spiegelte sich in dem ruhigen Meer. Doch nach dem atemberaubenden Blick über den Fjord stand Scott heute nicht der Sinn, er wollte so schnell wie möglich zu seinem Sohn und eilte den Strandweg hinunter.

Als Kates Strandhaus in Sicht kam, beschleunigte er seine Schritte ein weiteres Mal, und nur wenige Sekunden später stand er bereits außer Atem davor.

Kate, die ihn kommen sah, verließ die Veranda und eilte ihm entgegen.

»Oh, Kate, danke, dass du mich angerufen hast. Ich bin so froh, dass Rickie bei dir ist«, rief Scott anstelle einer Begrüßung. Sein Herz schlug ihm vor Sorge immer noch bis zum Hals. Sein Blick wanderte zum Haus hinüber, wo er sah, wie Rickie ihn vom Fenster aus beobachtete, aber schnell seinen Kopf zurückzog, als Scotts Blick ihn traf.

Kate nickte. »Ja, ich auch«, erwiderte sie seufzend und lächelte ihn an. »Sei nicht so streng mit ihm, er ist völlig durcheinander.«

Scott schüttelte den Kopf. »Das werde ich nicht. Ich bin schließlich nicht ganz unschuldig an Rickies Verzweiflung. Wenn ich ehrlich bin, kann ich ihn sogar verstehen«, gestand er und fuhr sich mit der Hand durchs Haar. Er dachte an die letzten Stunden, in denen er vor Sorge um seinen Sohn fast wahnsinnig geworden war. Nicht auszudenken, was es bedeutet hätte, wenn ihm etwas zugestoßen wäre. Das hätte er sich niemals verziehen. Er hatte sich die Worte, die er ihm sagen wollte, wenn er wiederauftauchte, genau überlegt. Und nun war er dankbar dafür, dass er die Gelegenheit dazu bekommen würde. »Ich habe das Vertrauen, das Rickie in mich gesetzt hat, enttäuscht. Ich hätte ihm begreiflich machen müssen, dass ich mich niemals von ihm trennen würde«, fügte Scott leise hinzu. Schuldbewusst verzog er das Gesicht.

»Dann sag es ihm jetzt«, schlug Kate vor. »Er wird es verstehen, wenn du es ehrlich meinst.« Sie suchte seinen Blick.

Scott atmete tief durch und nickte. Wahrscheinlich hatte Kate recht. Er musste seinem Sohn einfach öfter sagen, wie bedingungslos er ihn liebte und dass Rickie immer auf ihn zählen konnte, egal was er auch ausgefressen hatte. War das nicht das Fundament, auf dem ein Kind ein gesundes Selbstbewusstsein entwickelte? Er konnte seinen Sohn nicht vor allem beschützen, das wusste Scott, aber ihm sagen, dass sein Vater ihn liebte, das konnte doch nicht so schwer sein.

Er schluckte mehrmals, da sich seine Kehle wie zugeschnürt anfühlte. Er ahnte, dass es sehr schwer sein würde, diese Worte glaubhaft zu formulieren.

Scott liebte seinen Sohn, das stand außer Frage. Er hätte nur gern schon früher von seiner Existenz erfahren und nicht erst, als Rickie schon fünf Jahre alt gewesen war. Vieles wäre mit Sicherheit anders gelaufen. Was, wenn der Junge genau das die ganze Zeit gespürt hatte? Und diese Schuldzuweisung auch auf sich bezogen hatte? Scott wurde schummrig vor Augen. Und jetzt dachte der Junge auch noch, er würde ihn auf ein Internat schicken. Wollte ihn loswerden. Diese Erkenntnis traf Scott wie ein Schlag ins Gesicht, und seine Brust zog sich schmerzhaft zusammen. Er atmete tief aus. Nein, er durfte nicht zulassen, dass sein Sohn nur im Entferntesten so eine Vermutung hegte.

»Da ist noch etwas«, begann Kate zaghaft zu sprechen und holte Scott damit aus seinen Gedanken.

»Ja?« Er sah auf und hielt ihrem Blick stand, obwohl sein Herz wie wild klopfte.

»Was hältst du davon, wenn Rickie ein paar Tage bei mir bleibt?«, fragte sie so unverfänglich wie möglich und lächelte ihn an.

Scott zog die Augenbrauen hoch, um Kate damit zu signalisieren, dass der Vorschlag nicht unbedingt seine Zustimmung fand. Er vertrat die Meinung, dass Rickie gerade jetzt seinen Vater brauchte.

»Warum? Ich halte das für keine gute Idee. Ich muss dringend ein paar wichtige Dinge mit ihm klären«, sagte er, und der autoritäre Ton in seiner Stimme ließ keinen Widerstand zu.

Kate nickte. »Das kannst du ja unabhängig davon auch machen, aber vielleicht tut es euch beiden gut, wenn ihr etwas Abstand gewinnt. Nur so lange, bis sich eure Gemüter wieder beruhigt haben«, versuchte sie diplomatisch zu erklären.

Scott zögerte mit der Antwort. »Es war Rickies Idee, nicht wahr?«, fragte er und sah sie prüfend an.

Kate errötete. »Ja«, gab sie zu.

Scott steckte seine Hände in die Hosentaschen und ließ seinen Blick für einen Moment über das Meer schweifen.

»Aber ich schließe mich der Idee an ... Du weißt ja, wenn Kinder schmollen, sollte man ihnen etwas Zeit geben, selbst den ersten Schritt nach vorn zu wagen«, gab Kate zu bedenken.

Dem folgte eine lange Pause. Scott wandte sich Kate wieder zu und erwischte sie dabei, wie sie versuchte, in seinem Gesicht zu lesen. Darüber musste er schmunzeln. Anscheinend lag ihr wirklich etwas an Rickies Wohlbefinden. Er versuchte sich an einem Lächeln, um davon abzulenken, dass er sie weiter anstarrte.

»Du kannst ihn doch jeden Tag besuchen«, fügte Kate nachsichtig hinzu. Offensichtlich hatte sein Lächeln sie ermuntert, denn sie strich Scott über den Arm, was ein Kribbeln erzeugte. Wärme breitete sich in ihm aus. Kates fürsorglicher Blick löste ein Gefühl aus, welches er lange nicht gespürt hatte. Geborgenheit.

Er hatte sich lange dagegen gewehrt, wollte keine Gefühle für Kate hochkommen lassen, sich nicht mehr auf sie einlassen. Aber ihm wurde mit jeder Minute, die er mit ihr verbrachte, bewusst, dass er den Moment des Absprungs längst überschritten hatte.

Sein Blick suchte ihren. »Gut, wie du meinst. Wir probieren es, bis zum Ende der Woche, dann sehen wir weiter.«

Kate nickte, und bevor sie vor Erleichterung durchatmen konnte, legte Scott seine Arme um sie und drückte seine Lippen auf ihren Mund. Warm und selbstsicher forderte seine Zunge Einlass, den Kate ihm nur zu gern gewährte, indem sie seinen Kuss hungrig erwiderte. Wie hatte er sich nach ihren Lippen gesehnt. Nach Kates verführerischem Mund, ihren brennend heißen Küssen. Er musste sich beherrschen nicht auf der Stelle über sie herzufallen, sich in ihrer Hitze zu verlieren, sie glücklich zu machen. Denn dass sie ihn ebenfalls begehrte, entging ihm natürlich nicht. Sie wirkte atemlos, und er spürte ihren schnellen Herzschlag an seiner Brust. Sanft küsste er die empfindlichen Stellen hinter ihrem Ohr, vergrub sein Gesicht in ihrem Haar.

Nach endlosen Sekunden, die ihm wie Minuten vorkamen, lösten sie ihre hitzigen Körper voneinander und er atmete mehrmals tief durch.

Mit glänzenden Augen sah Kate zu ihm auf. »Scott, ich ...«

Er legte ihr den Finger auf den Mund. »Sag jetzt nichts, Kate, lass uns ein anderes Mal reden, okay?« Er schenkte ihr ein Lächeln. Dann hatte die Realität ihn wieder im Griff. Er strich seinen Anzug glatt und atmete tief durch. »Dann werde ich jetzt mal zu meinem Sohn gehen.«

»Ja, mach das«, hauchte Kate, deren Brustkorb sich hob und senkte. Er hauchte ihr einen letzten Kuss auf die Wange, dann erklomm er drei Stufen auf einmal nehmend die Veranda. Aus den Augenwinkeln bemerkte er, dass Kate ihm sehnsüchtig hinterherschaute.

»Rickie, bist du da?«, rief Scott, kaum dass er das Haus betreten hatte.

»Hi, Dad«, sagte eine belegte Stimme leise. Rickie kam aus der Küche geschlichen, seine Schultern waren hochgezogen, sein Blick starr. Sein Gesichtsausdruck sah aus, als würde er jeden Moment mit einem riesigen Donnerwetter rechnen.

In diesem Moment wusste Scott nur eins: Er liebte seinen Sohn. Tränen stiegen in ihm auf. Er blinzelte sie weg, umarmte Rickie und drückte ihn an seine Brust. »Ich liebe dich«, flüsterte er. Damit war alles gesagt.

Rickies anfangs steife Glieder entspannten sich. Scott merkte, wie eine Last von seinen Schultern fiel. Sein Sohn erwiderte die Umarmung.

»Wollen wir ein Stück am Strand entlanggehen?«, schlug Scott vor, und Rickie nickte, diesmal mit einem zaghaften Lächeln auf dem Gesicht.

***

Nachdem Rickie und sein Vater zum Strand aufgebrochen waren, blieb Kate mit Jake im Haus zurück. Jake nutzte die Gelegenheit, um sich erst verstohlen, dann zunehmend gründlicher umzusehen. Das Strandhaus war klein, versprühte aber seinen ganz eigenen Charme, dem selbst die vielen renovierungsbedürftigen Stellen keinen Abbruch taten. Mit einigen Handgriffen und etwas handwerklichem Geschick würde das Haus schon bald in neuem Glanz erstrahlen. Offensichtlich hatte Kate schon mit dem Umbau begonnen, denn an den Türen im Untergeschoss war bereits der alte Farbbelag von den Rahmen abgeschmirgelt. Jake strich mit der Handfläche über das aufgeraute Holz und Wehmut beschlich sein Herz. Er hatte immer davon geträumt, auch mal ein kleines Häuschen wie dieses hier zu besitzen. Aber um so etwas zu finanzieren, brauchte er einen Job, der ihm ein geregeltes Einkommen garantierte. Mit einem riesigen Schuldenberg am Hals und einem kriminellen Freundeskreis im Schlepptau blieb das wohl ein unerfüllter Traum. Ein Grund mehr, sein Leben endlich wieder in den Griff zu bekommen. Er schrak aus den Gedanken hoch, als ein Schatten über ihn fiel, und fuhr herum.

»Bewunderst du meine nacktgelegten Türrahmen?«, fragte Kate lachend.

Er nickte. »Ja, die sind gut geworden. Noch ein wenig an den Kanten glattschleifen und dann kannst du schon den Vorstrich aufbringen.«

»Oh … danke.« Kate freute sich offenbar über das Lob. »Kennst du dich damit aus?«

Jake schüttelte den Kopf. »Nein, ich habe keine Ausbildung oder Ähnliches, wenn du das meinst. Ich bringe mir alles selbst bei. Es macht mir Spaß, Dinge zu reparieren oder zu restaurieren. Ich bin sozusagen ein Autodidakt.« Er zuckte mit den Schultern und lachte. In der Tat spürte er sogleich den Wunsch in sich aufkeimen, Kate bei der Renovierung ihres Standhauses zur Hand zu gehen. Die Böden schrien geradezu danach, abgeschliffen und gewachst zu werden. Die Fenster wollten geputzt und poliert, die Löcher in den Wänden verspachtelt, die Wände neu gestrichen und die Verstopfung in der Wasserleitung behoben werden.

Instinktiv griff Jake nach einem Schmirgelpapier, das auf dem Boden neben dem Holzrahmen lag. »Siehst du«, sagte er an Kate gewandt. »Wenn du damit ein paar Mal hier an den Kanten entlangfährst, könntest du schon heute beginnen, Farbe aufzutragen.«

Kate lächelte. »Du scheinst ja ganz wild darauf zu sein, mir bei den Renovierungen zur Hand zu gehen«, scherzte sie.

Jake hielt kurz in der Bewegung inne und spürte, wie Nervosität in ihm aufstieg. Was vielleicht daran lag, dass er selbst noch nicht genau wusste, welchen Schritt er als Nächstes machen wollte. Wollte er Kate wirklich zur Hand gehen? Womöglich war es besser, zu verschwinden. So misstrauisch, wie ihn Rickies Vater angesehen hatte, war es nur eine Frage der Zeit, bis man ihm unangenehme Fragen stellte. Vielleicht sollte er sich besser aus dem Staub machen, überlegte er. Der Junge war wohlbehalten zu Hause abgeliefert, es gab also keinen Grund, sich hier länger aufzuhalten.

»An dir ist gewiss ein fleißiger Handwerker verloren gegangen«, fügte Kate hinzu. Ihr Blick schweifte noch einmal durch den Raum, andächtig strichen ihre Finger über den abgeschliffenen Türrahmen.

»Mag sein. Mein Onkel hatte einen kleinen Malerbetrieb. Als Jugendlicher wollte ich immer in sein Geschäft einsteigen. Hat sich aber leider nie ergeben.«

Kate zögerte. »Und was machst du jetzt stattdessen ... beruflich, meine ich?«

Kapitel 20

Ihre Frage war Jake sichtlich unangenehm, das konnte Kate an seinem ausweichenden Blick sehen, und sie bereute sofort, sie ihm gestellt zu haben. Sie bezweifelte, dass dieser junge Mann über einen festen Arbeitsplatz verfügte. Hätte er sonst ein Zelt im Naturschutzgebiet aufgeschlagen? Vermutlich besaß er nicht einmal eine Bleibe. Kate spürte Mitleid in sich aufkeimen.

Jake rang sich zu einer Antwort durch. »Ich ... Es ist beruflich derzeit ein wenig kompliziert bei mir.«

»Ich verstehe«, sagte Kate und beließ es vorsichtshalber dabei. Nichts lag ihr ferner, als in Jakes Privatleben einzudringen. Sie wusste aus eigener Erfahrung, dass es bisweilen viele unterschiedliche Gründe haben konnte, weshalb ein Mensch, der eigentlich klug und strebsam war, sich schwertat, irgendwo eine feste Anstellung zu bekommen. Das Leben konnte einem übel mitspielen. Auch sie hatte sich vor einigen Wochen, kurz nachdem sie nach Catalina Island gekommen war, schwergetan, zu überleben. Wäre damals nicht Mona gewesen, die ihr einen Job als Kellnerin angeboten hatte ... sie wüsste nicht, wo sie jetzt stehen würde.

Jake ließ von dem Türrahmen ab und schritt voran ins Wohnzimmer, wo er sich, die Hände in die Hüften gestützt, sorgsam umsah. »An deiner Stelle würde ich die Wände in einem hellen Farbton streichen. Dann würde das ganze Zimmer morgens, wenn das Licht durch die großen Fenster hereinfällt, bestimmt ganz wunderbar leuchten.«

»Wenn du meinst.« Kate trat hinter ihn und eine Weile herrschte Schweigen. Dann drehte Jake sich zu ihr um.

»Wenn du willst, könnte ich dir heute ein wenig zur Hand gehen«, schlug er vor. »Wir werden diese alte Bude schneller aufmöbeln als du denkst.«

Kate war unschlüssig. Immerhin kannte sie Jake erst seit wenigen Minuten, und es kam ihr unhöflich vor, einen völlig Fremden für die Renovierung ihres Hauses einzuspannen. Er hatte doch gewiss Besseres zu tun, als eine unbeholfene junge Frau handwerklich zu unterstützen. Außerdem hatte sie im Moment nicht das Geld, ihn zu bezahlen.

»Ich will kein Geld dafür«, sagte er und lächelte sie an, als hätte er ihre Gedanken gelesen.

»Verstehe.« Kate nickte und erwiderte sein Lächeln. »Ich will wirklich nicht deine Zeit vergeuden, Jake. Du hast doch heute bestimmt noch anderes vor, als mir beim Streichen und Putzen zu helfen.«

Er zuckte die Achseln. »Um ehrlich zu sein, bin ich erst vor wenigen Tagen nach Catalina Island gekommen und habe daher kaum Verpflichtungen. Es würde mich sehr freuen, dir ein wenig zur Hand gehen zu können. So hätte ich wenigstens etwas zu tun.«

Instinktiv spürte Kate, dass Jake ein gutes Herz hatte. Schließlich hatte er sich sehr nett um Rickie gekümmert. Sie beschloss, ihm zu vertrauen.

»Na ja, wenn das so ist.« Kate kratzte sich am Kopf. »Ich kann jedenfalls jede helfende Hand gebrauchen. Du siehst ja, es gibt eine Menge zu tun.«

Über ihre Einwilligung offenbar erfreut, trat Jake noch ein paar Schritte vor, um das Zimmer aus sämtlichen Blickwinkeln zu betrachten. Anscheinend legte er sich vor seinem geistigen Auge bereits einen Plan zurecht, wie er den Raum schnellstmöglich in ein behagliches Stübchen verwandeln könnte. »Ich würde mit den Wänden anfangen«, sagte er schließlich. »Wenn die ganzen Flecken auf der Tapete erst einmal verschwunden sind, wird es hier schon gleich viel freundlicher aussehen.«

»Wenn du das sagst.« Sie lachte über seine Begeisterung.

»Hast du zufällig irgendwo Farbe und Abdeckfolie?«

»Da müsste ich im Abstellraum nachsehen«, antwortete Kate. »Ich bin auch erst seit ein paar Tagen hier, weißt du?«

»Ach so. Na ja, andernfalls kümmern wir uns um die Türrahmen.« Er sah zu ihr herüber. »Wir werden das Häuschen schon rausputzen.«

Jakes Worte ließen ebenfalls eine innere Euphorie in Kate aufsteigen; zum ersten Mal seit ihrem Umzug schien es ihr möglich, die Renovierungsarbeiten tatsächlich bewältigen zu können und schon bald in einem Haus zu leben, das ihr bereits wie ihr eigenes Heim erschien.

Jake entledigte sich seiner leichten Jacke und kniete sich nieder, um mit dem Finger über den Boden zu fahren und seinen Zustand zu prüfen. Als Kate auf die Veranda trat, um den Werkzeugkoffer zu holen, den sie über Nacht immer im Abstellraum lagerte, hörte sie vertraute Stimmen vor dem Haus. Rickie und Scott kehrten zurück. In ihren Gesichtern lag trotz der besorgniserregenden Ereignisse des Morgens ein heiterer Ausdruck, ein Zeichen, dass ihr Vater-Sohn-Gespräch erfreulich verlaufen war.

»Für den Moment sollte dann erst einmal alles geklärt sein«, sagte Scott, nachdem er an Kate herangetreten war. »Und es macht dir wirklich nichts aus, wenn Rickie für eine Weile bei dir bleibt?« Er warf ihr einen warmen, zärtlichen Blick zu und Kates Herz machte einen Hüpfer.

Kate schüttelte den Kopf. »Nicht im Geringsten«, bestätigte sie und schenkte erst Scott und dann Rickie ein warmes Lächeln. »Im Gegenteil. So kann er Jake und mir beim Renovieren helfen.«

»Jake bleibt auch?«, fragte Scott mit kaum merklich zusammengekniffenen Augen.

Kate nickte. »Er hat den renovierungsbedürftigen Zustand meines Hauses gesehen und ist sofort Feuer und Flamme gewesen, mir beim Umbau behilflich zu sein. Er ist neu auf Catalina Island und weiß anscheinend noch nicht so recht, wo er den Tag heute sonst verbringen soll.«

»Wenn er noch nicht weiß, wo er heute übernachten soll, könnte er doch auch über Nacht bleiben, oder nicht?«, schlug Rickie begeistert vor. »Wir könnten alle drei lange aufbleiben und uns lustige Geschichten erzählen.«

Scott und Kate sahen einander an, unschlüssig, was sie von diesem Vorschlag halten sollten.

»Ich kann mir kaum vorstellen, dass Jake das möchte. Immerhin sind wir Fremde für ihn«, sagte Scott nach einer Weile. Es gelang ihm dabei nicht, die vielen anderen Zweifel zu verschleiern, die sich unausgesprochen hinter seinen Bedenken verbargen.

»Aber er hat doch nur dieses doofe Zelt«, erwiderte Rickie.

»Von dem Schlafen auf der Luftmatratze habe ich jetzt noch Rückenschmerzen.«

»Lasst uns das später besprechen«, sagte Kate, die für einen einzelnen Morgen bereits genügend Diskussionen geführt hatte und sich vorerst zu keiner weiteren Entscheidung durchringen konnte. »Wir sollten hören, was Jake vorhat. Wir sind ihm etwas schuldig. Und er will ja ohnehin noch eine Weile hierbleiben. Alles Weitere klären wir, wenn es so weit ist.«

Scott pflichtete ihr nickend bei und sah dabei flüchtig auf seine Armbanduhr. »Ich muss jetzt in die Kanzlei. Ich bin bereits viel zu spät dran.« Und an Rickie gewandt sagte er: »Du darfst heute eine Pause machen, aber ab morgen geht es wieder in die Schule. Ich werde später mal durchrufen, um nachzufragen, wie es euch geht. Passt auf euch auf.« Er atmete tief durch.

»Mach dir keine Sorgen«, sagte Kate und legte Rickie eine Hand auf die Schulter. »Wir kommen hier schon klar.« Sie lächelte Scott aufmunternd an.

»Danke, Kate«, sagte er im Vorbeigehen. »Danke für alles.« Er beugte sich nach vorne und küsste sie flüchtig auf die Stirn.

»Keine Ursache«, presste Kate verlegen hervor und spürte, wie sie errötete. Sie begleitete Scott durch die Hintertür ins Haus und von dort aus zur Vordertür.

Auch bei Jake, der mit einem Schmirgelpapier den Türrahmen zum Wohnzimmer bearbeitete, bedankte Scott sich abermals.

»Versteht sich doch von selbst«, versicherte Jake ihm. »In dieser Situation hätte doch jeder wie ich gehandelt.«

Scott, dem man an seiner Miene ansah, dass er sich in diesem Punkt nicht so sicher war, nickte und trat aus der Tür.

Kate bemerkte, wie schwer es ihm fiel, gehen zu müssen, nachdem er seinen Sohn gerade eben erst zurückgewonnen hatte, und sie konnte ihn nur zu gut verstehen. Dennoch hatte er wohl eingesehen, dass es besser für ihn und Rickie war, vorerst eine Weile voneinander zu lassen. Damit sich die erhitzten Gemüter beruhigten und sich klare Gedanken fassen ließen.

»Hab ein Auge auf Jake. Der Typ ist mir nicht geheuer«, flüsterte Scott Kate ein letztes Mal zu, bevor er die Treppenstufen hinabstieg. Er winkte zum Abschied. Dann war er fort.

Plötzlich fröstelte Kate und spürte den unbändigen Wunsch, Scott hätte sie in die Arme genommen und an seine Brust gedrückt. Nun war sie allein mit Rickie und einem Fremden in ihrem Strandhaus.

***

In den folgenden Tagen gingen Rickie und Jake ihr fleißig zur Hand. Kates Strandhaus ähnelte mehr und mehr einem gemütlichen Eigenheim als einer staubigen Abstellkammer, die seit Jahren nicht bewohnt gewesen war. Gleich am Abend des ersten Tages hatte es sich beinahe beiläufig ergeben, dass Jake in Kates Gästezimmer Quartier bezogen hatte. Das war vor allem Rickies unaufhörlichem Drängen geschuldet, Jake nicht hartherzig zurück ins Naturreservat zu schicken, wo er gezwungen wäre, die Nächte einsam in seinem Zelt zu verbringen. Rickie und Jake verstanden sich prächtig. Sie lachten viel miteinander, alberten herum und irgendwann war es Kate ganz natürlich vorgekommen, Jake als guten Freund bei sich wohnen zu lassen, solange die Renovierungsarbeiten anhielten. Das war das Mindeste, was sie tun konnte, wo Jake ihr doch so aufopfernd bei den Umbauten zur Hand ging und für seine Mühen ansonsten keinerlei Lohn forderte. Sie war dankbar für seinen Fleiß und sein Wissen. Er reparierte mit wenigen geschickten Handgriffen ein Fenster im Schlafzimmer, das sich nicht schließen ließ, beseitigte die Verstopfung im Waschbecken und wusste beinahe jedem aufkommenden Problem mit einer maßgeschneiderten Lösung zu begegnen.

Auf sein Geheiß strichen sie die Tapeten im Wohnzimmer in einem hellen Gelb, was in der Tat eine wundervolle Idee gewesen war, denn nun erstrahlte das ganze Zimmer allmorgendlich im Glanz des anbrechenden Tages.

Innerhalb von nur drei Tagen waren die Renovierungsarbeiten mit Jakes und Rickies Hilfe so weit gediehen, wie Kate es frühstens in einigen Wochen erwartet hätte. Sie fühlte sich zunehmend wohler in ihren eigenen vier Wänden.

Sie liebte die Abende, an denen Rickie, Jake und sie zu dritt beisammensaßen, auf der Veranda, und hinaus auf das Meer blickten, in dem rostrot der dämmernde

Himmel flammte. Jake und Kate tranken Wein, Rickie Limettensaft.

»Ein herrlicher Flecken Erde«, bemerkte Jake eines Abends, als sie es sich wieder einmal auf der Veranda gemütlich gemacht hatten. »Ich wünschte, ich könnte für immer hierbleiben und die Vergangenheit einfach hinter mir zurücklassen, als wäre ich neu geboren.«

»Was hält dich davon ab?«, erkundigte sich Kate. »Ich selbst bin auch vor einigen Wochen erst hergekommen, um ein neues Leben zu beginnen.«

»Und?« Jake sah sie von der Seite an. »Ist es dir gelungen, die Vergangenheit hinter dir zu lassen?«

Kate dachte an Scott, der plötzlich wiederaufgetaucht war, die Vergangenheit hinter sich herziehend. Und sie dachte an den Grund, aus dem sie völlig übereilt ihre Zelte in L.A. abgebrochen hatte. Zum Glück verblasste diese Erinnerung immer mehr, je mehr sie sich auf der Insel heimisch fühlte.

»Nicht ganz«, gab sie zu. »Aber nach all den Jahren hat sich das, was ich an der Vergangenheit gefürchtet habe, ins Gegenteil verkehrt. Seit einigen Tagen fürchte ich mich nicht mehr vor ihr, sondern sehne mich danach, allmählich von ihr eingeholt zu werden. Um diesmal die richtigen Entscheidungen zu treffen.«

Jake verschränkte die Hände im Nacken und lehnte sich in seinem Korbstuhl zurück. »Ich wünschte, das wäre so einfach.«

Es herrschte eine Weile Schweigen, und schließlich ließ Kate sich zu einer gewagten Frage hinreißen. »Aber ... was ist es denn, wovor du fliehst? Was hindert dich daran, ein neues Leben zu beginnen?«

Mit bitterer Miene schien Jake eine Antwort zu erwägen. Es war offensichtlich, dass er nichts lieber getan hätte, als Kate alles zu berichten, seine Sorgen mit jemandem zu teilen, der ihn verstand. Doch aus irgendeinem Grund konnte er es nicht. Schließlich trank er den letzten Schluck Wein, stand ohne eine Antwort auf und sagte stattdessen: »Ich sollte allmählich ins Bett gehen. Morgen will ich mir den Boden vornehmen. Dafür brauche ich all meine Kräfte.«

Er legte erst Rickie, dann Kate freundschaftlich eine Hand auf die Schulter und verschwand dann im Inneren des Hauses.

»Ich glaube, er wird verfolgt«, sagte Rickie plötzlich, nach einem Augenblick der Stille.

»Verfolgt? Von wem dem?«, wollte Kate wissen.

Rickie mahlte mit dem Unterkiefer. »Irgendwem oder irgendetwas. Es hindert ihn daran, nach vorne zu schauen und sein Glück zu suchen.«

***

Scott rief täglich an, um sich nach Rickie zu erkundigen.

»Er macht sich recht gut«, sagte Kate, als sie ihn am Telefon hatte. »Ich glaube, die Entscheidung war richtig, Rickie für eine Weile bei mir zu lassen. Er blüht richtig auf. Und Jake und er verstehen sich prächtig. Ich glaube, es ist gut für Rickie, ein paar Tage mit einem erwachsenen Mann verbringen zu können, der nicht sein Vater ist. Vielleicht lernt er dadurch, dass Erwachsene seine Freunde sein können, wenn er es nur zulässt.«

Scott ließ ein hörbares Schnauben vernehmen. »Ich weiß nicht, irgendwie gefällt mir die Sache nicht. Versteh mich nicht falsch, ich bin diesem Jake wirklich dankbar für alles, aber ... es wird schon seinen Grund haben, weshalb er ganz allein mit wenigen Habseligkeiten nach Catalina Island gekommen ist.«

»Ich glaube, er hat eine bewegte Vergangenheit«, erwiderte Kate.

»Vermutlich«, sagte Scott. »Ich an deiner Stelle hätte Jake jedenfalls nicht das Gästezimmer angeboten. Der Typ ist nicht sauber, Kate. Das spüre ich.«

Natürlich war Kate der Gedanke auch schon gekommen, dass Jake vielleicht ernsthafte Probleme hatte, aber wer hatte die nicht? Sollte sie ihn deswegen zum Teufel jagen? Nein, sie verwarf diesen Gedanken genauso schnell wieder, wie er gekommen war. Ihr Bauchgefühl sagte ihr, dass Jake ein netter und ehrlicher Mensch war.

»Rickie traut ihm«, sagte Kate. »Und ich tue es auch.«

Scott schwieg eine Weile. »Das kann ja sein, aber ich habe mich gerade entschieden, meinen Sohn heute wieder nach Hause zu holen. Und dir rate ich, Jake danach zu bitten, sich eine eigene Bleibe zu suchen. Ich will nicht, dass du seinetwegen in Schwierigkeiten gerätst.«

»Mach dir keine Sorgen, ich bin schon groß und kann auf mich aufpassen.« Kate presste die Lippen aufeinander. Kaum dass sie die Worte ausgesprochen hatte, wusste sie, dass sie Scott damit verärgert hatte. Im Geiste konnte sie seinen zornigen Gesichtsausdruck regelrecht vor sich sehen.

Und richtig. Scott war sauer. Seine Stimme war kühl, als er hinzufügte: »Wie du willst, Kate, aber sag später nicht, ich hätte dich nicht gewarnt.«

Nichts lag Kate ferner, als Scott gegen sich aufzubringen, zumal sie sich eben erst wieder nähergekommen waren, deshalb schob sie schnell hinterher: »Schon in Ordnung. Ich weiß, du meinst es nur gut.«

Wieder ein Moment des Schweigens. Kate hörte im Hintergrund das Rauschen der Wellen.

Scott räusperte sich, dann sagte er: »Wie gesagt, ich werde Rickie heute Abend wieder mit nach Hause nehmen. Es ist jetzt vier Tage her, dass er abgehauen ist, und ich finde, wir sollten wieder in die gewohnte Ordnung zurückkehren.«

»Es ist wegen Jake, nicht wahr?«, wagte Kate zu fragen. »Du meinst es wirklich ernst mit deiner Vermutung, dass er eine Bedrohung darstellt?«

Scott blieb ihr die Antwort darauf schuldig, stattdessen sagte er nur: »Rickie und ich haben eine Menge zu besprechen. Schließlich bin ich immer noch sein Vater.«

»Das weiß ich doch«, sagte Kate und ließ ihren Blick hinaus zum Fenster gleiten, wo Rickie und Jake sich am Ufer gegenseitig ins Wasser schubsten. Heiteres Gelächter drang herein. Es tat Kate im Herzen weh, Rickie der freundschaftlichen Umgebung der letzten Tage entreißen zu müssen, aber ebenso wusste sie, dass es für ihn an der Zeit war, zu seinem Vater zurückzukehren, damit sie ihre angeschlagene Beziehung erneuern konnten.

»Ich danke dir für deine Bemühungen, Kate, aber ich werde Rickie heute Abend mit nach Hause nehmen.

Bereite ihn bitte darauf vor«, hörte sie Scott mit scharfem Unterton in der Stimme hinzufügen, der betonte, dass er sich nicht umstimmen ließ.

Mist, er ist immer noch verärgert, dachte Kate und kämpfte den Anflug von Bekümmernis rasch nieder. Scott sollte nicht mitbekommen, wie sein kühles Verhalten ihr gegenüber sie schmerzte. Sie überspielte die Kränkung, indem sie bemüht locker antwortete: »Gut, dann werde ich mit Rickie reden.«

»Danke«, sagte Scott und holte Luft, als wollte er noch etwas sagen. Seine Worte ließen allerdings auf sich warten. Als die Stille zwischen ihnen unangenehm zu werden drohte, ließ Kate sich ihrerseits zu einer Bemerkung hinreißen, die ihr schon eine ganze Weile auf der Zunge gelegen hatte. »Wir haben uns wegen der ganzen Sache schon eine Weile nicht mehr gesehen, Scott. Du fehlst mir.«

Scott stieß hörbar den Atem aus. »Du fehlst mir auch. Bis heute Abend.«

»Bis heute Abend«, flüsterte Kate und legte auf. Ihr Herz machte einen Sprung. Sie freute sich, dass er sie ebenfalls vermisst hatte. Just in diesem Augenblick kam Rickie mit Jake durch die Tür. Als er ihre Hand auf dem Telefon sah, blieb er stehen und blickte sie betroffen an. »War das etwa Dad?«

Jake, der dem Gespräch offensichtlich nicht beiwohnen wollte, ging den Flur entlang in sein Zimmer.

Kate nickte und holte tief Luft. »Er sagt, er vermisst dich.«

Rickie sah zu Boden. »Als ob! Der ist doch die ganze Zeit nur in der Kanzlei.«

»Aber in den letzten Tagen hat sich einiges für ihn geändert. Er weiß jetzt, wie wichtig du ihm bist. Er liebt dich, und er will dich mit nach Hause nehmen.« Kate kam auf den Jungen zu, um sich zu ihm herabzubeugen. Sie wählte ihre Worte mit Bedacht, um zu verhindern, dass Rickie sich wieder tief in sich zurückzog, an einen Ort, wo es ihr niemals gelänge, zu ihm durchzudringen. Sie sprach mit sanfter und einfühlsamer Stimme. »Meinst du nicht auch, dass es allmählich an der Zeit ist, nach Hause zurückzukehren?«

Rickie sah auf. Seine Augen waren groß. »Nein«, sagte er und schniefte. »Nein, ich will noch hierbleiben. Bei dir. Bei Jake. Was soll ich denn zu Hause? Da bin ich doch wieder ganz alleine mit Virginia, während Dad arbeitet.«

»Dein Vater hat versprochen, sich mehr um dich zu kümmern«, sagte Kate. »Findest du nicht, er hat eine neue Chance verdient? Immerhin bist du in letzter Zeit nicht sonderlich gnädig zu ihm gewesen, und dennoch hat er es dir ermöglicht, ein paar Tage hierzubleiben. Glaub mir, dein Vater braucht dich genauso wie du ihn.«

Rickie war ein kluger Junge und schien innerlich genau zu wissen, dass es allmählich an der Zeit war, sich den Herausforderungen des Lebens zu stellen. Er hatte vier Tage in Ruhe und Sorglosigkeit verbracht, war auf andere Gedanken gekommen. Dennoch schwieg er.

»Komm schon, Rickie.« Kate lächelte. »Dein Vater holt dich erst heute Abend ab. Wir haben also noch den ganzen Nachmittag für uns. Klingt das nicht gut?«

Endlich konnte sie in seinem Gesicht eine Regung erkennen; seine Mundwinkel zuckten, verzogen sich zuerst zu einem Schmollmund, dann zu einem Lächeln, wieder zu einem Schmollmund ... Er wusste anscheinend nicht, was er denken oder empfinden sollte. »Und Jake?«

»Er wird wohl noch eine Weile hierbleiben«, sagte Kate, obwohl sie sich diesbezüglich nicht ganz sicher war, immerhin hallte Scotts Warnung in ihrem Kopf. »Du kannst uns beide nach der Schule jederzeit besuchen kommen und uns beim Renovieren helfen.«

»Ich kann euch weiterhin besuchen kommen?«, fragte er vorsichtig.

Kate nickte. »Selbstverständlich«, antwortete sie. »Wir sind doch auf deine Hilfe angewiesen.«

Rickie lächelte. »Gut, dann frage ich Jake, ob er mit mir eine Runde Fußball spielt.«

»Eine gute Idee.« Kate lächelte glücklich.

»Ich gehe ihn schnell holen«, rief Rickie vergnügt und offenbar gewillt, den Nachmittag noch voll auszunutzen.

»Tu das!«

***

Rickie stürmte los, hinüber zu Jakes Zimmer. Er fand eine angelehnte Tür vor und trat, ohne anzuklopfen, ein. Jake hockte vor seinem Nachtschränkchen. Rickie sah zwar nur seinen Rücken, konnte aber erkennen, was er in den Händen hielt. In der linken Hand balancierte er einen Stapel Zeitschriften, die er offenbar aus der Schublade seines Nachtschränkchens geholt hatte; die Finger seiner rechten Hand umklammerten etwas Metallisches. Es schimmerte, als Licht darauf fiel.

Rickie stockte der Atem. Reglos stand er in der Tür und versuchte einen weiteren Blick auf den Gegenstand in Jakes Hand zu erhaschen: Es war eine Pistole.

Kapitel 21

Jake verstaute die Waffe in der Schublade, legte die Zeitschriften aus der anderen Hand darüber und schob die Schublade wieder zu. Als er sich umdrehte, stand Rickie schon nicht mehr in der Tür. Der Junge war stürmisch davongelaufen, unsicher, was er von der kürzlichen Entdeckung in Jakes Zimmer halten sollte.

***

Als Scott am Abend eintraf, um Rickie abzuholen, hatte dieser bereits all seine Habseligkeiten zusammengepackt und saß zum Aufbruch bereit auf der Veranda.

Anders als erwartet hatte Rickie sich doch entschieden, noch in aller Stille Arbeiten am Haus zu erledigen, statt mit Jake Fußball zu spielen. Den ganzen Tag über war er ungewohnt einsilbig gewesen, hatte weder mit Kate noch mit Jake eine längere Unterhaltung geführt. Anscheinend hatte ihm die Entscheidung, nach Hause zurückzukehren, doch mehr zugesetzt, als es nach ihrem Gespräch am Mittag den Anschein gehabt hatte – als bereite er sich innerlich bereits auf einen schmerzlichen Abschied vor, vermutete Kate. Die wahren Gründe seiner Schweigsamkeit ahnte sie nicht.

Im Gegensatz zu Rickie konnte Kate es kaum erwarten, Scott endlich widerzusehen. *Scott!* Bei dem Gedanken an ihn spürte sie, wie sie unruhig wurde.

So war es mehr oder weniger für beide eine Erlösung, als Scott barfuß durch den Sand auf sie zusteuerte. Rickie blieb reglos auf seinem Stuhl sitzen, während Kate die Stufen der Veranda hinuntereilte und Scott entgegenlief.

Scott war im Schein der allmählich untergehenden Sonne in ein beinahe schimmerndes Licht getaucht. Kate schmunzelte, als sie vor ihm stehen blieb. Der Wind fuhr ihm durchs Haar und er sah verdammt gut aus. »Schön, dich wiederzusehen«, flüsterte sie und merkte, wie ihre Wangen anfingen zu glühen.

***

Scott lächelte. »Die Freude ist ganz meinerseits«, sagte er, um intelligentere Worte der Begrüßung verlegen. »Gut zu wissen, dass du die Zeit mit Rickie unbeschadet überstanden hast.«

Kate schmunzelte. »Ich weiß gar nicht, was du hast. Er ist ein sehr lieber Junge. Wir hatten viel Spaß zusammen.« Kate wies Scott auf die Veranda, wo Rickie weiterhin unbewegt auf einem Stuhl kauerte und geduldig den Flug einiger Möwen über dem Meer verfolgte.

»Dann will ich meinen Sohn mal begrüßen«, murmelte Scott und atmete hörbar ein. Gemeinsam stiegen sie die Stufen zur Veranda hoch. Sich nach Tagen der Trennung seinem Sohn gegenüber zu finden, schrie geradezu nach einer heiteren Bemerkung, doch alles, was

Scott über die Lippen brachte, war ein vergnügtes: »Na, Großer! Wollen wir?«

Rickie sah mit müdem Blick auf. »Hi, Dad.«

»Alles gut so weit?«

»Ja!«

»Hast du alles gepackt?

»Ja.«

Scott lachte, übertrieben um Heiterkeit bemüht. »Okay. Wollen wir dann?«

Als Rickie sich etwas trotzig von seinem Stuhl erhob, erinnerte er kaum noch an den fröhlichen Jungen, der er anscheinend noch vor wenigen Tagen gewesen war.

»Auf Wiedersehen, Kate«, sagte Rickie und drückte sie zum Abschied.

»Mach's gut, Rickie. Und sei nett zu deinem Vater. Auch zu Virginia, hörst du?« Liebevoll strich sie ihm mit der Hand über den Kopf.

»Ich versuch's.« Rickie ging ins Wohnzimmer, wo Jake wartete, und verabschiedete sich auch von ihm.

Einen Moment lang waren Scott und Kate für sich. Ihre Blicke trafen sich, und er erkannte in ihren Augen das Begehren, aber keiner von ihnen traute sich, den ersten Schritt zu tun. So schauten sie sich eine Weile lang unschlüssig an, ehe Scott Kate abermals seinen Dank aussprach. »Das war wirklich nett von dir, dich um Rickie zu kümmern.«

»Nicht der Rede wert. Das habe ich gern gemacht.« Kate lächelte ihn an.

»Trotzdem.« Scott fühlte sich trübselig und sprach laut aus, was er dachte: »Wenn man bedenkt, dass Rickie der Grund ist, weshalb wir beide uns damals entfremdet haben, ist es wirklich bemerkenswert, wie bereitwillig du dich seiner angenommen hast, um mir damit einen Gefallen zu tun.«

***

»Rickie kann nichts dafür«, stellte Kate schnell klar. Ihr Herz raste, das schlechte Gewissen keimte in ihr auf. Natürlich hatte Scott recht. Rickie war sehr wohl der Grund gewesen, weswegen sie diesen Mann verlassen hatte, was sie zutiefst bereute. Schnell fügte sie hinzu: »Wer wäre ich, wenn ich meinen Frust über all die verlorenen Jahre an einem Jungen ausließe?«

»So habe ich das nicht gemeint«, erwiderte Scott schnell. »Natürlich trifft Rickie keine Schuld, und ich weiß, dass du das auch nicht so siehst.« Seine Stimme klang rau, als er ihr in die Augen blickte und fragte: »Sind es denn verlorene Jahre gewesen?«

Kate schenkte ihm ein unsicheres Lächeln. »Na ja … in letzter Zeit habe ich mich ehrlich gesagt schon gefragt, ob es damals wirklich fair von mir gewesen ist, dich ohne ein Wort des Abschiedes zu verlassen. Das hattest du nicht verdient.« Verlegen kaute sie auf ihrer Unterlippe, bevor sie hinzufügte: »Was wäre wohl geschehen, wenn ich damals anders gehandelt hätte, wenn ich ein Gespräch gesucht hätte? Eines, wie du es jetzt hoffentlich mit Rickie führen wirst. Auf Augenhöhe und aufgeschlossen für die Ansichten des anderen. Wo stünden wir dann jetzt?« Sie senkte verlegen den Kopf. Es war eine jener Fragen, die sie schon eine ganze Weile mit sich herumtrug.

Scott zuckte die Schultern. »Vermutlich nicht hier in diesem Haus. Vielleicht nicht einmal auf Catalina

Island. Aber ... vielleicht mussten wir beide diese Zeit der Einsamkeit durchmachen, um ... ich weiß nicht ... um zu erkennen, dass wir einander brauchen. Zu erkennen, dass ...« Er sah jetzt hilflos aus, sprach nicht weiter.

Kate nahm Scotts warme Hand in ihre, drückte sie sanft und beugte sich vor, zögerlich erst, dann immer zielstrebiger. Binnen Sekunden trafen sich ihre Lippen, und Scott küsste sie so leidenschaftlich, als wollte er sie für immer besitzen. Als er ihren Mund wieder freigab, war sie ganz benommen.

In diesem Moment traten Jake und Rickie zu ihnen auf die Terrasse. Jake lächelte peinlich berührt, als er die beiden sah, dicht beieinanderstehend. »Oh, äh ... ich wollte nicht stören.« Man sah ihm an, dass er sich weit fortwünschte.

***

Nur widerwillig löste Scott sich von Kates liebreizendem Anblick. Kate, die ihm so nahe war wie seit Jahren nicht mehr. Er schüttelte sich. »Ja ... schon gut. Wir waren hier ohnehin fertig.«

Scott reichte ihm die Hand. »Vielen Dank nochmals. Für alles. Kate sagte mir, dass Sie sich gut mit Rickie verstehen. Das freut mich.«

»Sie haben einen tollen Sohn«, bemerkte Jake. »Aus dem wird mal was werden.«

Scott rieb sich die Schläfen. Er war zum Aufbruch bereit, wollte sich aber noch nicht von Kate trennen. Am liebsten wäre er noch den ganzen Abend bei ihr geblieben, und er wünschte sich, er hätte den Mut, sich einzugestehen, dass er Kate liebte und sie für immer in seine Arme schließen, sie festhalten, nie wieder loslassen wollte. Aber heute war nicht der richtige Zeitpunkt. Er atmete tief durch und fuhr sich durch die Haare. Er musste sich nun erst mal um seinen Sohn kümmern und tröstete sich damit, ihn zumindest wieder bei sich zu wissen. Mit Rickie den Abend zu verbringen, war das, was er sich in den letzten Tagen am allermeisten gewünscht hatte.

»Kate«, flüsterte Scott. Liebevoll sah er sie an, hielt ihren Blick noch einen Sekundenbruchteil lang fest. »Wir sollten zusammen ausgehen. Was hältst du davon? Nur wir beide. Morgen Abend. Ich hole dich ab.«

Kate lächelte zustimmend. »Sehr gern. Ich freue mich darauf.«

»Dann bis morgen.« Scott verließ die Veranda und folgte seinem Sohn durch den Sand.

***

Kate sah ihnen wehmütig hinterher. Beseelt von der Aussicht, den nächsten Abend mit Scott zu verbringen, bekam sie weiche Knie.

Jake trat hinter sie. »Das funkt aber gewaltig zwischen euch beiden«, stellte er schmunzelnd fest.

»Sei bloß still.« Kate gab ihm einen spielerischen Klaps auf den Oberarm.

Während Jake sich lächelnd die schmerzende Stelle rieb, sagte er: »Scott ist aber auch wirklich ein sehr sympathischer Mann.«

»Ja.« Kate nickte. »Das ist er.« Bedrückt sah sie hinaus in die Ferne, wo zuvor noch das Golfcart, samt Scott und Rickie, erkennbar gewesen war. »Scott ist die Liebe meines Lebens«, sagte sie mehr zu sich selbst. »Ich hätte ihn nie verlassen dürfen.«

***

Das Restaurant, in das Scott Kate ausführte, lag auf einem kleinen Felsvorsprung. Von der Terrasse hatte man einen schönen Blick über die gesamte Bucht.

Nachdem sie beide Platz genommen und ihre Bestellung aufgegeben hatten, betrachtete er Kate aus den Augenwinkeln, wie sie ihren Blick erst durch das Restaurant streifen ließ und dann an dem faszinierenden Ausblick, den man von hier aus auf das Meer hatte, hängen blieb. Es war windstill und das Meer unter ihnen glitzerte im goldenen Licht des schwindenden Tages.

Sie ist immer noch so wunderschön, dachte Scott, starrte für Sekunden auf ihren sinnlichen Mund und ihre großen braunen Augen. Das blaue ärmellose Sommerkleid reichte ihr bis knapp über die Knie und betonte ihre schlanke Figur. Ihre langen dunklen Haare trug sie offen und umschmeichelten ihr fein geschnittenes Gesicht. Scott musste mehrmals tief durchatmen, weil ihr liebreizender Anblick etwas tief in ihm zum Leben erweckte, ihn plötzlich jede Menge Erinnerungen an ähnliche Momente überkamen, in denen sie sich heiß und innig geliebt hatten. Doch gleichzeitig stieg da dieser Schmerz der Schuld in ihm auf, der ihm knallhart signalisierte, nie wieder glücklich sein zu können.

»Es ist traumhaft hier«, meinte Kate und unterbrach seine Gedanken. »Kommst du öfter her?«

Scott lächelte verlegen. »Ja, in der Tat. Wenn ich nicht gerade bei Mona esse, ist dieses Restaurant meine Lieblingsalternative. Matt ist ein fantastischer Koch und ...«

»Das will ich meinen«, unterbrach ihn eine männliche Stimme, und eine Hand klopfte Scott von hinten freundschaftlich auf die Schulter. »Scott, wie schön, dass du uns wieder mal beehrst.« Ein großer schlanker Mann Ende zwanzig, mit strohblondem Haar und einem strahlenden Lächeln, war an den Tisch getreten und brachte ihnen eine silberne Platte mit verschiedenen Meeresfrüchten, Brot und Dips.

»Die Freude ist ganz meinerseits«, antwortete Scott und zeigte auf Kate. »Kate Wellington«, stellte er sie vor und deutete dann auf Matt. »Und das ist Matt Brown, ein guter Freund und, wie bereits erwähnt, ein Spitzenkoch. Du findest keinen besseren auf der Insel.«

Kate lächelte und streckte Matt die Hand hin. »Sehr angenehm.«

»Es ist mir eine Freude«, erwiderte Matt augenzwinkernd. Er öffnete eine Flasche Weißwein und schenkte ihnen ein.

»Das duftet wunderbar«, sagte sie und hatte bereits nach einer Garnele gegriffen, die sie sich genüsslich in den Mund schob.

»Braucht ihr sonst noch was?«, wollte Matt wissen.

»Nein, danke, ich denke, wir haben alles«, antwortete Scott und lächelte, weil Kate mit einem Zug ihr Glas Wein geleert hatte.

»Gut, dann lasst es euch schmecken«, verabschiedete Matt sich von den beiden, und Scott griff nach der Weinflasche, um Kate erneut einzuschenken. Dann nahm er sein Glas hoch. »Lass uns auf unser Wiedersehen anstoßen«, schlug er vor, stieß vorsichtig sein Glas gegen ihres und sah ihr dabei tief in die Augen.

»Ich freue mich auch, dich wiederzusehen, obwohl ...«, sagte Kate etwas zögerlich und stockte dann.

»Obwohl was?«, fragte Scott und zog fragend die Augenbrauen hoch.

Hastig nahm Kate einen Schluck von dem Wein und fügte dann hinzu: »Versteh mich nicht falsch, aber ehrlich gesagt hast du mich etwas überrumpelt. Mit dir hatte ich hier am wenigsten gerechnet.«

»Bereust du es, mich hier getroffen zu haben?«

Kate schüttelte heftig den Kopf. »Nein, natürlich nicht, aber ...«, sie zögerte, »irgendwie ist alles so ...«, sie schien in Gedanken versunken, stellte ihr Glas zurück auf den Tisch.

»Was genau meinst du?« Scott musterte sie mit zusammengekniffenen Augen, versuchte in ihrem Blick zu lesen.

Kate zuckte mit den Schultern. »Ich weiß auch nicht, wie ich es erklären soll. Es kommt mir alles so unwirklich vor. Findest du es nicht auch merkwürdig, wie das Leben einem den Ball zuspielt? Plötzlich sitze ich hier mit dir an diesem Tisch, an diesem fantastischen Ort ... nach all den Jahren und ...« Sie sah ihn nun direkt an, rang aufgeregt nach Worten. »Scott, ich weiß, dass ich dir das Herz gebrochen habe, und glaube mir, ich habe es bereut. Jeden verdammten Tag habe ich es bitter bereut. Aber du musst mich auch verstehen. Es hat so wehgetan, als da plötzlich Lara aufgetaucht ist. Mit einem Kind von dir.« Sie sah ihn mit großen Augen an. Ihr Blick war tränenverschleiert. »Ich habe dich so geliebt, Scott ... und dann plötzlich war da nur noch

Schmerz … ich fühlte mich so verletzt, wollte einfach nur noch weg.« Sie spielte mit den Fingern nervös an ihrem Glas. »Ich weiß, dass man nicht vor seinen Problemen davonlaufen kann, die Zeit nicht zurückdrehen kann«, sagte sie leise und Tränen sammelten sich in ihren Augen, als sie Scott ansah.

Er beugte sich vor, nahm ihre Hand in seine und streichelte sie sanft. Sie war warm und weich. Zärtlich strich er über ihre Fingerknochen, versuchte ihr dadurch Trost zuzusprechen. Doch ihre Worte hatten ihn genauso aufgewühlt. Er hatte so viel falsch gemacht. Er musste an Lara denken und wie häufig sie wegen Kate gestritten hatten. ihre vielen Streits, die er wegen Kate mit ihr gehabt hatte, und daran, dass Lara nie wieder Teil seines Lebens sein würde. Sie war tot, und er war schuld daran. Und er hatte Kate, die Liebe seines Lebens, verloren. Auch daran war er nicht unschuldig. Und nun war Kate wieder da. Genau vor diesem Moment hatte er sich gefürchtet.

»Ja, Kate, man kann die Zeit leider nicht zurückdrehen«, stimmte er ihr mit leiser Stimme zu. Er zog seine Hand wieder zurück, gönnte sich ebenfalls einen Schluck von dem Wein und starrte aufs Meer hinaus.

Kapitel 22

Kate bisss sich auf die Unterlippe. Verdammt. Bis jetzt war der Abend eigentlich ganz nett verlaufen. Sie hatte nicht vorgehabt, in alten Wunden zu bohren, und ihr wurde ganz schwer ums Herz, als sie die Niedergeschlagenheit in Scotts Augen lesen konnte. Aber vielleicht war es genau das, was sie beide tun mussten – Zusammenhänge klären. Zu viele unausgesprochene Worte lagen in der Luft.

Sie spürte, dass Scott sich in Gedanken verlor. Ihr Magen zog sich zusammen. Sie wusste von Mona, dass es ihm seit Laras Tod nicht gut ging. Aber die genauen Umstände, unter denen Lara ums Leben gekommen war, kannte sie nicht. Man konnte die Ereignisse nicht ungeschehen machen, und ihr Verhältnis würde nie wieder so sein wie früher, dafür war zu viel zwischen ihnen passiert. Doch sie konnten darüber reden und vielleicht die Chance nutzen, wieder Freunde zu werden, die sich vertrauten. Einfach nur Freunde, das war im Moment das Einzige, was Kate zu wünschen wagte. Und dafür wollte sie kämpfen.

Sie nahm all ihren Mut zusammen, holte tief Luft und stellte ihm die Frage, die schon die ganze Zeit in ihrem Kopf herumwirbelte. »Wie ist Lara ums Leben gekommen? Magst du es mir erzählen?«

Scott starrte sie an, brachte aber keinen Ton heraus. Er durchbohrte Kate mit seinem Blick, und sie nahm den Schmerz in seinen Augen wahr.

»Was ist damals genau geschehen? Scott, bitte rede mit mir! Es ist nicht gut, alles in sich hineinzufressen«, ermutigte sie ihn, und diesmal war sie es, die über dem Tisch nach seiner Hand greifen wollte, aber er zog sie weg und setzte erneut sein Glas an die Lippen, als wollte er sich daran festhalten.

»Wir haben uns gestritten ... wieder einmal«, begann er nach kurzem Schweigen. Er versteifte sich und stellte sein Weinglas ab. »Es hat geregnet an dem Tag. Lara hat getrunken und während unseres Streits immer wieder ihr Weinglas nachgefüllt«, erzählte er leise. »Dann hat sie sich plötzlich umgedreht und ist ins Schlafzimmer gegangen. Ich habe gedacht, sie wollte sich hinlegen. Später dann habe ich gesehen, dass die Autoschlüssel weg waren und dass ihr Auto nicht mehr vor der Tür stand, sie hat ... Ich bin ihr noch mit meinem Wagen hinterhergefahren, habe gesehen, wie es passiert ist ... Ich konnte nichts mehr für sie tun«, seine Stimme brach. »Ein Lastwagen ... Sie hat ihm die Vorfahrt genommen, er konnte nicht mehr bremsen, hat sie zu spät gesehen. Lara hatte keine Chance ...«

»Das tut mir leid«, flüsterte Kate. Seine Worte berührten ihr Herz.

»Verdammt!« Scott rieb sich hart über das Gesicht. »Ich hätte sie aufhalten müssen ... ihr hinterherrennen müssen, ihr die Autoschlüssel abnehmen ... sie hatte getrunken.«

»Denk nicht so etwas!«, beruhigte Kate ihn. »Dich trifft keine Schuld. Du konntest nicht wissen, was sie vorgehabt hat. Vermutlich hat sie es selbst nicht gewusst. Der Alkohol, euer Streit, eine Verkettung unglücklicher Umstände.« Sie zuckte entschuldigend mit den Schultern und lächelte gequält.

»Ja, das mag sein, aber dennoch lässt mich die Schuldfrage nicht los«, gestand Scott, und für einen Moment ruhte sein trauriger Blick auf ihr, dann widmete er sich wieder seinem Glas Wein.

Kate schluckte, es schnürte ihr die Kehle zu, Scott so unglücklich zu sehen, und plötzlich spielte es keine Rolle mehr, was zwischen ihnen beiden damals schiefgelaufen war. Jetzt war nur wichtig, dass beide wieder einen Weg fanden, sich zu vertrauen. Alles andere würde sich ergeben, da war Kate sich sicher. Erneut versuchte sie es mit tröstenden Worten. »Auch wenn der Schmerz noch so groß ist, du musst nach vorn schauen, schon um Rickies willen.« Sie schenkte ihm ein aufmunterndes Lächeln und konnte sehen, wie es in Scott arbeitete.

»Ja, ich weiß«, räumte er schließlich zerknirscht ein. Nach einer Weile hob er den Kopf und musterte Kate kritisch.

»Und ... was ist mit dir, Kate? Wieso bist du auf diese Insel geflohen? Und komm mir jetzt nicht mit der Story über die angebliche Auszeit, die du so dringend benötigst. Dieses Märchen kannst du vielleicht meinem Sohn und Mona auftischen, aber ich weiß es besser. Ich kenne dich, Kate. Du hast nie eine Entscheidung getroffen, ohne einen wichtigen Grund dafür zu haben. Vor wem bist du auf der Flucht?«

Kate schluckte. Der plötzliche Themawechsel verwirrte sie, und sie brauchte einen Moment, um sich zu sortieren. Sie wand sich unter seinem Blick. Scotts forsches Nachbohren erinnerte sie daran, dass sie ihm nichts vormachen konnte. Er kannte sie wie kein anderer und konnte tief in ihre Seele blicken. Ja, er durchschaute sie, und sie musste ihre Worte mit Bedacht wählen, wenn sie ihm nicht zu viel verraten wollte. Sie war noch nicht bereit dazu.

Sie seufzte und hob ruckartig den Kopf, als sie sagte: »Die letzte Beziehung ist nicht so gelaufen, wie ich es mir vorgestellt hatte.« Sie zuckte mit den Schultern.

»Inwiefern?«, wollte Scott wissen. »Ist der Typ etwa verheiratet?«

»Nein.« Kate schüttelte den Kopf, sagte aber nichts weiter dazu und schaute gedankenverloren aufs Meer.

»Hat er dich betrogen?«

Wieder schüttelte sie den Kopf. »Er arbeitet in derselben Klinik wie ich. Er ist leitender Oberarzt auf der Kinderstation. Da haben wir uns auch kennengelernt.«

»Und weiter?« Scott sah sie fragend an.

»Ach ...« Kate winkte ab. »Nicht so wichtig. Lass uns über etwas anderes reden.« Sie lächelte schwach und zeigte zum Himmel hoch. Mittlerweile hatte es angefangen zu dämmern, die Sonne ging gerade unter und der Himmel war heute besonders klar. »Sieh mal nach oben, dort ist alles voller winziger Sterne. Was für ein schöner Sternenhimmel. Der hängt doch sonst nicht so voll. Gibt es dafür einen besonderen Grund?«

Scott überging ihre Frage und zog stattdessen die Augenbrauen hoch. Sein Blick war streng, als er Kate ansah. »Was stimmte nicht mit dem Typen, Kate? Raus mit der Sprache.«

Kate seufzte und rang mit sich. Wie würde Scott reagieren, wenn sie ihm die ganze Wahrheit erzählte? Sie entschied, es drauf ankommen zu lassen.

»Tom ist gut aussehend, sympathisch, karriereorientiert und aufmerksam ... kurzum ein Mann, den sich die Frauen wünschen«, begann sie. »Die ersten Monate war auch alles schön, wir waren verliebt, er trug mich auf Händen, aber dann ...« Sie spürte, wie ihre Wangen rot wurden, und fuhr bedächtig fort. »Tom ist wirklich sehr fürsorglich ... aber damit übertreibt er manchmal, verstehst du, was ich meine?« Sie rutschte unruhig auf ihrem Stuhl hin und her, während sie Scotts Blick suchte.

»Ich denke, ich ahne es«, antwortete er und seine Miene war ernst. »Erzähl weiter.«

»Na ja, wie schon gesagt, Tom kann ziemlich einnehmend sein, und obendrein ist er auch noch mega eifersüchtig. Und in den letzten Wochen unserer Beziehung hat er sich plötzlich immer mehr verändert.« Sie ließ die Schultern hängen. »Anfänglich hat er mir nur hinterher telefoniert, wollte wissen, wo ich gerade bin und was ich gerade mache. Dann fing er an, die Nachrichten auf meinem Handy zu lesen und meine privaten Sachen zu durchsuchen. Ich durfte mich nicht mehr so oft mit meinen Freundinnen treffen, sollte immer nur für ihn da sein. Ich fühlte mich mehr und mehr eingeengt, meiner Freiheit beraubt. Als er dann auch noch anfing meine Freunde zu belästigen, um sie nach mir auszufragen, habe ich es nicht mehr ausgehalten und mich von ihm getrennt.« Kate knetete ihre Hände. Es wühlte sie innerlich auf, über diese schreckliche Zeit zu sprechen. Unwillkürlich musste sie wieder an die Situation

denken, als sie mit gepackten Koffern fast schon fluchtartig ihre gemeinsame Wohnung verlassen hatte, in
den ersten Zug gestiegen war, der sie raus aus L.A. gebracht und sie praktisch hier auf die Insel geworfen
hatte.

»Wie hat er darauf reagiert?«

»Er wollte es nicht akzeptierten.« Kate schluckte
schwer.

»Soll heißen ...?« Scott blinzelte.

Sie wand sich und suchte nach den richtigen Worten.
Immer noch war sie sich unsicher, ob sie Scott die
ganze Geschichte ihrer gescheiterten Beziehung erzählen sollte. Immerhin schämte sie sich dafür, sich von
Toms Titel und seinem Charme blenden lassen zu haben. Aber Liebe machte ja bekanntlich blind.

»Dieser Mann hat mich einfach nicht in Ruhe gelassen und kann sehr jähzornig sein«, sagte sie schließlich.

»Ist er gewalttätig geworden?«, wollte Scott wissen
und seine Augen funkelten wütend.

»Nein, wo denkst du hin, dafür ist Tom zu intelligent.
Er geht viel subtiler vor. Zum Beispiel schickt er mir
Blumen an Orte, von denen er eigentlich nicht wissen
kann, dass ich mich dort gerade aufhalte. Oder er mel-
det sich auf meinem Handy, obwohl ich mir ein neues
gekauft habe und er meine Nummer gar nicht kennen
sollte. Er gibt mir das Gefühl, dass er über jeden Schritt,
den ich mache, Bescheid weiß.« Sie fröstelte und
schlang die Arme um ihren Oberkörper. »Er verfolgt
mich regelrecht.« Unwillkürlich ließ Kate ihren Blick
umherschweifen und sah sich aufmerksam um.

Scott nickte. »Verstehe. Ein Psycho und ein Stalker
also«, sagte er und brachte es damit auf den Punkt.

»Ja.« Kate atmete tief aus. »So kann man es wohl sagen.«

Panik erfasste sie und schnürte ihr die Kehle zu, als sie daran dachte, mit welch Furcht einflößendem Blick Tom ihr nach Dienstschluss vor dem Krankenhaus aufgelauert hatte. Zum Glück war sie in Begleitung zweier Arbeitskolleginnen gewesen, in deren WG sie nach ihrer Trennung von Tom untergekommen war. Kate eine Szene vor dem Personal zu machen, hatte er nicht gewagt, schließlich war er im ganzen Klinikum als sympathischer und erfolgreicher Oberarzt bekannt. Aber Kate hatte in seinen Augen lesen können, dass sie nichts Gutes zu erwarten hätte, sollte er sie in die Finger bekommen. Letztendlich war sie aus diesem Grund auf die Insel geflohen. Hier hoffte sie, für eine Weile vor seinen Verfolgungen sicher zu sein. Aber was ... wenn er sie irgendwann hier aufspürte? Würde sie Catalina Island dann wieder verlassen müssen?

Scotts Augen verengten sich. »Sag mir den Namen dieses Mannes und ich werde eine einstweilige Verfügung erwirken. Wir werden dem Typen schon zeigen, mit wem er sich da anlegt.«

»Danke, das ist lieb von dir, aber ich will dich da nicht mit hineinziehen.« Kate lächelte schwach. »Außerdem habe ich Angst, dass du schlafende Hunde weckst und er dann weiß, wo ich mich aufhalte.«

»Keine Widerrede, Kate. Lass mich nur machen. Ich weiß, was ich tue. Ich werde mich um alles kümmern.«

Ein kurzer Blick reichte, um zu wissen, dass sie Scott nicht mehr umstimmen würde, und tief in ihrem Inneren war sie unendlich froh, dass er sich ihrer annahm. Das hätte sie nie zu hoffen gewagt. Scott Blackwell, der

Mann, den sie einst so geliebt hatte und heute immer noch über alles liebte, würde sich um ihr Wohlergehen kümmern. Sie konnte ihr Glück kaum fassen.

Sie nickte und hauchte ein leises »Danke«, dann versank sie in seinen Gesichtszügen. Scotts dichte, dunkle Wimpern, sein unrasiertes Gesicht, in dem die dunklen Bartstoppeln ihm ein verwegenes Aussehen verliehen … Dieser Mann war unglaublich sexy, und Kate spürte, wie ihr Herz schneller schlug.

»Hat sich das mit dir und Rickie wieder eingerenkt?«, wechselte sie schnell das Thema, weil sie plötzlich sentimental wurde. Sie brach sich ein Stück Brot ab und tunkte es in einen Dip.

»Ja, ich denke schon«, erwiderte Scott und lehnte sich auf seinem Stuhl zurück. »Der gestrige Abend war sehr entspannt. Wir haben gemeinsam noch einen Film angesehen und uns ausgesprochen. Ich habe Rickie versichert, dass ich ihn nie auf ein Internat schicken werde. Ich denke, er hat nun verstanden, dass ich es ernst meine. Nur mit Virginia verträgt er sich leider nicht. Wir haben beschlossen, dass sie eine Weile Abstand von uns nimmt.«

»Oh, das tut mir leid, ich dachte …«

»Das muss es nicht«, unterbrach Scott sie. »Ich bin nicht mit Virginia zusammen, wenn du das meinst. Es war nur eine Bettgeschichte. Ich habe Virginia nie etwas vorgemacht.«

Kate lief rot an. »So genau wollte ich es gar nicht wissen«, entgegnete sie schnell und hoffte, Scott würde ihr weitere Einzelheiten ersparen. Denn obwohl es sie natürlich nichts anging, mit wem er seine Nächte verbrachte, versetzte es ihr einen schmerzhaften Stich, zu wissen, dass er mit anderen Frauen schlief.

Scheinbar spürte Scott, was sie gerade dachte, denn er kniff die Augen zusammen und Schmerz spiegelte sich in seiner Miene wider. »Kate, seitdem du mich verlassen hast, konnte ich mich auf keine Frau mehr einlassen.«

Sie schluckte. »Ich habe doch gar nichts gesagt«, verteidigte Kate sich, der es peinlich war, dass er sie so durchschaute.

»Aber gedacht. Ich habe es in deinem Gesicht gelesen.« Seine Mundwinkel kräuselten sich ironisch, was die Sache noch schlimmer machte. »Als mir klar geworden ist, dass du nicht mehr zurückkommst, habe ich Lara geheiratet. Um Rickies willen. Er sollte eine Mutter haben, in anständigen Familienverhältnissen aufwachsen«, fuhr Scott mit seinen Ausführungen fort. »Geliebt habe ich Lara nie. Ich habe immer nur an dich gedacht. Aber du wolltest mich ja nicht.« Sein Blick war hart wie Stahl, als er auf ihren traf.

Beschämt senkte Kate den Blick. Sie hatte sehr wohl die Spitze bemerkt, zog es aber vor, nicht noch mehr Öl ins Feuer zu gießen. Stattdessen flüsterte sie nur: »Ja … und das bereue ich bis heute.« Eine Welle der Reue und gleichzeitiger Sehnsucht brach über sie herein, und sie versuchte auszublenden, dass ihre Haut glühte und anfing zu kribbeln, allein bei der Vorstellung, Scott würde sie jetzt in diesem Moment in den Arm nehmen und küssen.

Sie war so in Gedanken versunken, dass sie gar nicht bemerkt hatte, dass Scott aufgestanden war und den Tisch umrundete. Er hielt Kate die Hand hin. »Komm, ich will dir etwas zeigen.« Sein Tonfall war jetzt warm und zart wie heiße Schokolade.

Irritiert über seinen plötzlichen Stimmungswechsel legte Kate ihre Hand zwar in seine, brachte jedoch keinen Ton hervor. Die Berührung sendete einen Schauer durch ihren Körper. Zögernd stand sie auf und folgte ihm mit zittrigen Knien.

***

Scott führte Kate die Stufen des Restaurants hinunter, die direkt zur Bucht und auf den weißen Strand führten. Sie zogen ihre Schuhe aus und liefen barfuß weiter bis zum Wasser. Der Sand war weich und warm. Die kühlen Wellen schwappten ans Ufer und umspielten ihre Füße.

»Was für ein herrlicher Abend«, bemerkte Kate. Hunderte von glitzernden Sternen standen am dunklen Himmel, spiegelten sich in der Wasseroberfläche und erhellten die Nacht. Die Luft war erfüllt vom süßlichen Duft der Wildrosen, vermischt mit der salzigen Luft des Meeres. Schon nach ein paar Metern waren sie allein am Strand. Weiter hinten, geschützt von großen Steinen und Sträuchern, hatte jemand eine rote Decke im Sand ausgebreitet. Scott steuerte direkt darauf zu.

»Hast du die Decke dorthin gelegt?«, fragte Kate überrascht, wartete seine Antwort jedoch nicht ab, sondern lief ungestüm los und ließ sich darauf nieder.

Scott nickte. »Ja, ich wollte dir etwas ganz Besonderes zeigen«, sagte er und setzte sich neben sie. »Heute ist der 12. August und in dieser Nacht flitzen Hunderte von Perseiden über den Himmel. Es ist die beste Zeit im

Jahr, um ganze Schwärme zu sehen«, sagte er begeistert und zeigte zum Himmel hoch. »Wir haben großes Glück, das der Himmel nicht bewölkt ist. Da kann man sie am besten sehen.« Während er sich auf den Rücken legte und sein Blick auf den Himmel über ihnen konzentriert war, hatte Kate damit zu kämpfen, ihr Herzflattern in den Griff zu bekommen. Die Körperwärme, die von Scott ausging, und sein männlicher, herber Duft raubten ihr die Sinne. Schnell legte sie sich ebenfalls auf den Rücken und folgte seinem ausgestreckten Zeigefinger. Tatsächlich erleuchteten Hunderte von Sternschnuppen den dunklen Nachthimmel, als hätte jemand das Licht angeknipst.

»Und? Habe ich dir zu viel versprochen?«, raunte Scott ihr zu. Er sah zu Kate rüber und sein warmer Atem streifte ihr Ohr. Sofort kribbelte ihre Haut erneut am ganzen Körper.

»Es ist wunderschön«, hauchte Kate fasziniert. »Ein glitzernder Himmel über dem Meer, so was habe ich noch nie gesehen.«

»Am besten sieht man die Sternschnuppen, wenn der Himmel tiefschwarz ist, so wie heute.« Scott hatte sich auf die Seite gelegt und betrachtete ihr Profil, sein Blick war dunkel, seine Miene voller Zärtlichkeit. Seine Finger tasteten nach ihrer Haarsträhne und spielten damit, während sein Gesicht immer näherkam. »Wer sich beim Beobachten einer Sternschnuppe etwas wünscht, hat große Chancen, dass es in Erfüllung geht«, fuhr er flüsternd fort. »Du darfst deinen Wunsch aber nicht weitererzählen, sonst klappt es nicht.« Er gab ihr einen zärtlichen Kuss auf die Wange.

Kates Herz raste. Sie konnte nicht mehr klar denken, und als sie die Leidenschaft in Scotts Blick sah, raubte es ihr fast den Atem. Unwillkürlich schloss sie die Augen und wünschte sich etwas. Einen Wunsch, nach dem sie sich die letzten Jahre verzehrt hatte und der in diesem Moment wie eine wilde Hitze von ihr Besitzt ergriff. Sie wollte diesen Mann zurück. Nichts sehnlicher wünschte sie sich in diesem Augenblick. Sie wollte wieder spüren, wie es gewesen war, seinen sinnlichen Mund zu küssen, während seine Zunge, seine Lippen ihren ganzen Körper in Flammen setzten. Jede Faser verzehrte sich nach ihm.

Sein warmer, muskulöser Körper war ihrem jetzt ganz nahe, und als er sich über sie beugte, spürte sie seinen Herzschlag in seiner Brust. Als seine Lippen endlich auf ihrem Mund lagen, war es fast wie eine Erlösung. Sie erwiderte diesen Kuss, hungrig, fordernd mit heißer Leidenschaft.

»Kate«, hauchte er heiser und stöhnte überrascht auf. »Ich habe dich so vermisst.« Seine Augen wanderten über sie, während seine Finger langsam über ihre Haut strichen, und sich den Oberschenkel entlang nach oben tasteten. Ihre Lippen hatten sich gelöst, und sein Mund bedeckte ihren Körper mit sanften Küssen. Ein Schauer der Erregung erfasste sie, als er sich hinunterbeugte und sie durch den dünnen Stoff ihres Slips küsste.

Kates Atmung beschleunigte sich, und als sich Scotts Finger, die sich bereits unter ihrem Slip befanden, immer weiter nach unten schoben, wusste sie, dass ihr Wunsch in Erfüllung gehen würde. Sie konnte es kaum noch erwarten, sich diesem Mann in einem Strudel aus Lust und Begierde hinzugeben.

Kapitel 23

Nach vielen Tagen harter Arbeit waren die Renovierungsarbeiten an Kates Haus endlich abgeschlossen.
Nachdem das letzte Fenster geputzt war, hatten Kate
und Jake am Abend eine Flasche Sekt geöffnet, um das
Ende ihrer Anstrengungen gebührend zu feiern. Glücklich hatte sie auf ihrer Veranda gesessen, Jake neben
sich, und hinaus in die Ferne geblickt, wobei ein Gefühl
tiefster Zufriedenheit sie übermannt hatte. Seit einigen
Tagen schien ihr Leben sich tatsächlich in eine gute
Richtung zu entwickeln, als sei mit Scotts plötzlichem
Auftauchen vor ein paar Wochen ein Schalter umge-
legt worden, der ihr zuvor eisern verwehrt hatte, ihr
Glück zu finden. In Bildern hing sie jetzt noch der wun-
derbaren Sternschnuppennacht nach, in der Scott sie
in einer Welle der Lust davongetragen hatte. Bei dem
Gedanken daran kribbelte ihre Haut und sie errötete
wie ein schuldbewusster Teenager.

Am nächsten Morgen, kurz bevor Kate zum Café aufbrechen musste, erhielt sie Besuch von Richard Clayton, der ganz versessen darauf war, die Veränderungen
an seinem Haus zu begutachten.

»Wie der Raum jetzt leuchtet«, sagte er, nachdem er
sich eingehend im Wohnzimmer umgesehen hatte.
Seine Hand strich über den Türrahmen. »Und das Holz
sieht aus wie neu.«

»Jake ist mir eine große Hilfe gewesen«, gestand Kate, weil sie nicht das ganze Lob für sich allein einstreichen wollte. »Ohne ihn hätte ich das nie geschafft. Erst recht nicht so schnell.«

»Ihr habt wirklich gute Arbeit geleistet. Ihr beide«, versicherte Richard – irrte Kate sich, oder schimmerte da eine winzige Träne in seinen Augenwinkeln? Er wischte sie mit dem Ärmel fort. »Es ist, als wäre ich wieder jung. Als hätte ich das Haus gerade eben erst für meine Familie und mich gekauft. Seitdem ist viel Zeit vergangen. Ebenso wie sich Staubschicht um Staubschicht auf das Haus gelegt hat, ist auch Jahr für Jahr der Zusammenhalt in meiner Familie verlorengegangen. Aber dank dir ... kann dieses Häuschen wieder in seinem alten Glanz erstrahlen. Ich bin dir sehr dankbar dafür.«

Kate lächelte und fühlte sich geschmeichelt. Mittlerweile hatten sie sich besser kennengelernt, und sie wusste, dass Richard Clayton kein Mensch war, der sein Lob leichtfertig spendierte, und dass sein Herz an seinem kleinen Strandhaus hing. Hier hatte er Zeiten des Glücks an der Seite seiner Familie verbracht. Unzählige glückliche Erinnerungen mussten diesem Ort anhaften. Kate freute sich, sie für ihn erneut belebt zu haben.

»Sogar die Böden haben Sie abgeschmirgelt und neu gewachst«, fiel Clayton aus. Er fuhr mit der Fußspitze darüber. »Wie ungeheuer fleißig Sie waren.«

»Jake kennt sich mit solchen Dingen aus«, sagte Kate.

»An Jake scheint ein echter Handwerker verlorengegangen zu sein.«

Kate nickte. »Das habe ich ihm auch schon gesagt.«

Clayton wandte sich dem Fenster zu, durch welches das Morgenlicht hereinbrach. Sehnsüchtig warf er einen Blick hinaus zum Strand, wo sich Möwen im lauen Wind sanft wogen. Er wurde plötzlich ganz sentimental und sprach mit gesenkter Stimme, wie ältere Leute es taten, wenn sie sich an etwas Wichtiges aus der Vergangenheit erinnerten, eine Lektion, die das Leben ihnen erteilt hatte. »Manchmal müssen wir Menschen eine Rolle spielen, die unserem Innersten widerspricht. Ich glaube, viele große Talente gehen unserer Gesellschaft jährlich verloren, weil junge Leute häufig gezwungen sind, falsche Wege einschlagen und nicht die Möglichkeit haben, ihre Träume zu leben.«

Gedankenversunken stand Richard Clayton eine Weile reglos im Zimmer. Dann jedoch löste er sich aus seiner Starre und wandte sich mit einem Lächeln an Kate. »Ich finde, wir sollten die Instandsetzung unseres Strandhauses gebührend feiern. Was halten Sie von einer kleinen Einweihungsparty?«

»Eine Einweihungsparty?«, wiederholte Kate und blinzelte.

Clayton nickte. »Sie könnten einige Ihrer Freunde einladen, ein bisschen Musik auflegen und Wein trinken. Ein kleiner, sinnlicher Abend in Ihrem neuen Zuhause. Wäre das nicht schön?«

Kate überlegte. »Ich bin noch nie wirklich eine Partylöwin gewesen, muss ich gestehen.«

»Das macht doch nichts. Manchmal ist es einfach schön, besondere Augenblicke mit seinen Liebsten zu teilen. Lassen Sie sich das von einem alten Mann, der viele solcher Möglichkeiten achtlos verstreichen ließ, einmal gesagt haben. Irgendwann bereut man, kleine

Momente des Glücks nicht ergriffen zu haben, solange man noch die Gelegenheit dazu hatte.«

Kate sah den alten Mann nachdenklich an, ließ seine Worte in ihrem Kopf nachhallen und nickte schließlich. »Also gut, dann lassen Sie uns eben eine kleine Fete geben. Aber nichts Aufwendiges, ja? Nur ein paar Snacks, Getränke und Musik.«

Richard schien sich über ihre Einwilligung zu freuen. Ein Lächeln huschte über seine Lippen und seine Augen leuchteten. »Ich freue mich darauf!«

Daraufhin standen die beiden sich kurze Zeit unschlüssig gegenüber und sahen sich verlegen im Zimmer um, als suchten sie nach etwas, das ihrem Blick zuvor entgangen war.

»Ich sollte allmählich aufbrechen«, sagte Kate. »Mona wartet auf mich. Es wird heute wahrscheinlich ziemlich voll im Café werden.«

Richard nickte und begab sich zur Tür. »Ich werde Sie begleiten, wenn es Ihnen nichts ausmacht. Ich wollte ohnehin im Café vorbeischauen.«

»Ach ja?«

Richard nickte. »Ich weiß nicht, wieso, aber irgendwie fühle ich mich von diesem Ort magisch angezogen.«

***

Kaum hatte Kate sich hinter die Theke gestellt und eine Schürze umgebunden, um ein kleines Mädchen mit einem Schokocookie zu versorgen, betraten Rickie und Scott das Café. Beide grinsten, als sie Kate erblickten. Sie erwiderte das Lächeln, als sie näher kamen, und traf auf Scotts intensiven Blick. Unwillkürlich dachte sie an seine zärtlichen Hände auf ihrem Körper und errötete. Einen Moment lang hatte sie das Gefühl, dass er ebenso verlegen war wie sie. Rief er sich auch gerade ihre letzte gemeinsame Nacht in Erinnerung?

»Hallo, Kate«, begrüßte Rickie sie fröhlich und stürzte sich auf einen Hocker ihr gegenüber.

»Morgen, mein Großer. Wie geht's denn so?«

»Ganz gut, denke ich.«

»Lust auf Schule heute?«

»Nö, gar nicht! Ich hasse Schule. Ich würde lieber hier bei dir bleiben. Wo ist denn Jake?«

»Der schläft noch«, sagte Kate. »Es ist gestern Abend spät geworden. Wir sind mit den Renovierungsarbeiten fertig, weißt du?«

»Ach wirklich?«, sagte Scott, der hinter seinen Sohn getreten war und ihm offenbar unbewusst eine Hand auf den Kopf legte, was Rickie selbstverständlich gar nicht gefiel. Er wand sich auf seinem Stuhl.

»Richard Clayton hatte die Idee, eine Einweihungsparty zu geben«, erzählte Kate beiläufig und wischte mit einem Trockentuch über die Holzplatte der Theke. »Ihr beide seid natürlich eingeladen. Vor allem du, Rickie! Wo du uns doch so tatkräftig geholfen hast.« Sie lächelte ihm fröhlich zu.

Der Junge war augenblicklich Feuer und Flamme von der Aussicht, eine Party besuchen zu dürfen – als Ehrengast sozusagen.

Auch Scott schien dem Gedanken nicht abgeneigt. Er lächelte Kate an. »Mich würde schon interessieren, wie dein neues Zuhause jetzt aussicht, da sämtliche Arbeiten abgeschlossen sind. Also gut«, sagte er. »Betrachte unsere Einladung als angenommen. Wer kommt denn noch so?«

Kate zuckte die Schultern. »Bisher habe ich nur euch eingeladen. Ich hoffe, dass Mona auch kommen wird. Und vielleicht noch ein paar Freunde von Richard Clayton.«

»Das klingt nach einer fröhlichen Runde«, sagte Scott. Ein strahlendes Lächeln zog über sein Gesicht. »Wir steuern natürlich gern etwas zur Party bei, lass uns wissen, was du brauchst. Ich könnte zum Beispiel für ein echtes Catalina-Barbecue sorgen.«

»Ja, danke für das Angebot, das ist eine tolle Idee«, rief Kate fröhlich aus, während Rickie ungeduldig auf den Tisch klopfte und um einen Pfannkuchen bat.

»Kommt sofort«, sagte Kate lächelnd und trat zurück. Während sie Rickies Frühstück zubereitete, warf sie unentwegt verstohlene Blicke zur Verkaufstheke, um Scott und seinen Sohn zu beobachten. Ihr fiel eine kaum merkliche Verbundenheit zwischen den beiden auf, die vor wenigen Tagen noch nicht erkennbar gewesen war. Ganz offensichtlich hatten die beiden die Zeit nach Rickies Flucht gewissenhaft genutzt, um einige der Lücken in ihrer Beziehung zu schließen.

Vielleicht wird aus Scott doch noch ein guter Vater, dachte sie, gleichwohl sie ohnehin niemals bezweifelt hatte, dass er das Zeug dazu hatte. Es war den Umständen geschuldet gewesen, dass die beiden sich mehr und mehr entfremdet hatten. Familie und Beruf unter einen Hut zu bringen fiel den allermeisten schwer, vor allem, wenn man beides gleichermaßen ernsthaft anzugehen bestrebt war.

»Warum verdrückst du deinen Pfannkuchen nicht bei Mona?«, schlug Scott vor, als Kate seinem Sohn einen großen Teller vor die Nase schob. »Sie würde sich bestimmt über deine Gesellschaft freuen. Und ich könnte mich in der Zwischenzeit ein wenig mit Kate unterhalten.« In dem Blick, den er Kate zuwarf, lag ein lockendes Leuchten.

»Ist gut«, sagte Rickie ungewöhnlich fügsam. Er erhob sich von seinem Platz und stapfte mit seinem Teller hinüber an einen Tisch am Fenster, wo Mona auf einem Stuhl saß. Sie war allerdings nicht allein – Richard Clayton hatte sich am Nebentisch zu ihr umgewandt, ganz offensichtlich um ein unbefangenes Gespräch bemüht. Als Rickie hinzukam, banden die beiden ihn bereitwillig in ihre Unterhaltung mit ein.

Scott räusperte sich und beugte sich zu Kate vor, wobei er nach ihrer Hand tastete, sie schließlich ergriff und sanft drückte. Dabei sah er ihr tief in die Augen, so einfühlsam und voller Begehren, dass ihr ein wohliger Schauer über den Rücken jagte.

»Ich glaube, ich habe mich noch gar nicht für unseren wunderschönen Abend letztens bedankt«, sagte er zärtlich und sein Blick wurde dunkel.

»Doch, das hast du«, antwortete Kate mit einem verschmitzten Lächeln auf den Lippen. »Du hast es mir mit Tausenden von aufregenden Küssen auf meiner Haut zu verstehen gegeben«, flüsterte sie und sah sich verlegen um, ob auch kein Kunde ihrem Liebesgeplänkel lauschte.

»Ach wirklich?« Scott gab vor, nachzudenken. »Dann würde ich dir gern zum tausendsten Mal dafür danken.

Es war wirklich schön mit dir.« Sein Blick glitt über sie und liebkoste ihren Körper.

»Ich fand es auch schön mit dir.« Verlegen senkte Kate kurz den Blick, bevor sie eine kleine Tasse unter die Kaffeemaschine stellte, um einen Espresso zu ziehen.

»Ich denke, der Abend neulich schreit nach einer Wiederholung. Was meinst du?« Verwegen leckte Scott sich über die Lippen. Der Klang seiner Stimme, warm und sanft, war unendlich verführerisch.

»Mal sehen«, erwiderte Kate, wobei sie sich verspielt gleichgültig gab. »Erst einmal will ich die Party hinter mich bringen. Und dann ... mal schauen. Ich wäre sicher nicht abgeneigt, wenn du mich noch einmal ausführen würdest.« Sie stellte die Tasse auf ein Tablett und legte einen Löffel und Zuckerwürfel dazu.

»Du meintest sicher verführen?«, korrigierte Scott und grinste breit. »Wir könnten aufs Meer hinausfahren. Nur wir beide. Alleine auf einem kleinen Boot. Mit Wein, Brot und der Wärme unserer Körper. Wie romantisch wäre das?« Erneut lächelte er, aber dieses Mal las Kate heiße Begierde in seinen Augen.

»Ja«, flüsterte Kate, deren Gedanken sich in einem einzigen Strudel von erotischen Gefühlen verloren. Sie schluckte und hatte Mühe, sich weiter auf ihre Arbeit zu konzentrieren. »Das fände ich außerordentlich romantisch!«, sagte sie schließlich und nahm den Zettel mit der nächsten Bestellung an sich.

»Prima. Ich kann es kaum erwarten.« Scott zeigte ihr sein schönstes Lächeln, das nicht frei von Genugtuung war, und Kate konnte sich ein Schmunzeln nicht verkneifen. Dieser Mann verstand es, sie spielend um den

Finger zu wickeln. Das war ihm schon immer leichtgefallen, auch damals, als sie sich kennengelernt hatten. Selten hatte er sich angebiedert, sie rundheraus ins Kino, Café oder Restaurant einzuladen. Mit samtweichen Worten hatte er sie betört und daraufhin nächtelang zu verwöhnen gewusst.

Ihre erotische Unterhaltung wurde jäh unterbrochen, als eine ältere Cafébesucherin mit Strohhut bei Kate darum bat, die Markise im Außenbereich herunterzulassen. »Es ist so warm draußen, da bekommt man ja einen Hitzschlag«, jammerte sie. »Oder wollen Sie das etwa?« Ihr Gesicht war rot vor Hitze.

»Natürlich nicht«, versicherte Kate ihr und trottete der Frau sogleich hinterher, um ihrer Bitte nachzukommen. Scott folgte ihr. Kate steckte ihren Schlüssel in einen dafür vorgesehenen Schlitz, woraufhin sich die Markise automatisch über den Außenbereich senkte.

»Lässt du Jake immer noch bei dir im Strandhaus wohnen?«, erkundigte Scott sich nach ihrem Mitbewohner.

»Er hat doch noch nichts Passendes gefunden«, antwortete Kate. »Außerdem ist er ein feiner Kerl.«

»Mir wäre es lieber, er würde sich allmählich etwas Eigenes suchen«, betonte Scott.

»Ich weiß, das hast du mir schon oft genug zu verstehen gegeben«, antwortete Kate ruhig und um einen sanften Tonfall bemüht. Sie wollte die zarten Bande der Vertrautheit, die erst seit Kurzem wieder zwischen ihnen aufgekeimt waren, nicht wegen eines nutzlosen Streits aufs Spiel setzen.

»Ich sage nur, wie es ist. Gut möglich, dass er nett und freundlich ist. Das will ich nicht bestreiten. Aber er verschweigt etwas. Dessen bin ich überzeugter denn je. Und das bereitet mir Sorgen. Möglicherweise ist er sogar ein Krimineller.« Scott zog die Augenbrauen hoch und sah sie ernst an.

Jake ein Krimineller? Diese Idee war Kate noch gar nicht gekommen. Nein, innerlich schüttelte sie den Kopf. Das passte nicht zu Jakes Verhalten. Dafür war er viel zu nett. Und jetzt, da sie in besser kennengelernt hatte, müsste sie sich schon schwer in ihm täuschen. Erneut schoss sie Scotts Warnungen in den Wind, schenkte ihm aber ein zärtliches Lächeln. »Das ist wirklich lieb von dir, aber du musst dir wirklich keine Sorgen machen«, beruhigte sie ihn. »Glaub mir, Jake ist völlig harmlos. Was sollte er schon vor uns verbergen«, fügte sie lapidar hinzu. »Wir sind doch auf Catalina Island. Hier ist noch nie etwas passiert. Oder?«

Scott runzelte die Stirn, ihm schien eine passende Antwort auf der Zunge zu liegen, aber auch er war sichtlich bemüht, es im Augenblick nicht auf ein Streitgespräch hinauslaufen zu lassen, und dafür war Kate ihm überaus dankbar. Schnell beugte sie sich vor, küsste ihn sanft auf die Wange und wich dann wieder zurück. »Ich finde es süß, wenn du dir Sorgen um mich machst«, sagte sie und lächelte ihn an. »Das hat so etwas Häusliches, Beschützendes.«

Zwar schien Kate ihm mit dem Kuss den Wind aus den Segeln genommen zu haben, denn Scott erwiderte ihr Lächeln, aber der Ausdruck in seinen Augen war immer noch ernst. »Häusliches? Ich will nur, dass du dich in Acht nimmst. Sei vorsichtig und wachsam.« Er hob eine Hand und wischte ihr zärtlich eine Haarsträhne aus dem Gesicht.

Kate nickte. »Ich werde auf mich aufpassen«, sagte sie und wollte noch »*das verspreche ich*« hinzufügen, aber dazu kam sie nicht mehr. Scott hatte in diesem Moment ihr Gesicht mit den Händen umfasst und sie näher an sich gezogen.

Bevor ihr Mund auf seinen traf, flüsterte er heiser: »Wo wir gerade von Häuslichkeit sprechen, ich zeige dir gern, welche weiteren Fähigkeiten noch in mir schlummern. Du wirst dich wundern.« Er schenkte ihr einen leidenschaftlichen Kuss, der zu kurz war, um sie realisieren zu lassen, dass Scott sie vor allen Augen geküsst hatte, aber lang genug, um ihr Feuer der Lust zu entfachen. Gerade als sie anfing sein Verlangen zu erwidern, löste er seine Lippen wieder von ihr.

»Wir müssen jetzt auch.« Er sah flüchtig auf die Uhr und ließ daraufhin seinen Blick hinüber zu seinem Sohn schweifen, der den Pfannkuchen längst verputzt hatte und anscheinend über eine lustige Bemerkung seitens Mona lachte. »Ich muss Rickie jetzt zur Schule bringen«, sagte Scott an Kate gewandt, was einer Verabschiedung gleichkam.

Kate war immer noch ganz zittrig von dem Kuss, und seine Worte sickerten nur langsam in ihr Bewusstsein durch.

Sie nickte. »Natürlich.« Sie lächelte und fuhr sich mit den Händen durch die Haare, um ihre Verlegenheit zu überspielen.

»Ich ruf dich später an. Wir sehen uns dann ja spätestens auf deiner Einweihungsparty. Wann war die noch gleich?«, fragte Scott.

»Ich muss noch mit Mona sprechen. Ich melde mich zeitnah bei dir«, erwiderte Kate.

Scott nickte und machte sich für den Aufbruch bereit. »Ich freue mich auf dich.«

»Ja, ich mich auch«, hauchte Kate. Und wie sie sich auf diesen Mann freute.

Es dauerte noch eine Weile, bis Scott seinen Sohn von Mona und Richard Clayton loseisen konnte, doch als die beiden schließlich das Café verlassen hatten, fühlte Kate augenblicklich eine unerträgliche Leere und Kälte in sich aufsteigen, wie es das Verlöschen der letzten Sonnenstrahlen eines Sommertages oftmals auf der Haut hinterließ. Augenblicklich begann sie, sich nach Scott zu sehnen. Endlos erschienen ihr die Stunden, bis sie ihn wiedersehen sollte.

Erst die Stimme eines Gastes weckte sie aus ihrer Trance.

»Kann ich bitte noch einen Kaffee haben?«, erkundigte sich der Mann, als sie sich an seinem Platz vorbei zurück zur Theke drängte. Er tippte auf die Glasscheibe, hinter der die Kuchen in der Kühlung standen. »Und ein Stück von dem gelben Kucken da, der sieht sehr lecker aus.«

Kate nickte. »Das ist ein Lemon Pie. Eine gute Wahl. Sie können sich gern wieder an Ihren Platz zurücksetzen, ich bringe Ihnen den Kaffee gleich an den Tisch«, sagte sie und lächelt den Mann an.

»Vielen Dank.«

»Sehr gern.«

Nachdem Kate den Gast versorgt hatte, kehrte sie wieder hinter die Theke zurück und ließ den Blick durch den Raum schweifen. Unwillkürlich stutzte sie. Mona, die an einem Tisch nahe am Fenster saß, erregte ihre Aufmerksamkeit. Ihr gegenüber saß Richard Clayton auf einem Stuhl und sah Mona mit großen Augen an. Sie unterhielten sich angeregt. Kate stand zu weit weg, um Gesprächsfetzen aufzufangen, doch die Art und Weise, wie die beiden beisammensaßen, sagte ohnehin mehr als tausend Worte. Richard Claytons Hand hatte sich gefährlich der von Mona genähert. Lediglich eine Fingerbreite trennte die beiden voneinander.

Kate musste lächeln. Davon hatte Clayton also gesprochen, als er kurz zuvor zu ihr gemeint hatte, das Café ziehe ihn magisch an. Mona war die Anziehungskraft, der er sich nicht entziehen konnte. Und Mona wiederum schien es nicht anders zu gehen. Mit glänzenden Augen und aufmerksamer Miene lauschte sie jedem von Richard Claytons Worten.

Zwischen den beiden hatte es gefunkt. Das konnte Kate selbst von ihrem Platz am anderen Ende des Raumes erkennen. Sie freute sich ungemein für Mona.

Schnell wandte sie ihren Blick ab. Sie wollte die beiden nicht stören.

Kapitel 24

Seit Jake aufgestanden war, saß er auf der Veranda vor dem Haus in einem gemütlichen Korbsessel, trank Kaffee und ließ sich die Sonne ins Gesicht scheinen. Eine wohltuende Wärme umschmeichelte seinen Leib. Er fühlte eine selige Ausgelassenheit und war so entspannt wie seit Langem nicht mehr. Das erste Mal in seinem Leben befand er sich an einem Ort, an dem er am liebsten für längere Zeit verweilen würde. Dabei wusste er nur zu gut, dass er schon viel zu lange hier war. Er hatte sich den Problemen seiner Vergangenheit noch nicht gestellt, und es war nur eine Frage der Zeit, bis seine Verfolger ihn erneut aufspüren würden. Das Leben war ungerecht.

Ein kleines Häuschen und einen anständigen Beruf, nichts mehr wünschte er sich für seine Zukunft. Und jetzt, da dieser Traum erstmalig in greifbare Nähe gerückt war, spürte er, dass es Zeit war, Abschied zu nehmen. Er konnte nicht bleiben – das wäre zu gefährlich.

So lange er sich erinnern konnte, war er auf sich allein gestellt gewesen. Und selbst jetzt, da er in Kate eine gute Freundin gefunden hatte, bedeutete dies nicht das Ende seiner Einsamkeit. Kate konnte ihn nicht vor dem behüten, was irgendwann unweigerlich wie ein Sturm über ihn hinwegbrausen würde. Wenn er nicht schnellstmöglich Geld beschaffte, um seine Schulden zu bezahlen, war die Katastrophe unabwendbar. Er rekelte sich auf seinem Stuhl und rieb sich die Schläfen. Müdigkeit steckte nach wie vor in jedem seiner Glieder – wann würde er sich endlich ausgeruht und unbekümmert fühlen? Nie? Würde er sich sein Leben lang auf der Flucht befinden – vor irgendwem?

Jake war sich uneins, wie es mit ihm weitergehen sollte. Zurück nach L.A. konnte er nicht, soviel stand fest, und vor der Zukunft, dem Ungewissen, fürchtete er sich. Immerhin wusste er, was ihn dort erwartete. Die Gläubiger standen schon bereit, um ihn durch den Fleischwolf zu drehen.

Es war Schicksal gewesen, dass er überhaupt das Glück gehabt hatte, Kate kennenzulernen. Sie hatte ihm einige Tage der Ruhe und Sorglosigkeit gewährt. Doch er konnte ihre Gastfreundschaft nicht ewig in Anspruch nehmen; das wäre selbstsüchtig. Er würde sie dadurch nur in Gefahr bringen. Wohin das Schicksal ihn wohl diesmal bringen würde, sobald er sich von ihr verabschiedete, wusste er nicht. Ihm graute davor, ein Leben als Tramper zu führen, ewig auf der Flucht und nirgends in Sicherheit. Vielmehr sehnte er sich nach Vertrautheit. Vielleicht auch Eintönigkeit.

Er nippte an seinem mittlerweile lauwarmen Kaffee. Die Möwen kreischten, die Wellen rauschten. Ein sanfter Wind wog Grashalme nordwärts. Ein Paradies auf Erden.

Jake erhob sich aus seinem Stuhl, streckte sich und griff nach einem Spaten, um ein Beet umzugraben. Die Arbeit würde ihn auf andere Gedanken bringen.

Er arbeitete bis in den späten Nachmittag hinein. Bald war sein Hemd schweißnass, sein Haar verklebt und seine Haut von einem dunklen Dreckfilm überzogen. Vor körperlicher Arbeit hatte er sich niemals gedrückt, vielmehr genoss er es, Schweiß und Schmutz auf seiner Haut zu spüren. Dadurch hatte er das Gefühl, hart geschuftet und am Ende des Tages etwas bewirkt zu haben. Auf diese Weise fühlte er sich gebraucht, und das tat gut.

Jake war so von seiner Gartenarbeit eingenommen, dass er fast nicht bemerkte, wie Kate in Begleitung von Richard Clayton plötzlich vor ihm stand.

***

»Sieh mal einer an«, sagte Kate fröhlich. »Fleißig wie immer.«

Jake drehte sich zu ihr um. »Hey, schon wieder da?«

Kate nickte. »Richard und ich wollen mit den Vorbereitungen beginnen. Wir haben vor, morgen eine Einweihungsparty zu geben.«

»Echt? Eine gute Idee!«

Kate entledigte sich einer leichten Jacke, die sie um die Schultern getragen hatte. »Ich denke, wir sollten den Grill, den Tisch und die Stühle dort unten aufstellen«. Sie zeigte auf einen festen Sandabschnitt, der nahe am Ufer lag. »Von dort hat man einen schönen Blick auf das Wasser.«

Jake zog die Nase kraus. »Keine so gute Idee. Das Ufer könnte vom Wasser überspült werden, und dann müssen wir in Windeseile alle unsere Plätze verlassen. Besonders der Grill steht da nicht sicher genug«, gab er zu bedenken. »Ich schlage den Platz unterhalb der

Veranda vor. Der ist zwar etwas weiter weg vom Ufer, dafür aber windgeschützt und trocken.«

In diesem Punkt stimmte Kate ihm durchaus zu, doch ihr missfiel der Gedanke, nicht direkt am Wasser zu sitzen. Sie hatte es sich so schön vorgestellt, die Füße von den seichten Wellen des Meeres umspielen zu lassen, während man eine Bratwurst aß und ein schönes Glas Wein trank.

»Wir können ja trotzdem für ein paar Sitzmöglichkeiten am Wasser sorgen«, meinte Richard Clayton, der spürte, dass Kate sich mit der Entscheidung schwertat, auf ihren heiß geliebten Platz direkt am Ufer zu verzichten. »Einfach ein paar Stühle dort bereitstellen, und jeder kann selbst entscheiden, wie nahe er sich an das kühle Nass setzt. Aber der Grill steht im Trockenen«, schlug er vor.

»Gut, so machen wir es«, beschloss Kate schließlich und lächelt Richard Clayton dankbar an.

***

Jake zupfte sich nachdenklich seine Arbeitshandschuhe von den Fingern und fuhr sich mit dem Unterarm über das schweißnasse Gesicht. Während der letzten Stunden hatte er einen Entschluss gefasst, und wenn er Kate jetzt nicht darüber in Kenntnis setzte, würde es zu spät sein. Worte lagen ihm auf der Zunge, Worte, die in seinem Kopf Form angenommen hatten, bis sie schließlich zu einem festen Vorhaben herangereift waren. Er trat tief durchatmend vor und bedachte Kate mit einem eindringlichen Blick.

»Kate, ich ...«, begann er. »Ich denke, ich sollte allmählich weiterziehen. Ich würde dir gern noch bei deinem Fest behilflich sein, aber ... ich habe deine Gastfreundschaft schon viel zu lange beansprucht. Ich habe hier schon länger verweilt, als gut für mich ist. Ich werde heute Abend die letzte Fähre nehmen.«

***

Kate schluckte. Damit hatte sie nicht gerechnet. Wie selbstverständlich war sie davon ausgegangen, dass Jake ihr bei der Ausrichtung des Festes behilflich sein würde – immerhin war es auch seine Einweihungsparty. Ihm hatte sie es überhaupt zu verdanken, dass ihr Haus so schnell bezugsfertig geworden war. »Du willst gehen? Schon? Aber warum denn so plötzlich?«, stotterte sie verblüfft. Die überstürzte Entscheidung überraschte sie zutiefst. »Ist das dein Ernst?«

»Ich habe heute den ganzen Tag darüber nachgedacht«, erklärte Jake. »Und ich denke, das wird das Beste sein.«

Glücklich schien ihn sein Entschluss nicht zu machen, denn in seinen Augen lag ein trauriger Glanz und seine Miene sprach von großer Bedrücktheit. Auch Kate empfand einen Anflug von Trübsal bei dem Gedanken, Jake könnte fortgehen. Sie hatte sich in den letzten Tagen an ihn gewöhnt. Es hatte Spaß gemacht, an seiner Seite das Haus zu renovieren, und sie hatte gehofft, noch ein wenig seine Gegenwart genießen zu können. Dem war offensichtlich nicht so.

»Meinetwegen musst du nicht gehen«, sagte Kate. »Deine Anwesenheit stört mich nicht. Im Gegenteil. Ich würde mich freuen, wenn du noch ein paar Tage bleibst. Und die Einweihungsfeier gebührt schließlich auch dir. Es ist doch auch dein Verdienst, dass das Häuschen nun in diesem Glanz erstrahlt.«

Jake lächelte sie dankbar an. »Das ist wirklich nett von dir. Und glaube mir ... ich würde gern bleiben, es ist nur ...« Er strauchelte, überlegte, fand den Faden wieder. »Es gibt einige Angelegenheiten, um die ich mich so schnell wie möglich kümmern muss, und ...«

»Was redest du denn da, Junge?«, mischte Richard Clayton sich etwas grob ein, woraufhin er einen verwunderten Blick von Kate erntete. Etwas sanfter fuhr er fort: »Ihr jungen Leute seid viel zu ungeduldig. Ständig müsst ihr umherziehen, ewig auf der Suche nach irgendetwas. Was ist denn so schlimm daran, einfach mal für ein paar Wochen zu verweilen? Glaubt mir, die Welt dreht sich auch ohne euch weiter. Die meisten Probleme regeln sich mit der Zeit von selbst.«

»Schön wäre es«, sagte Jake zerknirscht. »Ich würde wirklich gern bleiben, aber ...«

»Dann bleib auch, Jake«, unterbrach Clayton ihn. »Ich habe doch noch gar nicht richtig die Gelegenheit gehabt, dich besser kennenzulernen. Du erinnerst mich an meinen Sohn. Habe ich dir das schon einmal gesagt? Vermutlich nicht.«

Jake schien einen Augenblick unschlüssig. Verwirrt starrte er erst Clayton, dann Kate an – Hilfe suchend. Überrumpelt von der Heftigkeit, mit der Kate und Clayton versuchten, ihn zum Bleiben zu überreden.

***

Damit hatte Jake keineswegs gerechnet. Insgeheim hatte er sogar befürchtet, Kate sehne sich nach ein wenig Stille und Abgeschiedenheit. Immerhin waren die letzten Tage an seiner Seite alles andere als erholsam gewesen. Sein Entschluss, der ohnehin auf kränklichen Beinen stand, geriet ins Wanken. War er eben noch überzeugt gewesen, gehen zu müssen, war er sich diesbezüglich plötzlich nicht mehr so sicher. Immerhin wünschte er sich selbst nichts sehnlicher, als bleiben zu können. Nur ein paar Tage noch. Allein die Vernunft hatte ihn zum Gegenteil geraten. Und sie tat es noch.

Jake war hin- und hergerissen. »Ich weiß nicht, ich ...«, sagte er und rieb sich zaudernd den Hinterkopf.

***

»Damit wäre das also geklärt«, meinte Richard Clayton und kam auf Jake zu. Er nahm seine Hand und zog ihn hinter sich her zum Haus. »Du machst dich jetzt kurz frisch, und danach hilfst du Kate und mir bei unseren Vorbereitungen. In ein paar Tagen kannst du immer noch weiterziehen, wenn du unbedingt willst. Aber wo willst du überhaupt hin? Hast du schon eine neue Bleibe gefunden?«

Claytons Stimme verklang allmählich, als der alte Mann mit Jake im Haus verschwand. Kate sah den beiden nach. Sie wollte Jake zu nichts zwingen – wenn er gehen wollte, stand es ihr nicht zu, ihn daran zu hindern. Allerdings vermutete sie, dass sein Ansinnen von anderer Natur war, als er angedeutet hatte. Irgendetwas hatte Jake auf dem Herzen. Scotts Warnungen

kamen ihr in den Sinn. Was, wenn Jake tatsächlich
nicht der war, der er vorgab zu sein?

Jedenfalls schien er den Gedanken, fortzugehen, vorerst beiseitegeschoben zu haben, denn in den folgenden Stunden verlor er kein weiteres Wort darüber. Stattdessen ging er Kate und Richard bereitwillig
bei sämtlichen Vorbereitungen zur Hand. Kate fiel ein
Stein vom Herzen.

***

Ganz hinten in einer Abstellkammer hatte Clayton
mehrere aufklappbare Tische gelagert, die Jake nacheinander hervorholte und draußen vor dem Haus auf-
bauten.

»Weißt du, Jake«, sagte Clayton irgendwann, als die
beiden dicht beieinander einen Sonnenschirm aufstell-
ten. »Ich habe das vorhin nicht einfach nur so daherge-
sagt, dass du mich an meinen Sohn Paul erinnerst. Es
ist wirklich so. Sehe ich dich, sehe ich ihn.«

Jake, der sich uneins war, ob er Claytons Bemerkung
als Kompliment auffassen konnte, wusste nichts zu erwidern. »Ach ja?«

»Du hast einiges von ihm«, erklärte er. »Als junger
Mann ist er auch immer ruhelos gewesen. Äußerlich
ein harter Hund, aber im Inneren samtig weich wie das
Fell einer Katze. Und er war ebenso wie du auf der Suche.«

»Auf der Suche? Wonach denn?«

»Einem Ort«, sagte Richard. »Er suchte nach einem
Ort, wo Menschen lebten, die ihm ähnlich waren. Doch
das Problem war, dass er selbst noch gar nicht so recht

wusste, wer er eigentlich war. Oder sein wollte. Und daher fiel es ihm auch ziemlich schwer, Gleichgesinnte zu finden.«

»Was ist aus ihm geworden?«, wollte Jake wissen.

Richard hielt in der Bewegung inne. Seine Stirn legte sich in Falten, und kurz erinnerte seine Miene an die eines alten Mannes, der unlängst um die Tücken des Lebens wusste. Traurigkeit hatte sich über sein Gemüt gesenkt – eine tiefe, schwere Traurigkeit. »Er hat den Kontakt zu mir abgebrochen. Ich habe seit Jahren nichts von ihm gehört«, sagte Richard schließlich, die Stimme nur noch ein Flüstern. »Ich ... habe viele Fehler gemacht.« Er schluckte.

Jake schwieg. Er spürte, dass Richard dabei war, sich ihm zu öffnen, er musste nur abwarten und durfte den alten Mann zu nichts drängen.

Richard Clayton blickte in die Ferne, wo eine Möwe mit den Aufwinden in den Himmel aufstob. »Ich bin meinem Sohn kein guter Vater gewesen, war häufig zu ungeduldig mit ihm«, fuhr er fort. »Ich konnte und wollte einfach nicht wahrhaben, dass Paul noch jung war und das Leben erst begreifen musste. Ständig verlangte ich von ihm, mehr wie ich zu sein. Ein erfahrener Mann. Ich gestattete ihm keinerlei Fehltritte. Anscheinend habe ich damals vergessen, wie ich selbst in seinem Alter gewesen bin. Dass es hauptsächlich die Fehler waren, die mich zu dem Menschen gemacht haben, der ich heute bin.« Er seufzte tief und wischte sich den Schweiß von der Stirn. »Ein Mensch muss sich ausprobieren. Mal was versuchen. Scheitern. Aufstehen. Erneut Anlauf nehmen. Dadurch werden wir stärker, dadurch lernen wir, das Leben zu meistern. Aber meinem Sohn habe ich diese Möglichkeiten verwehrt.«

»Ist er sehr unglücklich gewesen?«, fragte Jake.

Richard nickte zaghaft. »Gewissermaßen. Als er zwanzig war, wollte er kaum noch ein Wort mit mir wechseln. Wäre meine Frau nicht gewesen, hätte er uns vermutlich niemals besucht. Damals wollte ich nicht wahrhaben, dass mein Sohn nichts falsch gemacht hatte und eigentlich ein netter, gebildeter junger Mann war, auf den ich stolz sein konnte. Ich war das Problem. Ich allein. Und ich habe meinen Sohn aus dem Haus getrieben.«

Jake spürte, dass es an der Zeit war etwas zu sagen. Er musste Richard trösten und ihn aufbauen. »Sie sollten nicht so hart mit sich ins Gericht gehen, Mr Clayton. Wir alle machen Fehler.«

»Aber wegen meiner Härte will mein Sohn nichts mehr von mir wissen ... Ich weiß nicht einmal, ob er noch lebt«, erwiderte Richard, wobei seine Stimme unerwartet fest klang.

»Wie ... meinen Sie das?«

Claytons Blick war trüb und leer. »Ich habe ihm nicht beigestanden, als er vom Weg abzukommen drohte. Gar nichts habe ich unternommen, obwohl meine Frau mich immer wieder dazu gedrängt hat. Ich habe zugesehen, wie Paul sich mehr und mehr in sich zurückzog, falsche Freundschaften einging und alles – sein Studium, sein Leben – einfach wegwarf. Das Letzte, was ich von ihm gehört habe, war, dass er Drogen genommen hat.«

Schweigen.

Nur das Rauschen des Windes in den Blättern einer nahen Palme war zu hören.

»Aber ... wie hätten Sie das denn verhindern sollen?«, fragte Jake zögerlich, darum bemüht, Richard Clayton weiterhin Trost zu spenden, dem die Tränen in den Augen standen. »Manche Dinge geschehen einfach, ohne dass man etwas dagegen tun kann.«

Clayton sah zu ihm auf, um Fassung bemüht. »Ich hätte nicht so hart zu ihm sein dürfen. Und später ... habe ich einfach den Glauben an ihn verloren. Ich war ungeduldig mit ihm. Ungeduldig und ungerecht.«

»Das tut mir ehrlich leid ... ich ...« Jake stockte, er wusste nicht, was er sagen sollte. Er selbst hatte nie einen Vater gehabt.

»Was würde ich dafür geben, die Zeit zurückzudrehen«, meinte Richard Clayton und schien mit den Gedanken weit fort. »Heute wäre ich Paul ein besserer Vater. Ganz bestimmt.«

»Sie sollten nach ihm suchen«, schlug Jake vor, der kurz darüber nachgedacht hatte, was er sich von Clayton wünschen würde, wenn dieser Mann sein Vater wäre. »Ich denke, er würde sich freuen.«

Richard Clayton nickte. »Ja, darüber habe ich auch schon nachgedacht.«

»Ich kann Ihnen bei der Suche helfen, wenn Sie möchten«, bot Jake an. »Ich kenne mich ein bisschen in der ... na ja, Drogenszene aus«, sagte er und winkte gleichzeitig mit der Hand ab. »Wenngleich ich keine nehme«, fügte er schnell hinzu und lächelte.

»Ja, danke. Das wäre mir eine große Hilfe.« Als Clayton nach einer Weile aufschaute, lag seltsamerweise ein heiteres Lächeln auf seinen Lippen. Obwohl es den offensichtlichen Kummer in seinen Augen nicht verdecken konnte, schien es dennoch, als hätte der alte Mann plötzlich ein Licht entdeckt, das ihm den Weg in die Zukunft wies. Er tätschelte Jake sanft die Schulter. »Und was dich betrifft ...«, erklärte er. »Lass mich dir helfen. Du weißt nicht, wer du bist und wohin du gehen sollst. Vielleicht kann ich dir bei deinen Entscheidungen mit Rat und Tat beiseitestehen.« Er seufzte laut. »Und wenn du willst, kannst du in einer meiner Firmen eine Ausbildung machen. Überlege es dir.«

Jake lächelte. »Danke für das Angebot! Ich werde es mir überlegen.«

Jakes Zustimmung schien Richard Clayton zu erfreuen. Er atmete erleichtert aus, und diesmal glänzten Tränen der Freude in seinen Augen. »Manchmal«, sagte er, »kann man in seinem Nächsten eine Familie finden. Man muss nur die Augen offen halten.«

Jake nickte. Er war ein wenig benebelt von ihrer Unterhaltung und noch immer ergriffen von Richards offenen Worten. Unfassbar, welches Leid dieser Mann in seinem Leben hatte ertragen müssen. Jake fuhr sich mit dem Ärmel über die Augen, als fürchtete er, dort eine Träne vorzufinden.

Und noch etwas rührte ihn zutiefst. Richard Clayton hatte ihm eine Chance gegeben, sein Leben wieder in den Griff zu kriegen. Und Jake nahm sich vor, diese nicht ungenutzt verstreichen zu lassen.

Er deutete zur Abstellkammer. »Kommen Sie, Richard. Wir sollten allmählich den nächsten Sonnenschirm aufbauen.«

Kapitel 25

Am nächsten Tag war das Wetter perfekt für eine Grillparty. Wie immer Mitte August, war es an den Nachmittagen unerträglich heiß, während zum Abend hin eine leichte Brise für etwas Abkühlung sorgte. Man konnte leicht bekleidet umherlaufen, ohne dabei zu schwitzen.

Kate war am Morgen mit einem flauen Gefühl im Magen erwacht. Sie war keineswegs erprobt darin, eine Fete auszurichten, und fürchtete, ihre Gäste zu langweilen. Sie sorgte sich um vieles: Hatte sie genug Salate vorbereitet, würde die ausgewählte Musik nicht zu aufdringlich sein, war ihr kurzes blaues Sommerkleid angemessen für diesen Anlass ... und hatte Scott genug Grillfleisch besorgt? Nach einem kurzen Telefonat gestern Abend hatte er Kate nochmals versichert, sich um das heutige Barbecue zu kümmern, aber bis zum jetzigen Zeitpunkt waren weder Scott oder Rickie noch das benötigte Grillfleisch eingetroffen.

Mittlerweile war es halb fünf, gegen sechs würden die Gäste auftauchen, es blieben also gerade mal anderthalb Stunden, um den Grill anzuwerfen und erste Steaks anzubraten.

Kates Unruhe blieb nicht unbemerkt. Jake zog kurzerhand die Grillhandschuhe über und begann mit dem Anheizen der Grillkohle. Sie schenkte ihm ein dankbares Lächeln, und ihre Sorgen schlugen nun glücklicherweise größtenteils in Vorfreude um. Kate war zuversichtlich, einen heiteren Tag im Kreis ihrer besten Freunde zu verbringen.

Nach und nach füllte sich die Strandfläche mit Gästen. Mona und Richard Clayton waren die Ersten, die mit zwei gemischten Salaten und einem Korb voller Brote und Backwaren aus Monas Café in der Hand auftauchten.

»Das wäre doch nicht nötig gewesen«, sagte Kate, als sie Richard den Korb aus der Hand nahm, damit er schnell die Schüssel mit Kartoffelsalat retten konnte, die er an seinen Brustkorb presste und die verdächtig in Schieflage geraten war. »Wir haben doch schon genug.«

»Wie käme ich denn dazu, mir hier den Bauch vollzuschlagen, ohne zumindest ein klein bisschen zu deinem Fest beigetragen zu haben«, sagte Mona und ließ schwärmend ihren Blick über die ausgewählten Köstlichkeiten gleiten, die auf einer langen Tafel, geschützt vor der Sonne unter dem Dach der Veranda, bereitstanden. Sie stellte ihre Leckereien zu den anderen, nahm Richard die Schüssel aus der Hand und platzierte diese ebenfalls auf den Tisch. Dann stibitzte sie sich einen Spieß mit Oliven, Paprika und Käse. »Du hast dir mal wieder viel zu viel Mühe gemacht, Kindchen«, meinte sie schmatzend und grinste.

Kate winkte ab. »War halb so wild. Jake hat mir fleißig geholfen. Nur Scott ist noch nicht da. Der wollte sich eigentlich um das Barbecue kümmern.« Besorgt sah sie sich nach ihm um.

Mona winkte ab. »Du kennst ihn doch. Der wird schon bald anrauschen. Mach dir keine Sorgen. Wahrscheinlich ist er in der Kanzlei aufgehalten worden.«

Kate nickte. »Vermutlich hast du recht. Komm, ich zeig dir das Haus. Als du das letzte Mal hier warst, waren ja überall noch Baustellen.«

»Ich dachte schon, du fragst nie.« Mona lachte und folgte Kate ins Haus. Richard dagegen machte eine Kopfbewegung Richtung Strandufer. »Bis später. Ich werde mal meine Freunde willkommen heißen.« Er hatte ein Pärchen unten am Ufer ausgemacht, welches fröhlich winkte.

Während Kate der staunenden Mona ihr Haus zeigte, trafen Scott und Rickie endlich ein. Sie sah Vater und Sohn erst wenig später, als sie zufällig einen Blick aus dem Schlafzimmerfenster warf und die beiden wie ein eingespieltes Team am Grill standen. Sie verteilten die ersten Steaks und Bratwürste auf dem Rost, die sie aus einer riesigen Frischebox fischten, die neben ihnen stand.

»Sehr bequem«, sagte Mona, als sie sich auf die Matratze warf und das Bett ausprobierte. »Und erst der Ausblick, ein Traum. Hier würde ich auch gern schlafen.«

»Bleib ruhig noch ein wenig liegen«, schlug Kate vor. »Ich will nur kurz Scott und Rickie begrüßen.«

»Geh nur, Liebes«, sagte Mona und fügte scherzend hinzu: »Du kannst mich dann übermorgen hier abholen.« Sie streckte ihre Beine aus, schob ein Kissen unter ihren Kopf und schloss die Augen.

Kate suchte Scott und Rickie vergebens. Am Grill, wo sie eben noch gestanden hatten, fand sie nun einen ziemlich korpulenten und glatzköpfigen Mann vor, der offenbar geschäftlich und auch privat mit Richard Clayton in Beziehung stand. »Schön, Sie kennenzulernen«, meinte Kate, nachdem der Mann sich ausschweifend vorgestellt hatte. »Kate Wellington mein Name«, stellte sie sich nun ihrerseits vor und schüttelte dem Mann seine dargebotene schweißnasse Hand.

»Ein schönes Strandhäuschen haben Sie hier. Ich verstehe allerdings nicht so recht, weshalb Clayton es Ihnen unentgeltlich zur Verfügung stellt. Er könnte ein ordentliches Sümmchen dafür nehmen, wenn er es vermieten würde.«

Kate antwortete kurz und knapp: »Wir haben eine Abmachung getroffen. Ich darf hier wohnen, aber bin für Pflege und die Instandsetzung des Häuschens verantwortlich.«

»Beeindruckend, beeindruckend. Es ist wirklich gut geworden«, sagte der Mann und nickte anerkennend. »Allerdings zeigt sich die wahre Qualität solcher Arbeiten ja erst nach ein paar Jahren, wenn langsam alles wieder zu bröckeln anfängt«, fügte er hinzu und lachte heiter, als hätte er einen guten Witz gemacht.

Kate beschloss, ihn nicht zu mögen, wischte sich die Hand an ihrem Kleid ab und machte sich schnellstmöglich zurück auf die Suche nach Scott. Als Erstes fand sie Rickie, der am Buffettisch ein paar Salzstangen knabberte, obwohl das Essen eigentlich noch nicht freigegeben war.

»Wo ist denn dein Vater?«, wollte Kate wissen, nachdem sie den Jungen begrüßt hatte.

»Der holt den anderen Karton mit Würstchen aus dem Auto«, antwortet Rickie, stibitzte erneut ein paar

Salzstangen und lief zurück zum Grill, wo er sofort fachmännisch die Grillzange in die Hand nahm und die Steaks wendete.

Richard kam mit drei leeren Weingläsern in der einen und einer vollen Flasche Rotwein in der anderen Hand an Kate vorbei und lächelte sie an. Er setzte sich auf die Terrasse an einen Tisch, wo fremde Menschen lachend beisammensaßen. Kate sah ihm hinterher. Sie hätte nicht erwartet, dass Richard so viele Freunde einlud. Eigentlich wäre ihr eine Feier im kleinen Kreis sehr viel lieber gewesen. Auch beschlich sie allmählich die erneute Sorge, Essen und Getränke könnten nicht für alle reichen. Sie nahm sich vor, gleich nachher noch den aktuellen Stand der vollen Bierflaschen in den Kästen zu zählen, um so gegebenenfalls rechtzeitig für Nachschub sorgen zu können.

Noch völlig in Gedanken versunken, spürte Kate, wie sich von hinten zwei Hände auf ihre Schultern legten. Als sie sich umwandte, blickte sie geradewegs in das strahlende Gesicht von Scott.

»Guten Abend, schöne Frau. Scott Blackwell mein Name. Haben wir uns schon einmal irgendwo gesehen?«, begrüßte er sie scherzend.

Kate drehte sich um und knuffte ihn in die Seite. »Ich habe dich schon überall gesucht.«

»Das höre ich gern«, sagte er rau und senkte seinen Mund auf ihren. »Du siehst umwerfend aus.« Er gab ihr einen sanften Kuss, den sie stürmisch erwiderte. »Tut mir leid für die Verspätung, aber als ich gerade die Kanzlei verlassen wollte, kam noch ein wichtiger Anruf rein. Der im Übrigen auch für dich sehr interessant sein könnte.« Er küsste sie erneut und sie spürte, dass

Scott sich nur schwer wieder von ihren Lippen löste. Der sehnsüchtige Blick, den er ihr zuwarf, ließ ihre Haut kribbeln.

»Wieso, wer hat denn angerufen?«, wollte sie wissen, als sie mit roten Wangen zum ihm aufsah.

»Ein Anwaltskollege aus L.A.« Scott strich ihr zärtlich eine Haarsträhne aus dem Gesicht, während er fortfuhr. »Kate, du musst dir keine Sorgen mehr machen. Dieser Mistkerl von Oberarzt wird dich nicht mehr belästigen.«

»Wie meinst du das?« Kate legte ihm die Arme um die Taille. Scott tat es ihr gleich und zog sie näher an sich.

»Der Mistkerl hat sich ein neues Opfer zum Stalken ausgesucht. Aber diesmal ist er zu weit gegangen«, erwiderte er. Er griff in die Innenseite seines Sakkos und zog ein zusammengefaltetes Papier heraus. »Dieses Fax hat mir der Kollege noch schnell geschickt.« Er faltete es auseinander und reichte es Kate. Es handelte sich um einen Zeitungsartikel, in dem von einem leitenden Oberarzt die Rede war, der sich wegen sexueller Belästigung vor Gericht zu verantworten hatte. Darunter war ein Bild abgedruckt.

»Ja, das ist er, eindeutig«, bestätigte Kate erstaunt, nachdem sie den Artikel überflogen hatte.

Scott nickte. »Ja, eine Frau hat ihn wegen sexueller Belästigung und versuchter Vergewaltigung angezeigt. Daraufhin haben sich weitere Frauen gemeldet, denen er wie dir zu nahegetreten ist. Er ist vom Dienst suspendiert und ihn erwartet garantiert eine Haftstrafe.«

»Echt jetzt? Ich kann das noch gar nicht glauben.« Kate stand die Erleichterung ins Gesicht geschrieben.

»Das sind wirklich gute Neuigkeiten«, murmelte sie und atmete tief aus.

»Er wird dir nichts mehr tun«, sagte Scott beruhigend, zog sie an seinen Brustkorb, drückte sie an sich und küsste sie auf das Haar, dann bedachte er sie mit einem leidenschaftlichen Kuss.

Kate konnte ihr Glück kaum fassen und dachte an die letzten Wochen. An ihre ständige Angst, aufgespürt zu werden, die schlaflosen Nächte, die Gewissheit, nie wieder glücklich zu sein. Sollte dieser Albtraum nun tatsächlich ein Ende haben? Sie atmete tief durch und hätte sich am liebsten noch länger Scotts Umarmung hingegeben, aber das Ploppen eines Korkens, der aus einer Flasche Sekt entfernt wurde, erinnerte sie daran, dass sie den Strand voller Gäste hatte. Beide lösten sich nur schweren Herzens voneinander.

Kate nahm Scotts Hand und bat ihn, ihr zu folgen. »Komm, ich zeige dir das Haus. In seiner vollendeten Schönheit hast du es ja noch nicht bewundern können.«

Er stolperte hinterher und wunderte sich über die vielen Gäste, die Kate eingeladen hatte. »Ich wusste gar nicht, dass du so viele Freunde hast«, bemerkte er beiläufig.

»Das sind alles Bekannte von Richard Clayton. Ich glaube, wir beide haben unterschiedliche Auffassungen von einer Party *im kleinen Rahmen*.«

»Scheint so.« Er lachte auf.

»Hauptsache, du bist da.« Kichernd hakte Kate sich bei ihm ein und führte ihn zur Küche, wo es eigentlich nicht viel Neues zu sehen gab. Jake hatte die hölzernen Schranktüren in hellblauer Farbe überstrichen und ein

Stromkabel mit einem Tunnel verkleidet, weil es sich zuvor äußerst hässlich die Wand entlang zum Kühlschrank geschlängelt hatte.

Scott täuschte eine Weile lang Interesse vor und tat so, als würde er sämtliche Veränderungen sorgfältig in Augenschein nehmen, was Kate ein Schmunzeln entlockte. »Das ist sehr schön geworden«, sagte er. »Das habt ihr wirklich gut gemacht.«

Sie freute sich über sein Lob, spürte aber auch, dass sein vordergründiges Interesse vor allem ihr galt. Immer wieder berührte er sie sanft, küsste ihren Nacken, spielte mit ihrem Haar, was ihr sehr gefiel, sie aber auch gleichzeitig anspannte. Von draußen hörte sie das Lachen der Gäste. Jeden Moment konnte jemand das Haus betreten, und sie wollte nicht in anstößiger Pose ertappt werden. Scott nicht zu berühren, fiel ihr schwerer als gedacht, deswegen zeigte sie ihm schnell auch die anderen Räume. Versunken fuhr er über die sanierten Türrahmen, wobei ihm auch dabei anzusehen war, dass er mit den Gedanken weder bei dem abgeschliffenen, ebenmäßigen Holz noch dessen Lackierung war. Er war eben nicht der Typ, der sich sonderlich um Innenarchitektur scherte.

»Komm«, sagte sie daher, um ihn von seinem Leiden zu erlösen. »Lass uns zu den anderen nach draußen gehen.«

Als sie am Wohnzimmer vorbeikamen, vernahm Kate das Flüstern von Monas Stimme, und irgendetwas an der Art und Weise, wie sie sprach, ließ sie aufhorchen. Sie wies Scott an vorauszugehen und sah sich neugierig nach Mona um. Ihre ältere Freundin saß auf dem Sofa, dicht neben Richard Clayton. Beiden lag ein breites

Grinsen auf den Lippen. Sie bedachten einander mit schmachtenden Blicken, wie zwei Teenager, die unsterblich ineinander verliebt waren. Kate musste unwillkürlich lächeln.

Da haben sich ja zwei gefunden, dachte sie und zog umgehend weiter, weil sie Mona und Richard nicht in ihrer Privatsphäre stören wollte. Wer hätte gedacht, dass Mona sich noch einmal verlieben würde? Kate freute sich unsagbar für sie.

Draußen auf der Terrasse blieb sie einen Moment stehen, ließ ihren Blick schweifen und ging in sich. Das bunte Treiben am Strand, das fröhliche Lachen der Gäste, der strahlendblaue Himmel, der süßliche Duft der Rosen, der ihr in die Nase stieg, wenn der Wind die Sträucher streichelte, das sanfte Rauschen des Meeres. Das musste das Paradies sein, dachte sie und atmete tief aus. Hätte ihr jemand vor einem Jahr gesagt, dass sie, Kate Wellington, bald wieder so glücklich sein würde, wie sie es heute war, sie hätte ihn für verrückt erklärt. Es war einfach zu schön, um wahr zu sein. Die Arbeit im Café, ihre neuen Freunde, das Häuschen und natürlich Scott. Sie schluckte beklommen, denn sie konnte immer noch nicht glauben, dass nun eine Zeit für sie anbrechen würde, in der wieder Herzlichkeit und Liebe eine große Rolle spielen sollten. »Genieße dein Leben«, sagte sie zu sich selbst, während sie versuchte, sich wieder auf ihre Gäste zu konzentrieren.

Scott gesellte sich neben Kate auf die Veranda. »Hier, für dich.« Er reichte ihr ein Glas Sekt und lächelte sie liebevoll an. Dann folgte er ihrem Blick. »Bist du zufrieden mit deiner Party?«

»Ja.« Kate nickte. »Es ist ein wunderschöner Abend.« Sie lächelte und lehnte sich gegen ihn. Ihr Kopf berührte seine Schulter.

»Guck mal, welchen Spaß Rickie hat«, sagte sie, als sie beobachtete, wie Rickie fachmännisch und mit offensichtlich großer Freude das Grillen übernommen hatte und die Gäste versorgte.

»Ja, er ist richtig gut drauf. Und das habe ich dir zu verdanken«, bestätigte Scott. »Rickie ist wie ausgewechselt. Deine Idee, ihn für eine Weile bei dir wohnen zu lassen, war richtig gewesen. Indem wir beide einige Tage getrennt voneinander waren, sind wir uns endlich wieder nähergekommen. So widersprüchlich das auch klingen mag.«

»Nichts zu danken.« Sie lachte.

»Rickie mag dich.«

»Ich weiß!«, sagte Kate und seufzte tief. Sie sah Ben neben Rickie stehen und winkte ihm freudig zu.

»Er mag dich sehr.« Scott sah ihr tief in die Augen. »Ich glaube, er hätte kein Problem damit, wenn wir uns wieder annähern.« Ein Muskel zuckte in seinem Gesicht.

Kate schwieg. Sie nahm einen Schluck Sekt, weil sie spürte, dass das Gespräch in eine Richtung lief, vor der sie die ganze Zeit Angst gehabt, aber sie zugleich so sehr herbeigesehnt hatte. Würde Scott ihr erneut seine Liebe gestehen? Hatte sie es geschafft, sein Herz zurückzuerobern? In ihrem Bauch flatterte ein ganzer Schwarm Schmetterlinge auf.

»Und ich würde es ebenfalls begrüßen«, fügte er mit rauer Stimme hinzu und nahm Kates freie Hand in seine. Er sah sie an, sein Blick war jetzt ernst. »Kate, ich danke dem Schicksal, dass wir uns wieder über den Weg gelaufen sind, ich möchte dir sagen ...«

»Ich mag Rickie auch. Er ist ein toller Junge«, unterbrach Kate ihn schnell, der klar geworden war, dass egal, was Scott ihr gerade beichten wollte, jetzt definitiv nicht der richtige Zeitpunkt dafür war. Sie gab eine Party. Ihre Gäste warteten auf sie, und was noch viel wichtiger war, sie musste sich selbst erst noch in ihrem neuen Gefühlschaos zurechtfinden.

»Du weichst mir aus«, stellte Scott amüsiert fest und fuhr ihr zärtlich mit dem Daumen über die Lippen. »Und du lässt mich nicht ausreden.«

»Reiner Selbstschutz«, antwortete Kate. Bemüht unbekümmert lachte sie ihn an, weil sie nicht wollte, dass er ihre Zurückhaltung als Ablehnung empfand. »Lass uns später reden, wenn wir allein sind«, schlug sie vor, reckte sich zu ihm hoch und küsste ihn flüchtig, bevor sie wieder an ihrem Sektglas nippte.

»Du bist noch nicht so weit, dich wieder auf einen Mann einzulassen. Ist es das?« Scott zog fragend eine Augenbraue hoch. »Oder geht es hier um mich? Willst du dich nicht wieder auf mich einlassen?«

Darauf wusste Kate nichts zu erwidern. Sie blickte zur Seite, unfähig Scott anzusehen, und strich sich unsicher eine Haarsträhne hinters Ohr.

Eine unangenehme, beinahe beklemmende Stille breitete sich zwischen ihnen beiden aus.

Glücklicherweise drang in diesem Augenblick ausgelassenes Gelächter vom Strand herüber und erinnerte Kate daran, sich geschworen zu haben, an diesem Abend fröhlich zu sein. Heute wollte sie kein Trübsal blasen. Sie griff nach Scotts Hand und führte sie an ihre

Wange, legte bewusst einen Ausdruck in ihre Augen, den er nicht falsch interpretieren konnte. »Gib mir noch etwas Zeit, Scott. Lass uns später darüber reden.«

Er nickte. »Okay.«

Sie lächelte. »Gut, dann lass uns zu den anderen stoßen.«

Kapitel 26

»Ein schönes Fest, nicht wahr?«, stellte Jake fest, nachdem Kate geradewegs in ihn hineingelaufen war. Sie hatte Servietten aus der Küche geholt und war noch ganz gefangen von dem Bild, wie Mona und Richard auf dem Sofa kauerten und Händchen hielten. Die Sonne blendete Kate und sie schirmte ihre Augen mit der Hand ab, um Jake deutlicher sehen zu können.

»Ja, alle scheinen Spaß zu haben, ich freue mich sehr darüber!« Sie war um eine neutrale Miene bemüht, was nur leidlich gelang. Am liebsten hätte sie laut gelacht. Mona und Richard? Was für ein seltsam schönes Pärchen!

Als sie Jakes bekümmerte Miene erblickte, versiegte ihre Heiterkeit.

»Ist was, Jake? Geht es dir nicht gut?«

Er senkte den Blick und betrachtete seine Füße. »Nein, es ist nichts. Ich bin nur in Gedanken.«

»Ich sehe doch, dass dich etwas bedrückt. Willst du es mir nicht sagen?«

Er zuckte die Schultern und stocherte mit der Fußspitze in der Ritze zwischen zwei Bodendielen. »Es ist nur ... Richard Clayton hat mir einen Ausbildungsplatz angeboten.«

»Das ist doch super. Richard und du, ihr beide scheint euch ja wirklich gut zu verstehen«, sagte Kate und lächelte ihn aufmunternd an.

»Ja, schon, nur ...« Noch immer wagte Jake es nicht, sie anzusehen. »Ich mache mir nur Sorgen. Da gibt es etwas, was ich dir sagen muss ...« Er hielt inne, weil plötzlich ein schrilles, beinahe panisches Gebrüll vom Ufer an ihre Ohren drang. Jake und Kate wirbelten gleichermaßen alarmiert herum. Sehen konnte Kate nichts, die Sicht wurde ihr von mehreren Leuten verdeckt. Allerdings ließ der aufgebrandete Tumult nicht nach. Stimmen riefen wild durcheinander und man konnte einen ungehaltenen Unterton heraushören.

Kate stürmte von der Veranda, um der unvermittelten Unruhe auf den Grund zu gehen. Jake folgte ihr die Stufen hinunter.

Schon während sie sich an mehreren Gästen vorbei einen Weg ganz nach vorn bahnte, hörte sie die laute und rauchige Stimme eines Mannes. Sie gehörte nicht hierher, klang zu gehässig, böse keifend, als dass man erwartet hätte, sie auf einem idyllischen Strandfest zu vernehmen.

Sofort hämmerte Kates Herz gegen ihre Brust – irgendetwas stimmte hier nicht.

Als sie sich in die vorderste Reihe gedrängt hatte, sah sie geradewegs in das wettergegerbte Gesicht eines großen und völlig fremden Mannes. Er stand mittig am Strandufer, umringt von einem halben Dutzend äußerst zwielichtig ausschauenden jungen Männern, und fuchtelte wild mit den Armen.

»Wo ist er? Ich weiß, dass er hier ist«, schrie er wütend und deutete in die Runde. Er trug eine ausgeblichene

Weste aus Jeansstoff, die mit mehreren Aufnähern versehen war. Seinen rechten Arm zierte ein aufdringliches Tattoo in Form einer Schlange – oder war es ein Drache? Jedenfalls erweckte sein Erscheinungsbild Angst in Kate.

»Na los! Wo ist er?«, brüllte der Fremde erneut, nachdem niemand bereit gewesen war, seine Frage zu beantworten. »Wo ist Jake, diese miese Ratte?«

Bei der Erwähnung seines Namens blickte Kate sich unwillkürlich nach Jake um. Dieser war ihr offensichtlich nicht gefolgt, denn sie konnte ihn nirgends entdecken. Hilflos schaute sie in die Gesichter der Menge. Auch Scott und Richard schienen wie vom Erdboden verschluckt. Ihr blieb also nichts anderes übrig, als die Situation allein zu klären. Sie nahm all ihren Mut zusammen und baute sich vor dem Mann auf, hatte aber Mühe, die Worte zu formulieren, weil ihr Hals wie zugeschnürt war. »Entschuldigen Sie …«, schimpfte sie. »Was fällt Ihnen ein, hier einfach so hereinzuplatzen? Das ist ein Privatgrundstück! Wer sind Sie überhaupt?«

Der Fremde wandte sich Kate zu, ein gehässiges Grinsen auf seiner Miene. »Du willst wissen, wer wir sind, Baby?«

Seine Augenbrauen bebten gefährlich. »Dann wollen wir uns gern vorstellen, nicht wahr, Kumpels?«, sagte er und drehte sich kurz hämisch lächelnd zu seinen Kumpanen um. Er schnaubte, als er Kate wieder ins Gesicht sah. »Wir sind zwar Freunde von Jake, aber trotzdem können wir ziemlich wütend werden, wenn ihr uns nicht endlich verratet, wo die Ratte sich versteckt hat.«

Er wandte sich der Menge zu und brüllte über ihre Köpfe hinweg: »Hörst du, Jake? Rauskommen! Ich bin's. Dein lieber Freund Arthur! Du hast deine Freunde doch sicher schon vermisst, oder? Dachtest wohl, hier würden wir dich nicht aufspüren, was?« Er lachte hämisch. »Da hast du dich aber verrechnet. Eine nette Frau namens Virginia hat uns geradewegs hierhergeführt. Die Zeit ist um, Jake. Wir haben lange genug gewartet!«

Kate war einen Moment lang wie gelähmt, doch allmählich kehrten ihre Lebensgeister zurück. Adrenalin pumpte durch ihre Venen, und endlich war sie zu einem klaren Gedanken fähig. Jake und auch alle übrigen Gäste waren in Gefahr. Sie musste etwas tun, um die Situation zu entschärfen. Aber was? Da Jake sich nicht zu erkennen gab, hielt sie erneut nach ihren übrigen Freunden Ausschau. Doch nach wie vor entdeckte sie weder Scott noch Richard. Mona stand zu ihrer Rechten in zweiter Reihe. Gerade als ihre Blicke sich begegneten, bemerkte Kate auch Rickie, der sich von Monas Hand löste und an den Gästen vorbei ins Haus stürmte. Darüber war Kate sehr erleichtert. Drinnen würde Rickie in Sicherheit sein. Waren außer ihm noch andere Kinder auf der Feier? Erneut versuchte sie sich einen Überblick zu verschaffen, konnte aber nur Erwachsene sehen, von denen die Allerwenigsten ihren anfänglichen Schreck überwunden hatten. Einigen stand die Angst buchstäblich ins Gesicht geschrieben.

»Na los!«, schrie der fremde Mann, der sich als Arthur vorgestellt hatte. »Wo treibst du dich herum, du kleines Stück Scheiße? Jake ... Jake ...!« Sein Blick schweifte suchend umher.

»Verschwinden Sie. Auf der Stelle!«, sagte Kate, die sich erneut zur Gegenwehr durchgerungen hatte. »Sie haben hier nichts verloren.«

»Schön locker bleiben, Baby«, erwiderte der Fremde hämisch und breitete die Arme aus, als wollte er Kate umarmen.

Sie wich einen Schritt zurück.

Er grinste. »Sobald wir Jake haben, sind wir weg. Stimmt's, Kumpels ...?« Er wandte sich kurz seinen Begleitern zu. »Wir wollen doch das schöne Fest nicht verderben.«

Die Männer lachten diabolisch. Danach betrachtete Arthur eine Weile seine Fingernägel, als würde er angestrengt über etwas nachdenken, bevor er wieder aufschaute und Kate direkt in die Augen sah. Sie bekam eine Gänsehaut und wünschte sich, dass alles nur ein Albtraum war, aus dem sie gleich erwachte.

»Weißt du, Baby, wir haben leider keine Wahl«, begann Arthur. »Wir wollen nur, dass Jake mit uns kommt ... das ist alles.« Er hielt inne und zuckte entschuldigend mit den Schultern. »Die Sache ist die ... Baby«, setzte er erneut an. Der Tonfall in seiner Stimme war jetzt bedrohlich, und Kate spürte instinktiv, dass ihr nicht gefallen würde, was er zu sagen hatte. »Sollte Jake nicht in den nächsten zwei Minuten hier auftauchen, werden wir hier leider alles kurz und klein schlagen müssen. Und zwar so schnell, dass die Polizei nur noch Trümmer vorfinden wird. Ungefähr so.«

Um vorzuführen, dass er nicht nur leere Drohungen aussprach, griff er nach einem hölzernen Gartenstuhl zu seiner Rechten, hob ihn über seinen Kopf und schmetterte ihn mit aller Kraft auf den Sandboden.

Holzsplitter regneten durch die Luft und ein geräuschvolles Krachen erklang, als der Stuhl in zwei Teile brach. Schockiert wich die Menge zurück.

Der Fremde erhob sich mit einem ekelhaften Lächeln auf den Lippen.

»Schluss jetzt, Arthur. Ich komme ja schon!«, ertönte Jakes Stimme. Er schob sich durch einen Spalt zwischen zwei älteren Damen, die entrüstet die Hand vor den Mund geschlagen hatten und mit verdatterten Gesichtern auf den kaputten Stuhl starrten.

»Nicht, Jake!«, rief Kate voller Furcht. Sie streckte instinktiv die Hand aus, um Jake aufzuhalten, ihn eventuell zu beschützen. Aber Jake schüttelte sie nur ab.

Bedrohliche Stille lag in der Luft, als Jake und Arthur sich musternd gegenüberstanden.

»Lass die Leute in Ruhe«, forderte Jake. »Wir sind hier nicht auf dem Pausenhof!«

»Ach nein?« Der Fremde verschränkte die Arme vor der Brust, wobei er nicht aufhörte, Jake abschätzig zu mustern.

Jake nickte. »Spiel dich nicht so auf!«

Der Fremde trat einen Schritt vor. »Wie schön, dich wiederzusehen, Jake. Früher als gedacht, nicht wahr?«

Jake ließ sich zu keiner Erwiderung hinreißen. Hilflos hob er die Arme und ließ sie gleich darauf wieder sinken. »Ihr habt mich also gefunden. Zufrieden?«

»Das kann man wohl sagen. Heute ist mein Glückstag«, erwiderte Arthur, grinste und spuckte auf den Boden zu Jakes Füßen. »Ich würde vorschlagen, du verabschiedest dich jetzt von deinen neuen Freunden und begleitest uns. Wir wollen das Fest doch nicht noch länger stören. Es liegt an dir.«

Kate trat vor. »Jake!«, rief sie. »Was ist hier los? Was sind das für Männer?«

»Oh!« Der Fremde hob eine Augenbraue. »Deine Geliebte?«, fragte er mit einem ironischen Lächeln auf den Lippen.

Widerwärtiges Gelächter seiner Kumpels erhob sich.

»Schnauze, Arthur!«, fuhr Jake ihn an und wandte sich daraufhin mit flehender Miene an Kate. »Halt dich bitte da raus. Ich geh jetzt einfach mit diesen Typen mit, und ihr könnt dann weiterfeiern, als wäre nichts gewesen, in Ordnung? Ich wusste, dass sie mich früher oder später aufspüren würden.«

Nichts war in Ordnung, aber Kate hatte keine Kraft mehr, den Männern etwas entgegenzusetzen. Sie wusste jetzt, was Jake die ganze Zeit belastet hatte. Er war auf der Flucht vor diesen grobschlächtigen Kerlen gewesen und musste gewusst haben, dass sie ihn früher oder später aufspüren würden. Deswegen hatte er auch weggewollt. Ihr Mund war trocken. Reglos sah sie zu, wie Jake Anstalten machten, den fremden Männern zu folgen. Er holte nicht einmal seine Sachen. Wohin würden sie ihn mitnehmen? Würde Kate ihn je wiedersehen? Sie musste etwas unternehmen – doch was?

»Hier geblieben!«, rief jemand entschlossen.

Es war nicht die Stimme eines Erwachsenen. Sie war heller und weicher. Kate kannte sie ... kannte sie gut. Aus Furcht, was sie zu sehen bekäme, wagte sie nicht, den Kopf zu wenden. Irgendwann tat sie es dennoch.

Auch Arthur war stehen geblieben. Eigentlich hatten er und seine Kumpels der Menge längst den Rücken zugewandt, während er Jake am Ufer entlang vor sich herschob. Als er einen flüchtigen Blick über die Schulter warf, um nachzusehen, wer da gerufen hatte, fuhr er panisch herum.

Ein Junge starrte ihn an.

Arthur blinzelte, anscheinend glaubte er nicht, was er da sah. Dann wurde er blass. Der Junge hielt eine Pistole in seinen kleinen Händen und der Lauf der Waffe war geradewegs auf Arthur gerichtet.

Rickie! Kate schossen unzählige Gedanken durch den Kopf, allen voran die Frage, wie um alles in der Welt der Junge an die Pistole gelangt war.

»Lass Jake in Frieden«, forderte Rickie kühn, während er sich den beiden näherte. »Er ist mein Freund!«

Aus dem Gesicht des Fremden war für einen Moment alle Farbe gewichen, aber er fasste sich schnell wieder. Er schüttelte sich, und ihm war anzusehen, dass sein Verstand arbeitete. Scheinbar beleuchtete er seine Möglichkeiten – war die Waffe echt? Wenn ja, war sie geladen?

»Runter mit der Waffe, Junge, das ist kein Spielzeug«, forderte er mit energischer Stimme. »So was kann ins Auge gehen.«

Rickie stand jetzt nur noch wenige Meter von den beiden entfernt und hob den Lauf der Waffe ein wenig an: Wenn sich jetzt ein Schuss löste, würde er gewiss den Schädel des Fremden durchschlagen. Ein glatter Durchschuss, mitten durch die Stirn.

Rundherum war es vollkommen still. Niemand wagte sich zu rühren, geschweige denn etwas zu sagen. Jakes Blick wanderte zwischen Rickie und Arthur hin und her.

»Gib mir die Waffe und wir vergessen das Ganze hier«, sagte der Fremde, beugte sich leicht vor und streckte seine Hand aus. Seine Finger schlossen und öffneten sich. »Gib schon her, mein Kleiner. Gib mir die Pistole.«

»Nennen Sie mich nicht ›Kleiner‹, verstanden? Ich bin groß genug, um Jake zu beschützen.«

Schweigen.

Zu Kates Erleichterung tauchte in diesem Augenblick Scott hinter Rickie auf, der einen zögerlichen Schritt auf seinen Sohn zumachte. Der Schreck stand ihm ins Gesicht geschrieben. Er hatte Angst um ihn. Noch ein Schritt, dann war er Rickie bereits ganz nahe.

»Rickie«, sagte er mit sanfter Stimme und erreichte dadurch, dass sein Sohn sich ihm kurz zuwandte. »Was machst du denn da? Mach keine Dummheiten, hörst du? Der Typ ist es nicht wert.«

Eine Träne lief dem Jungen über die Wange. »Die Männer dürfen Jake nicht mitnehmen. Niemals! Sie wollen ihm wehtun, das ist doch klar.«

Scott nickte verständnisvoll. »Das werden sie nicht, hörst du? Ich werde mich darum kümmern«, sagte er. »Jake ist jetzt in Sicherheit. Du kannst die Waffe also runternehmen«, versuchte er Rickie zu beruhigen, während er sich seinem Sohn weiter näherte.

Rickie schüttelte den Kopf. »Nicht solange die Typen sich noch hier aufhalten. Sie sollen abhauen. Alle!«

Arthur lachte laut auf. »Wir werden uns von einem kleinen Jungen doch nicht einschüchtern lassen. Ab mit dir in den Kindergarten, da kannst du Cowboy spielen.«

»Sie sollen abhauen, jetzt sofort«, wiederholte Rickie. Seine Augen funkelten böse.

»Nun machen Sie schon, sehen Sie denn nicht, dass es dem Jungen ernst ist? Lassen Sie uns später in Ruhe über alles reden. Wir finden eine Lösung«, sagte Scott. »Ich bitte Sie, gehen Sie, bevor es zu einer Katastrophe kommt.«

Arthur schien eine Weile zu überlegen, dann nickte er.

»In Ordnung, wir verschwinden! Hört ihr, Jungs? Abmarsch!« Er winkte seinen Kumpels auffordernd zu, ihm zu folgen.

Aber niemand rührte sich. Nicht einmal Arthur selbst. Er starrte weiterhin abschätzend den Jungen an, als hoffte er, dessen Gedanken zu erraten.

Rickie wirkte sehr konzentriert und sein Brustkorb hob und senkte sich gleichmäßig.

Selbst Kate, die den Jungen gut zu kennen glaubte, fiel es schwer, Rickies Absichten zu durchschauen. Sie zitterte vor Angst, daher war sie erleichtert, als Scott seinen Sohn erreicht hatte. Er streckte die Hand nach ihm aus. Mit geschmeidigen Bewegungen winkte er den Jungen herbei und rief: »Rickie, sieh mich an! Rickie, hörst du mich? Komm schon, sieh mich an!«

Der Junge zuckte mit keinem Muskel.

»Rickie!«

Keine Reaktion.

»Komm zu mir, Rickie. Bitte! Du hast gewonnen, hörst du? Jetzt überlasse mir den Rest. Dann wirst du dich besser fühlen.«

Endlich sah Rickie seinen Vater an. Vielleicht hatte Scott die richtigen Worte gefunden. Immerhin war es kaum vorstellbar, dass er sich mit einer Pistole in den Händen wohlfühlte. Vermutlich sehnte er sich danach, diese Verantwortung weitergeben zu können und auf diese Weise einer schrecklichen Situation zu entfliehen.

Scott beugte sich zu ihm herab, berührte langsam seinen rechten, ausgestreckten Arm und versuchte, ihn hinunterzudrücken. Rickie, der sich anfangs noch sträubte, ließ es allmählich einfach geschehen. Die Spannung in seinen Muskeln lockerte sich. Langsam senkte er die Pistole.

Er schafft es, dachte Kate. *Scott rettet die Situation.*

Bedächtig schlossen Scotts Handflächen sich um Rickies Hände, welche nach wie vor die Waffe hielten. Der Lauf deutete nun erstmals zu Boden, was Arthur, der seit Sekunden völlig reglos und still dastand, aufatmen ließ. Er wischte sich mit der flachen Hand über die schweißnasse Stirn.

»Mein lieber Schwan«, knurrte er und machte einen unbewussten Schritt auf Scott und seinen Sohn zu.

Das deutete Rickie als Angriff. Er erschrak fürchterlich, fuhr entsetzt auf, stieß seinen Vater grob zur Seite und erhob die Waffe. Willentlich oder versehentlich – dass wusste er vermutlich nicht mal selbst – drückte er den Abzug.

Kapitel 27

Ein Knall durchschlug die Stille. Er war nicht ohrenbetäubend, aber doch laut genug, dass alle Gäste zusammenzuckten und erhitzte Schreie die Luft erfüllten.

Die Hände über den Kopf geschlagen, war Arthur zu Boden gegangen. Kate sah ihn vor sich auf dem Boden kauern, als sie einen Blick riskierte. Irgendwer – vermutlich Rickie – weinte. Die Pistole war lautlos im Sand gelandet; er hatte sie vor Schreck fallen lassen. Scott hielt seinen Sohn von hinten umklammert, drückte ihn an sich, sprach beruhigend auf ihn ein.

Währenddessen wagten die Gäste ringsum sich allmählich aus ihrer Deckung. Kate rechnete mit dem Schlimmsten, als sie jetzt einen prüfenden Blick auf den Mann am Boden warf. Sie erwartete Blut, viel Blut und eine Wunde. Doch der Fremde hatte sich bereits wieder aufgesetzt. Hockend besah er seine Arme, Beine, Hände und betastete seine Kopfhaut, als wollte er sich vergewissern, dass er ebenso unversehrt war, wie er sich fühlte.

Kate atmete erleichtert aus. Scheinbar war der Typ völlig unverletzt – die Kugel hatte ihn verfehlt. Gott sei Dank.

Noch etwas wackelig auf den Beinen richtete Arthur sich zu seiner vollen Größe auf. Mit einem wütenden Aufschrei streckte er seinen rechten Arm aus und deutete damit auf Rickie. »Der ... der kleine Scheißer hat auf mich geschossen! Er hat tatsächlich auf mich geschossen!«, stotterte er mit dünner Stimme und stolperte ein paar Schritte vor.

Rickie wimmerte herzergreifend. Tränen rannen ihm über die Wange. Sein Kopf war hochrot angelaufen und seine Zähne schlugen klackend aufeinander. Seinen Sohn noch immer fest im Arm haltend, richtete Scott seine Aufmerksamkeit auf die Gäste. Er schwankte leicht, als plagten ihn Gleichgewichtsstörungen, dann löste er sich von Rickie, fuhr sich zittrig durch die Haare und sah in die Runde. »Ist jemand verletzt?«

Vielleicht hatten die Umstehenden sich diesbezüglich noch nicht vollends überzeugt, denn ihre Beteuerungen, dass ihnen nichts fehlte, erreichten ihn nur nach und nach.

Kate sah sich nach ihren Freunden um. Mona war zu Rickie hinübergelaufen, um ihm ebenfalls beruhigend den Arm um die Schulter zu legen, und Jake, der sich geradewegs in der Gefahrenzone befunden hatte, stand aufrecht und mit klarem Blick hinter Arthur, der sich in diesem Moment weiter stolpernd auf Scott und Rickie zubewegte. Er war offenbar außer sich vor Wut.

»Dein kleiner Bastard hat auf mich geschossen«, schrie er. Wütend funkelte er Vater und Sohn an.

Scott hob beschwichtigend die Arme. »Das war ein Versehen. Er hat sich nur erschreckt! Das war keine Absicht und es tut ihm aufrichtig leid.«

Unwillkürlich fragte sich Kate wieder, woher der Junge die Waffe hatte, und sie hoffte inständig, dass die Situation nicht weiter eskalierte. Ein irres Funkeln lag in dem Blick des Fremden, als er nun vor Rickie stehen blieb und der Abstand zwischen ihnen nicht mehr als einen Meter betrug. »Ich hätte tot sein können. Ist dir das eigentlich klar, du kleiner Hosenscheißer?«, fuhr er ihn brüllend an.

Scott baute sich schützend vor seinem Sohn auf. »Hören Sie«, sagte er. »Lassen Sie uns die Angelegenheit friedlich besprechen.«

»Friedlich? Ich wäre fast erschossen worden«, entgegnete der Fremde schnaubend, scheinbar keineswegs an Verständigung interessiert. »Was gibt es da friedlich zu besprechen? Ich sollte die Polizei rufen!«

Scotts Augen wurden schmal. »Denen müssten Sie dann allerdings erklären, was Sie überhaupt auf unserem Grundstück zu suchen hatten. Ich schlage vor, wir finden selbstständig eine Einigung. In welcher Schuld steht Jake bei Ihnen?«, fragte er kühl, ohne die Stimme auch nur eine Nuance zu heben.

Arthur mahlte mit den Zähnen, die Hände zu Fäusten geballt, scheinbar unschlüssig, ob er über Scott herfallen oder auf seinen Versuch der Verständigung eingehen sollte. »Kohle«, sagte er schließlich. »Viel Kohle. Jake hat beträchtliche Spielschulden bei uns. Dieser Mistkerl!«

»Über was für einen Betrag sprechen wir?«, wollte Scott wissen.

Der Fremde stemmte die Hände in die Hüften. Er traute Scott nicht über den Weg. »Zehntausend Dollar. In bar!«

»Ziemlich viel Geld, wenn man bedenkt, dass Ihre Spielhölle gewiss illegal ist«, bemerkte Scott trocken.

Den Fremden brachte diese Bemerkung nicht aus der Fassung. »Die Zahlung ist schon seit Wochen fällig. Und wir haben allmählich keine Lust mehr, darauf zu warten.«

Scott nickte, als hätte er für seine Lage vollstes Verständnis, und Kate beobachtete, wie er Arthurs feindseligem Blick mit ruhiger Miene standhielt. Obwohl ihm der Schock über das Vorgefallene immer noch in den Gliedern stecken musste, hatte seine Haltung den Ausdruck beruflicher Professionalität angenommen, als verhandle er in der Funktion eines Anwalts über eine Vertragsangelegenheit.

Er räusperte sich und sah Arthur unbewegt an. »Die Situation stellt sich folgendermaßen dar: Jake kann Sie nicht bezahlen, sonst hätte er das längst getan. Was immer Sie also mit ihm anstellen werden, Ihr Geld werden Sie nicht zurückbekommen. Ich mache Ihnen folgendes Angebot.« Er griff in die Hosentasche, nahm seine Brieftasche heraus und förderte ein Bündel Scheine daraus hervor. »Das hier sind fünfhundert Dollar. Sehen Sie es als kleinen Vorschuss. Darüber hinaus biete ich Ihnen weitere zweitausend Dollar in Form eines Schecks an. Als Gegenleistung erwarte ich lediglich, dass Sie unverzüglich von diesem Grundstück verschwinden und von einer Anzeige gegen meinen Sohn absehen, die uns beiden nichts als Unannehmlichkeiten bereiten würde. Außerdem will ich, dass Sie Jakes Schulden als beglichen ansehen und damit aufhören, ihn durchs ganze Land zu jagen.«

Der Fremde lachte hämisch auf. »Wieso sollte ich darauf eingehen? Das ist gerade mal ein Viertel von dem, was Jake uns schuldig ist.«

Scott nickte. »Korrekt. Aber seien wir ehrlich. Sie stehen mit dem Gesicht zur Wand. Sie wollen nicht Jake, sondern das Geld. Doch Jake ist nicht willens zu zahlen. Was bringt es Ihnen also, ihn mitzunehmen, zu verprügeln und am Ende vielleicht sogar zu beseitigen, wofür wir alle hier Zeugen wären? Sie wollen nur das Geld. Ich biete Ihnen zwar nicht die volle Summe, aber dennoch mehr, als Sie anderweitig erwarten können.«

Der Fremde musterte Scott abschätzig. Anscheinend ließ er sich dessen Vorschlag durch den Kopf gehen. Währenddessen herrschte erwartungsvolles Schweigen. Dann trat er plötzlich einen Schritt vor. Kate glaubte schon, jetzt würde er sich auf Scott stürzen. Seine Brauen klebten dicht über seinen Augen, so sehr hatte er sein Gesicht verzogen. »Fünftausend. Ich will fünftausend. Und keinen Cent weniger!«

Scott schien darüber nicht einmal nachdenken zu müssen. »Sie haben mich anscheinend nicht richtig verstanden, deshalb will ich es Ihnen gern noch einmal erklären«, erwiderte er kalt und sah den Mann ernst an. »Sie sind nicht in der Position, Forderungen zu stellen. Wenn Sie mein Geld nicht nehmen, werden Sie am Ende mit leeren Händen dastehen. Und was meinen Sohn betrifft ...« Scott holte tief Luft und warf einen kurzen Seitenblick auf Rickie, der immer noch schluchzend in Monas Armen lag. »Rickie fällt unter das Strafunmündigkeitsgesetz, also auch da ist nichts zu holen. Nehmen Sie das Geld und hauen Sie ab. Mein letztes Angebot. Wenn Sie klug sind, nehmen Sie es an«, erklärte er.

Schweißperlen bildeten sich auf der Stirn des Fremden. Mehrmals sah er sich Hilfe suchend nach seinen

Leuten um, doch diese starrten ihn nur mit leeren Gesichtern an und waren offenbar ebenso unschlüssig wie er selbst. Das Verlangen, Jake eins auszuwischen, schien ihnen jedenfalls gehörig vergangen zu sein. Dafür hatte Rickies Warnschuss gesorgt.

Gerade als Kate mit keiner Antwort mehr rechnete, nickte der Fremde. Wenn schon nicht aus Überzeugung, so war er klug genug zu wissen, dass er von niemandem ein besseres Angebot zu erwarten hatte. Scott bot ihm die Möglichkeit, einen Teil des Geldes, welches er längst abgeschrieben hatte, zurückzuerhalten. Diese Chance konnte er nicht ungenutzt verstreichen lassen, egal wie gern er Jake eine Lektion erteilt hätte. »Na schön! Dann eben zweitausendfünfhundert! Aber ich will den Scheck sofort mitnehmen. Und wehe, er ist nicht gedeckt, dann sehen wir uns wieder, darauf können Sie sich verlassen.«

Scott ersparte sich eine Bemerkung und nahm neben seiner Brieftasche nun auch ein kleines Heftchen – anscheinend ein Scheckbuch – zur Hand, welches er aus der Innentasche seines Jacketts zog.

Clayton, der sich inzwischen neben ihn gestellt hatte, reichte ihm einen Stift, mit dem Scott umgehend die vereinbarte Summe in ein Kästchen eintrug, den Scheck unterschrieb und ihn dem Fremden samt der Fünfhundertdollarnote überreichte.

Nur zögerlich nahm dieser alles entgegen, ganz so, als traute er ihrer Vereinbarung noch nicht. Erst nachdem er sich von der Echtheit des Geldscheins und der ordentlichen Unterschrift auf dem Scheck versichert hatte, entspannte sich seine Miene. Auch seine Kumpels schienen aufzuatmen. Endlich setzten sie sich in Bewegung.

»Wir alle wissen, Sie haben uns beschissen!«, fuhr Arthur Scott als Abschiedsgruß an.

»Ich habe Ihnen mehr gegeben, als Sie verdienen«, verteidigte Scott sich. »Und jetzt verschwinden Sie besser, bevor ich es mir doch noch anders überlege und Ihnen den Scheck wieder abnehme.«

Der Grobian schnaubte und folgte seinen Freunden. Dabei konnte er es sich nicht verkneifen, Jake einen allerletzten feindseligen Blick zuzuwerfen.

Jake hielt dem tapfer stand und entspannte sich sichtlich, als seine Verfolger endlich aus seinem Blickfeld verschwunden waren. Um ihn herum hatte sich eine Wolke aus Gemurmel und Geschnatter gebildet. Die Partygäste tauschten ihre Eindrücke und Ängste miteinander aus. Einige waren entkräftet auf Stühle niedergesunken, andere atmeten hörbar erleichtert auf.

»Okay, Leute, der Spuk ist vorbei«, rief Richard Clayton fröhlich, der sich den Spaß durch den Zwischenfall offensichtlich nicht vermiesen lassen wollte. Er war geistesgegenwärtig genug, sie alle spontan auf einen Drink einzuladen, um mit ihnen zusammen den Schrecken der letzten Minuten hinunterzuspülen und die Stimmung wieder anzuheizen.

Auch Kate traute sich wieder tief durchzuatmen. Sie merkte erst jetzt, dass sie fast die ganze Zeit die Luft angehalten hatte. Die Gefahr war gebannt. Was als eine harmlose Strandparty begonnen hatte, war in einen Albtraum umgeschlagen. Sie war heilfroh, dass sie alle diese Minuten des Grauens so unbeschadet überstanden hatten. Und das hatten sie allein Scott zu verdanken. Selbstsicher und kühn hatte er sie alle aus der Gefahrenzone geführt.

Sie blickte zu ihm hinüber. Scott war seinem weinenden Sohn um den Hals gefallen und umarmte ihn zärtlich, während Rickies Tränen nun rückhaltlos flossen.

Sie schluckte schwer und dachte daran, wie hilflos sie sich noch vor wenigen Minuten gefühlt hatte, und machte sich dieselben Vorwürfe, die sie sich gleich auch von Scott würde anhören müssen. Sie hatte seine Warnungen bezüglich Jake nicht ernst genommen, obwohl er ihr mehrmals dazu geraten hatte, diesen Mann nicht bei sich wohnen zu lassen. Aber wie hätte sie auch ahnen können, dass Jake eine Pistole besaß? Denn dass die Pistole, mit der Rickie geschossen hatte, Jake gehörte, daran bestand für Kate nun kein Zweifel mehr.

»O Gott, ist das alles furchtbar«, murmelte sie und legte die Hände an ihre Wangen. Wut gegenüber Jake spürte sie keine, nur auf sich selbst. Der Gedanke, dass der Schuss tatsächlich jemanden getötet und Rickie sein Leben lang mit dieser Schuld hätte leben müssen, schnürte ihr für einen Moment die Kehle zu. Sie musste sich bei Vater und Sohn entschuldigen. Jetzt sofort!

Kate seufzte tief und ihr Herz schlug ihr bis zum Hals, als sie auf die beiden zusteuerte.

»Ist ja gut, ist ja gut«, hörte sie Scott die tröstenden Worte immer wieder flüstern, während er dem Jungen über das Haar streichelte. »Es ist vorbei. Es ist nichts weiter passiert.«

Rickie schniefte. »Ich wollte doch nur Jake beschützen.«

»Ich weiß«, sagte Scott. »Ich weiß.«

Rickie hob den Kopf und sah seinem Vater ängstlich in die Augen. »Muss ich jetzt doch ins Internat?«, fragte er mit belegter Stimme.

»Natürlich nicht«, antwortete Scott. »Ich habe dir doch mein Wort gegeben. Aber du musst mir auch etwas versprechen.« Seine Miene wurde ernst. »Mach so etwas nie wieder, hörst du? Mit Schusswaffen werden keine Probleme gelöst. Du hast gesehen, was passieren kann. Die stärkste Waffe des Menschen ist sein Verstand, Rickie. Mehr brauchen wir nicht, um Streitigkeiten im Besonnenen zu klären.«

Rickie nickte. Seine Tränen waren versiegt. »Ja, Dad. Ich verspreche es«, sagte er und wandte sich dann Kate mit einem schüchternen Lächeln zu, die gerade zu ihnen aufschloss.

»Hi, Kate«, begrüßte er sie mit kleinlauter Stimme.

»Hallo, Rickie. Wie geht es dir? Ich bin so froh, dass niemandem etwas passiert ist«, sagte sie leise und berührte den Jungen dabei kurz am Arm.

Rickie nickte. »Ich auch.« Verlegen sah er nach unten auf den Boden. Er fühlte sich sichtlich unwohl in seiner Haut.

»Weißt du, Rickie, ich denke, wir sollten die ganze Sache einfach so schnell wie möglich vergessen. Es ist alles gut gegangen, wir sollten da keine große Sache draus machen«, sagte sie betont locker und lächelte den Jungen fröhlich an, um ihm zu signalisieren, dass sie ihm keine Vorwürfe machte.

Aus den Augenwinkeln bemerkte Kate, dass Scott die Augenbrauen hob und gleichzeitig den Arm nach seinem Sohn ausstreckte. »Gut, mein Großer.« Scott gab Rickie einen liebevollen Schubs. »Geh doch schon mal vor und wasch dir das Gesicht. Und dann schau bitte nach, ob die Grillkohle in der Zwischenzeit nicht ausgegangen ist. Ich denke, die Gäste könnten nach dem ganzen Stress gut ein saftiges Steak verdrücken. Ich komme gleich nach.«

»Okay, Dad.«

Scott sah seinem Sohn lächelnd hinterher. Doch als er sich zu Kate umwandte, erlosch sein Lächeln und sein Blick verdunkelte sich.

Kate räusperte sich. »Scott, ich … ich … wollte dir danken, dass du die Situation gerettet hast und mich dafür entschuldigen, dass …«

»Dass du nicht auf mich gehört hast«, herrschte Scott sie an. »Wie oft habe ich dir gesagt, dass Jake dir etwas verheimlicht? Unzählige Male habe ich dich gebeten, ihn zum Teufel zu schicken. Aber du wolltest ja nicht auf mich hören. Jetzt siehst du, wohin deine Gutgläubigkeit uns geführt hat!« Er schnaubte, die Augen zu wütenden Schlitzen verengt.

Kate senkte den Blick und wünschte sich, der Boden unter ihr würde sich auftun und sie augenblicklich verschlucken. Mit Wehmut dachte sie daran, wie schön und leicht die letzten Tage mit Scott gewesen waren. Er hatte ihr wieder vertraut und sie hatte es erneut vermasselt. Hätte sie doch nur auf ihn gehört, sein Misstrauen gegenüber Jake ernster genommen – aber das Ganze war geschehen und nun leider nicht mehr zu ändern. Sie hatte keine Ahnung, was sie sagen sollte, um Scott zu besänftigen. Sie wollte einfach nur, dass er nicht mehr wütend auf sie war, konnte nur immer wieder betonen, dass ihr das Ganze leidtat.

»Ja, Scott ich habe einen Fehler gemacht, und das tut
mir unendlich leid.« Tränen brannten ihr in den Augen.
»Ich konnte doch nicht ahnen, dass so etwas geschehen
würde«, versuchte sie sich erneut zu verteidigen, doch
Scott war ganz offensichtlich nicht an ihren Ausflüchten interessiert.

Wütend funkelte er Kate an. »Du hast uns alle in Gefahr gebracht. Vor allem meinen Sohn. Nicht auszudenken, was alles hätte geschehen können. Beinahe
wäre Rickie zu einem Mörder geworden, oder schlimmer ... er hätte auch sich selbst mit der Pistole verletzen
können.« Er schluckte hart.

»Scott, ich ...« Kate wollte etwas erwidern, aber die
Worte erstarben auf ihren Lippen, als sie sah, wie feind-
selig er sie anschaute. Sie wurde blass. Erneut kämpfte
sie mit den Tränen. Instinktiv wusste sie, dass es in diesem Moment besser war, keine weiteren unbedachten
Worte zu wechseln, bis sich die Gemüter beruhigt hatten. Aber sie hielt diesen Zustand kaum aus. Viel lieber
wollte sie sich Scott in die Arme werfen, sich an ihn
schmiegen, ihm Trost spenden, mit ihm zusammen
aufatmen, dass nichts Schlimmeres passiert war. Stattdessen wischte sie sich die Tränen von der Wange und
blickte mit tränenverschleiertem Gesicht dem Mann in
die Augen, den sie über alles liebte, aber den sie erneut
sehr verletzt hatte.

Etwas Dunkles hatte sich wie ein Schatten über sein
Gesicht gelegt. Sein unnachgiebiger Blick durchbohrte
sie, zeigte keine Regung. Es würde sehr schwer werden,
sein Vertrauen zurückzugewinnen. Vorausgesetzt
Scott gab ihr noch eine Chance. Beschämt senkte sie für
einen Moment den Blick, wünschte sich Kraft für die

kommenden Tage, um diese Spannung zwischen ihnen auf Dauer auszuhalten.

Als sie aufsah, bemerkte sie, wie Jake nach ihnen beiden Ausschau hielt und auf dem kürzesten Weg auf sie zueilte, nachdem er sie entdeckt hatte. Kaum hatte er sich ihnen genähert, verfinsterte sich Scotts Miene noch mehr und er wandte sich ihm sofort wütend zu: »SIE ... JAKE, gehen mir besser aus den Augen, bevor ich mich vergesse. Ich habe die ganze Zeit über geahnt, dass Sie irgendetwas verbergen! Wie konnten Sie uns nur derart in Gefahr bringen?«, brüllte er. »Und eine Waffe haben Sie auch noch ins Haus geschleppt. Der Gedanke, dass diese die ganze Zeit offen hier rumgelegen hat, während Rickie zu Besuch gewesen ist, macht mich ganz krank.« Scott ballte die Fäuste an den Seiten und rang sichtlich um Beherrschung.

»Entschuldigung, ich ...« Wie ein begossener Pudel ließ Jake den Kopf hängen und sah betreten zu Boden. »Ich kann nur betonen, dass mir das alles sehr leidtut.« Mehr brachte er nicht heraus.

Scott kommentierte das nicht, sondern richtete sich direkt wieder an Kate. »Ich glaube, es ist besser, wenn wir uns eine Weile nicht sehen«, sagte er mit heiserer Stimme und fixierte sie mit einem entschlossenen Ausdruck. »Ich brauche etwas Abstand. Du hast einfach zu viel aufgewühlt in letzter Zeit.«

Seine Worte trafen Kate mitten ins Herz. Wie betäubt starrte sie ihn an. Gerne hätte sie etwas erwidert, doch Scott drehte sich plötzlich auf dem Absatz um und wandte sich ohne ein weiteres Wort von den beiden ab.

Fassungslos sah sie ihm hinterher und schluckte gegen den Kloß in ihrem Hals an, um jetzt nicht doch noch in Tränen auszubrechen. Sie sah, wie er Rickie von Mona wegzog, die mit dem Jungen am Grill gestanden hatte, und im Haus verschwand. Kurz darauf verließen beide das Grundstück.

Kate wäre ihnen gern hinterhergelaufen, hätte gern noch etwas Nettes zu den beiden gesagt. Aber sie war unfähig, sich zu rühren. Wie angewurzelt stand sie da und vernahm wie in Trance die Motorgeräusche des Golfcarts, welches sich langsam vom Haus entfernte. Dann war nichts mehr zu hören.

Jake sah sie an. Sein Blick zeigte Betroffenheit. »Tut mir leid, Kate. Das ... wollte ich nicht.«

Kate kommentierte das nicht, ihr war zum Heulen zumute.

Sie konnte nicht glauben, was soeben geschehen war. Scott hatte ihr klar und deutlich zu verstehen gegeben, dass sie nichts mehr von ihm zu erwarten hatte.

Vor wenigen Wochen erst hatten sie sich wiedergefunden.

Jetzt hatte sie ihn ein zweites Mal verloren.

Kapitel 28

Am Morgen nach der Party saß Kate am Ende des Bootsstegs am Ufer, ließ die Beine ins Wasser baumeln und ertrank beinahe in ihrem Kummer. Innerlich war sie zerbrochen. In Nullkommanichts war ihr Leben wieder ein Scherbenhaufen geworden. Und das nur, weil sie aus dem Herzen gehandelt hatte. Es kam ihr so vor, als hätte sie am gestrigen Tag eine Henkersmahlzeit zu sich genommen und nicht wie eigentlich beabsichtigt eine Einweihungsparty gefeiert. Der Himmel schien mit ihr in Traurigkeit versunken, denn es hatten sich einige Quellwolken gebildet und für den Nachmittag war Regen angekündigt worden. Ihr war es nur recht. Sie hatte keine Lust auf gute Laune.

Schritte näherten sich und der hölzerne Stegboden knarrte. Wenig später ließ Jake sich neben ihr nieder. Er sagte eine ganze Weile lang nichts, und dennoch beruhigte seine Anwesenheit ihre aufgewühlten Gedanken. Sie war ihm nicht böse, denn sie wusste, dass es ihre Verantwortung gewesen war, ihn bei sich wohnen zu lassen – entgegen Scotts eindringlicher Warnungen, ihm nicht zu vertrauen. Sie hatte nicht hören wollen, dabei war nur allzu offensichtlich gewesen, dass Jake mit einem Koffer voller Sorgen nach Catalina Island gekommen war. Gutgläubig, wie sie nun mal war, hatte sie einfach nicht wahrhaben wollen, dass seine

Schwierigkeiten anders geartet waren als jene, die sie sich vorstellen konnte. In ihrer kleinen Welt gab es für gewöhnlich nun einmal keine Schlägertypen, die vor nichts zurückschreckten und einen allerorts verfolgten. Guten Glaubens hatte sie angenommen, Jake würde sich ihr früher oder später anvertrauen, damit sie gemeinsam nach Lösungen für seine Probleme suchten.

»Es tut mir alles so leid«, beteuerte Jake irgendwann, als er sich schließlich dazu durchgerungen hatte, ein Gespräch zu eröffnen.

Kate seufzte. »Das weiß ich doch.«

»Ich wünschte, ich könnte den gestrigen Abend ungeschehen machen«, sagte er, und die Worte kamen glaubwürdig aus tiefstem Herzen.

Kate nickte. »Das tun wir alle.« Und weil sie nicht wollte, dass ihre Unterhaltung abriss, bevor sie richtig begonnen hatte, fügte sie hinzu: »Diese Männer waren es, wovor du dich die ganze Zeit gefürchtet, weswegen du auf und davon gewollt hast, nicht wahr? Du hattest Angst, diese Kerle würden dich hier eines Tages finden.«

Jake nickte. »Wäre ich doch bloß nicht hiergeblieben.« Hilflos zuckte er mit den Schultern. »Ich bin so egoistisch gewesen. Ich hätte mich deinen Versuchen, mich zum Bleiben zu überreden, nicht ergeben dürfen. Eigentlich habe ich doch immer gewusst, dass es falsch ist, zu lange an einem Ort zu verweilen.«

Kate entgegnete nichts, sah hinaus aufs Meer, wo die Wellen gegen die Felsen schlugen.

Jake schluckte, und folgte ihrem Blick, bevor er fortfuhr. »Weißt du ... der Gedanke bei dir zu bleiben, eine

Zeit lang ein normales Leben zu führen, sich nicht vor dem nächsten Tag fürchten zu müssen … ist so unfassbar schön gewesen. Alles hätte ich dafür gegeben, noch eine Weile bei dir bleiben zu dürfen.« Er holte kurz Luft und seufzte tief. »Bevor ich dich getroffen habe, habe ich ein Leben wie ein gehetztes Tier geführt. Tag für Tag. Immer auf dem Sprung … auf der Suche nach einem Platz zum Schlafen. Familie – was ist das? Freunde – wo soll man sie finden? Aber du, Kate … du hast mich zu einem Menschen gemacht. In deiner Nähe schien es mir möglich, endlich der Mann zu werden, der ich sein will. Und glaube mir, viel habe ich vom Leben nie verlangt. Ich wünsche mir nur ein kleines Haus, vielleicht mit einem Garten, in dem ich bis spät abends arbeiten kann.« Er zuckte die Schultern, als wollte er sich bei sich selbst entschuldigen. »Es war einfach schön, ein paar Tage lang diesen Traum zu leben. Doch dieses Glück habe ich teuer bezahlen müssen. Wir alle haben es bezahlen müssen. Du am allermeisten, Kate. Und das tut mir so, so leid. Was bin ich nur für ein Dummkopf? Ich habe alle Vorsicht einfach beiseite geworfen.« Er seufzte erneut und suchte ihren Blick, lächelte sie unsicher an.

Kate musste unwillkürlich schmunzeln, als Jake mit seiner langen Beichte am Ende angelangt war. Sie war es nicht gewohnt, dass ein Mann ihr so ausführlich sein Herz ausschüttete. Ein weiterer Beweis, was für ein sensibler Kerl in Jake steckte.

»Ich bin dir nicht böse«, beteuerte Kate und erwiderte sein Lächeln. »Ich verstehe dich. Und ich weiß, dass du zu den Guten gehörst. Du warst nur eben zur falschen Zeit am falschen Ort.«

»Mag sein«, murmelte Jake gedankenversunken. »Ich habe es ganz schön vermasselt.«

»Das hast du nicht«, erwiderte Kate müde. »Das habe ich vor vielen Jahren schon getan. Damals, als ich Scott einfach so verlassen habe. Vermutlich habe ich mir selbst etwas vorgemacht, als ich geglaubt habe, er und ich könnten erneut zusammenfinden. Unsere Fehler aus der Vergangenheit holen uns früher oder später wieder ein, das weiß ich jetzt.« Sie ließ die Schultern hängen und stupste mit dem Fuß nach einer Muschel, die sich im Wasser auf sie zubewegte. »Manche Vergehen kann man nicht bereinigen. Niemals. Sie werfen ihre Schatten in die Gegenwart und auch in die Zukunft«, sagte sie resigniert.

Jake nickte. »Damit hast du vermutlich recht«, stimmte er ihr zu. »Und genau deswegen werde auch ich nie frei sein. Mein Leben lang werde ich der Herumtreiber bleiben, der ich bin.«

Erschrocken blickte Kate ihn an. »So habe ich das nicht gemeint«, verbesserte sie sich schnell. Es war nicht ihre Absicht gewesen, Jake zu entmutigen und ihm den Glauben an die Zukunft zu rauben. »Scott hat dir die Freiheit geschenkt, Jake. Diese Kerle werden dir hoffentlich nie wieder etwas tun. Und Richard lässt dich eine Ausbildung beginnen. Nutze diese Chancen und richte dein Leben neu aus. Bleib hier auf Catalina Island und zahle Scott nach und nach das Geld zurück. Und dann, eines Tages, wer weiß, wird dein Traum von einem eigenen kleinen Häuschen sich vielleicht erfüllen.«

In Jakes Miene spiegelte sich Skepsis. »Meinst du?«

Kate nickte eifrig, und diesmal war ihr Lächeln aufmunternder Art. »Du hast viele Fähigkeiten, Jake. Du musst sie nur nutzen.« Sie hob ihre rechte Hand und wies mit ihrem Finger zum Haus. »Da drüben siehst du den Beweis. Sieh nur, wie wunderschön das Häuschen dank deines handwerklichen Geschicks geworden ist«, erklärte sie ihm.

Jake wirkte immer noch unentschlossen. »Sicher? Denkst du das wirklich?«

»Selbstverständlich. Ich glaube an dich, Jake. Zweifle nicht an dir. Dazu gibt es keinen Grund. Du hattest womöglich nicht die besten Startbedingungen im Leben. Wie viele andere Menschen auch. Aber es ist nie zu spät, nach seinen Träumen zu angeln. Als ich noch im Krankenhaus tätig gewesen bin, sind mir viele Menschen begegnet, die nach einer durchgestandenen Krankheit ihr ganzes Dasein umgekrempelt haben, um fortan keine Zeit mehr mit Nichtigkeiten zu verschwenden«, erklärte Kate. »Manchmal brauchen wir nur einen Auslöser, der uns daran erinnert, dass wir nur dieses eine Leben haben. Wir müssen das Beste daraus machen.«

Jake senkte kurz den Kopf und knetete unschlüssig seine Hände im Schoß. »Es ist wirklich ein großes Glück, dich kennengelernt zu haben, Kate. Du bist ein ganz besonderer Mensch. Ich wünschte, ich hätte dir ebenfalls so viel Gutes tun können wie du mir. Stattdessen habe ich dir alles vermasselt.« Er hob den Kopf, aber diesmal war der sorgenvolle Ausdruck von vorhin verschwunden.

Kate lächelte verlegen. Was sollte sie erwidern? Sie war ebenfalls dankbar für die Zeit, die sie an Jakes Seite hatte verbringen dürfen; dennoch war es eine unumstößliche Wahrheit, dass er der Grund war, weshalb Scott nun sauer auf sie war. »Ist schon gut. Du konntest nichts dafür. Gestern Abend ist einfach alles aus dem Ruder gelaufen. Und im Endeffekt kann ich sogar froh sein, dass die Party so abrupt beendet worden ist, die Steaks hätten sowieso nicht gereicht«, scherzte sie.

Ihre Bemerkung ließ Jake laut auflachen. »Wenn du das so siehst, bin ich zuversichtlich, dass du sogar bald schon wieder darüber lachen kannst.« Leise fügte er hinzu: »Ich hoffe, Scott ist nicht ewig böse auf dich. Ich meine ... er wird schon noch erkennen, dass dich keinerlei Schuld trifft.«

»Ich wünschte, dem wäre so.« Kate seufzte und hörte selbst, wie traurig ihre Stimme klang. »Aber du hast sein Gesicht nicht gesehen. Scott ist sehr wütend auf mich. Und das kann ich ihm nicht einmal verübeln. Rickie bedeutet ihm alles. Nur meinetwegen ist er in große Gefahr geraten. Scott hat sich für seinen Sohn und gegen mich entschieden. Und das kann ich nur zu gut verstehen. Die beiden verbinden fünf lange Jahre. In all der Zeit bin ich hingegen nichts als eine Erinnerung für Scott gewesen.«

Offenbar verstand Jake ihre Bedenken. Er legte ihr freundschaftlich eine Hand auf die Schulter und tätschelte sie sanft. »Scott wird dir verzeihen. Das muss er einfach. Du wirst schon sehen – irgendwann wird er erkennen, dass er ohne dich nicht leben kann. Euch verbindet zu viel, als dass ein blöder Zwischenfall euch voneinander trennen könnte.« Er erhob sich, ein siegessicheres Grinsen auf den Lippen. »Du wirst schon sehen. Alles wird gut. Ich weiß, wie die Männer ticken.

Ich bin schließlich selbst einer. Von außen tun wir immer ganz hart, aber im Inneren sind wir weich wie Daunenfedern. Und außerdem ist er nicht blöd.« Er verdrehte die Augen. »Einer so intelligenten und wunderschönen Frau, wie du es bist, gib man nicht einfach den Laufpass. Ich meine ... ich würde dich sofort nehmen.« Bei den letzten Worten errötete er ein bisschen.

»Danke für das Kompliment, Jake, und für die aufheiternden Gedanken.« Kate lächelte, und ihre Stimme verriet, dass sie sich geschmeichelt fühlte.

Jake nickte. »Dann werde ich jetzt mal mit dem Abbau beginnen.« Er sah zum Himmel hoch. Die Sonne war bereits komplett hinter einer dichten Wolkenwand verschwunden und ein auffrischender Wind fegte über das Meer. »Es sieht nach Regen aus, und je schneller wir sämtliche Erinnerungen des gestrigen Desasters beseitigen, desto besser und trockener für alle.«

Auch Kate erhob sich. Das Bedürfnis, in Melancholie zu versinken und sich weiter selbst zu bemitleiden, war ihr vergangen. Lieber wollte sie sich mit den Menschen umgeben, die ihr etwas bedeuteten.

Mona zum Beispiel, die ihr just in diesem Augenblick entgegenkam. Die beiden trafen sich in der Mitte des Bootssteges, und Mona verschwendete keine Zeit. Sofort schloss sie Kate in die Arme. »Ach, Kindchen«, flüsterte sie. »Mach dir keinen Kopf wegen allem. Es war eine wunderschöne Einweihungsparty – trotz des aufregenden Zwischenfalls.«

Unwillkürlich füllten Kates Augen sich mit Tränen. Und weil es ihr in Monas Gegenwart sehr viel leichter fiel, sich ihren Gefühlen hinzugeben, tat sie, was sie in Jakes Beisein nicht gewagt hatte. Sie weinte hemmungslos, ihren Kopf an Monas Brust gepresst. »Scott wird mir das nie verzeihen«, schluchzte sie.

»Ist schon gut, ist schon gut«, versuchte Mona sie zu trösten. »Scott wird sich schon wieder beruhigen. Und wenn er tatsächlich unfähig ist einzusehen, dass du neben Rickie das Wichtigste in seinem Leben bist, dann hat er dich auch nicht verdient.«

***

Die nächsten Tage wartete Kate vergebens, dass Rickie und Scott im Café erschienen. Offenbar frühstückten beide zu Hause, was in Anbetracht der Umstände natürlich nachvollziehbar war. Dennoch verspürte sie ein unangenehmes Ziehen in ihrer Magengegend, als verdeutliche Scotts Fernbleiben ihr auf erbarmungslose Weise, dass er es ernst damit meinte, sich eine Zeit lang aus dem Weg zu gehen. Bedeutete das tatsächlich das Ende ihrer Beziehung, nachdem beide doch gerade erst wieder angefangen hatten sich näherzukommen?

Die Nächte schlief Kate schlecht, wälzte sich unablässig im Bett umher, unfähig in einen erlösenden Schlaf zu finden. Stattdessen kreisten ihre Gedanken immer wieder um Scott, Rickie und Jake. Mehr als einmal sehnte sie ungeduldig den Morgen herbei, an dem sie endlich zur Arbeit gehen konnte. Sie war stets als Allererste im Café, zwei Stunden vor Mona.

Um sich von plagenden Erinnerungen abzulenken, putzte sie die Küche, säuberte die Böden und polierte die Gläser. Wenn sie damit fertig war, fing sie wieder von vorne an. Im Café blitzte und funkelte es wie noch nie zuvor.

Kate war erfüllt von Zorn und Traurigkeit. Je mehr Zeit zum Nachdenken sie hatte, desto unsinniger kamen Scotts Gründe ihr vor, sich von ihr zu distanzieren. Sie verstand, dass er um seinen Sohn besorgt gewesen war. Auch sie hatte die Angst um Rickie nahezu um den Verstand gebracht, als er die Pistole in der Hand gehalten hatte. Doch war es gerecht, ihr dafür die Verantwortung zu geben? Sie hatte ebenso wie Scott nicht damit rechnen können, dass Fremde auftauchten, und Jake bedrohen würden. Andererseits – hätte sie auf Scott gehört, hätte sie Jake nicht zum Bleiben überredet und seine Spur hätte die Männer nicht zu Kate geführt. Wie sie es auch drehte und wendete, am Ende bewirkte ihr Nachsinnen nur, dass sie sich noch elender fühlte als ohnehin schon.

Für diesen Morgen hatte sie sich nach langer Zeit des Grübelns vorgenommen, nicht in Schwermut zu versinken und unentwegt auf das Auftauchen von Scott zu warten. Aber das war leichter gesagt als getan. Mehrmals erwischte sie sich dabei, wie sie hoffnungsvoll auf die Eingangstür starrte, wenn jemand das Café betrat. Um sich abzulenken, verstrickte sie sich in belanglose Unterhaltungen mit Kunden. Dadurch war es ihr möglich, ein wenig Abstand von ihren Sorgen zu gewinnen.

Auch Mona war nach ihrem Eintreffen umsichtig genug, sie nicht mit Bemerkungen über die letzten Tage zu quälen. Stattdessen war sie mit ihr die Bestellungen für die nächste Woche durchgegangen. So plätscherte ein ereignisloser Morgen dahin. Doch erst gegen Mittag war Kate willens, sich einzugestehen, dass Scott auch heute nicht kommen würde. Und höchstwahrscheinlich ebenso wenig in den nächsten Tagen. Es war zum

Verzweifeln. Wie gern hätte sie sich an seinen Hals geworfen, seinen männlichen Geruch in sich aufgesogen, ihn mit Küssen bedeckt und ihm einmal mehr beteuert, dass er ihre Beziehung nicht so leichtfertig aufgeben durfte. In ihrer Fantasie malte sie sich aus, wie Scott sie daraufhin stürmisch küsste und ihr tatsächlich vergab.

Am Nachmittag stattete Richard Clayton dem Café einen Besuch ab. Obwohl er beteuerte, der Lemon Pie sei jeden Dollar wert, war dennoch kaum zu übersehen, dass vor allem Mona der Grund war, weshalb er jeden Tag herkam.

Auf ihre Chefin konnte Kate heute nicht mehr zählen. Als gäbe es nichts zu tun, plauderte sie stundenlang mit Richard Clayton. Manchmal hielten sie sich die Hände oder warfen einander schmachtende Blicke zu. Kate lächelte belustigt in sich hinein. Wenigstens lief es in Monas Liebesleben so rosig wie schon lange nicht mehr. Beinahe überkam sie ein Anflug von Neid, den sie jedoch gleich wieder abschüttelte.

Richard blieb lange. Als er wieder ging, schwebte Mona auf Wolke sieben. Verträumt begab sie sich zu Kate, die hinter der Verkaufstheke stand und Kuchen in der Auslage nachlegte.

»Ein faszinierender Mann, muss ich schon sagen«, sagte Mona schwärmerisch. Der Klang ihrer Stimme erinnerte an die eines frisch verliebten jungen Mädchens. »Der Mann hat Ecken und Kanten. Richard ist … anders als die meisten Männer in seinem Alter. Nicht so aalglatt, nicht so … gemütlich, weißt du? Er will noch etwas erleben und die letzten Jahre seines Lebens effektiv nutzen. Das mag ich sehr an ihm. Durch ihn habe ich das Gefühl, noch mal ganz von vorn anfangen zu können.«

»Ich finde es wirklich toll, dass ihr beide euch so gut versteht. Wer hätte das gedacht?«, sagte Kate und meinte es ehrlich.

»Ich wohl am allerwenigsten«, sagte Mona. »Ich dachte, ich würde bis an mein Lebensende in diesem Café arbeiten. Nicht dass ich das nicht schön finde, es ist mein Traum. Ich bin selbstständig, keiner redet mir rein, aber … aber seitdem Richard da ist … Ich weiß nicht … ich glaube, ich sollte noch mal etwas wagen. Es ist noch nicht aller Tage Abend.« Sie lächelte Kate verschwörerisch an.

Kate nickte. »Ich weiß, was du meinst, und sehe das ganz genauso wie du«, stimmte sie ihr zu. Sie konnte sich kaum daran erinnern, ihre ältere Freundin je so voller Tatendrang erlebt zu haben. Monas Augen leuchteten. Ihre Lebenslust war durch Richard Clayton erneut geweckt worden.

»Aber genug von den Frühlingsgefühlen eines alten Weibes«, sagte Mona und beugte sich über die Theke zu Kate vor. »Wir sollten uns lieber darum bemühen, dass die Funkstille zwischen dir und Scott beendet wird.«

Kate lachte spöttisch auf. »Und wie soll das gehen? Er geht mir aus dem Weg!«

»Worauf wartest du? Wer sagt denn, dass immer der Mann den ersten Schritt machen muss?« Mona legte eine Hand auf Kates Handy, das neben der Kasse auf der Theke lag. »Ich finde, du solltest ihn anrufen.«

»Scott anrufen?« Kate klang nicht begeistert, doch Mona ließ sich davon nicht beirren. Bedeutungsvoll nahm sie das Handy hoch und hielt es Kate fordernd vor die Nase. Diese winkte jedoch ab. »Ich glaube nicht, dass das eine gute Idee ist. Scott hat ausdrücklich um Abstand gebeten, und ich werde einen Teufel tun ihn zu bedrängen. Hinterher mache ich damit alles nur noch schlimmer.«

»Papperlapapp. Abstand gewinnen ... dass ich nicht lache.« Sie schüttelte missbilligend den Kopf. »Das Leben ist zu kurz, um wichtige Dinge auf morgen zu verschieben. Du lebst jetzt, hier und heute. Du kannst nur gewinnen, Liebes.« Mona schien sich ihrer Sache vollkommen sicher zu sein.

Noch immer griff Kate nicht nach dem Handy. Zum einen wünschte sie sich nichts sehnlicher, als Scott all ihre Gedanken, die sie nächtelang nicht schlafen ließen, an den Kopf zu werfen; andererseits würden sie beide vermutlich emotional viel zu erhitzt sein, um ein vernünftiges Gespräch zu führen. Wahrscheinlich würde Kate in ihrem Zorn ungerecht werden, Scott verärgern und sich somit jede Chance auf eine Versöhnung endgültig verbauen. Davor fürchtete sie sich am meisten.

»Er wird sowieso nicht abnehmen«, sagte sie in einem Versuch, sich aus der Affäre zu ziehen.

Davon unbeeindruckt ließ Mona das Handy vor Kates Nase kreisen. »Einen Versuch ist es wert, komm, gib dir einen Ruck.«

»Scott ist bestimmt gerade in der Kanzlei. Ich will ihn nicht bei der Arbeit stören.«

»Die Entscheidung solltest du ihm überlassen«, erwiderte Mona und vereitelte auch ihren zweiten Anlauf, eine weitere Ausrede zu formulieren. »Ich kenne Scott gut genug, um zu wissen, dass er auf jeden Fall rangehen wird, es sei denn, er sitzt tatsächlich in einem wichtigen Meeting.«

Schließlich – in einem Augenblick der Schwäche – nahm Kate das Handy entgegen. Von Mona angestachelt wählte sie Scotts Nummer und hielt sich das Handy mit klopfendem Herzen ans Ohr. Inständig hoffte sie, Scott würde nicht abnehmen.

Es tutete mehrmals.

Dann sprang die Mailbox an.

Kapitel 29

Selten hatte Rickie seinen Vater mit so einem düsteren Blick bedacht wie an diesem Morgen, als er fertig angezogen zu ihm nach unten ins Esszimmer kam. »Wir frühstücken also schon wieder hier und nicht bei Mona«, sagte er mürrisch statt einer Begrüßung, nachdem er einen Teller, ein Brotmesser, Butter und Schokoladenaufstrich auf dem Küchentisch entdeckt hatte.

»Es wäre mir lieber, Kate heute nicht über den Weg zu laufen«, erklärte Scott, was sein Sohn mit einem verächtlichen »Feigling!« quittierte.

Er glaubte, sich verhört zu haben. Empört faltete er die Zeitung zusammen. »Wie war das, junger Mann?«

»Ich habe gesagt, du bist ein Feigling«, wiederholte Rickie ohne Scheu und starrte ihn herausfordernd an.

Kurz verschlug es Scott die Sprache, aber gleich darauf beugte er sich zu seinem Sohn vor. »Ich glaube, nach deiner letzten Aktion steht es *dir* am wenigsten zu, mich einen Feigling zu nennen. Es mag vielleicht sein, dass deine Aktion auf der Party nicht feige, aber doch zumindest stockdumm gewesen ist. Oder etwa nicht?«

Rickie sah betreten zu Boden. »Ich wollte doch nur Jake beschützen«, nuschelte er.

»Das ist dir ja bestens gelungen.« Scott hörte selbst, wie sarkastisch er klang, deswegen zeigte er auf den freien Platz ihm gegenüber und fügte hinzu: »Komm, lass uns nicht streiten, Rickie, setz dich hin und frühstücke.«

Rickie sah zu seinem Vater, aber als ihm dessen stechender Blick begegnete, schnell wieder weg. Immer noch machte er keine Anstalten sich zu setzen. Er umfasste die Stuhllehne mit beiden Händen, als wollte er sich daran festhalten.

»Trotzdem – du behandelst Kate nicht fair. Du hättest sie auf der Party nicht so anbrüllen brauchen. Sie hat doch mit all dem gar nichts zu tun gehabt«, sagte er nach einer Weile und zog einen Schmollmund.

»Aha. Darum geht es also.« Scott presste die Lippen aufeinander.

Rickie nickte. »Es war meine Entscheidung, die Pistole zu holen, nicht ihre. Sie wusste nicht einmal, dass Jake so eine hat.«

»Das mag vielleicht sein«, wandte Scott ein. »Aber ich hatte Kate vor ihm gewarnt. Und es war ihre Entscheidung, meine Warnung in den Wind zu schlagen. Ich wusste, dass Jake irgendetwas verbirgt.«

»Das sagt sich so leicht«, entgegnete Rickie und nahm eine Verteidigungsposition ein, indem er seinen Rücken durchstreckte. Er schien wild entschlossen, Scott die Stirn zu bieten. »Du hast Jake ja nicht so gut wie Kate und ich gekannt. Dann wüsstest du nämlich, was für ein toller Kerl er ist. Und dann hättest du auch nicht gewagt, ihn einfach so rauszuschmeißen. Er ist unser Freund. Und Freunde lässt man nicht im Stich.« Rickies Augen funkelten kämpferisch.

»Es ehrt dich, dass du so denkst. Aber als Erwachsener muss man hin und wieder auch über den Tellerrand schauen. Kate war viel zu achtlos. Sie hatte schließlich auch eine Verantwortung dir gegenüber. Sie hat sich von ihren Gefühlen leiten lassen, wie damals, als sie mich verlassen hat. Und das bin ich wirklich leid.«

Der ärgerliche Ton in seiner Stimme ließ Rickie leicht zusammenzucken, aber seine Argumente schienen ihn nicht zu überzeugen. Er verschränkte grimmig die Arme vor der Brust. »Du tust so, als würde Kate alles falsch machen. Dabei hat sie dir, seitdem ihr euch wiedergetroffen habt, immer beigestanden. Und sie hat schon mehr Zeit mit mir verbracht als du in den letzten Jahren, nach Mamas Tod.« Die letzten Worte hatte Rickie geflüstert. Er senkte den Blick, ihm standen Tränen in den Augen.

»Jetzt wirst du ungerecht!« Scotts Stimme hob sich. Die Worte seines Sohnes hatten ihn kalt erwischt.

»Es stimmt aber«, beteuerte Rickie und kam auf einmal richtig in Fahrt. »Ich dachte, du liebst Kate. Ich jedenfalls mag sie sehr. Und ich bin froh, dass sie Zeit mit mir verbringt. Denn du wirst dich nicht ändern. Du musst dich ja um deine Karriere als Anwalt kümmern«, warf er seinem Vater vor, und die Worte sprudelten weiter aus ihm heraus. »Egal wie sehr du dir auch vornimmst, etwas mit mir zu unternehmen. Am Ende muss ich immer stundenlang auf dich warten. Oder ich muss mich dann mit dieser dämlichen Virginia abgeben, oder wie auch immer die Nächste heißt, die du wieder anschleppst. Irgendwann lande ich doch sowieso noch auf einem Internat.« Er presste die Lippen zusammen.

»Es reicht.« Scott schlug mit der flachen Hand auf den Tisch. »Das mit dem Internat hatten wir schon, und ich habe dir versichert, dass es dazu nicht kommen wird. Und in der anderen Angelegenheit ...«, er holte tief Luft und fuhr sich mit der Hand durchs Haar, »... muss ich mir eben noch etwas überlegen.« Er versuchte jetzt mit ruhiger Stimme die Lage wieder in den Griff zu kriegen. »Wahrscheinlich werde ich in der Kanzlei in Zukunft ein wenig kürzertreten. Eins ist jedoch sicher: Kate brauchen wir für unser Familienglück nicht.« Den letzten Satz hatte er absichtlich betont, obwohl er genau wusste, dass er sich damit selbst etwas vormachte.

»Sicher? Das klang vor einigen Tagen aber noch ganz anders«, erwiderte Rickie. Er sah seinen Vater herausfordern an.

Scott verfiel in ein betretenes Schweigen. Sein Sohn hatte ihn mit seinen Argumenten in Bedrängnis gebracht, und das missfiel ihm zutiefst. Weil er aber keine Möglichkeit sah, schnell die Oberhand zurückzugewinnen, beschloss er, dem Gespräch – oder war es ein Streit? – vorerst den Wind aus den Segeln zu nehmen.

Er deutete erneut auf einen Stuhl vor sich. »Das führt doch zu nichts. Setz dich nun bitte endlich hin und iss etwas. Du musst zur Schule, und ich muss heute pünktlich in der Kanzlei sein. Wir haben einen wichtigen Termin.«

»Da haben wir's«, sagte Rickie, während er sich grimmig auf den angebotenen Stuhl fallen ließ. »Kaum reden wir mal miteinander, hast du wieder nur deinen Job vor Augen. Alles andere ist dir doch piepegal. Ich bin dir egal. Kate ist dir egal.«

Scott schluckte. Rickie hatte ihn an einer empfindlichen Stelle getroffen. Wie sehr er sich auch einredete, dass sein Sohn ihn nur hatte verletzen wollen, wusste er dennoch, dass seinen Worten viel Wahrheit anhaftete. Sie beide hatten sich wie zwei Erwachsene miteinander unterhalten, sich einigermaßen sachlich ihre Standpunkte vorgetragen, und dennoch hatte er nicht die Geduld aufgebracht, Rickie bis zum Ende zuzuhören. Ihm war plötzlich ziemlich unbehaglich zumute, und er versuchte den Stich in seiner Brust zu ignorieren. Denn soeben hatte sich bestätigt, was er schon die ganze Zeit vermutet hatte. Rickie hatte ebenfalls sein Herz an Kate verloren und vermisste sie genauso, wie er es tat. Nur mit dem Unterschied, dass sein Sohn zu seinen Gefühlen stand, während er sich hinter fadenscheinigen Ausflüchten versteckte, um nicht wieder verletzt zu werden. Natürlich hatte er auch schon darüber nachgedacht, dass er vielleicht vorschnell über Kate geurteilt hatte. »Du findest also, es war ein Fehler, Kate die Schuld zuzuschieben?«, fragte er vorsichtig, um den Gesprächsfaden wieder aufzunehmen.

Rickie bestrich seinen Toast umständlich mit Schokocreme und teilte ihn in zwei Hälften. Obwohl Scott sich eigentlich gesagt hatte, dass der Junge alt genug war, sich sein Frühstück selbst zuzubereiten, griff er nach seinem Teller, um ihm das Schmieren des Brotes abzunehmen. Sein Sohn lehnte sich zurück. Sein Blick war nach innen gekehrt, als er aus dem Fenster sah.

»Ich hatte einfach gehofft, dass Kate eines Tages Mamas Platz einnehmen würde. Dass sie irgendwann mit uns zusammenlebt und mich abends ins Bett bringt. Ich habe mir schon seit Langem nichts mehr so sehnlich gewünscht.«

***

In der Kanzlei fiel es Scott schwer, sich zu konzentrieren. Während eines wichtigen Gesprächs mit einem finanzkräftigen Kunden war es vor allem sein Freund und Teilhaber Ben, der das Meeting leitete, während er selbst sich weitestgehend der Unterhaltung enthielt. Zurück in seinem Büro blickte er unentwegt aus dem Fenster und ließ einen Kugelschreiber zwischen den Fingern rotieren, während er über vieles nachsann: Kate, Virginia, Rickie, seine verstorbene Frau Lara … Wann war das Leben so kompliziert geworden? Vermutlich war es das schon immer gewesen, nur hatte Scott sich in den letzten Jahren jeglicher Verantwortung entzogen. Anstatt sich um die Sorgen seines Sohns zu kümmern, hatte er sich in die Arbeit geflüchtet. Auch die Vergangenheit hatte er dadurch stets zu verdrängen gewusst. Währenddessen hatten unbeantwortete Fragen und Probleme sich wie Wasser hinter einem Damm aufgestaut. Durch Kates Auftauchen war die Wand, hinter der er sich in den letzten Jahren versteckt hatte, aufgebrochen worden. Und auf einmal hatte er sich unzähligen Fragen gleichzeitig zu stellen. Wie eine Flutwelle überrollten ihn nun die aufgestauten Probleme, so ungestüm und gnadenlos, dass er kaum noch einen Ausweg sah.

Es klopfte an der angelehnten Tür. Ben trat ein, einen Stapel Papier in den Händen. »Hier sind die Unterlagen, nach denen du mich gestern gefragt hast«, sagte er.

Scott blickte auf. Er konnte sich nicht erinnern, welche Dokumente er angefordert hatte, und eigentlich war es ihm derzeit auch völlig egal. »Jaja«, antwortete er abwesend. »Leg sie bitte hier auf den Tisch. Ich schaue sie mir nachher mal an.«

Sein Freund und Kollege tat wie geheißen, allerdings nicht, ohne Scott einen verwunderten Blick zuzuwerfen. »Alles klar bei dir? Du stehst heute mal wieder ziemlich neben dir. Als befändest du dich auf einem anderen Stern.«

Scott hasste es, von seinem Freund so mühelos durchschaut zu werden. Zuweilen las er in seinem Gesicht wie in einem offenen Buch. Allerdings hatte er sich zugegebenermaßen auch nicht wirklich bemüht, seinen Seelenschmerz vor ihm zu verheimlichen. Er zwang sich zu einem Lächeln, als wollte er Ben dadurch beweisen, dass er sehr viel weniger niedergedrückt war, als es den Anschein hatte. »Schon gut«, sagte er. »Wird schon wieder.«

»Ist es mal wieder Kate, die dir zusetzt?«, vermutete Ben laut.

Scott, der nicht vorhatte, Ben mit seinen Sorgen zu langweilen und dadurch zu allem Überfluss von seiner Arbeit abzulenken, einer musste die Kanzlei schließlich am Laufen halten, nickte zögerlich. Obwohl er eigentlich beabsichtigt hatte, es bei dieser wortlosen Antwort zu belassen, hörte er sich Sekunden später dennoch sagen: »Ja, es ist wegen Kate. Ehrlich gesagt weiß ich nicht mehr, was ich denken soll, geschweige, was ich für sie empfinde ... vielleicht habe ich mir nur etwas vorgemacht, als ich geglaubt habe, wir beide würden wieder zusammenkommen.«

»Ich verstehe«, erwiderte Ben und erwartete anscheinend, dass Scott weitersprach.

Dieser starrte nachdenklich aus dem Fenster. »Wir beide haben in der Vergangenheit viele Fehler gemacht. Und es scheint, als würden wir auch jetzt immer wieder die falschen Entscheidungen treffen. Vielleicht sind wir einfach nicht füreinander bestimmt, vielleicht ... ist es besser, wenn wir beide unserer eigenen Wege gehen.« Den letzten Satz hatte Scott mit Bedacht gewählt, als wäre er selbst nicht von seinen Worten überzeugt.

Ben strich nachdenklich seine Krawatte glatt. »Weißt du, Scott, Menschen machen eben nicht alles richtig. Auch diejenigen, die uns am nächsten stehen, sind davor nicht gefeit. Wenn wir im Leben vorwärtskommen wollen, müssen wir hin und wieder eben Entscheidungen treffen. Manchmal erweisen sie sich als richtig, ein andermal eben als falsch.« Er hielt kurz inne. »Wenn du in einer Beziehung leben willst, in der immer alles nach Plan läuft, wirst du für immer und ewig einsam und allein bleiben. Das kann ich dir versichern. Denn eine Liebe ohne Brüche und Streit gibt es nicht. Und wenn ich dir einen guten Rat geben darf: Ich finde, Kate passt sehr gut zu dir. Und noch etwas verrate ich dir.« Er grinste Scott feixend an. »Du liebst Kate, das sieht doch ein Blinder.« Er klopfte auf den Tisch. »Und jetzt wirf bitte einen Blick in diese Dokumente hier. Vielleicht bringt dich das auf andere Gedanken.«

Scott jedoch fühlte sich weniger als zuvor fähig, sich auf die Arbeit zu konzentrieren; Ben hatte ihm schwer ins Gewissen geredet und seine Gedanken kreisten erneut nur um Kate. Eine altbekannte Nervosität ergriff ihn, jetzt da er über Bens Worte nachdachte. Kates Gesicht schob sich vor sein inneres Auge, und ihm war, als könnte er den süßlichen Duft ihrer Haut riechen, die Wärme ihrer zärtlichen Berührungen spüren. Er seufzte laut. »Ich weiß nicht, ich bin immer noch ...«, sagte er, wurde aber unterbrochen, als sein Handy klingelte.

»Ein Klient?«, fragte Ben.

Scott rollte mit seinem Stuhl hinüber zum Schreibtisch, auf dem sein Handy lag, und sah auf dem Display das Bild einer Frau, die ihm fröhlich zulächelte. Die Anruferin war Kate! Und ihr zauberhaftes Lächeln traf ihn mitten ins Herz. Wie hypnotisiert starrte er auf das Handy, das weiterhin klingelte, unfähig die Hand danach auszustrecken.

»Es ist Kate«, murmelte er und spürte, wie sein Mund trocken wurde.

»Ja, und ... willst du nicht rangehen?«, fragte Ben mit gerunzelter Stirn, worauf Scott ausdruckslos den Kopf schüttelte.

»Ich bin im Moment nicht in Stimmung.«

Das Handy klingelte und klingelte.

Dann verstummte es.

Kapitel 30

Später als geplant verließ Scott an diesem Abend die Kanzlei und begab sich zu Fuß auf den Heimweg. Es herrschte eine bedächtige Stille, und die Dämmerung war bereits weit vorangeschritten. In der Luft lag der süßliche Duft blühender Pflanzen. Er mischte sich mit der salzigen Prise, die der Wind vom Meer herüber wehte, was nicht im mindesten zu seiner Stimmung passte, und er fragte sich, wann er sich jemals im Leben so verzweifelt gefühlt hatte. Er sog tief die Luft ein und nahm sich vor, während des Heimwegs nicht erneut in unliebsame Grübeleien zu verfallen. Um jeden Anflug eines Gedankens im Keim zu ersticken, erwischte er sich dabei, wie er flüsternd seine Schritte zählte.

Ein Trick, den er noch aus Kindertagen kannte. Mochten seine Sorgen damals noch so groß gewesen sein, beispielsweise wegen einer schlechten Note in Mathe, war es ihm auf dem Weg von der Schule nach Hause stets gelungen, seine Sorgen in den hintersten Teil seines Kopfes zu verdrängen. Manchmal hatte er die Risse im Asphalt gezählt, manchmal die Hunde, die ihm entgegenkamen, oder die Autos, welche die Straße säumten.

Der kurze Ausflug zurück ins Kindesalter trug tatsächlich dazu bei, dass Scott sich etwas besser fühlte. Als er das Haus erreichte, konnte er seine Gedanken beruhigt auf Rickie konzentrieren, denn nach ihrem Streitgespräch heute Morgen wollte er auf jeden Fall einen versöhnlichen Abend mit seinem Sohn verbringen.

Aus dem Wohnzimmer empfing ihn der Lärm eines eingeschalteten Fernsehers. Hohe Stimmen, die wild durcheinanderriefen. Rickie saß ausgestreckt auf dem Sofa und schaute sich eine Zeichentrickserie an. In seinem Schoß lag ein Teller mit einem belegten Sandwich, sein Abendessen, das er gierig verschlang.

Virginia hatte sich den ganzen Tag über um Rickie gekümmert, ihn von der Schule abgeholt und dafür gesorgt, dass er etwas zu essen bekam. Obwohl Scott sauer auf sie war, weil sie es gewesen war, die den Aufenthaltsort von Jake verraten und die Schlägertypen geradewegs zu Kate geführt hatte, war er froh, dass sie es wiedergutmachen wollte, indem sie sich weiterhin um seinen Sohn kümmerte. Sie war kein schlechter Mensch. Scott wusste, dass sie nur aus Eifersucht gehandelt hatte, und er hatte ihr notgedrungen vergeben. Dennoch hatte er deutlich gemacht, dass sie zwischen ihnen nichts mehr zu erwarten hatte. Das war längst überfällig gewesen.

»Hi, Rickie. Wie war dein Tag?«, fragte Scott, bemüht seine Stimme fröhlich klingen zu lassen.

»Geht so«, erwiderte Rickie mit vollem Mund, ohne seinen Blick vom Fernseher zu lösen, gleichzeitig deutete er flüchtig mit dem Daumen hinter sich. Im selben Moment ertönte aus dem Schatten des Wohnzimmers plötzlich eine dunkle Männerstimme: »Guten Abend, Mr Blackwell!«

Scott konnte nicht verhindern, dass er vor Schreck zusammenzuckte. Damit hatte er nun wirklich nicht gerechnet!

Mit wild pochendem Herzen fuhr er herum und erhaschte eine großgewachsene Gestalt, die sich soeben aus einem Sessel erhob, in dem sie offenbar geduldig seine Ankunft erwartet hatte. Als der Mann daraufhin ein paar zögerliche Schritte auf Scott zu machte, löste er sich aus dem Schatten und sein Gesicht geriet ins bläuliche Flackern des Fernsehers.

Es war – Scott konnte es kaum glauben und spürte, wie sich sein Zorn von Neuem in ihm regte – Jake!

Unwillkürlich ballte Scott die Hände zu Fäusten. *Dieser Mistkerl, der hat Nerven, einfach so bei mir aufzutauchen, nach allem, was er angerichtet hat!*

Er würde diesen Mann von Anfang an spüren lassen, dass er hier unerwünscht war. »Was fällt Ihnen ein!«, sagte er zornig, jedoch mit ruhiger, kontrollierter Stimme. »Ich kann mich nicht daran erinnern, Sie eingeladen zu haben. Ehrlich gesagt gibt es zurzeit niemanden, den ich mehr verabscheue als Sie, geschweige ihn in meinen eigenen vier Wänden begrüßen würde.«

»Es tut mir wahnsinnig leid«, sagte Jake. »Ich wollte Sie nicht erschrecken – und natürlich verstehe ich, dass ich hier nicht willkommen bin, dennoch ...«

»Wer hat Sie hereingelassen? Rickie, hast du ihn etwa hereingebeten? Wie oft soll ich dir noch sagen, du sollst dich nicht auf Fremde einlassen!«

»Jake ist aber kein Fremder!«, behauptete Rickie, der dem Fernseher überhaupt keine Aufmerksamkeit mehr schenkte; stattdessen hatte er sich zu den beiden umgewandt und verfolgte aufgeregt das Schauspiel.

»Virginia hat mich hereingelassen«, erklärte Jake. »Ich kam, als sie gerade gehen wollte.«

»Das hätte sie nicht tun dürfen!«

»Ich habe ihr gesagt, er sei ein Freund!«, nahm Rickie sie in Schutz. »Und das ist er ja auch! Wir haben zusammen ferngeschaut, und er hat mir sogar ein weiteres Sandwich zubereitet. Ich hatte heute großen Hunger.«

Unsicher rieb Jake sich die Hände. Er war ein großer, auch kräftiger Mann, der im Leben sicher einiges mitgemacht hatte. Das hatte ihn abgehärtet und ihm eine ziemlich dicke Haut verliehen, vermutete Scott. Doch in diesem Augenblick war von dieser Unerschütterlichkeit nichts mehr übrig. Stattdessen wirkte er kleinmütig wie ein Kind, das dem strengen Vater eine kleine Missetat beichtete. Er wagte es nicht einmal, ihm in die Augen zu sehen, sondern blickte schüchtern zu Boden. In Scott regte sich beinahe ein Anflug von Mitleid: Gewiss war dies für Jake kein leichter Gang gewesen. Sollte er sich daher nicht wenigstens anhören, was er zu sagen hatte, anstatt ihm umgehend die Tür zu weisen?

Zu seinem Ärger rückte Jake nicht gleich mit der Sprache heraus.

Erwartungsvoll blickte Scott ihn an, was seine Nervosität verstärkte. Dann atmete Jake tief durch, und unvermittelt veränderte sich seine gesamte Erscheinung. Auf einmal nahm er eine viel entspanntere Haltung ein, hob selbstsicher den Kopf und sagte mit ruhiger Stimme: »Ich bin hergekommen, um mich in aller Aufrichtigkeit bei Ihnen zu entschuldigen. Ich hab's mal wieder vermasselt. Und diesmal habe ich nicht nur mein Glück aufs Spiel gesetzt, sondern vor allem, und das bedauere ich zutiefst, ja, es bereitet mir seitdem keine ruhige Minute mehr, das von Ihnen und Kate. Und von Rickie. Natürlich nehme ich alle Schuld auf mich. Rickie kann nichts dafür, er wollte uns nur verteidigen. Und Kate – bitte, machen Sie sie nicht für meine Fehler verantwortlich. Sie ist eine ganz besondere Frau und eine außergewöhnliche Persönlichkeit. Wüsste ich nicht, dass sie Sie über alles liebt, nur Augen für Sie hat, ich würde mein Glück auf der Stelle bei ihr versuchen!«

Anscheinend nahm Jake nicht wahr, dass Scotts Augen sich bei seinen letzten Worten zu engen Schlitzen zusammengezogen hatten, weshalb er seine Rede ohne Unterbrechung fortsetzte. »Eine Frau wie Kate trifft man nicht alle Tage. Kate ist die Liebenswürdigkeit in Person. Ich kann Ihnen nicht beschreiben, wie überaus dankbar ich bin, sie getroffen zu haben. Sie hat aus mir einen vollkommen neuen Menschen gemacht.«

Er hielt kurz inne, um seine Gedanken und Gefühle zu ordnen. Erst jetzt bemerkte Scott, dass Rickie den Fernseher ausgeschaltet und aufmerksam jedes von Jakes Worten verfolgt hatte. »Ohne Kate wäre ich doch schon längst an meinen Selbstzweifeln und meinen Fehlern zugrunde gegangen«, nahm Jake den Faden wieder auf. »Diese Frau hat mir neue Perspektiven eröffnet, eine ganz neue Sicht auf mein Leben gegeben. Und ja, natürlich birgt ihre grenzenlose Gutherzigkeit und Menschenfreundlichkeit auch Gefahren: Immerhin leben wir in einer gefährlichen Welt. Aber Kate lässt sich dadurch nicht beirren. Sie bemüht sich zunächst, das Beste im Menschen zu sehen. So auch in mir. Sie hat mir eine Chance gegeben. Sie hat mir vertraut.«

Jake senkte kurz den Blick, dann hob er den Kopf und sah Scott nun direkt in die Augen. »Ich schwöre Ihnen, Mr Blackwell, ich habe nie vorgehabt, dieses Vertrauen zu missbrauchen. Lieber wäre ich gestorben! Leider hat mein altes Leben mich eingeholt. Der Schatten, vor dem ich davongelaufen bin, hat mich schließlich doch übermannt. Vielleicht war ich naiv, gut möglich. Ich hätte Kate und die anderen niemals in Gefahr bringen dürfen.« Unendlich betrübt blickte Jake an Scott vorbei ins Leere. Seine Augen wirkten wässrig, er kämpfte mit den Tränen.

Scott hatte ihm die ganze Zeit ruhig zugehört und keinen Zweifel, dass Jake in Wahrheit einen weichen Kern besaß – ein wenig erinnerte dieser junge Mann ihn in diesem Moment an ihn selbst.

»Egal, was ich auch tue«, murmelte Jake leise, und er schien nun mehr zu sich selbst zu sprechen, »am Ende richte ich unermesslichen Schaden an und füge ausgerechnet den Menschen Leid zu, die mir am wichtigsten sind.« Er ließ die Schultern hängen. Stand nun da wie ein Haufen Elend.

Mit einem raschen Seitenblick auf seinen Sohn erkannte Scott, dass Rickie, das Kinn auf die Rückenlehne des Sofas gestützt, Jake auf eine solch vertrauensvolle Art und Weise anschaute, als gehörte er bereits zur Familie und als würde es ihm schier das Herz zerreißen, ihn so reumütig, verzweifelt und den Tränen nahe zu erleben.

Selbstbewusst und mit dem Ausdruck ehrlicher Reue in den Augen suchte Jake erneut Scotts Blick. »Ich hab wirklich viel Scheiße gebaut in meinem Leben«, sagte er selbstkritisch. »Aber heute bin ich hergekommen, um endlich etwas richtig zu machen! Ich kann einfach nicht mitansehen, wie Sie und Kate sich meinetwegen entzweien. Kate liebt Sie über alles; und ich bin sicher, dass Sie ebenso für sie empfinden. Und ich kann nur wiederholen, was ich schon gesagt habe: Alles, was vorgefallen ist, ist meine Schuld. Kate hat nicht das Geringste damit zu tun. Also strafen Sie stattdessen mich mit Schweigen; gehen Sie mir künftig konsequent aus dem Weg, das wäre fair. Ganz nebenbei gebe ich Ihnen mein Wort, dass es mein letzter Fehler war. Ich will mich ändern. Dank Kate weiß ich jetzt, wie ich mein Leben neu ausrichten kann. Und Sie und Kate sollten dasselbe tun: Das Leben ist zu kurz und zu wertvoll, als es mit Streit zu verbringen.« Damit schwieg er; man sah ihm die Erschöpfung förmlich an. Er hatte sich alles von der Seele geredet.

Scott fehlten die Worte. Eigentlich hätte Jake es verdient, der ihm mit aufrichtiger Offenheit sein Herz ausgeschüttet hatte, dass er zumindest vage auf seine Worte reagierte, aber momentan war es ihm unmöglich, zu antworten. Scotts Gedanken überschlugen sich. Dieser junge Mann hatte mit seinem Monolog den Finger in die Wunde gelegt, und obwohl Scott an Jakes Aufrichtigkeit keinen Zweifel hegte, stand ihm mal wieder sein Stolz im Weg, der es ihm vorerst schwer machte, seinen Zorn einfach beiseitezuschieben. So zog er nur unmerklich die Brauen zusammen.

»Ich bitte Sie«, appellierte Jake, »reden Sie noch einmal mit Kate! Oder Sie werden es bis an ihr Lebensende bereuen. Ich weiß, wovon ich rede. Glauben Sie mir, es gibt so manche Entscheidung, die ich gern rückgängig machen würde. Begehen Sie nicht denselben Fehler.«

Es gab so viel, das Scott sich durch den Kopf gehen lassen musste. Jake hatte ihn in jeder Hinsicht vollkommen überrumpelt. Was er jetzt benötigte, war Ruhe, um Klarheit über sich und sein Gefühlschaos zu erlangen.

Glücklicherweise sagte Jake in diesem Moment: »Das ist alles, was ich unbedingt loswerden wollte. Tja, ich schätze, dann gehe ich jetzt. Danke, dass Sie mich angehört haben. Ich verspreche, ich werde mich Ihnen niemals wieder aufdrängen.«

Scott nahm kaum zur Kenntnis, wie Jake an ihm vorbei zur Tür ging. Ebenso vernahm er weder das Öffnen noch ihr leises Zufallen. Nachdenklich starrte er vor sich hin, vielleicht sogar minutenlang, ohne sich zu rühren.

Der Blick seines Sohns ruhte auf ihm.

»Er hat recht«, sagte Rickie. »Einfach mit allem.«

Und Scott, hin- und hergerissen und mit einem befremdlichen Empfinden in der Brust, murmelte vor sich hin: »Ich weiß.«

Kapitel 31

Er hatte keine Wahl. Im Grunde gab es nichts mehr zu entscheiden. Natürlich hätte er sich Jakes Worte noch einmal durch den Kopf gehen lassen und eine Nacht darüber schlafen können, doch er ahnte, dass er so oder so zu demselben Ergebnis gelangt wäre. In Wahrheit war sein ganzer Körper längst Untertan seines unbändigen Willens, der sich aus seinem glühenden Herzen speiste wie aus einer lodernden Flamme. Jake hatte ihm tatsächlich die Augen geöffnet. In seiner Blauäugigkeit hatte er es tatsächlich gewagt, Kate von sich zu stoßen. Er hatte so getan, als wäre ihre Zuneigung ihm gegenüber selbstverständlich, als könnte er sich ihrer Liebe bedienen und ihr entsagen, wann immer es ihm beliebte. Doch Kates Existenz war nicht selbstverständlich, und in diesem Augenblick hatte er das Gefühl, dass die Frau seiner Träume ihm endgültig entglitt, wenn er nicht augenblicklich handelte. Wie hatte er nur so dumm sein können, die Zeit, die ihnen beiden gegeben war, ungenutzt verstreichen zu lassen; sie erneut von sich zu stoßen?

Und dieser Wille, dieser Herzensrausch, der von Neuem in ihm entfacht war, hatte sich nun über seine Vernunft und andere Hemmnisse, ja, sogar über seine Wut, hinweggesetzt. Das war der Antrieb, der ihn nun, nur wenige Minuten nach Jakes Fortgehen, das Haus verlassen ließ und ihn geradewegs zum Pier führte. Rickie hatte er gebeten, solange daheim zu bleiben und ihm erlaubt, solange fernzusehen, bis er wieder da war.

Scotts Füße trugen ihn wie von selbst zu Monas Café, das zu dieser Uhrzeit eigentlich längst geschlossen hatte, aber mit etwas Glück würde er Kate, die Liebe seines Lebens, noch rechtzeitig antreffen, bevor sie sich auf den Weg zu ihrem Strandhaus machte. Er wusste ja, dass sie nach der Arbeit meist noch eine Weile bei Mona saß und gemeinsam mit ihrer Freundin den Tag bei einem Glas Wein ausklingen ließ. Kate. Wie sehnte er sich plötzlich nach ihr! Nachdem schon Rickie und Ben ihm ins Gewissen geredet hatten, mochte er sich kaum eingestehen, dass ausgerechnet Jakes Worte, die Worte jenes Mannes, den er eigentlich maßgeblich für sein Unglück verantwortlich machte, ihn letztendlich zur Einsicht gebracht hatten. Andererseits, begriff Scott, während er sich zur Eile antrieb und vor Anstrengung leicht außer Atem geriet, hatte Jake ja nur ausgesprochen, was er im tiefsten Innern längst gewusst hatte.

Was war er doch für ein Idiot! Wieso hatte er Kate für alles verantwortlich gemacht? War es etwa ihre Pistole gewesen? Hatte sie seinen Sohn etwa aus reiner Boshaftigkeit bewaffnet! In Wahrheit hatte doch eine Kette unglücklicher Umstände zu dieser Katastrophe geführt! Vielmehr hätte er froh und erleichtert sein müssen, dass alles einen glimpflichen Ausgang genommen hatte, sie in die Arme nehmen müssen, anstatt sie von sich zu stoßen. Und noch etwas wurde ihm nun im Zuge seiner ungemütlichen Selbstreflexion bewusst: Vielleicht hatte er das Vorgefallene nur als Vorwand genommen, um einen Rückzieher zu machen, oder vielmehr der skeptische Feigling in ihm hatte das getan, der Feigling, der sich vor der Zukunft, der Veränderung fürchtete. Dabei gab es dort doch rein gar nichts zu fürchten, im Gegenteil: In der Zukunft lauerten zahlreiche Chancen, auch damit hatte Jake vollkommen recht, nicht nur für ihn und Kate, sondern ebenso für Rickie, seinen Sohn. Durch Kate erhielt er wieder die Liebe einer Frau, die sich mit ihrem Einfühlvermögen und ihrer bedingungslosen Liebe längst einen Zugang zu dem Jungen verschafft hatte, der ihm als sein Vater seit Langem verwehrt gewesen war. Wie hatte er das alles einfach so in den Wind schlagen können?

Mittlerweile rannte Scott beinahe. Er bereute, nicht sein Golfcart genommen zu haben. Durchrauscht von Adrenalin war er einfach losgestürmt.

Bis zum Pier war es jetzt nicht mehr weit, und mit jedem weiteren Schritt wuchs in ihm die Befürchtung, dass er mit seinem Verhalten alles kaputt gemacht hatte und es für eine gemeinsame Zukunft mit Kate zu spät sein würde. Die ganze Zeit hatte er geglaubt, dass er es war, der ihr verzeihen musste. Dabei war es genau umgekehrt. Was, wenn sie dazu nicht bereit war?

Mit keuchendem Atem erreichte er den Pier, über dem eine sommerliche Abendstille lag. Die Holzdielen des Bodens knackten unter jedem seiner Schritte von der Hitze des Tages. Irgendwo klirrten träge Fahnen an ihren Masten im lauen Wind. Grillen zirpten. Obwohl sich mittlerweile die Dunkelheit über das Meer gesenkt hatte, erhellte ein leuchtender Sternenhimmel die Kulisse am Wasser.

Im Näherkommen bemerkte er eine Silhouette, die an einem der Tische vor dem Café soeben einen Sonnenschirm schloss.

»Der nimmt mir ja den schönen Blick auf die Sterne«, hörte er Mona murmeln. Dann bemerkte sie seine Gegenwart und wandte sich zu ihm um. »Na so was, Scott!«, rief sie erstaunt aus. »Mit dir hätte ich heute ehrlich gesagt gar nicht mehr gerechnet. Wo ist denn Rickie?«

»Zu Hause. Er schaut fern. Ich wollte auch nur schnell mit Kate reden. Ist sie schon zu ihrem Strandhaus aufgebrochen?«

»Da hast du aber Glück!«, meinte Mona. »Sie hat beschlossen, bei mir zu übernachten, in ihrem alten Zimmer. Verständlicherweise brauchte sie eine Freundin an ihrer Seite, zu Hause würde sie ja doch nur grübeln, was ich sehr gut nachvollziehen kann, und daran bist du ja nicht ganz ...« Sie sie machte eine bedächtige Pause und schien zu überlegen, ob sie aussprechen sollte, was sie gerade dachte.

Mona suchte Scotts Blick und schien es sich dann doch anders zu überlegen, denn sie sagte nur: »Kate ist runter zum Strand. Aber das ist schon länger her, eigentlich müsste sie jeden Augenblick zurückkommen.« Sie deute auf einen der leeren Stühle. »Wieso setzt du dich nicht und wartest hier auf sie.«

Scott schüttelte den Kopf. »Nein, danke. Ich gehe sie suchen!«, entschied er, denn es erschien ihm unmöglich, Kates Rückkehr wie auf heißen Kohlen sitzend und mit wachsender Ruhelosigkeit zu erwarten. Schon hielt er auf die breite Treppe zu, die vom Pier zum Strand führte.

Am unteren Ende angekommen, den ersten Fuß bereits auf dem Sand, sah er sie bereits in der Ferne. Vielmehr ihre Silhouette, die langsam näher kam. Sie war es, jeder Irrtum ausgeschlossen!

Noch befand sie sich in einiger Entfernung; ganz langsam kam sie näher. Sie lief dicht am Wasser, wahrscheinlich war sie barfuß und ließ sich von den Wellen liebkosen, die heute sanft und zärtlich heranrollten.

Scott wollte auf sie zulaufen, doch plötzlich sah er sich zu keinem Schritt mehr imstande. Er war ein erfolgreicher Anwalt, der knallhart verhandeln konnte, wenn es die Umstände verlangten, und trat gegnerischen Anwälten mit unerschütterlichem Selbstvertrauen entgegen. Doch nun, bei ihrem Anblick, erfasste ihn Unsicherheit. Beinahe fühlte er sich schüchtern wie ein Jugendlicher, dem in der Gegenwart seiner heimlich Begehrten die Röte ins Gesicht schoss und der ganz genau wusste, dass er gleich in unkontrollierbares Gestotter ausbrach, sollte er den Mut fassen, sie anzusprechen. Was Scott allerdings fürchtete, war nicht die Aussicht, sich lächerlich zu machen. Er hatte Angst, dass sie ihm nicht verzeihen, ihn von sich stoßen würde. Er atmete tief durch, nahm erneut all seinen Mut zusammen und stürmte auf Kate zu.

Noch hatte sie ihn anscheinend nicht bemerkt. Gerade ließ sie den Blick übers Meer gleiten. Beim Knirschen seiner Schritte im Sand wandte sie sich zu ihm um. Ihr Gesicht wurde vom Mondlicht beleuchtet, das sich hell im Meer spiegelte, weshalb ihm keine Regung in ihren Zügen entging. Da war keine Erschrockenheit in ihrer Miene und nicht einmal etwas, das auch nur entfernt etwas mit Zorn gemein hatte, sondern eher Verblüffung.

»Scott«, sagte sie verwundert, und ihre Stimme war weich und entgegenkommend.

Erleichterung durchströmte Scott. Er war noch immer außer Atem, als er mit sich überschlagener Stimme am liebsten alles auf einmal loswerden wollte, was sich in ihm angestaut hatte: »Kate«, rief er, »ich war so ein Idiot! Ich hätte dich auf der Party nicht so anfahren und nie an unserer Liebe zweifeln dürfen.« Tränen traten ihm in die Augen. »Es tut mir so leid!«

Kate starrte ihn an. Plötzlich lächelte sie; es war das schönste Lächeln, das er je gesehen hatte. Sie spannte ihn nicht auf die Folter, nein, sie sagte, so offen und herzlich, wie er sie kannte: »Ach, Scott, ich bin ja so froh, dass du deine Meinung geändert hast. Die letzten Tage waren die Hölle! Ich dachte, es sei aus und vorbei – mein Herz hat geblutet. Aber vielleicht war unser Streit sogar notwendig, damit wir endlich begreifen, wieviel wir einander bedeuten!«

»Du bedeutest mir alles«, raunte er. »Ich verspreche, ich werde dich niemals wieder so ungerecht behandeln. Niemals!« Scott machte einen weiteren Schritt auf sie zu, fasste sie sanft an der Taille und sah ihr tief in die Augen. »Ich weiß jetzt, dass ich nicht ohne dich sein kann. Du bist ein unauslöschlicher Teil von mir. Eine Zukunft ohne dich ist unvorstellbar! Kannst du mir verzeihen, Kate?« Scott streichelte ihr Gesicht, sah sie angespannt an, als hätte er Angst, dass sie ihn von sich stoßen würde.

Kate schwieg einen Moment lang. »Oh, Scott!«, stieß sie dann endlich aus. »Natürlich verzeihe ich dir, ich liebe dich so sehr, ich ...« Ihre Stimme brach, denn sie hatte sich auf Zehenspitzen gestellt und ihre Arme um seinen Nacken geschlungen. Am liebsten hätte er sie für alle Zeit an sich gedrückt.

»Ich habe dich immer geliebt«, flüsterte sie und benetzte seinen Hals mit Küssen.

»Kate«, hauchte Scott überglücklich. Obwohl man in seinem Gesicht immer noch die Anspannung der letzten Stunden lesen konnte, stahl sich ein breites Lächeln auf sein Lippen. »Ich werde immer auf dich aufpassen. Das verspreche ich. So etwas wie auf der Party wird nie wieder passieren. Ab heute passe ich auf uns alle auf. Auf dich, auf Rickie ... sogar auf Jake, wenn es sein muss. Damit er nicht wieder irgendeine Dummheit anstellt.«

Kate schmunzelte. »Er ist allmählich alt genug, um auf sich selbst aufzupassen, meinst du nicht auch?«

Und als Scott Kate erneut an sich riss, um sie auf den Mund zu küssen, erwachte – das konnte er spüren – nicht nur bei ihm das Feuer der Leidenschaft.

Kapitel 32

Sie entschieden sich zu einer spontanen Feier. Während Scott seinen Sohn von zu Hause abholte und mit dem Golfcart zum Pier brachte, deckten Mona und Kate einen großen Tisch vor dem Café, trugen Fladenbrot, Salat, Wein, Fingerfood und sonstige Köstlichkeiten auf, und dann saßen sie alle zusammen und stießen auf Scott und Kates Versöhnung und ihr wiedergefundenes Glück an.

Scott und Kate saßen eng nebeneinander; sie wirkten wie frisch verliebt – was sie ja auch waren. Ständig kuschelten sie sich aneinander, schmusten, schenkten sich ein Lächeln, drückten sich einen Kuss auf die Wange oder das Haar.

»Es ist schön, euch so glücklich zu sehen«, sagte Mona. »Ach, manchmal wäre ich auch gern noch einmal jung!« Sie wirkte verträumt.

»Ach, Unsinn!«, sagte Scott heiter. »Es ist nie zu spät, um glücklich zu sein!«

»Meinst du?«

»Auf jeden Fall!«

Mona lehnte sich zurück und nahm einen Schluck Wein. Ein glückseliges Lächeln lag auf ihren Lippen. Schließlich beugte sie sich vor und sagte an Kate gewandt: »Weißt du ... eigentlich wollte ich es dir erst später sagen. Dieser Abend gehört dir und Scott. Aber ...

nun denke ich, dass es vielleicht doch an der Zeit ist, dir von meinem Entschluss zu berichten, den ich in den letzten Tagen zusammen mit Richard geschlossen habe.« »Wie ...? Du und Richard Clayton werdet heiraten?«, platzte Kate heraus.

»Nicht doch«, winkte Mona ab. »Dazu kennen wir uns noch nicht lange genug.«

Kate und Scott sahen sie gleichzeitig verwundert an. Sie wussten nicht, was Mona mit ihren Worten andeuten wollte.

Die alte Frau ließ den Blick zwischen den beiden hin und her schweifen. »Durch die Geschehnisse der vergangenen Wochen ist mir klar geworden, dass das Leben zu kurz ist, um fortwährend nur seinen Träumen nachzulaufen. Deswegen habe ich beschlossen, so bald wie möglich mit Richard auf eine Weltreise zu gehen. Wir wollen uns besser kennenlernen und die paar Jahre genießen, die uns noch bleiben. Außerdem möchte Richard nach seinem Sohn suchen. Und ich begleite ihn dabei.« Der energische Tonfall in ihrer Stimme ließ keinen Zweifel daran, dass sie es ernst meinte.

»Aber ...« Kate schluckte trocken. »Was soll denn dann aus dem Café werden?«, stammelte sie völlig benommen.

Mona schmunzelte zuversichtlich. »Keine Sorge. Ich habe mir alles genau überlegt.« Sie sah Kate auf eine beruhigende Weise an. »Du, Kate«, betonte sie, »du könntest es doch in Zukunft leiten, was hältst du davon? Du würdest mir eine große Freude machen. Gestalte es nach deinen Vorstellungen. Deine Freunde unterstützen dich sicher gern dabei.« Sie lächelte entschuldigend, aber ihrer bittenden Miene konnte man ansehen, dass ihr dieser Vorschlag sehr am Herzen lag.

Kate sah Mona völlig entgeistert an. »Ich? Ich soll ein Café leiten?«, stammelte sie. Fassungslos schüttelte sie den Kopf. Zu keiner Zeit hatte sie sich vorzustellen gewagt, jemals ihr eigenes Café zu besitzen. Was für eine Verantwortung!

»Du musst dich ja nicht sofort entscheiden«, sagte Mona schnell, wohl weil ihr Kates unentschlossenes Gesicht aufgefallen war. »Mein Angebot steht so lange, bis du es annimmst oder ablehnst. Aber was mich betrifft ...«, sie zögerte einen Moment, bevor sie weitersprach. »Ich habe meinen Entschluss gefasst und werde mich nicht davon abbringen lassen. Die nächsten Monate sollen endlich mal mir allein gehören. Es wird Zeit, selbst der Mittelpunkt meines Lebens zu sein. Diesen Luxus habe ich mir in der Vergangenheit viel zu selten gegönnt.« Sie atmete tief durch und lächelte Kate an. Ihre Gesichtszüge waren entspannt, als sei ihr mit dieser Entscheidung eine große Last von der Seele genommen worden.

Kate nickte. »Ich verstehe dich, Mona, ehrlich, das kommt nur alles sehr plötzlich. Noch vorhin haben wir beide hier haufenweise Gäste bedient, und ich dachte, es würde noch Jahre alles beim Alten bleiben, und nun erzählst du mir, dass du planst, die Welt zu bereisen. Ich bin gerade völlig überfordert.« Sie zuckte entschuldigend mit den Achseln. Ihr Lächeln kam nur zögerlich.

»Ach, Kindchen«, sagte Mona, die zu spüren schien, welcher Kampf in Kate tobte. »Du bist noch so jung. Dir stehen noch alle Türen offen. Ich weiß, du wirst die richtige Entscheidung treffen. Und wie gesagt: Lass dir Zeit.«

Kate nickte erneut. »Auf jeden Fall danke für das Angebot. Ich werde gut darüber nachdenken«, versprach sie, während sich ihre Gedanken überschlugen. Sollte sie es annehmen? Es ehrte sie, dass Mona ihr so viel Vertrauen entgegenbrachte, während sie noch zweifelte, ob sie dieser Entscheidung gewachsen war. Das Leiten eines Cafés würde sie möglicherweise überfordern. Und dann war da diese Wehmut bei dem Gedanken, Mona vielleicht monatelang nicht zu sehen.

»Du verlässt uns?«, fragte Rickie. Die Enttäuschung war ihm anzusehen: Gerade erst hatte er Kate zurückgewonnen und damit die Aussicht auf eine richtige Familie. Und nun kündigte Mona, die für ihn wie eine liebevolle Großmutter war, aus heiterem Himmel an, die Welt bereisen zu wollen.

Da Rickie direkt neben Mona saß, nahm sie seine kleine Hand in ihre und drückte sie sanft. »Ich werde natürlich zwischendurch immer mal wieder bei euch vorbeischauen. Und bis dahin weiß ich, dass du bei deinem Vater ...«, sie sah kurz zu Scott, der dem Gespräch die ganze Zeit schweigend gelauscht hatte, »... und Kate bestens aufgehoben sein wirst. Glaubst du, ich würde sonst etwa fortgehen? Niemals! Ihr alle seid mein Ankerplatz, meine Familie. Ein Teil meines Herzens ist immer bei euch.«

Das Lächeln, das sie den dreien schenkte, kam aus tiefstem Herzen. »So, und jetzt hole ich noch eine Flasche Wein!« Sie erhob sich, griff nach der leeren Flasche und lief ins Café.

»Und?« Fragend sah Scott Kate an. »Was sagst du zu dem Angebot? Kate Wellington, Inhaberin des Inselcafés! Ich finde, das hört sich prima an.« Er lächelte.

»Ich weiß nicht ...« Kate seufzte. »Ich will nichts überstürzen.« Sie fröstelte plötzlich. Die gleichzeitige Freude über eine vermeintliche Zukunftsperspektive wurde überschattet von der Tatsache, dass sie ihre ältere Freundin sehr vermissen würde.

Scott nickte. »Das verstehe ich, lass dir Zeit. Doch egal, wie du dich entscheidest, du kannst auf mich zählen. Ich will an deinem Leben teilhaben, Kate. Unbedingt«, raunte er und zog sie an sich heran. Sein Blick war jetzt dunkel. Sie konnte seinen Atem spüren.

»Das wirst du auch«, versicherte Kate, schlang ihm die Arme um den Hals und küsste ihn.

»Oh, Kate.« Sanft erwiderte er ihren Kuss, knabberte an ihrem Ohrläppchen, und Kate stöhnte leise auf, als seine Zunge ihren Hals streifte. Seine Berührungen entflammten ihren Körper. Hätte ihnen in diesem Moment nicht Rickie gegenübergesessen, hätten sie sich wohl leidenschaftlich ihren Küssen hingegeben.

Allerdings schienen den Jungen ihre Liebkosungen nicht im Geringsten zu stören. Im Gegenteil: Auch er wirkte glücklich und lächelte zufrieden. Gewiss, Rickie würde sich noch ein wenig gedulden müssen, doch eines Tages könnte sein Wunsch sich vielleicht erfüllen, wieder eine Familie zu haben, dachte Kate. Wenngleich sie nicht vorhatte, jemals den Platz seiner Mutter einzunehmen. Rickie sollte und würde seine Mutter sicher nie vergessen. Sie konnte ihn nur darin unterstützen, mit dem Verlust eines geliebten Menschen besser fertigzuwerden.

Plötzlich hob Rickie den Kopf und zeigte aufgeregt nach oben. »Seht mal! Was ist das?« Er sprang auf und lief ans Geländer des Piers, von wo er übers Meer zum Horizont blickte.

Etwas Silbriges glänzte am Horizont. Wie ein Vogel flog es vorbei, seinen langen Schweif hinter sich herziehend.

»Sah aus wie eine Sternschnuppe«, sagte Scott mit gerunzelter Stirn.

Scott und Kate erhoben sich ebenfalls, um ans Pier zu gehen. »Wie cool!«, jubelte Rickie. »Eine Sternschnuppe über dem Meer!«

»Was es auch war ...« Kate erinnerte sich an die wunderschöne Nacht, die sie mit Scott am Strand verbracht hatte. Es hatten tatsächlich Tausende von Sternschnuppen den Himmel erleuchtet, und sie hatte sich etwas gewünscht, das heute hier in Erfüllung gegangen war. »Wenn man eine Sternschnuppe sieht, darf man sich etwas wünschen«, sagte sie und trat mit Scott hinter den Jungen, um das kleine Wunder am Himmel beobachten zu können.

»Ich weiß.« Rickie nickte. »Dann wünsche ich mir, dass wir drei ewig zusammen bleiben und die glücklichste Familie auf der ganzen Welt werden.«

Scott lachte und legte ihm sanft eine Hand auf den Kopf. »Du darfst deinen Wunsch aber nicht laut aussprechen. Sonst geht er nicht in Erfüllung.«

»Ist doch egal«, meinte Kate und stimmte in das Lachen mit ein. Sie drei waren lange genug ihren Träumen nachgelaufen.

Damit sollte jetzt Schluss sein.

Es war an der Zeit, sie wahr zu machen.

Die Sternschnuppe verschwand in der Ferne. Erloschen wie ein Funken, der nie existiert hatte.